那片阳光

平安俊的奋斗年华

刘国强 著

作家出版社

图书在版编目（CIP）数据

那片阳光 / 刘国强著 . -- 北京：作家出版社，2021.12
ISBN 978 – 7 – 5212 – 1617 – 2

Ⅰ.①那… Ⅱ.①刘… Ⅲ.①纪实文学 – 中国 – 当代
Ⅳ.①I25

中国版本图书馆 CIP 数据核字（2021）第 242020 号

那片阳光

作　　者：刘国强
责任编辑：李亚梓
封面题字：徐沛东
封面设计：百丰艺术
出版发行：作家出版社有限公司
社　　址：北京农展馆南里 10 号　　　邮　　编：100125
电话传真：86 – 10 – 65067186（发行中心及邮购部）
　　　　　86 – 10 – 65004079（总编室）
E – mail: zuojia@zuojia. net. cn
http: // www. zuojiachubanshe. com
印　　刷：北京盛通印刷股份有限公司
成品尺寸：152 × 230
字　　数：348 千
印　　张：25.5
版　　次：2021 年 12 月第 1 版
印　　次：2021 年 12 月第 1 次印刷
ISBN 978 – 7 – 5212 – 1617 – 2
定　　价：68.00 元

中国著名作曲家、国家一级作曲、
中国音乐家协会会员，毕业于沈阳音乐
学院作曲系，清华大学高级工商管理硕
士（EMBA），清华大学心理学博士，辽
宁大德集团董事长平安俊

少年时期的平安俊

鞍山市"革委会"毛泽东思想文艺宣传队时期的平安俊

平安俊在沈阳音乐学院学习期间，与著名教授霍存慧和同学们在一起（后排左一为平安俊）

平安俊在沈阳音乐学院学习期间，与著名教授霍存慧和同学们一起在校园里漫步、交流（前排左三为平安俊）

平安俊与爱人刘经路的结婚照

担任鞍山歌舞团团长时期的平安俊

平安俊和爱人刘经路、儿子平凡与母亲杨月轩女士合影

平安俊和爱人刘经路陪母亲杨月轩女士到泰国旅游合影

平安俊在采风创作时的留影

平安俊代表大德集团向汶川地震灾区捐款人民币100万元（右一为鞍山市红十字会秘书长吴平）

平安俊代表大德集团向大德爱心基金首批捐赠三十万元（左一为鞍山市委副秘书长、《鞍山日报》社长刘耀业）

平安俊创立的大德集团给岫岩大河南小学送去了音响、校服、教具、食品等，为师生送上一份爱心

平安俊和儿子平凡
在大连参加达沃斯论坛，
与达沃斯论坛创始人施
瓦布先生合影

平安俊在创新风暴·
2012中国居住创新典范
品牌推介活动上，作题为
《"德"文化是品质创新的
原动力》的主题发言

平安俊与第十一
届全国政协常委、原建
设部副部长、党组副书
记、中国房地产业协会
会长刘志峰合影

平安俊和儿子平凡与国务院参事、著名经济学家、清华大学经管学院院长钱颖一教授合影

平安俊与清华大学EMBA同学一起到美国麻省理工学院学习考察（右七为平安俊）

平安俊参加清华大学高级工商管理硕士（EMBA）学位授予仪式，清华大学副校长陈吉宁为他拨穗

著名作曲家、
企业家、清华大学
心理学博士平安俊

平安俊把刚刚谱写的歌曲《那片阳光》唱给爱人刘经路

平安俊现场指导美籍华裔著名小提琴家曲畅、旅英青年钢琴家崔茂威演奏小提琴独奏曲《那片阳光》

2008 年 7 月 18 日，平安俊作为鞍山站第 29 棒火炬手，参加第 29 届奥运会火炬接力鞍山站传递活动

2013 年 8 月 17 日，平安俊作为鞍山站第 59 棒火炬手，参加第十二届全运会鞍山站火炬传递活动

平安俊与国际著名
物理学家、中国科学
院士、诺贝尔物理学奖
获得者杨振宁先生和夫
人翁帆女士合影

平安俊与著名企业
家、万达集团董事长王
健林合影

著名作曲家、企业家、清华大学心理学博士平安俊

平安俊及爱人刘经路、儿子平凡与词坛泰斗、著名词作家乔羽先生和夫人合影

平安俊与著名作曲家、中国文联副主席、音协分党组书记、常务副主席徐沛东合影

平安俊与著名作曲家、原辽宁省音协主席、沈阳音乐学院院长秦咏诚合影

平安俊与著名作曲
家、原沈阳军区前进歌
舞团艺术指导铁源合影

平安俊与著名作曲
家、中国音协分党组成
员、副秘书长、《歌曲》
杂志副主编田晓耕合影

平安俊与中央电视台
著名导演董长武合影

平安俊与著名男高
音歌唱家、辽宁省音协
主席、沈阳音乐学院院
长刘辉合影

平安俊与著名作曲
家、辽宁省音协副主席、
《音乐生活》杂志总编辑
晓丹合影

平安俊与著名词作家
韩景连教授研究新作品

2012 年 5 月 5 日，全国政协副主席黄孟复光临北京保利剧院"那片阳光——平安俊作品音乐会"，平安俊和爱人刘经路与黄孟复副主席合影

2012 年 5 月 5 日，中国文联党组书记赵实光临北京保利剧院"那片阳光——平安俊作品音乐会"，平安俊与赵实书记亲切交谈

平安俊在弹奏他自己创作的作品

著名作曲家、企业家、清华大学心理学博士平安俊

"大德之声"新年音乐会上，平安俊指挥他创作的交响组曲《新年组曲》第四乐章《新年进行曲》

　　"大德之声"新年音乐会上，平安俊指挥分别来自德国、美国、英国、西班牙、波兰、中国等十几个国家的著名乐团，演奏自己创作的交响组曲《新年组曲》第四乐章《新年进行曲》、交响诗《那片阳光》等作品

　　2013 年 4 月 12 日，平安俊作品钢琴弦乐五重奏《那片阳光》在国家大剧院音乐厅上演，平安俊与中国国家交响乐团弦乐首席重奏组合影（左四为平安俊）

2012 年 5 月 5 日，平安俊在北京保利剧院"那片阳光——平安俊作品音乐会"上，接受中央电视台著名主持人朱军的现场采访

2012 年 7 月 7 日，平安俊在鞍山鞍钢体育馆"那片阳光——平安俊作品音乐会"上，接受辽宁电视台著名主持人王旭的现场采访

2015 年 7 月 4 日，平安俊在清华大学新清华学堂"那片阳光——平安俊作品音乐会"上，接受中央电视台著名主持人孟盛楠的现场采访

2015 年 7 月 4 日，在清华大学新清华学堂"那片阳光——平安俊作品音乐会"上，央视著名主持人孟盛楠现场采访平安俊和国际著名心理学家彭凯平教授

2017 年 2 月 26 日、27 日，中以建交 25 周年之际，平安俊创作的交响诗《那片阳光》在以色列国家音乐季公演，平安俊受邀走上舞台与观众见面并致谢

2017 年 2 月 26 日、27 日，中以建交 25 周年之际，平安俊创作的交响诗《那片阳光》在以色列国家音乐季公演，平安俊和儿子平凡与以色列海法乐团团长 Motti Eines、中国驻以色列大使詹永新、中国驻以色列文化专员万铤合影

著名作曲家、企业家、清
华大学心理学博士平安俊

2015 年 7 月 5 日，第三届中国国际积极心理学大会论坛，平安俊作题为《用心缔造 以德立企——践行积极心理学，打造幸福型企业》主题分享

2018 年 9 月 27 日，清华大学举办了"艺术名家讲堂 & 文心论坛：积极心理学与阳光音乐——平安俊博士大型交响组歌《水木情缘》欣赏会"，平安俊作题为《阳光音乐与水木情缘》的学术报告

2017 年 11 月 18 日，平安俊博士论文摘要入选在上海举办的中国心理学会音乐心理学专业委员会（筹）成立大会暨首届学术年会，平安俊博士在现场为参会者讲解展贴报告

平安俊和他的博士导师、国际著名心理学家、清华大学社会科学学院院长彭凯平教授合影

平安俊高分通过清华大学博士学位论文答辩，并与现场答辩老师合影（左四为平安俊）

中央候补委员、清
华大学党委书记陈旭教
授为平安俊博士拨穗

平安俊和爱人刘经路合影

平安俊全家福

目　录

序

心所向，行所成：活力成就美好人生

彭凯平

耐克公司最著名的广告宣传语是那句"just do it"，很多人把它翻译成"干就完了"。这翻译虽然并不雅致，但很接地气儿。事实上，我一直很喜欢这句广告语，因为我结识的很多卓有成就的人，当与他们深入交流并观察他们的成功特质时，"just do it"是所有这些高成就者的核心特征。不论是做学问，还是做商业；不论是做艺术，还是做领导，等等，高成就者身上所具备的诸多成功特质中，"just do it"的确是十分重要的一项特质。

平安俊也是一个崇尚"just do it"的人。他的职业经历与社会经验很丰富，他个人在艺术、经营与学习上的故事也很多。这些故事浓缩了他几十年的人生风雨与人生感悟，也成就了他集成功的作曲家、企业家与"博士研究生"三位一体的高成就者的身份标签。

有很多人并不算天才，但正是因为他们用"just do it"的行动力与顽强执着的实干精神来武装自己，最终也能够干出天才一般的事业来。显然，平安俊是可以被划入这一类人群的。《那片阳光》里讲了平安俊工作、生活、学习与艺术创作的许多事例，对于想进一步深入了解他的人来说，不失为一本非常好的沟通指南。但我更希望有幸读到这本书的朋友，能够通过平安俊的这些"just do it"去发现他更多积极的性格优势，比如"勇气"，比如"执着"，比如"追求意义"，比如"寻求超越"。当然，除此之外，还有一点更值得我们去发现的就是通过平安俊的故事，我们可以尝试去发现一个有成就的人，之所以能够在他所努力奋斗的领域取得好成绩的根本动因是什么。我想，这可能是平安俊自己都没有来得及在书中仔细总结，但却不知不觉地在音乐、实业经营与专业学习几个领域不断突破自己，不断践行着的"涌自心底的蓬勃的生命活力"。

在2017年出版的一部畅销书《一流的人如何保持巅峰》（*PEAK*）中，史蒂夫·麦格尼斯与布莱德·史托伯格两位作者通过他们自身的经历，以及他们调查的众多在某些领域取得不俗成绩的人士的经历发现，一个高成就者，就是那些在某些专属领域拥有健康又持久巅峰表现的人。尽管用平安俊自己的话来说，他"还正走在向前的路上"，但即便是考察他已经走过的路，我们也可以认为至少到目前为止，他很好地实现了一个专业的音乐人、一个职业的企业家与一个执着的学习者所能够达到的一个不俗的高度。正所谓，"心所向，行所成"。去实现一个一个的目标，如果没有一颗强大而积极的心灵，我想即便有着一股子"拼命三郎"式的"just do it"，也不一定能够取得成功。我相信，平安俊的心底，也一定燃烧着那蓬勃的生命活力。

这让我想起几年前我接受中国企业家俱乐部的邀请，为成功的企业家们进行认知特质考察的一项研究。我们的科研团队在长达两年多的深度调研后发现，成功的企业家们拥有六项特别重要的认知特质优势，它们分别是关联想象、问题导向、辩证思维、认知复杂度、现实理性以及知性活力。进一步的研究表明，这六种认知特质从内在结构上并不是简单的并列关系，而是有着一种结构性的联系。由于多年来受东西方文化交融的影响，受传统与现代化生活方式改变的影响，这些认知特质形成了一个"知性活力"居于中心、"认知复杂度"居中间、其他四项分布于外层四个方向的类似于箭靶一样的结构。在这个结构中，至关重要的是居于中心点的"知性活力"。对比《那片阳光》中的平安俊，我仿佛又体会到了当时与众多成功的企业家面对面交谈时的那种感受。

活力对一个人真的是太重要了。在心理学中，活力是一个十分重要的概念。它一般被定义为"是指个体能够运用身体和心理的能量"（the energy available to the self），展现富有生机的精神面貌而且行动有力。当一个人有活力时，他会体验到源自内在的一种蓬勃的激情、生机和能量。通过这个定义，我们很容易发现在《那片阳光》中的平安俊，不论在从事艺术工作、经营管理与学习中，都处处洋溢着一种蓬勃的生机，展现着力争上游的能量，并且对所从事的工作与事业充满激情与热爱。这很符合积极心理学中的"福流"状态。一个人热爱自己的工作与生活，能够运用自己的天赋做自己想做的事情，并且在做这些事情的时候，能够达到物我两忘、醉心其中、驾轻就熟。这种状态下的人是沉浸在"福流"中的人，这种状态下所从事的事情，也一定是"发于心而成于外"。

长久以来，人类参与世界的主要方式就是"想"和"做"，"想"指的就是"知"的部分，"做"指的就是"行"的部分。有些人认为，思想是行动的指南，不把事情想明白，事情做出来也是千疮百孔；也有些人认为，行动是检验思想的武器，想再多，做不好也是枉然。但是，作为一个心理学家，我有大量科学证据证明："想"和"做"其实本来就是一回事，就是说无论做什么事情，想到和做到都是相当重要的。"知行合一"不仅是哲学思考，也同样是科学结论。中华民族是特别讲求"知行合一"的民族，而"知行合一"的最高境界，就是达成"内圣外王"的人生理想。这是中国人几千年以来一以贯之的君子之道。而要实现良好的"知行合一"，必须要有发自于心底的强烈的生命意义与生命价值追求。这些追求，体现的就是一个人蓬勃的生命力。

因此，作为本书的一个推荐者，我希望读者们不仅能够读到一个企业家平安俊，是如何实现把企业从小做到大、从弱做到强的经历；也能够读到一个学习者平安俊，是如何使自己从一个学习的爱好者向专业学习者跋涉的艰辛；还能够读到一个音乐人平安俊，是如何将自己的艺术天赋在音乐与音乐之外的诸多领域长袖善舞的潇洒。当然，我更希望读者们更能够读到一个活力四射的平安俊，"知行合一"、

"心所向，行所成"的活力人生之旅。

作家刘国强满怀激情地摹写平安俊的实干精神和孜孜不倦的追求。故事跌宕曲折，细节生动，成功塑造了一位从底层起步成长为跨界英才的艺术形象，感染读者并给人以启示、力量和鼓舞，具有励志意义。在文本结构、思想外延和语言运用上，作了令人耳目一新的探索，使这部著作有着独特的艺术辨识度和独到的文学价值。

天行健，君子以自强不息。地势坤，君子以厚德载物。是为序。

2021 年 11 月 11 日于北京

彭凯平简介：现任清华大学社会科学学院院长，清华大学幸福科技实验室（H+ Lab）联合主席。他出版图书《心理测验：原理与实践》《文化心理学》《跨文化沟通》《吾心可鉴——澎湃的福流》及《活出心花怒放的人生》等中英文著作 8 部，学术论文 400 多篇。多次获得重要学术奖项，包括 2004 年美国社会心理学会最佳论文奖，2006 年美国管理学院最佳论文奖；中国教育部科学研究优秀成果奖，国家精品课程奖。2007 年，被美国人格与社会心理学会评为全世界论文引用最多的中青年社会心理学家。连续多年入选爱思唯尔（Elsevier）"中国高被引学者"（Chinese Most Cited Researchers）心理学家榜单。

引子

平沙浅草连天远

在中国，平民和草根已经成为底层的代名词。可他的奇迹在于，像种子一样埋在矮处、心怀远大理想；像水一样择低处流、蓄势日渐壮大；像花儿一样出手不凡、绽放出绚烂色彩！

从色彩上看，我们的社会能否生机勃发、积极向上，平民、草根是人类社会的底色；从数量上看，这个阶层人数最多，是人类社会的基本盘；从发展前景上看，只有这片色彩明亮、大的基本面向好，人类前行的脚步才不会跑偏，才能构建中国人命运幸福体、构建人类命运共同体。

现实生活中，森林里几乎不长小草。树身太高太高，小草抢不到光照和营养，只好在望洋兴叹中死去或早在种壳时期就卧薪尝胆，等待也许几辈子才能等到的改朝换代的机会。机会虽少还是有的，可是你要抓住机会，随时准备着借助一股山洪、借助鸟或者一股风，争取有一次发球权、得到翻盘的机会……

平安俊"没有光辉的爸爸，没有灿烂的妈妈"，从饥寒交迫、差点饿死的"坑里"起步，多苦也要坚守底线，多差的条件也要激情打拼，多累也坚持学习和创新，多么不公也决不退缩，必须要找到出口，多么优越的条件也要艰苦朴素，多大的诱惑也要一尘不染，多大年龄也要持续奋斗，在漫长的人生自救和打拼征程上历尽艰辛、一步一坎、不屈不挠，终于翻越无数个崇山峻岭、深渊险壑，领略一个又一个常人看不到的风景，跃上前人未曾抵达的"跨界"目标：一举摘下著名作曲家、企业家和心理学博士三枚勋章。

在恶劣而漫长的困境里，这株普通"小草"一次又一次成功突围，呈现出教科书式的范本励志意义，激情而豪迈……

在物种生存的世界，小草最多，是地球陆地的基本色，是绿化生命的基本盘，也是生态环境优劣的风向标。在人类生存的世界，众多"小草"的命运，将决定人类前途的"大盘走势"。

小草是大地的抒情诗，也是苍天撰著的绿色哲学。

每棵出土的小草都储存一份阳光，每片叶子的巧手都在着色未来。它不与大树争高低，不与花朵比美丽，笃定自己的信念和姿态坚强地生长，低调地活着。她阔大无边的势力，左右着整个星球的颜色。

每一棵草都拿自己的心染绿，打出顽强的底牌。风来了它弯一下腰，雨过去又长高个头。叶黄了，蓄芳待来年。即便草被冰雪戴上冰封的镣铐，根仍在地下交谈春天。残雪未尽，小草便率先点起绿色火焰，召唤树木睁开眼睛，叫醒整个原野。

早春，小草撕破泥土牢笼，刚刚露出小脸蛋，就有无数只脚踩在它身上；小草长高的时候，很可能遭遇牙齿或刀拦腰掐断。但它们理想不灭，很快在伤口里长出新芽，手拉手织绿大地……

失落的人，会在放矮身姿时抱紧惊喜：从一片草叶返青里找到出口。

思乡的人，会在一滴无名泪中咽下月光，在一片芳草地里找到故乡。

每一株小草都在努力，哪怕举起一滴露珠；每个权力集群都要善待"小草"，哪怕捧奉一己之力。

有人嫌地面最矮，瞧不起小草，一心向往高飞，但同时，你想没想到：飞得再高也要回到地面，是草就比地面高。

第一章

万里云罗一雁飞
——突出人性挣扎的重围

人这一生能走多远的路，不在于数字积累，也不在于路途有多么遥远，关键在于碰上最难走的路段，能不能逆坡而上、逆风前行？

走好选择的路，别选择好走的路，才能真正活出自己来。

一

这天上午，淡橘色的彩霞跃窗而进，追光灯一样圈定报纸上的一小片文字，平安俊的心情像映着霞光的海面波翻澜卷、激浪奔腾：位于辽宁省鞍山市铁东区寸土寸金地段，紧邻鞍山市中心最大的两座生态公园——烈士山公园和二一九公园附近，占地13.4万平方米，可建筑面积40万平方米住宅的黄金宝地要转让。鞍山市政府已经做出规划，将鞍山钢铁学院异地搬迁，这块炙手可热的地方，将公开向社会拍卖开发民用住宅。

首都北京发来精准的行动指南：国务院非常重视高等教育的发展，提出尽快进行异地土地置换建新校，委托辽宁省政府主导此项工作。

辽宁省政府委托鞍山市政府尽快拍卖老校舍，拍卖所得资金用于建设新校区。从公平公开公正出发，鞍山市政府在《辽宁日报》《鞍山日报》分别刊登了土地拍卖公告，标的3.5亿元。

报纸上的每一个字都是激越的音符，这些跳跃的音符手拉手构成美妙的乐句，一下点燃了平安俊！他有种预感，如果能在家乡最好的地段打造一组鞍山标志性建筑，将让这些音符构成鞍山市城市建设最美妙的乐章！

这位音乐家的手颤抖起来，报纸似乎也深谙他的心思并以单调活泼的音阶相配合，"兴奋"得哗啦哗啦响……

可是，公司的管理高层都持反对意见，理由就一条：项目太大了，咱这小公司实力差、胳膊短，够不着啊！

大家反对也不无道理，平安俊虽然已经在商场打拼八九年，在几个小型房地产开发项目中练了手，成为鞍山市房地产天穹钻破云层的一颗闪亮的新星，可仅凭手头区区七八百万的家底撬动这个大项目太不靠谱，仅开局买地就要花 3.5 亿元，怎么可能？

头一个发现平安俊要挑战不可能的是妻子刘经路，晚饭后东屋响起激越的钢琴声。旋律激昂壮阔，若大海狂澜奔涌、惊涛拍岸，似钢花争相出炉、漫天飞舞！前者符合他的性格，时而豪迈似大海、一望无际，时而细腻如浪花、精微若雾。而音乐家的热情像炼钢炉膛，浪漫宛如展开翅膀飞舞的灿烂钢花。

但，现在你要收回这些浪漫和激情冷静下来，抛却音乐家那些不切实际的想法和行为，躬下身来扮好民营企业掌门人的角色！

这怎么可能？

在平安俊眼里，音乐是他的"第一生命"，他怎么可能"不要命"？

作曲家与房地产表面上毫不相干，实际上有着逻辑上的内在联系。

2001 年 4 月 5 号上午，平安俊怀揣音乐家的激情和梦想，兴冲冲地走进鞍山市政府小礼堂。挑前边第一排视线好的位置坐下，他要拼力一搏。

许多人都认识平安俊，二三十年来"广播有声、报纸有字、电视有影"，他的很多作品家喻户晓，有的在音乐会和多种舞台及广场舞中流行，有的在全国中小学和大学教材代际"永驻"，有人是唱着他的歌长大，在此相见，多数人都把目光投向他……

在鞍山这个小地方，一下子拿出三亿五千万，谁都傻眼。

尽管《鞍山日报》登载了招标广告，鞍山市数百家房地产公司只有两家"应战"，一家是鞍山钢铁集团公司，一家是平安俊领衔的鞍山市大德房地产开发有限公司。前者是央企，时任鞍钢集团公司董事长、总经理、党委书记的中国工程院院士刘玠，刚刚从武汉钢铁公司调来不久，上班子会讨论后认为这块地价太高，找到鞍山市委主要领导，以鞍钢对鞍山贡献巨大为由，要求将地价降低到 2.4 亿元。鞍山市领导以"已经登报公布"具有法律效力为由没有答应。刘玠召开党委会研究后决定：鞍钢麾下的鞍钢房地产开发集团有限公司总经理可以带队去参会捧场，但，鞍钢不参与此次拍地竞标。

竞拍前夜十二点半，鞍山市政府开发办公室主任给平安俊打来电话："平总，张市长到鞍山工作不久，第一次组织土地拍卖，你能不能给个面子？"

"给什么面子？"

"鞍钢房地产公司不参加竞争，竞标只剩下你一家了。你一分钱不添市政府很没面子，3.5 亿元喊出来你别举牌。如果你举牌了，落锤就是你的了。拍卖规定，一次增加 10 万元，你最好能多加几十万元，给足市长的面子。"

"我到时候再看吧。"

平安俊觉得这事很怪，已经登报公开竞标，怎么还跟什么"面子"扯上关系了？平安俊抑制住翻江倒海的内心波澜，没反对，也没答应。

开发办主任又补充一句："我们还要做做鞍钢的工作。"

平安俊很快顺利找到合作伙伴。全国 500 强企业、以镁矿发家的西洋集团董事长周福仁，已经与大德公司签署了合作合同，第一期工程，他们投资 2000 万元，大德筹集资金 1500 万元。利润三七开。大德占七，合作伙伴占三。

竞标要求，在摘牌的一个月内上缴 3500 万元，即可发放第一期土地证。凭土地证即可向银行办理抵押贷款，缴够 3.5 亿零 10 万元。

鞍山钢铁学院（现辽宁科技大学）制定了学校不能停课的规定，边建边搬，土地也分四期交付给建设方。

简而言之，拿这 3500 万元为杠杆作先期启动资金，即可撬动这个大项目。

竞标开始之前，礼堂座无虚席，新闻记者、捧场观摩的人很多。最引人注目的是鞍钢房地产公司的员工，他们身着齐刷刷的工装占据半壁江山。

鞍山市政府主管城建的副市长李世凯莅临会场。

事后平安俊才知道，拍卖之前，李世凯责成开发办主任动员鞍钢房地产开发总经理举牌，当即被回绝："鞍钢党委会决定不参加此次竞拍。"

拍卖摘牌拉开序幕。拍卖师喊出规则：底价3.5亿元，摘牌者每次增加10万元参与竞价，可以多加，少于10万元不行。

现场的平安俊已经胸有成竹、很有底气，做好了与竞争对手一决高下的准备。虽然他不知道鞍钢会不会举牌、举几次，却感觉浪漫音乐的旋律又在体内翻腾，手里紧紧握着竞价牌，与合作伙伴周福仁比肩而坐。

拍卖师昂奋地举起锤："现在拍卖开始！"

现场鸦雀无声，静得可怕，平安俊很紧张、心怦怦怦加快跳动。在当时的时间节点横向比较，这可是天价啊！

拍卖师手持拍锤、环顾四周，以眼观六路耳听八方的气派叫卖："首轮拍卖的底价是三亿五千万，有没有要的？"

平安俊想看看形势，没有举牌。

现场数百人面面相觑，刹那间目光在半空中扫来扫去，现场毫无反应。摄像镜头和敏感记者手里的相机已经调好焦距，随时准备抢拍鞍山市破纪录的最大数额的土地交易这历史性的一刻，却英雄无用武之地。

底价没人要，难道电视台和报纸要"开天窗"吗？

向来果断行事的平安俊犹豫了一下：昨晚开发办主任已经跟自己打过招呼，如果不增加10万元直接举牌也不太好，最好能多加几十万元。

为了给足市长面子，拍卖师没有放弃："现在继续竞标，加上10

万元，3.5亿零10万元，有没有要的？"

现在我倒数五个数，五、四、三……

大德公司代表迅速举起竞拍牌！

这一举，平安俊举破这座城市的土地竞拍价格纪录，也把自己举向困境。

拍卖师又喊："现在是3.5亿零10万元，还有没有追加的？还有没有？"

因为再也没人加价，拍卖当的一声落锤："3.5亿零10万元，成交！"

平安俊拿下这块宝地的壮举如石击水，现场记者呼啦一下围上来，麦克风和长枪短炮一齐对准他，平安俊站在半圆弧的核心区对答如流，表示决不辜负鞍山市父老乡亲的期望，将用最好的设计、最好的建筑队伍、最好的建筑材料、最好的质量回报家乡，把这里建成鞍山市的地标式建筑。

平安俊激情满怀、胸有成竹、志在必得。

平安俊已经主刀在鞍山建了同德园和欧艺园两个楼盘，虽然利润不大，但口碑上乘，"大德公司"后来居上，已经成为鞍山房地界引人注目的新星。对于这块宝地，大德要有更大的整体性突破，对外声称建成鞍山地标式建筑已经客气了，平安俊内心更加雄心勃勃，要将此楼盘建成辽宁，不，建成全国同期最优质的楼盘！

夕阳西下，火烧云染红了半边天，烈士山公园和二一九公园上空像同时有好几炉钢花在喷溅，平安俊身披着烈焰般的霞光回到公司，高管们比晚霞还热烈地迎出来，呼啦一下围住平安俊，各个笑逐颜开。平安俊却"进入实战角色"，告诉副总裁王汝贵马上召集员工开会。王汝贵稍稍迟疑一下，把要举杯庆贺摘牌的话咽回去，换成订盒饭和迅速启动开局的业务话题……

2020年冬天我在北京采访，王汝贵告诉我："大德公司一年365天没有正点下班的，天天晚上开会。"平安俊夫人刘经路则这样评价丈夫："除了写曲就半宿半宿开会。"

第二天一大早，高管们各管一摊、分头行动。平安俊亲自去找合作伙伴周福仁。市政府规定，摘牌半个月内要交齐3500万元，据此办理第一期土地证。

平安俊心花怒放，刚上任的市长张杰辉在拍卖会后的一次讲话中明确提出：鞍山要大踏步地发展，3.5亿元大项目十分重要，那边，建成一流的大学，为鞍山的教育发展插上翅膀；这边，将更有力地拉动鞍山经济。为了消化这个大项目，从现在起，铁东区三年内不再开发房地产……

这意味着此地三年内没有同行竞争，大德公司在此一花独放！

平安俊急于第一时间把这个好消息告诉他的合作伙伴，司机猛地轰一脚油门，汽车腾地蹿出去……

平安俊怎么也想不到，合作伙伴周福仁兜头泼来一盆冷水："哎呀这事我已经交代别人去办。我们开会研究了这个项目，大家都不同意，认为风险很大，这2000万元不能拿啊！"

平安俊一下愣在那里：合作合同都签了，怎么说变卦就变卦？

眼下最紧迫的是：半个月内凑不齐3500万元，项目就走不下去了！

二

树叶在风里抖动，像女人在风中扯紧领口。

平安俊穿过园区树林时，感觉当人大代表也该如这风中的树，该放的放该收的收，不能随风倒。

人大代表和政协委员肩负替人民代言、参政议政、为国家发展和重大决策献计献策的职责和使命，曾几何时，个别地方却成了官场角逐、追名夺利的竞技场，乌烟瘴气、贿选成风。党中央重拳出击匡扶正义，才扭转局面，清洁这个领域的政治生态。

2009年，鞍山市选举人大代表出现"号外新闻"，著名作曲家、大德集团董事长平安俊竟然落选！

平安俊为鞍山市前十名、铁东区第一纳税大户，预选票数不少，怎么可能落选？

市人大主任火了："这也太过分了，平安俊怎么会选不上？"

气不公的人愤怒质疑：平安俊是辽宁省房地产协会副会长、鞍山市房地产协会会长，所做地产项目荣获房地产业最高奖"广厦奖"，行业影响力大、对发展当地经济贡献大、群众口碑好，怎么连个市人大代表也选不上？

平安俊曾经当选辽宁省政协第八、九、十届政协委员，按规定一般只能任两届，平安俊多任一届。现在，虎落平阳被犬欺啊，他连个市人大代表也选不上？

平安俊主张：人生可以随心所欲，但不能随波逐流。

回顾彼时风行利益至上、事事要给当权者"上贡"的"大环境"，从达尔文"适者生存"进化论的负面意义上解析，平安俊真的很难当选。在看不见的幕后，当选代表、委员者近乎明码标价，"书呆子"平安俊既不送礼、拿钱，又不跑关系，怎么可能当选？

毁掉我们的不是我们所憎恨的东西，而恰恰是我们所热爱的东西。

时至今日，平安俊一直保持着他的习惯：不吸烟，不喝酒，不打麻将，不去洗浴中心和歌厅一类娱乐场所。没有原则地跟别人友好相处，无疑是懦弱的表现。无论在哪、跟谁、办什么事，奉行和坚守许多人"不理解"的"另类"。

快乐的秘密并不在于寻求更多想要的，而是在于培养清心寡欲的能力。

即便同一群企业家外出考察，大家轰轰烈烈地大搞"麻将外交"或娱乐，只有平安俊一人"孤雁"般待在房间"写曲子"。人们称他"另类""不合群""是个怪人"。平安俊的人生"压缩"到只剩下两件事：工作和作曲。换句话说，平安俊的时间大体上只分两块：工作时间工作，业余时间作曲。

不用害怕圆滑的人说你不够成熟，不用在意聪明的人说你不够明智，不要照原样接受别人推荐给你的生活，选择坚守、选择理想、选择倾听内心的呼唤，才能拥有饱满的人生。

美国作家梭罗早在一个多世纪前就曾这样形容:"一个人越是有许多事情能够放下,他越是富有。"

平安俊的穿着打扮特别"抢眼",人家一眼就能把他"挑出来"。他那身打扮哪像个身家不菲、赫赫有名的企业家啊?他从没穿过名牌、贵衣裳。随季节而变换着装,别冻着、别露着就是"唯一标准"。

有一次著名播音艺术家尹淑君盯着平安俊腕上又大又亮的手表发呆,平安俊问:"你猜猜我这块表值多少钱?"尹淑君从数万到数十万元,猜了多次都"不靠谱",平安俊这才告诉她"谜底":这是他花100块钱在飞机上买的。天哪!这么大身家的企业家戴这么便宜的手表,谁能猜到?

节俭是平安俊骨子里的东西,不是做给谁看。用面巾纸,他会抽出一张撕开用一半。

出差在外,他先告诉部下宾馆座机电话号,打手机浪费电话费。有部下向平安俊汇报工作,平安俊问:"你在办公室吗?""在啊。""在办公室怎么不用座机打电话?"

总裁张衡中午出去吃饭,十几分钟回来,平安俊说:"我发现你中午吃饭不关灯,我们一度电也不能浪费。"

每次在饭店吃饭,平安俊都要仔细核对菜单,有一次发现打包盒多算一个,找回来两块钱。

2020年冬天我采访时,看到平安俊的毛衣胸前一大片"起球子",纯毛羊毛衫已经很便宜,都什么年月了,怎么还穿腈纶混纺的毛衣?

就餐时他脱掉外衣,我看到更加吃惊的"风景":平安俊毛衣的袖口磨损开线,两个肘部也磨坏、露出经纬线……

平安俊类似的故事比比皆是,我将在后面叙述。在此先透露一点儿,只想向读者朋友强调一条:平安俊几乎把全部的人生注意力都放在工作和作曲上,其他一概忽略不计。那么问题来了,在大学把"公关"当成一门解惑授业的学科的时代,平安俊仍然高举干净做事、诚实做人、不跑关系的人生大旗,能吃得开吗?

好心人和知情人,都为他捏了把汗。

关系网是个连环套，需要有人结扣或拆解。

清华大学的同学韩向明知道平安俊的性格，绝不会跑关系，更不行贿，便退而求其次，暗中想帮帮平安俊。平安俊名气这么大，连个市人大代表都选不上，面子上过不去。

允许别人和自己不一样，允许自己和别人不一样。理解了前半句，就能做到包容；理解了后半句，就敢活出自我。

韩向明暗中找一位朋友帮忙，请他组织些知近的人给平安俊投票。这位朋友熟悉平安俊，表态说哪怕有一个人当选，就应该是平安俊。接着又说："我可以让我的朋友给平安俊投票，但你得让平安俊给我打个电话。"

韩向明爽快地答应朋友："没问题，这很正常。"

在利益至上的时代，所有的贪婪者都待价而沽。类似打电话这样"务虚"的事，已经不起作用。

韩向明为朋友重情重义而高兴，抓起电话就打给平安俊。不承想，平安俊就像油画框里的人跑出来，跨越到另一个世界，他竟"反常"地质问："谁让你给我拉票的？你怎么能干这种丢人的事？"

一条绳子两端系着干净和肮脏，必须果断取舍。只有关上诱惑之窗，才能清风徐来。于是，他一边倾倒眼睛里的垃圾，一边装修内心天堂：拒绝用采伐道德的方式，去换政治席位。

像脱臼一样突然，韩向明毫无防备。平安俊又说："这个电话我指定不打。我在鞍山市名都传出去了，谁都知道我既不送礼也不收礼，怎么能打电话给自己拉票？第一，我从不干这种明里一套暗里一套的事；第二，我打这样的电话传出去，对我不好，对他也不好。"

真正的高情商，不是精通套路和心机，而是替别人着想的善意。热心帮忙还被训了一顿，韩向明一点都不生气，暗中更加钦佩：刚正不阿、一尘不染，坚持原则、凭真本事干事，这才是平安俊。正如春天从冰里出发，却要抵达温暖。

彼时，深谙选举内情的人都知道："你给我钱，我也可能不选你。因为，我选不选你你也不知道。但你不给我钱，我肯定不选你。因为，你没瞧得起我。"

好心人提醒平安俊:"安俊啊,你活动活动吧,不然肯定选不上。你是鞍山市房地产协会会长,选不上丢人哪!"

"怎么活动?"

"拿钱呗。"

"你拿多少钱?"

"20万元。"

"拿那么多?"

"大哥啊,你要想开些,哪个不拿钱啊,在这样的环境下,不拿钱好使吗?"

能随风飞到天上去的,一定没有什么分量。平安俊直言不讳地坚持自己的立场:"我肯定不干这埋汰事!"

我们坚守立场,不是为了改变世界,而是不让世界改变我们。

在正式选举之前,所有候选人都到各团去拜访,宛如雨点们裸着身子挤在一起,靠各自的声势壮胆。平安俊拒绝这样做。他宁愿用一己之力,把厚岩凿出一眼竖井,把阳光请进来。

大德公司副总戈克俭为此焦急,大家都这么做,只有平安俊"另类",显得特别不合拍。代表中已经传出风声:"平安俊太牛了,没拿咱们当回事啊!"

这情形令人深思:也许每个人心里都向往正义和纯洁,也都有一杆称两量斤的秤。仅仅因为既得好处便迎合下流世风、私下移动秤星,也拆解良心准则。平安俊这杆没有移动准星的秤,为什么反倒"不准"了?

S书记主持此次选举,他很多年前就熟悉平安俊,"热情"地建议平安俊"到各团走走"。

活鱼会逆流而上,死鱼才随波逐流。平安俊内心特别排斥这样做,拘于情面没有反驳,心里已打定主意:不予理睬。

因为,愚者争夺一支蜡烛的火苗,智者在放大太阳的光焰。

进退两难之际,戈克俭没劝动平安俊,便主动承担担子,他代表平安俊晚上到各团礼节性拜访。

当晚进行了预选，平安俊票数差点夺了头彩。

平安俊很高兴，对选举更加充满信心，看来风气并不像大家流传的那样，自己一分钱没花，照样得了这么多票数。

预选就是最好的风向标，第二天正式选举，平安俊充满期待。

其实，平安俊向来关心国计民生大事，热心参政议政。

平安俊以作曲方面的卓越影响力当选辽宁省政协委员，分在文艺组。跻身房地产业后，又把他调到经济组。

平安俊当年的提案曾引起中共辽宁省主要领导的关注：已经改革开放这么多年，各行各业发展很快。但，我们政府的部分文件是计划经济时代制定的，相对滞后，不能起到引领和指导市场经济的作用。他列举几个文件，还是几十年前的规定，政策内容已经过时。

类似这样的提案很敏感，多数官员即使有想法也不敢轻易提，哪怕知道这些文件拖了时代后腿，也不愿意因此"惹火烧身"。

率真的平安俊直抒己见。

半年后，辽宁省政府专门下文废除了一批文件。

平安俊说："这跟水平能力没关系，我只是实事求是地说了大实话。也有可能，别的委员也提了这个提案。"

日出未必意味着光明，太阳也无非是一颗晨星而已，只有在我们醒着时，才是真正的破晓。

一次大会讨论之前，主持人说："省委领导非常重视这次会议，专门来听听大家的意见和建议，看看谁先发言。"

其实大会事先已经安排了发言人，平安俊不知道。

主持人开场白后，要发言的人相互客气、迟疑时，平安俊自告奋勇："我说。"

虽然没有安排平安俊发言，主持人也不好当场回绝，平安俊的话又一次"引起关注"，他说："我们国家公务队伍庞大，增加一个局会增加很多负担。在税务方面，过去就一个税务局，现在为什么变成国税和地税两个局？两套办公人员，两套办公体系，投入两套办公大楼和固定资产，给国家造成浪费，也给企业增加负担。过去到一家办事就行了，现在，我们企业既要面对国税局，还要面对地税局，要跑两个局。这两个局业务上有很多雷同，税源就那么多，设两个局没有必要。我建议：这两个局合并了。"

时任辽宁省政协主席的张文岳在总结讲话中特别强调："平安俊委员提出的问题很有意义，我们要引起重视，向上级反映。"

第二天早上吃自助餐，平安俊正拿着盘子排号，一个小伙走过来拍了一下平安俊的肩膀："张文岳主席请你上那桌。"

平安俊走过去，张文岳热情向他招手。

多少年过去了，平安俊仍然印象很深："张文岳开会不进单间吃小灶，天天跟委员们一起就餐。"

张文岳问："昨天你的发言不错啊。你是做什么的？"

平安俊回答："我早先在文艺组。原来我搞文艺工作，是国家一级作曲家，在鞍山市歌舞团当团长。现在我下海了，又把我分到经济组。"

张文岳说："以后多联系。这样，你记个电话，以后你有什么事就直接找我。"

"这是您秘书的电话？"

"不。这是我办公室的电话。"

时至今日，平安俊从未打过这个电话。

几年后，平安俊又去省城开政协会议，张文岳已经是辽宁省委书记。在省政协党员会上，平安俊把《沸腾的钢都》CD光盘送给张文岳一套。

张文岳热情地表示感谢，平安俊说："文岳书记，还能想起来我不？"担心为难人家，平安俊又提示说，"我姓平。"

张文岳一把握住平安俊的手："你是作曲家平安俊，我怎么不认识？"

你简单，世界就是童话。你复杂，世界就是迷宫。

可是，被干扰的选举怎么可能按套路出牌？

正义再一次带着血迹上路。这心上一个德字，让历史气白了头，让现实大口咳血。作为鞍山市纳税前十名、铁东区纳税第一大户、大名鼎鼎的平安俊，预选鞍山市人大代表时高票过关，正式选举时居然"意外"落选！

三

世界就像一个越来越紧的夹板，只能侧身前行。

平安俊打了一圈电话，筹钱无望也找不到合作伙伴。

平安俊只能安慰自己心宽些：不要垂头丧气，即使失掉一切，明天仍在你手里。

关键时刻一位直近亲属主动帮忙，向平安俊打包票，他能借到钱，漆黑的夜幕又现出曙光。这位亲属果然从沈阳请来一位老板看了钢铁学院校区，了解项目情况后同意出资2000万元按30%分成，接过周福仁丢下的盘子，平安俊当即同意。

尚未签订合同，那位亲属提出要求：关系是他找的，必须给他股份。

直近亲属怎么这样办事？是帮我还是敲诈、趁火打劫？

平安俊强抑怒火平和地表态："这事先这样，你回去吧。"

那位亲属看出平安俊生气了，进一步施压道："不给我股份，你这事成不了！"

平安俊向来恪守真诚、涌泉相报，但他非常反感见利忘义，更反感让人牵着鼻子走。只要以诚换诚吃多大的亏都行，反之，大便宜送进手他也会拒之门外。

许多人把人与人之间的近距离看成是以利益换利益，平安俊则把心与心的紧密贴近和宝贵的真诚高高地举过头顶。有人因此非议他"不合群""另类"，平安俊不以为然。

优美的乐句必须摘除不和谐的音符，哪怕它只有零点几拍！平安俊打定主意：宁可吃大亏也决不吞苍蝇！

有些沉重无人可分担，只能自己左肩换右肩。

时间昼夜不停地迈进，每一分每一秒都像惊心动魄的拍卖锤一样砸在平安俊的心上。这已经不是单纯的项目和利益，摘了牌却不履行合约，这是人生人格的失信，也给市政府抹黑啊！

平安俊决不失信、决不服输，能力的烟燃烧到尽头在它没熄灭之前，他再引燃一堆干柴……

救活项目压倒一切，当时的形势却非常严峻，世上有路千万条，平安俊只剩下"高利息集资"这一条窄胡同。

时间紧迫、担心集不上来钱，平安俊亲自安排起草协议，承诺一年内连本带利还清。觉得起步年利息高达15%不行，18%、20%也不行，最后拍板"再起高调"，年利率22%。公司高管们提出异议，百万元本金年利息付22万元，2000万元要付出440万元利息，实在太高啦！

火烧眉毛顾眼前，打一棒子躲一下吧。平安俊像台上的交响乐指挥家果断挥出"一刀切"的休止符动作："不要再争议了，就这么办！"

这道坎上不去，鞍山市房地产历史和平安俊的人生将会改写。

人生好比一口大锅，当你走到锅底时，无论朝哪个方向努力，都是向上的。

平安俊总算长长地呼出一口气，一个月内，奇迹般地凑够3500万元并提前打到政府的指定账户。

平安俊视诚信为生命，一年后连本带利悉数还清集资款，这是后话。

中标书终于到手了！

凝视"鞍统建中字（2001）4号，鞍山市房地产开发项目及建设用地中标通知书"，平安俊反复看"同意你单位中标"几个字，像捧着他的音乐作品获奖证书一样兴奋。代表政府权威的那枚大红公章更加喜兴、耀眼，仿佛那是一面用白描艺术手法勾画的五星红旗。

落款时间：2001年4月20日。

平安俊深知，这点集资款只是万里长征走完第一步，马上转战银行协商办理大宗贷款，相继败走中国建设银行、中国工商银行后，中国银行因为铭记大德公司曾为"最佳客户"开了绿灯。但，中国银行经办人据实说出难度：这笔贷款数额太大，还要上报中国银行辽宁省分行和国家总行审批。

终于推开一扇窗，怀揣音乐家浪漫情怀的平安俊兴冲冲地去鞍山市土地局办理土地证。

土地局长说："暂时不能办。你的手续得弄全。"

平安俊瞪大吃惊的眼睛："为什么不能办？"

"你的钱没交完。"

"3500 万元已经交了。"

"共计 3.501 亿元，要交全。"

平安俊据理力争："怎么能这么办事？现在学校也倒不出来地啊？合同上写得清清楚楚，第一，拍卖之日起，一个月内交齐 3500 万元保证金，据此办理第一期土地证；第二，今年 9 月 30 号之前，余额交到 1.5 亿元；第三，剩下两个亿陆续再交。钢铁学院分四期倒地，大德公司分四期滚动开发。"

无论平安俊怎么说，土地局长仍然坚持己见，不予办理土地证。

没有土地证作抵押，怎么上银行贷款啊？

沮丧地走出土地局，平安俊憋了一肚子气没处放，白纸黑字写在合同上的条款，怎么可以随便变卦？

平安俊不服气，更不甘心被个"土地证"绊倒。

他要找个说理的地方。

久闻军人出身的鞍山市政府副秘书长孙庭才性情耿直，敢替老百姓仗义执言，他慕名一试。

孙庭才道："不对啊。土地局长怎么能这样办事？"

孙庭才看了平安俊和政府签订的合同，抓过电话就打，质问土地局长凭什么不给大德公司办理土地证。

土地局长不敢跟知晓实情、坚持原则的孙副秘书长兜圈子，只好直言苦衷："孙秘书长，我也没办法啊。不是我为难他，市长张杰辉亲自给我打电话，让我卡住，不给他办土地证。"

孙庭才说："不管谁说话，你得依法依规办事。你这么做，也是对市长负责。"

在规矩与违法间，土地局长权衡再三，还是选择了前者，给平安俊办理了土地证。

春天的不少芬芳，正被一些人扒进私囊。

事后张杰辉选择性互动的戏法暴露，才知道是他答应他的亲属插手这个项目。

好的政府领导是及时雨，是救火队，是靠山。差的，则像嚼过的口香糖粘在手上，不能吃不好玩又甩不掉。无良官员给一方百姓造成的伤害，往往不是头破血流的外伤，而是外表什么也看不出来，实际上已经危及生命的内伤。

伪装者撑高的官位形象如工程一样，隐藏着可怕的坍塌。

这边，平安俊已经拿到第一期土地证，却像一只脏兮兮的破皮球，被双方踢来踢去，谁都无意收留。那边，张杰辉安排鞍山市开发办主任等人到大连考察"有实力的企业"。张杰辉说："大德干这个项目肯定不行，没那么大实力。应该让大连的企业接这个盘子。"

官大一品压死人。位高权重的政府一把手市长的话说到这份上，谁敢"硬顶"？权力一旦攥在这样人手里，那些盖着大红印章的庄严的法律文书，就可以像小孩子玩过家家一样，随时推倒重来。

张杰辉又放大招：责成部下做工作，劝大德退出，返还前期保证金。市长出拳局势急转直下，眼见崩盘。

有人提醒平安俊："你能打败市长吗？痛快让出来吧！"

现在，摆在大德面前只有两条路，一是敬酒，悄悄退出来。二是罚酒，跟政府对抗的结局不言自明，没有好果子吃。关键问题是时间紧迫，9月30号前，如何解决交款1.5亿元难题？贷不出来款怎么办？当时大德只有七千万元资产，按规定即便最多贷款三四千万元，也是杯水车薪。

大德公司内部多数人打退堂鼓："咱们干不过市长，不行就退了吧。把本给咱们退回来，咱再干别的项目。"

犹如幼童与成年人分庭抗礼，实力天渊之别。人人心知肚明，这是一场"一边倒"的决战。较量还没有正式开始，胜负已见分晓。我想，如果就此搞个公众问卷调查，九成人会选择"退出"。原因很简单，双方的对抗力量相差太悬殊了！

几乎无人预料：即便抛开真理时常掌握在少数人手里的话题，如果遇上不畏权贵、誓把"一根筋"大旗扛到底的人呢？

像带血的伤口裸露着，发出倔强的光芒。世间不公再次激发了平安俊越战越勇的斗志：凭什么市长就可以置身于法律法规之外、随心所欲？

优等的心不必华丽，但必须坚固。

平安俊毫不让步："我不能退。我既然能摘牌，就有能力把项目做完。"

2001年6月21日晚上，平安俊组织召开领导班子扩大会，大德集团文化顾问韩景连也参加，中心议题是如何回应市政府张杰辉劝大德退出等尖锐问题。会议开到11点多，最后由韩景连执笔写给市政府及张杰辉的请示，结尾态度强硬，我们保留上诉（诉诸法律）的权利。

妻子刘经路非常支持丈夫："不能退出来！市长以权势压人，天下还有没有道理可讲？越要越不给他，宁可订金不要了。我在工商局上班，宁可咱俩过穷日子，哪怕喝粥也不给他！"

张杰辉怎能容忍一个小小的"民营企业"挑战他的权威，他召开专题会议，研究怎么把大德公司拿下来。

平安俊仿佛变成了一条离开水的鱼，随时都会倒在无人知晓的角落。

身边人知晓实情，也善意地做出反应。市政府法制办主任对市政府副秘书长孙庭才说："得劝市长啊，这么做是违法的。"

副市长也表明观点："如果平安俊违约了，可以不让他做。现在说人家没实力理由不充分，人家已经把3500万元订金交了。如果平安俊在9月30号之前拿不出来1.5亿元，那可以不让他做。"

张杰辉见以权代法太说不过去，比楼道里的感应灯脾气都大，有一点动静就瞪眼睛，右手食指向空中一点："盯紧他！第一，劝大德退出，前期保证金返还。第二，必须按合同要求办，大德在三十天内必须打款。如果在9月30号交不上一亿五千万元，马上让他撤出！钱晚交一个小时，我就让他的项目黄！"

他的每句话里都有结石。

贷款果然遇上大坎，中国银行的办贷人员告诉平安俊，辽宁省行的贷款额度不超过9000万元，超过部分，要由中国银行总行审批。

虽又添压力，平安俊却更看重闪烁的希望。

石头终究压不住春笋拔节。再难，也要做。做就做出代表作，做成鞍山地标式作品，平安俊一再在心里"告诫"自己。

什么起点、终点，他只是零点，每天都零点以后睡觉。只叹分身乏术，平安俊恨不能挽日不落、点月当灯。跑贷款、现场调研、请中国最好的设计院、规划师多管齐下。最后决定请上海同济大学城市规划设计研究院、留德归来的著名规划大师匡晓明来规划"大德·翠韵华庭"项目。

我随手在百度上搜一下，匡晓明规划的国内外建筑代表作品超过百项，鞍山"大德·翠韵华庭"赫然在列。

鞍山市焦耐设计研究院建筑分院院长、大德公司设计顾问尹韧犹豫了："请匡晓明要多花不少钱啊！"

二十多年前，鞍山房屋规划设计费每平方米2元钱，上海同济设计院每平方米15元，高出本地七倍多。全部请匡晓明规划设计，至少多花300万元。

做事一定要有自己的主见和目标，像山一样坚定地挺立。

"必须找中国最好的规划师，"平安俊毫不犹豫地拍板，"非匡晓明不请！"

喜欢音乐的匡晓明见到平安俊同样激动、兴奋甚至惊喜，这位音乐家与他所打交道的所有房地产商迥然不同，平安俊不把多盈利放在首位，而是把项目当成艺术品，重视环境优美，倡导作品要有音乐性，并提出舒适、前卫、引领性的观念。

站在"钢院"校区远眺，为了不遮挡视线，每一户居民在家里都能欣赏烈士山公园的优美风光，平安俊居然做出不建商业网点的决定。

若做商业网点砌上围墙，近在咫尺的优美风光全被遮挡！这种城堡式的住宅小区，跟憋屈的监狱有什么区别？山下有一大片漂亮的水域叫英泽湖，四季景色在湖中荡漾，怎么忍心堵隔呢？

平安俊要求将邻公园一面"空出来"，将小区设计成"敞开式"。

商业网点历来是房地产商的"卖点"，也是赚钱的重头戏。况且，这里紧邻繁华的中华路。

匡晓明"质疑"道："不建商业网点至少要损失六七千万元。"

刚刚花年利率 22% 的高息凑够拍地保证金，银行贷款还八字没一撇，平安俊仍然毫不犹豫地表态："没关系，损失多少也认。"

匡晓明内心翻江倒海、非常感动，即便 100 个开发商，99 位都不会这样干。他盯着看了平安俊半天，突然激动起来："好！放心吧，我一定竭尽全力，规划好这件'艺术品'！"

平安俊说了黑格尔名言的前半句："音乐是流动的建筑"，匡晓明马上接了后半句："建筑是凝固的音乐。"

这对知音相视而笑，两双大手紧紧握在一起。

匡晓明甚至少有地调动起"文艺范儿"："这是音乐家主刀的楼盘，干脆就叫"大地飞歌"吧！"

当时鞍山的住宅楼没有变化，都是千篇一律的火柴盒。平安俊的浪漫理念点燃了这位规划大师，匡晓明张开艺术翅膀高天任飞翔，答应分别设计高层方案和小高层方案。

前者当时在鞍山有些超前，担心审批受阻、客户不认，便以后者为主。

人们的劳动量永远相差悬殊，有人清闲没活干，有人忙得脚打后脑勺。同济规划设计院来消息，北京有个大项目，点名让匡晓明去操刀，院里两相权衡取其重，决定派别人来鞍山做大德的项目。

平安俊腾地火了："我们大德公司就要请中国最顶尖的规划大师，

换人怎么行？"

打电话没有解开这个扣，平安俊又忙着被时间倒逼、日益紧迫的贷款，妻子刘经路主动请缨去上海洽谈。

刘经路曾为国营工厂副厂长、鞍山市先进生产者，有着不俗的洽谈和办事能力。她找到同济院院长表明观点：这个项目是大小区，我们就冲着匡晓明去的，你们也答应了。再说匡晓明已经来鞍山做了前期考察，希望你们讲诚信。院长以种种理由坚持己见，刘经路只好失望而遗憾地摊牌："既然你们失信换别人做大德的项目，我们只好换设计单位。"

刘经路说得句句在理、步步紧逼，几乎被逼到墙角的院长实在没有退路，便答应信守前言。

规划设计人选总算确定，张杰辉仍在责成部下催款，可贷款半个月没有头绪，二十五六天时确定不下来，这正是他们想要的结果。

过于劳累和焦虑的人总想用睡眠进补。可身体快车由于长期紧张，即便停下来也会溜一段距离。这距离可能一个小时，也可能几个小时。劳累和失眠这两个原本水火不容的东西，竟然紧紧抱在一起，悄悄蚕食着平安俊的健康。

每分每秒都是煎熬啊！

尽管中国银行鞍山分行、辽宁省行和国家总行都对平安俊的诚信赞不绝口，从下至上都在努力争取，可时至 2001 年 9 月 29 号，仅剩下一天时间，贷款仍然没有审批下来！

如果贷款批不下来，一切将无法收场！

平安俊几次抄起电话，手指按在号码上，又放下。再抬手，再放下。有一次，拨了一半号码，还是放下了。银行的同志一直在努力，现在催问又有什么用呢？

晚上临下班时，平安俊再次操起电话，还是没有打。

当晚，平安俊一夜未合眼。

30 号上午，还是一点信都没有，鞍山分行行长告诉平安俊：看来，北京的贷款批不下来了！

坐在椅子上的平安俊半天没有反应过来，屁股似乎突然被烫了，他腾地一下站起来……

30号下午，在政府限令的最后时刻，没有早一天，也没有晚一天，在平安俊即将绝望的时候，贷款居然奇迹般地批了下来！

时逢国庆放假，中国银行总行下发了这笔贷款的批文，再把批文转给鞍山市政府：国庆节后上班，即转账付款。

因为有坚实的人设基础，剧情反转，压在头上的一座大山，掀下去了！

平安俊告诉我："守法、讲诚信的人，不吃亏！"

近些年，国家对房地产贷款出台新政策，规定只有在"白名单"之内的房地产企业才可以贷款。除了国家大企业，关上了民营房企贷款的门。鞍山大德公司不在白名单之内。

2021年，财务人员抱着试试看的心理前去贷款，一见"鞍山大德"居然花见花开、水见水笑，鞍山市、辽宁省和国家总行的中国银行，一路绿灯办下了贷款。几家房地产同行闻之也效仿去办，却碰壁而归。有人问询缘由，银行经办人回答道："不在白名单内的企业，除了大德集团，谁都不行。"

一步棋开步步开，匡晓明果然身手不凡，交上一份堪称完美的答卷！

前边的公园成为小区怀抱的"自家风景"，二一九公园则是视野内的另一个"后花园"。整个楼群像一个张开怀抱的臂膀，搂着烈士山公园。

横排成弧竖排成曲线，楼群似半月弯形状的舞台乐队面对观众那样面朝最美的风景。换个角度形容，浩大的小区占地面积13.4万平方米，四期工程共27栋楼，整体造型气势宏伟，若雄浑的交响，成排的楼群都是浪漫的音乐曲线，栋栋楼不遮挡、若不同的声部，每栋楼造型都像各有特色、合而不同的"小乐句"……

我索性再打个形象的比方，巨大的小区，就像张开宽宽的扇面大翅膀、依序排好的巨鸟们组成的队列，小个在前，大个在后，谁都能看到前方最美的风景……

即便见多识广、有国际视野的人，又有谁见过这样的富于诗意和浪漫的楼盘？

所见之人各个赞不绝口："不愧为音乐家的作品！"

2020年11月24日，我置身其中，深深为这部艺术作品而震撼！

时过20年，许多当年的壮汉已白发苍苍，刚出生的孩子而今风华正茂，许多当年时髦的东西被残酷地淘汰，而大德·翠韵华庭仍然不过时。尽管建筑作品外表容颜不再光鲜，却风采依旧。因为，独特的艺术骨架没有变，楼与楼之间的呼应关系没有变，音乐气质没有变，唯美功能和实用功能都没有变。直白地说，时过20年，建筑行业不断进行设计革命、材料革命、理念革命，这部作品的规划设计仍然是领先的！我在观察笔记上写了这样的文字：我强烈感受到流线设计的音符韵律仍在飘荡、扑面而来，起码有四个声部：第一声部，整个楼盘与烈士山公园构成大旋律；第二声部，一至四期的大结构弧线荡漾；第三声部，每栋楼高低错落若各执特色的活跃音符；第四声部，雕塑、音乐喷泉景观穿插其中，似动静结合的艺术情侣……

整体建筑中间高两头矮，五至八层，七至九层，第一期建筑最高十层、十一层，"谦让"式才不遮挡风景。让每栋楼的住户都能看到壮美的公园风光和清幽英泽湖的自然山水还不够，还要让唯美和浪漫入住家家户户。小高层、大落地窗、矮窗台、采光好，创造了鞍山房地产第一家引进小高层及电梯进住宅，第一个成立准业主质量监督团，让质监团对大德·翠韵华庭一期工程进行质量把脉，对施工过程进行全面监督和纪录。

该项目的封园作品——大德·翠韵华庭4期，完全按照国家AAA级住宅标准打造，引进聚氨酯墙体保温系统、分体壁挂式太阳能热水装置、美国布朗室内新风置换系统、三玻中空塑钢平开窗、垃圾回收处理系统、中水回收利用系统、酒店式物管服务、全智能安防系统、全地下泊车系统、大模板墙体浇筑施工技术等十大科技创新，建筑节能率达到65%。小高层与高层相结合的建筑群体，人车分流的规划布局、全电梯设计以及全地下停车系统，将住宅的多功能要求与浓郁的人文内涵完美地融于一体，创造出一个大规模、高品质的现代生态文化社区，实现了提升城市形象的标志性建筑。

美好的承诺，不是用来感动别人，而是不让自己食言。

平安俊要求所有的建筑材料都挑"最好的"。宁可花高价，也请著名的建筑公司施工。水泥、钢材、砖石、门窗、电梯等必须是"顶级品牌"。在许多建筑商为节省成本无所不用、手法花样翻新的时代，平安俊却"自找麻烦"、给自己"下套"，创造了全国绝无仅有的监督模式，鼓励购房的"准业主"质量监督团现场监督，任意取建筑材料去权威部门化验，费用由大德公司承担。"准业主"要亲眼盯看自己买的楼是怎么建的，用什么材料，有没有以次充好。从打第一根桩开始，他们就"反串"监理角色东查西看……

必须把住进料源头关，平安俊要求所有质监人员严格坚守一条：在质量面前六亲不认。

在建筑工地，业主的公开版本，与供料方的私密版本一直在暗中对抗，前者要优质优料，后者则尽力减少成本扩大收方数字。管理方深入肌理的细节公开和查验，让对方失去所有的私我主张和行动。

不管多难，也要为时代祛风除湿。这天，乙方建筑公司带八辆大挂车送来水泥。按照标准流程取样化验后得知，这是过期水泥，拒收。

乙方建筑公司辗转沟通，表示这水泥刚刚过期，使用一点也不耽误。收下水泥我们两家都合算，一袋省 150 元呢……

平安俊的话斩钉截铁："坚决不行！哪怕水泥过期一天也不行，这水泥白给我也不要！我们大德要对百姓负责！"

房子建成立刻被疯抢！

人们奔走相告："买房子就买大德的，大德舍得花钱，挑最好的料。"

连站马路边揽零活的人都知道，在鞍山，墙上打一个孔 10 块钱，凡是大德盖的房子则翻倍价 20 块："大德的水泥太硬，一打一个白点，费劲哪！"

房子质量再好，买房人兴致再高，也抵不住突如其来的邪气。

邪气有时若人人都有的癌细胞，过于剑走偏锋诱导会刺激癌细胞破裂。一大筐柿子有几个烂的也正常。问题是必须及时把它们挑出来，以免越烂越多。没人想到，这些烂柿子试图要在筐子里永久扎根、坚决不动窝！人性有时像冷热空气对流时暖时热，在上不封顶的私利主导下，寒流很可能会占上风。

季节的两只脚，一只踏入冬里，一只悬在秋外。树上有枯叶，也有褪色的绿叶，还有半枯半绿的卷叶。东北的气温如电压不稳的灯一闪一闪，许多人遭受误导、无所适从——

这天，一个突如其来的"号外新闻"引爆全城：大德·翠韵华庭的44户业主齐刷刷在自家阳台上贴了醒目的大字标语："贱卖此房！"

四

人生如同道路，最近的捷径通常是最坏的路。

有人抛下了书本和训诫，在俗世里开始了随心所欲的扑腾。是否对自己敲过警钟：廉洁自律如人生要塞，谁失守谁坠落？

预选也是一把双刃剑。明里这是选举摸底，避免应该选上的选不上。那么，什么是"应该"，什么是"不应该"？只有S书记"掌握"。民主选举就这样惨遭权力寻租者的践踏，变成当权者暗箱操作的遮羞布。正式选举前S书记召集各组组长会，控制引导选举，要一张一张"过票"，每一个名字都是一张会眨眼的脸，他要保证保哪个、不保哪个。"过"为同意，不同意则说"拿掉"。到平安俊时，S书记果断表态不同意。S书记分组掌握票数情况，一个都跑不了。

一些人用石头般坚硬的语言确定了权力对资源的绝对占有。以各种方式，完成对利益的管束和征用。

人格是风度的身份证，荣誉是幸福的一个高音。

在这敏感而关键的时刻，有好几位朋友提醒平安俊：凭你的名气、影响力和贡献选不上很丢人。大家都在活动，你也不能掉以轻心。你不送钱，可怎么也得跟人家通通气，打个电话也不算什么吧？

平安俊果断回答："我决不打这样的电话。那样做就不是我平安俊了！"

第二天，选举结果果然出了"号外新闻"，平安俊等几个贡献大、威望高的候选人悉数落选！

不义之财犹如结石，每一块都是对生命的威胁。一位很有影响力的落选者异常愤怒，嗵嗵嗵跑到Ｓ书记办公室门口指名道姓大骂："你给我出来！你个大贪污犯，你用选举大肆敛财，谁不送钱你就拿掉谁，你也太黑了，我决不放过你！我要上市里告你，市里不行就上省里，省里不行就去中央，我决不让你逍遥法外！"

Ｓ书记闷在办公室，不敢露头。

Ｓ书记门前围了一大堆人看热闹，静观事态发展。除了骂者谁都不说话，但看得出来，每个人都有激烈的心理活动，眉毛、眼神和嘴角"表情丰富"。谁心里都有一杆秤，都在以不同的方式衡量眼前所上演的闹剧……

知情人议论纷纷，这样做太过火了！

风再大，也拉不直弯着的腰。听说市里派人来调查，Ｓ书记赶紧安排"补救"：让部下口径一致，不承认搞了预选。

市领导施压道："对市里贡献大的、有代表性的人物，为什么选不上？"

市人大领导催问："听说你们搞了预选？"

"没有啊！"Ｓ书记不敢承认。

迫于顶不住的强大压力和戏法被人拆穿的心理负担，Ｓ书记搞了补选，把平安俊（包括到Ｓ书记办公室前大闹的候选者）等几位落选者补选上。

当官的没有四棱见线的道德标准，不可能有大抱负。

我们一而再再而三地倡导道德建设和执政能力建设，就是让人达到人的标准，让真理不被金钱涂改，让血液升到血的高度，让心回到心的位置，让官在民心中落户。

市里开会平安俊刚一报到，S书记很热情地打招呼："小平！小平！"

真诚变成水中月，看着很美一捞就碎。

心与心咫尺天涯，平安俊懒得理他。S书记心中有鬼，过度热情地送平安俊到楼下。到一楼门口，S书记指指沙发说："咱俩跟别人的感情不一样啊，来，坐一会儿。"

平安俊说："你既然说咱俩的感情跟别人不一样，今天我就给你来个忆苦思甜吧。你记不记得你当局长之前，我还给你出过主意？并建议你找谁？"

"大哥，这事我永远不能忘。"

"我看你早就忘了。实话跟你说，这次选举你太过火了，也有人找我要联手告你，我没有同意。我之所以没有向你出手，觉得你心里有数。但我没想到，你会这么做。"

"大哥，这事很复杂啊。"

"我更没有想到，你不仅把我干掉了，把另一个不该干掉的也干掉了。人家在清水衙门工作，有多少钱啊？"

"这里一定有误会。"

平安俊如同倒不过来时差那样难受，不想跟不在一个频道的人浪费时间："行。这事就此结束。无所谓。"

一个真正强大的人，不会把太多心思花在取悦和亲附别人上面。

几年后，中纪委揭开辽宁省人大贿选黑幕，仅在省级选举中就有842人涉案。那么，市级选举，则是省级选举的"序曲"。

在集体无意识的"从众"时代，一些人只从负面曲解达尔文的适者生存，当时在人大代表选举方面，很多人已经适应脱离法律法规正轨的氛围：选谁谁拿钱。

那道飘忽不定的利益之刀正隐藏在某个人们不知道的地方，悄悄结一个生物链，环环相扣，相克相生。人们都企图占据食物链的上游，这样可以获得更多的食物资源。只是，他们的位置越引人注目、手伸得越长，他们的处境就愈发危险。靠喝别人的血喂饱自己，自己有朝一日也必将成为别人的食物，充当消费链上一个按指令运行的部件，装点上游人胜利的宴会。

他们没有想到，最残忍的刑具往往来自人类自己。每个人都随身携带着制服自己的刑具，这种来自身体内部的秘密一旦被别人诱惑、发现并且掌控，将失去身体主权。

人性的最大弱点便是抵挡不住诱惑，有人在公开场合亮出自己的观点："平安俊是大企业家，人家多少都要表示表示，他为什么一毛不拔？"

有人又烧上一把火："平安俊这么抠，不选他！"

新上任的市人大主任知晓大德公司的实力，也知道平安俊险些落选市人大代表，为了拒绝闹剧重演，他干脆水没来先憋坝，在一次会上指出：有人散布很多不和谐音，这很不正常。选举人大代表要把各行各业最优秀的人选上来，每个选举人投票前都要掂量掂量，不能胡乱投票，更不能辜负人民给你的权利。经济发展要靠企业，我们一定要保护企业家，保护纳税大户。

这些人人都能"意会"的讲话促使一些在十字路口前迷茫者重回正轨，还有相当一部分人的选票被利益左右。

选举结果揭晓：按得票多少排序，平安俊以最后一名当选。

原市委书记张杰辉落马后，一些事情才水落石出：在决定平安俊能否担任市人大代表常委时，张杰辉也做了手脚：鞍山市人大换届时，候选人名单要在市委组织部公布之前，报请市委书记同意。张杰辉借机又报他在鞍山钢铁学院没拿到地的一箭之仇："我请示省领导了，私营企业常委的比例太大，拿掉平安俊，换个国企人选。"

市人大代表选举省人大代表即将拉开帷幕，一些急着"上位"的人已经暗流涌动，悄悄运作。当时，贿选已成公开的秘密，打电话、送礼物早过时，时兴用红包"砸开"上位通道。

开小组会前，市里W处长找到平安俊："平总，请这边来，我跟你说个事。"

平安俊问："干吗？"

她拿出个小包递过来："明天就要选举了，就这点意思。"

平安俊最烦这事，铁青着脸说："我不要，你赶紧拿回去！"

W处长下不来台红着脸道："收下吧，就剩你了。"

原来，W处长也知道平安俊不收礼，担心碰一鼻子灰。但又不能不完成"受人之托"的任务，便最后一个找平安俊。

见平安俊转身要走，W处长这才交了实底：这是某领导让我送你的，我代他办理。

平安俊说："你千万别说谁让你送的。第一，我肯定不要。第二，谁够条件我选谁，不用这个。不够，我也不会选。"

他甘愿在针尖上蹁跹哪！

晚上开饭前，市领导让平安俊代表小组讲几句，平安俊推辞未果，便从座位上站起来："大家好！其实今天我最不应该讲话，我这代表当得不容易，虽然当选也是勉勉强强。我曾经当了三届省政协委员，回到家乡，头一次选市代表就把我干掉了，没选上。后来经过补选，我才勉强坐上末班车。

"今天选举市人大代表，我在当选的代表中票数最少，又是最后一个！不容易啊，总算吊儿郎当地上来了！"

大家笑得东倒西歪。

为了正义，平安俊宁可从翅膀退回到茧里坚守孤独。

五

彩霞像一堆散放的胭脂，忘了装瓶。风儿像熟睡女人喷出的呼吸，暖暖的。平安俊却像被暴雨打伤的禾苗，浑身哪都疼。

这么多居民齐刷刷贴出"此房贱卖"的标语，消息比七级大风刮得都快，人们奔走相告、口口相传。

已经正式发表的著作，被栽赃盗版书，吓退了一群购买者。

聚集在售楼处的人动摇了，填写购房合同的笔停了，交钱的手停了，兴致勃勃看房的脚步也停了下来。人们纷纷传扬大德·翠韵华庭的房子"哪哪都好"，鞍山历史上从未有过这么好的房子，现在怎么了？为什么有这么多人要贱卖大德的房子？人们呼啦啦去看热闹，一个"此房贱卖"的标语就是一颗原子弹，现在，44颗原子弹同时扔了出来！

　　流言是写在水上的字，注定不持久，但是又传得飞快，这个"突发事件"严重影响当期销售。购房人看到这些标语，第一印象是这房子不值钱。

　　压在伪装下的人性劣根性从污泥里钻出来，翻起沉淀的腐物，搅混了一塘清水。他们故意把秤准星移歪，把良心安放在肋巴上……仿佛谁掀去了潘多拉魔盒盖子，各种形态的野蛮和丑陋砰地跳将出来。每个人都善恶同体，如同每个健康的肉体都有癌细胞。现在，后者成功"上位"！在机关任职、在企业当头的让配偶或上岁数的老头、老太打冲锋，他们在暗中"递刀子"。他们还调动各种社会关系，表面上挑头的只有44户，实际上"大头在后"。人性之恶，像传染病一样泛滥。在利益面前，道德成了一剂过期失效的药，每个人的欲望都变成没有驯化的野草，毫无秩序地在苗田野蛮疯长。非买这里的房子吗？一碗饭中有好几十粒沙子，有人放下这碗饭，去找"另一碗饭"。

　　彼时平安俊还是省政协委员，辽宁省政协组织委员赴台湾访问的消息，也在坊间传成"号外新闻"："平安俊卷款跑台湾去了！"

　　这天早上，平安俊步行去正在筹建的"大德家世界"，二十多人突然把他团团围住："你们的规划明明有幼儿园和小学，你怎么说不建就不建了？"

　　"建与不建都是市政府说了算，我哪有权力决定？"

　　这情形在很多地方"似曾相识"，值得反思，有些地方政府威信不高的原因在于：言而无信。前届定了后届改，每任都为属于自己任期内的政绩"另起炉灶"，如同列车行驶途中突然改变线路，车上的人怎么办？平安俊既是列车突然改变线路不得不中途下车的乘客，也是发车前带旅游团的导游。俗话说，卖酒的向提瓶的人要钱。现在，

"游客们"用各种粗俗的话和野蛮谩骂围剿"提瓶人"……

人越围越多，重复的质问像套扣的螺丝来回拧，平安俊则是那根挺直腰板的螺丝杆任人拧，多疼也要挺住。怎么解释都没用也无法脱身。每一张脸都像毕加索笔下的抽象画，似一张张揉皱的纸，藤萝一样缠住平安俊。这些人硬拿不是当理说，平安俊的和颜悦色只能任由摧残。这时，一辆警车突然开到身边，一位年轻警察板着面孔向平安俊挥挥手："走，跟我上车。"

人们不敢阻拦警察执行公务，望着警车背影议论：

"让警车拉走了，这回够他喝一壶了！"

"警察找他，准没好事！"

平安俊正纳闷儿警察为什么拉他走，警车在背静处停下，年轻警察微笑着说："平老师，走吧，没事了。"见平安俊愣着，警察说："我早就从电视上认识你。你刚才被群众围观，我怕出危险。"

平安俊向他道谢。

2002 年秋天，大德·翠韵华庭的第一批业主入户，这些人一闹，更影响相继启动的第二期至第四期销售。

原因又是政府政策变卦导致。由于政府规划改变，这里不让建小学和幼儿园。这些人揪住这个理由大闹特闹：你们大德公司宣传广告上有小学和幼儿园，现在没了，你们必须降价。派多人向这些业主做工作，他们置之不理。大德公司允许他们退房、原价收购，他们齐刷刷不退。

为了不义之财，这些人像脑子里装了卫星定位系统的候鸟，毫无困难地一个找到另一个，然后眼目相对，光焰爆炸。

利益以难以想象的野蛮力量一再冲击，许多人的初心和本善若河床里被长年累月冲刷的石头，已经不见当初的纹路、棱角乃至面容。

揭掉标语他们再贴上。双方对峙、你来我往，揭揭贴贴的"拉锯战"无休无止。

大德公司无路可退，只好向铁东区人民法院提起诉讼。因为，法律是人类的低保，让你强制性地提高修养。

2003年春节前，人们正沉浸在办年货的忙碌中，《中国法制报》突然发出文章，完全站在购房群体的立场大造负面舆论。

案子正在审理中，铁东区法院办案人的压力很大。

平安俊看到报纸通过114电话查询找到中国法制报报社办公厅主任："我想问一下，你们是否派记者来过鞍山？"

办公厅主任道："我们从来没派记者去过鞍山。"

平安俊说："这是假新闻，已经造成不良影响。现在司法结果没有出来，你们不经过采访、调查就发出这样的文章，要承担司法责任。"

事后得知，有人出钱、托人发了这篇文章。

铁东法院院长坚持原则："我们独立审判、依法办案，这报纸对我们不起任何作用。"

公正的判决来自于在一次一次的推论中接近并还原真相，来自于对原被告双方责任和义务的公平合理划分。

铁东区法院高扬正义利剑，果断判决滋事生非者败诉，他们不服上诉到鞍山市中级人民法院，中法再次判他们败诉。他们又向辽宁省高级人民法院申诉。这种事实清楚的无理取闹显然不得人心，他们再次败诉。

夜路再长也会撞见黎明。

这部艺术作品先后荣膺国家级健康住宅小区、中国建筑设计示范楼盘、首届"广厦奖"和中国国际地产最具品牌价值楼盘。

"广厦奖"，是经国家建设部批准，由中国房地产业协会和建设部住宅产业化促进中心联合设立的奖项，是中国房地产行业的综合性大奖，和"鲁班奖"并称为建筑、房地产行业的两大政府奖项，极具权威性，是我国房地产行业的最高奖项。

这部"艺术品"让大德公司声名鹊起，平安俊却一次次被逼到"墙角"，付出沉重的代价。这位英武健壮的东北大汉竟被折磨得突然青丝变白发、彻夜失眠、遭受糖尿病偷袭……

鞍山市建委主任兼规划局局长葛晔看了匡晓明的规划感觉眼界大开，赞不绝口。听了匡晓明的现场讲解更加震撼，大师就是大师，所有创意和设计指标都让人耳目一新，"高出一大截"。

平安俊更加高兴，建委和规划局的领导专家们这么兴奋，无疑为上报市长办公会审批赢得了先机。

这天，规划、建委等负责人去市政府汇报，刚把规划图挂在墙上展示，张杰辉端坐在市长的交椅上很像那么回事，成为市政府干部楼群里最高的"大厦"，他嘴一张，整个大厦即刻坍塌："就这个，什么破玩意儿！"

规划局局长连忙向规划局姜处长示意，姜处长站起来，向张杰辉详细介绍了匡晓明是谁，有哪些国内外著名建筑作品，张杰辉为了挽回面子连忙给自己搭台阶，站起来谦卑地凑到图前贴近看了看："哦，不错！不错！"

大家都清楚，若此规划不是出自匡晓明之手，当场就被毙了！

大德·翠韵华庭项目的设计规划顺利通过，贷款的旧坎上不去，正在艰难而又不知结局地爬坡，突然从天上掉下来个新坎又横在面前——因为铁东区又出售地块，又有房地产项目开工，同在一个区，离大德·翠韵华庭这么近的同类房地产项目一个一个开工，直接影响大德·翠韵华庭的住宅销售。

平安俊摘牌后，市长张杰辉曾在大会上宣称为了消化这个 3.5 亿元的重点项目，铁东区三年内不会再搞房地产开发，现在还不到半年，他却在铁东区大面积批了好几个同类项目！

房子卖不出去怎么办？铁东区新开发的房子每平方米卖 2300 元，大德·翠韵华庭的房子成本高，每平方米均价 3000 元以上。而且，市政府还在陆续出售建房土地。被逼无奈，为了躲避恶性竞争，平安俊经过市场调研，决定建个以卖家具为主的建材市场"大德家世界"。

另一道坎在前边拦着：将一部分住宅改成商业网点需要改设计规划，改规划仍需市长张杰辉批准。积怨这么深，他能同意吗？

平安俊熬了大半夜，字斟句酌地给张杰辉写了封信，说明迫于无奈才不得不改规划，希望得到市政府领导支持。邮寄、捎去肯定不行，人家能看吗？

这天一大早，平安俊和副总裁王汝贵去了市政府，先到副秘书长孙庭才办公室说明情况。孙庭才把自己的办公室门打开："张市长上班从我门前过，你在这堵着他。如果张市长不见你，我再想办法。"

张杰辉过来，平安俊赶紧跟在后头进屋、自报家门，称有事向张市长汇报。

张杰辉翻了一下眼睛问："什么事？"

平安俊当一片药咽下这个不同寻常的眼神，简单叙述了要建"家世界"建材市场和修改规划的原因。

张杰辉说："那不行！规划已经批过了，这能随便改吗？"

平安俊的眼神刀一样划过来、流光溢火，有强气流推送的饱满声音当空炸响："我原本也不想改规划。你在大会上讲铁东区三年内不开发，现在你又批了地，马上要开工好几个房地产项目，这么多房子挤在一个地方肯定卖不出去，没办法我才改建建材市场、家具市场的。你说话不算数、说改就改，我为什么不可以改？"

平安俊的声音在空中打个刺激清凉的回旋后，再爆裂开，形成颤抖旋流。轰鸣声如一群蜜蜂压境而来，强悍的余震在张杰辉的耳内回响……

张杰辉的思维似乎被平安俊的声音震短路了，出现短暂的沉默，平安俊赶紧见缝插针："我给你写了封信，你抽空看看。"

张杰辉说："放那吧。"

平安俊离开后，张杰辉的表情像被强酸溶蚀过，无法调动往日的自然与活泼，僵硬地问孙庭才："大德是怎么回事？我说过铁东区三年内不开发的话吗？"

孙庭才回答："你说了，新闻部门也都听见了。"

张杰辉这才吐口："这个事得规划局同意，他们不同意不行啊。再说了，楼上是商品房，楼下是家世界，这能行吗？"

孙庭才说："平总刚才有点激动，还请张市长理解。市政府承诺了铁东区三年内不开发，现在接连开发好几个项目，大德公司的楼盘肯定不好卖。这不是百八十万的事，这是好几个亿的项目啊。"

再议此事，市规划局、城建委负责人的态度"一边倒"，认为平安俊改规划合情合理，张杰辉只好让步。

平安俊又去找铁东区领导，他们承诺：我们支持你建大德家世界，我们下红头文件，把其他同类市场关了，让他们都到大德家世界来。

原先有个老市场，屋子坏了，室内破破烂烂，摊铺乱，胡同过道上摆摊，消防车都进不来。

结果，大德家世界建成后铁东区变卦，又在原市场招了别人。

大德·翠韵华庭第四期又遇阻力，鞍山钢铁学院不给出具"灭籍手续"。校长杨路说："市政府没给我们一分钱，我怎么敢出具灭籍手续？没有钱，我建新校区怎么往下走？"

因自然原因或征收拆迁等人为原因造成房屋不复存在，在房屋登记中被称为房屋灭籍。"前房屋"产权单位不出具灭籍手续，出现"一女二嫁"，开发商就伸不上手。

这是市政府主导的大项目，市政府理应出面协调解决。事实恰恰相反，平安俊天天往市政府跑，今天找不到人，明天领导出差，后天开会，谁都不管。后来才知道内因，平安俊把买地钱悉数交给市政府，市政府却没给钢铁学院。

物料已经订购，工程队已经急切地等待，"停工待料"每天都有很多费用。平安俊腿都跑细了也无济于事，硬着头皮找学院一把手，学院党委书记于景伦在党委会议上果断拍板："大德公司已经把钱交给市政府，赶紧给人家出具灭籍手续，我们的账要跟市政府算。"

大德·翠韵华庭项目完美收官，在鞍山及辽宁房地产业引发"地震"，一个音乐家操刀的项目竟如此出类拔萃，荣获"广厦奖"等系列奖项。鉴于大德的出色信誉，中国银行特例审批2.5亿元的优先贷款政策。今后，大德公司贷款在这个额度内只需向辽宁省行备案，中国银行鞍山分行即可审批。

有人把高踩在脚下，但征服不了深。你可能在某个时刻欺骗所有人，也可能在所有的时刻欺骗某个人，但你不可能在所有时刻欺骗所有的人。

人与德就像双子星，因为互相缠绕永不分离。若一方失控坠落，另一方也会坠落。

2018年，鞍山市原市长张杰辉因受贿罪，被山西省太原市中级人民法院判处有期徒刑15年。

回想往事，平安俊非常激动，这个世界还是美好的！素不相识的于景伦秉承正义，迅速出具灭籍手续，解决燃眉之急；孙庭才刚正不阿、坚持依法依规办事，才顶住市长的压倒式威逼拿到项目！平安俊决不会行贿送钱送贵重物品，没想到，"表情达意"人家都真诚地拒绝：称这是正常工作，原本就应该这样做。

平安俊把中国银行视为"恩人行"。为把感谢变成行动，中国银行提出要购买大德又一个鞍山地标式建筑"大德欧艺园"的楼盘，平安俊以每平方米5000元的优惠价卖给中行8000平方米。

平安俊激动而兴奋地对我说："空气中有雾霾，天也会阴，但它们终究挡不住光芒四射的阳光！"

让花开的是风雨，让花谢的也是风雨。但没有风雨，花不开也不谢。

第二章

一声新燕谁先听

——只有上坡路才通向"步步高"

认准的事就往前走，决不后退，这样的精神谁都钦佩。可事实没那么简单，勇气是一回事，决心是一回事，能不能坚持下去走到远方，则是另一回事。人生要比拼的地方很多，其中一项：比谁的骨头更硬。

人生要坚持的事很多，在一步一棒、接连遭受重挫的时候，还能把即将坚持不住的坚持延续下去吗？

六

人生舞台的大幕随时都可能拉开，关键是你愿意登台表演，还是选择躲避。

1989年，平安俊大幅度改革歌舞团，吹响了向房地产进军的号角。

平安俊向前迈出一大步：鞍山市歌舞团与房地产老板于总签订合作协议，歌舞团出地，于总出钱并施工，收益对半分。

于总提出难点：歌舞团这个地方建楼属于"插建"，国家有明文规定，不允许插建。

平安俊问清了原因，于总又说："小平我跟你说，规划局各科室工作我沟通没有问题，而局以上领导就得你出面了。"

房地产老板不熟悉的事，音乐家平安俊怎么会熟悉？可平安俊有个习惯，认准的事就向前走，决不后退。

平安俊找到清华大学毕业、外号叫"刘管道"的管道科长说明来意，"刘管道"早就知道大名鼎鼎的平安俊，直接兜底道："实话告诉你，这事想办成，最终得靠你。这个地方建楼没有领导批示，不可能开发。这样，我把科一级的手续办完，局以上的我办不到，你来想办法。如果上面没有文件，领导不说话，不可能批。市长马延利主管城市规划，常务副市长于利人具体抓这项工作。"

平安俊听后窃喜：于利人喜爱音乐，与平安俊是多年好朋友。多少次，只有他们两个人尽情享受音乐的快乐，平安俊钢琴伴奏，于利人演唱。

于副市长嗓音浑厚、明亮，他演唱的俄罗斯民歌《三套车》，称得上是专业水平呢！

于利人向来支持歌舞团工作，当时歌舞团买金杯牌旅行汽车受管控限制，平安俊登门请示，于利人边签字边说："这是团里演出的公务用车，又不是享受的高级轿车，买吧。"

于总办好规划局科级层面的手续，向平安俊摊牌道："规划局的最后审批要局里一把手定，人家不敢签字啊，按明文规定，这地方不准插建。"

科里的同志告诉平安俊，你要事先向于副市长说说，不然我们不敢上报，冒昧上报肯定挨批评。

规划局局长、副局长和科长组织了专题会议，就歌舞团建楼一事，向于利人副市长汇报。

于利人看见平安俊进屋，立刻热情地招手："小平，来来来，里边坐。"

平安俊坐下后直奔主题："有件事请于市长给予支持。我们歌舞团后院有块地，我想开发盖房子。为什么开发这块地方？原因就一个，我想留住人才。歌舞团同志的住房太困难了，不把这些骨干留下来，好节目就演不了。另外，我们排练也没地方，现在的排练厅太小了，一个'大跳'就到头了，大型节目排不了。"

人们听了"一个大跳"就到头了，纷纷笑起来。

于利人问："这个地方成了，能否解决这些困难？"

平安俊赶紧说："肯定解决了，名演员和骨干演员都可以留住。"

于利人对规划局局长和副局长说："按规定这地方不允许插建，可歌舞团的情况比较特殊。你们向市里打个报告。"

于利人知道歌舞团是市里重点抓的文化团体改革两个单位之一，另一个是刘兰芳领衔的鞍山市曲艺团。刘兰芳的声名饮誉全国，但剧团改革是个新事物，她也没有想好。因为跟平安俊私交很好，她很欣赏《鞍山市歌舞团改革方案》："小平，我跟你商量个事呗？""你说。""你把上交市里的改革方案借我，我学学。""我们歌舞团的改革方案跟你们曲艺团不一样，能行吗？""我参考参考呗。"

"那好，"平安俊答应道，"你下午安排人上歌舞团去取。"

市里虽然给一些政策，改革单位也替市里担担子：财政拨款减少一半，通过以副补文解决经费缺口。

现在说起走市场经济人们已经习以为常，当年无异于"一场地震"，新中国成立以来，类似这样的单位已经习惯吃皇粮、习惯循规蹈矩、脑筋固化、思维定式固化，又逢演出市场坠进低谷，许多人听了"经费减半"都六神无主、惊慌失措，平安俊却兴高采烈地跟市里签了协议。

平安俊迎难而上、顶着巨大压力让歌舞团有了翻天覆地的变化，这也是马延利市长亲自抓、特别树立的典型。

会后于利人提示平安俊："我这边正常。马市长非常支持歌舞团的工作，你也抽空跟马市长好好汇报汇报。"

平安俊向马市长作了详细汇报后，清华大学土木工程专业毕业的马延利很爽快："行，我原则上同意。"

事先沟通果然奏效，市里的审批很顺利。

平安俊让几位副团长抓团里业务，后来很火的两台大戏《魔火暴风》《赤橙黄绿青蓝紫》即将横空出世，自己经常开夜车琢磨节目策划和作曲，白天向房地产业务倾斜。

平安俊一头扎进新的学科，每次研究房地产业务都全程参加，由一无所知到一知半解，很快便迈上更高的台阶：提出疑问、大胆创新。

于总特聘鞍山市焦耐设计研究院建筑分院院长尹韧主刀设计。

平安俊看了设计图后提出自己的见解："八平方米的客厅不行，走廊不是走廊，客厅不是客厅，太小了。"

几个人都说这是现在流行的。

真正具有创造力的人，拥有一双神奇的眼睛，能够发现摆在大家面前，却不被众人所察觉的事物。

平安俊说："现在流行不行，我们要把目光放远，要看到未来流行什么。"

图纸把客厅面积扩大到12平方米，平安俊道："为了适应未来形势的发展，我建议再大些。"

改到16平方米，平安俊说："不行，还小。"

设计员人员"一狠心"把客厅扩大到20平方米，平安俊看了看图纸，脸上露出笑容来。

这是鞍山市普通住宅彼时最大面积的客厅，成为住宅客厅设计最前卫的样板。

2020年10月19日，我去采访仍然住在此地的鞍山市歌舞团原副团长、著名二胡演奏家杨松盛，仍享受到明亮大厅的宽敞和通透。历经三十载光阴，这个客厅仍不过时。

需要研究歌舞团的配套建设，于总经常打来电话："平团长，你得来啊！"平安俊研究房地产也总带着"艺术范儿"，于总离开他心里没底。

研究完就吃饭、喝酒。平安俊不胜酒力，也得陪着。

于总酒足饭饱后道："我得回家睡一觉，你不休息休息？"

"我跟你研究了一上午，"平安俊说，"下午我得去歌舞团理理朝政了。"

夕阳西下，平安俊正忙得昏天黑地，于总的电话又打进来："今晚我请三个院长吃饭，你得去啊？"

"我不去。"

"别价呀，我已经跟三个院长说了，请著名作曲家平团长作陪，你得给我面子啊！"

正在跟人家合作，他这么一说，平安俊只好过去。

喝酒喝到八九点钟，于总可能翻桌再喝，可能去歌舞厅娱乐，平安俊却拖着疲乏的身体钻到黑夜深处拼力忙碌，策划晚会、创作节目、谱曲、配器，平息团里棘手的矛盾。

这天，于总说："平团长，我开发水泡区工程，纯利150万元。"

平安俊大吃一惊，于总活得潇潇洒洒，一个工程就挣这么多钱，他同时连续开工好几个工程哪！

平安俊非常感慨：我这么拼命干，舞台这么火，一年才挣30多万元！就拿歌舞团这个合作项目来说，难办的手续我办、公关我去，连户型都是我设计的，平安俊深度参与了房地产开发的所有流程，觉得业务并不复杂，更没有什么高深的东西！于总挣钱挣得多潇洒啊，上午上半天班、中午喝酒、下午回家睡觉，晚上再打几个电话喝喝酒，就轻轻松松把大钱挣了。都是人，都干专业，我平安俊写的谱子半人多高，吹笛子、吹长笛、作曲、指挥、歌曲、歌剧、歌舞、器乐曲拼死拼活地干，眼睛流出血丝，也不值几个钱。

于总对平安俊的刺激太大了！平安俊开始深思：职业间价值差这么多，难道我一辈子只能干这个？

恰似风折柳枝被泥埋，只是没人注意的自然现象，却生根发芽、长出另一棵柳树，这是后话。

彼时，尽管平安俊还没有下海的打算，于总对他的刺激若皮肤上扎个小刺，随手拔出来便不再理它，旋即抖擞精神，弓拉满月，改变鞍山市歌舞团从建团之日起就一成不变的单一模式，带领歌舞团向商业领域进军！

平安俊成立了综合艺术开发中心，让搞舞台设计的道具组成立装潢公司，让服装设计组成立服装公司，同市场接轨。虽然平安俊个人没挣一分钱，却带领歌舞团闯出一条多种经营的路子。

于总装修的活都要外委，平安俊全部拿下，舞美队，上！

一些单位借道具、借舞台设计方案，平安俊说："借什么借？租出去！"

当即成立了租赁公司，拓宽创收渠道。

平安俊张罗盖房子解决歌舞团骨干人才住房困难，是鞍山市文化单位改革试点工作的重要组成部分。为了保障改革的顺利进行，市委市政府决定，把鞍山市歌舞团和鞍山市曲艺团这两个自主经营单位从鞍山市文化局"提溜出来"，由市体制改委员会领导，市文化局只负责这两个单位的业务指导。

当初平安俊张罗盖职工福利房、盖歌舞团排练大厅，多数人认为干不成、只是说说罢了。现在，楼房拔地而起、威风八面，许多人红了眼睛。

1990 年秋天，大东北呈现一派喜人的丰收景象，原野飘香，稻谷艳黄，枫叶正红，鞍山歌舞团也呈现史无前例的"丰收"景象，平安俊做了房子分配方案，歌舞团一次性分配 33 户，全部解决了住房困难，在全国同类艺术团体创造奇迹、开了先河！

歌舞团的成绩太抢眼了：第一，管理好，接手时乱糟糟的摊子已经焕然一新，大家的精神面貌发生翻天覆地的变化；第二，改革创收好，平安俊接手时歌舞团账面上只有 500 元钱，现在"富得流油"；第三，鞍山歌舞团的主业异军突起，成为全国同行的佼佼者。

有人妒火中烧，向文化局告了一状：平安俊一手遮天！

上世纪八十年代一位著名作家形容某些人的话一直伴着时间而延续：干的不如看的，看的不如调皮捣蛋的。

平安俊知情后并不在意，说去吧，自己问心无愧就行！闷头干活、"单一思维"的平安俊还没有意识到，歌舞团后院的高楼有多高，引发的嫉妒就有多高。一些人知道房子没自己的份，便恶语中伤。一些人倚仗自己的地位，觉得自己有能力抓在手里或者分一杯羹。

平安俊已经做了房子的分配方案，正要向文化局领导汇报，这天，新上任的文化局长打来电话："平安俊，你尽快把房子的钥匙全部交到局里，局里要统一分配。"

平安俊说："我们是市政府直属的改革试点单位，我们歌舞团有房子的独立分配权，这也是我职权范围内的工作。"

"那不行！"局长加重了语气，"你是在文化局党委的领导下，你可以上报分配方案，房子怎么分，由文化局党委决定。"

"门都没有！"平安俊摔了电话。

新任局长召集了文化局班子扩大会议，专题研究歌舞团房子分配。要把分房权收上来，怎么分，分给谁，由局里说了算。

会上，新任局长手里把玩钢笔悠闲地听平安俊说分房安排，越听越不高兴，"啪"地摔了钢笔。

平安俊当即火了："你摔打谁？"

平安俊呼地站起来，掉头便走。

参会的副局长韩忠义连忙过来，一把抱住平安俊："小平，别别别，坐下坐下。"

平安俊怒问副局长："他要干什么？看他是什么态度，摔打谁呢？"

新任局长这才把话拉回来："小平啊，你摔打我，我也没摔打你啊！我正梳头呢，你看，我这是木梳，刚才的响声，是我顺手放下的木梳。"

平安俊觉得无聊，实在不想跟他争执是钢笔响还是木梳响，但他已打定主意，在原则面前，决不让步。

平安俊把市政府改革办的文件放在他面前，转身离去。

在中国，类似的当权者不在少数，干事没本事，抓权有一套。揣着明白装糊涂，最常用的手法便是以组织和工作名义暗藏私利。

平安俊清楚，新局长不会善罢甘休，索性去找常务副市长于利人，单刀直入地汇报了房产开发过程，要求市政府继续支持、给政策。歌舞团是市政府主抓的改革试点单位，我们完全按市政府的要求自力更生闯出一条路子，没花财政一分钱，跟文化局没一点关系。我们要给歌舞团主演和骨干解决住房，我们要留住人才，发展壮大歌舞团。

平安俊强调说："歌舞团改革是你代表市政府批的，我们自主管理、独立经营，行政方面归鞍山市体改委管，文化局只负责业务指导，现在出了这事，我感到非常为难。"

于利人简单明了地说："安俊，你给我打个报告，我批一下。"

平安俊的报告递交上去，于利人做了批示："平安俊是一位很有影响力、对工作贡献很大的同志。人家自主经营、自力更生盖的住宅楼，解决歌舞团人才流失和排练没地方的困难，要给予大力支持。同意平安俊同志上报的分配住房方案。"

于利人副市长又把文件批给主管文化艺术工作的郎英副市长，郎英在文件上签批："同意利人意见。"

新局长看到上述文件，心里窝着一肚子火没处发，仍然固执己见地对平安俊说："行，我没意见。但你们班子分房，还得报文化局党委讨论。"

平安俊又去找马延利市长："当时确定我们为改革试点单位，给政策支持，都是您亲自批的。现在房子盖完了，局领导提出要由文化局来分配，说什么要考虑文化系统平衡，文化局又没拿一分钱，我们歌舞团自主经营、自力更生盖的房子，为什么要平衡整个文化系统？"

新任局长也找了市长马延利："歌舞团的房子盖完了，各文化单位都瞅着呢。别的团别的文化单位也缺房，局里也缺房，这房怎么分，文化局要平衡一下。可以以歌舞团为主，但房子不能只分给歌舞团。"

马延利没接文化局长的茬，却不容置疑地岔向另一条道："歌舞团是市里改革试点单位，你支持一下。你可以召开局党委会，代表局党委通过一下平安俊的分配方案。就这样吧。"

平安俊很快接到新任局长的电话："平安俊，通知你和支部书记张光弟明早八点到市图书馆，参加文化局党委扩大会议。"担心平安俊有想法，新任局长又缓和一下口气，"你放心，这个会不是文化局要分配房子，而是就你的方案通过一下。"

会上，平安俊如实说了建房分房的全面情况。新任局长总结时说："我觉得歌舞团的分配方案是可行的。你们团是市里的改革试点，经研究，局党委通过了你们的分配方案，你们可以按这个方案分配。"

第二天，新任局长找到平安俊："你们还有没有三间剩余的房子？"

"局长，你早点说啊，我给你留一套，现在都分配完了。"

多次出难题，暗中给平安俊下绊，根子竟在房子！

当年为了房子，平安俊差点没喝死！

1989年夏天的一个夜晚，一个男人大喊大叫的声音穿透夜空，向四外扩散，附近的邻居们纷纷推开窗子，发现声音来自歌舞团团长办公室。

一双纤弱的手要把他从沙发上扶坐起来，像蚂蚁抓在巨大的树桩上，一点也拉不动。平安俊怒吼道："走开，你……，你是谁？"

"平安俊啊，你明明知道自己不能喝酒，为什么要喝这么多，你要喝死啊？"

平安俊这才明白过来，使劲抓着自己的胸口："经路，我这里……着……着火了！"

眼前的屋顶怎么是斜的？地面刷啦一下变成天棚，谁把办公桌粘贴在墙面上？胃里翻江倒海，天旋地转……

平安俊第一次喝这么多酒，也是最后一次喝这么多酒。

文化局分房子，一下成为整个文化系统的关注"热点"。文化局党委决定，分房政策向五七大军干部倾斜。一捧沙里漏下零星几粒，会考虑一下歌舞团。各文化团体的头头都去找局领导"跑房子"，期盼为自己部下要套房子。歌舞团团长平安俊也挤进"跑房子"的小股部队里打冲锋。

歌舞团舞蹈队队长刘树平，大高个儿，敦实，外号叫"底座"。好多舞蹈全指望他出彩：猛地抓过来合作伙伴，一用力"唰"地举起来，再做惊险刺激的动作，按现在话说：非常吸睛。彼时，他们全家挤在40平方米的单间，连老带小实在住不开。

平安俊打听好了，给刘树平要套双室的可能性不大，但单间有大有小，争取给他要个大单间。平安俊去找文化局常务副局长、主管分房的于长波，一直追到一楼饭店，跟着人家屁股后介绍刘树平的情况，要求照顾一下这位舞蹈队台柱子。

于长波知道平安俊不能喝酒，咕嘟咕嘟倒了一大碗白酒："你当团长的为演员要房子，做得对。"又指着一大碗酒说，"你把这一大碗酒喝下去，我就答应你。"

在场的人都知道平安俊不能喝酒，有的嗷嗷嗷起哄，有的鼓倒掌。谁也没料到，平安俊居然拉开"接招"的架势，瞪大眼睛问于长波："你说话算话不？"

"算话！"

平安俊端起酒碗："周围这么多人，你们可看着呢！"

话音落下，那两片吹笛子的嘴唇张成虎口使劲抽吸，"咕咚咕咚"一阵喉咙响，碗边儿快速向里倾斜、倾斜，直至碗底朝天，一大碗酒喝个精光……

大家正在鼓掌、叫好，突然发现平安俊不行了，健壮的大个子突然抽去骨头，站立不住。扶他坐下，他稀泥一样瘫歪下来。

大家七手八脚把平安俊扶上二楼团长办公室……

见平安俊极其痛苦，一头扎在沙发上不动弹，连喊带叫，有人赶紧去找刘经路……

七

1984年，三十岁出头的平安俊英姿勃发、精力旺盛，并以高产而影响广泛的音乐作品和出色的工作能力，成为尽人皆知的拔尖人才。但，在质疑他的人眼中，平安俊的毛病也同样明显，比如太直率、不会通融，比如说话伤人，比如脾气偏、不太好管理。

更多的人还是力挺平安俊：人品好、诚实、业务出色、组织能力强、思路超前、有股子闯劲。

是不是骏马，要给他一片原野；是不是雄鹰，要给他一片天空。鞍山市文化局党委一纸任令，平安俊出任鞍山市评剧团第一副团长主持工作。

平安俊兴奋又犹豫，文化系统人才济济，难得文化局党委这样信任他。年轻气盛的平安俊雄心勃勃，既然组织给了机会，就一定要干好，证明自己行！

遗憾的是，让他去并不熟悉的鞍山市评剧团，如果在歌舞团就好了！向上一搏的欲望和兴奋很快占了上风，平安俊满怀豪情地上任，决心有所作为！有什么了不起：干一行爱一行，不会就学嘛！

报到前一天，平安俊已经打好"腹稿"：第一，让老戏骨有所作为，调动起老评剧艺术家的积极性，排练出让人耳目一新的评剧来。第二，改革传统评剧，把京剧的西洋乐元素等引介到评剧中来——想想都兴奋，要闯出一条中国评剧别具特色的新路来！

1984年11月4日，平安俊去评剧团报到。

调任平安俊任评剧团团长并非心血来潮，评剧团团长李春元干得相当出色，在辽宁戏剧界声名远播。李春元原为抚顺京剧团团长，是辽宁文艺界有名的拔尖人才。调任鞍山评剧团后，李春元干得风生水起，很快成为全省响当当的"优秀团长"，文艺系统一直推广他的治团经验。李春元如此出类拔萃，一般人压不住阵势，谁敢接他的班？文化局领导已经谈了几个人，个个摇头拒绝。

平安俊赴任此职，说是"救场"也不为过。

评剧团100多人，由于办公地维修，临时搬到铁西工人剧场办公，条件非常简陋。

评剧团班子算上平安俊五个人，两位副团长分别为张金秋和李少岩。张金秋为评剧主角，李少岩唱小生、主角。吹竹笛的马尚志任支部副书记，谢心泰任主管行政副团长。

市文化局党委书记阎福君鼓励平安俊："安俊哪，组织信任你。李春元为抚顺名人，工作抓得很出色。你是鞍山名人，相信也不会差。"

平安俊的工作节奏很快，第一，先把剧团的四梁八柱安抚住，继续推进前任团长李春元的改革工作，稳定和调动两个副团长的积极性，让"角儿"发挥作用。戏剧没"角儿"卖不出票。第二，迅速把架子搭起来，主抓排练和演出。

李少岩是一位响当当的评剧演员。他表演洒脱、扮相英俊、嗓音高亢挺拔，是评剧界少有的正调评剧小生演员。他与花淑兰、筱俊亭、马淑华等合作，深受观众推崇。李少岩文笔出色，他创作了《孝庄皇后》《孝庄皇太后》《孝庄太皇太后》《挂靴留斗》《寇准断案》等优秀剧目。

平安俊登门拜访，没想到这位大名鼎鼎的台柱子对党一往情深！

李少岩爱人说："少岩多少年要求入党，怎么也入不上。'文革'时说他是反动技术权威，'文革'过去了还是不行。"

"我这辈子最大的愿望就是入党，没人理啊。'文革'完了，还是没人理。"李少岩叹了口气，"我死了，能在骨灰盒上蒙个党旗，就知足了。"

平安俊听了非常感动。这位大腕不谈职位、不谈工资、不谈职称，也不提地理偏远条件很差的住房，而是把政治生命看得比命还重要！就凭这至高境界和纯洁的心地，追求入党几十年，怎么就没人理呢？

平安俊当即表态："少岩老师，我非常理解您的心情。请别灰心，更不能失掉信心。追求这么多年，决不能动摇入党信念。我刚来评剧团，一定把发展党员的事重视起来！"

平安俊说的是心里话。自己追求了十多年，总算入了党。李少岩已经努力了30多年，却越努力越远！

拜访张金秋，平安俊再次被震撼！

年近半百的张金秋向平安俊倒了同样的苦水："平团长你来了，我最关注的就一件事，我写了这么多年入党申请书，接受这么多年考验，怎么谁都不理我呢？'文革'中说我是反动权威，我反什么了？我什么地方反动了？"

"我们党就缺少你这样人才啊！"平安俊真诚地说，"快熬出头了，你一定要经受住党组织的考验。现在改革开放了，应该把什么样的人吸收到党组织中来，重点吸纳哪些人，我们剧团要重视起来。"

张金秋九岁在天津学戏，在全国很有影响，1953年出演《刘巧儿》，获东北行政委员会戏剧、舞蹈、音乐观摩大会表演奖。著名戏剧家田汉称她为"关外的小新凤霞""东北的刘巧儿"。张金秋为辽宁评剧院五大主角之一，她主演的《窦娥冤》《双娇公主》等纷纷获奖，出演《唐伯虎点秋香》等百余部作品。

平安俊敬佩他们，内心受到强烈冲击！这么好的人，多年来对入党又有强烈的渴望，怎么就入不上党？将心比心，他有强烈的共鸣：小时候因为父亲的历史问题自己备受冷落、抬不起头，感觉低人一等！父亲没在家，被人"公布"当了十八天保长，这件事大山一样压坏了父亲最好的人生时光，也压了平安俊十多年！仅仅是一项世界上本不存在、被人生生扣在头上的"反动权威"帽子，就压了这两位专家几十年哪！人的性格和喜好千差万别，但万般归一的是，只有内心纯净、追求执着、将小我融进大我之中，才是脱离低级趣味、为人楷模的高尚者。他相信，两位艺术家的专业水平鹤立鸡群，与这些不无关系。极左观念把他们的人格光芒埋在尘土里，现在，他要扒掉尘土，让人类心灵最美好的追求和理想重见天日、光彩四射！

平安俊内心激流翻卷，这样的人入党不够格，谁够格？从倡导"专家办团"需求上看，发展党员更应该向这些人才倾斜！

事实并不这样简单，许多人怕担责任，固有的政治成见比大石板还沉重。平安俊不信邪，偏要撼动大石板。

平安俊最先征求党支部书记马尚志的意见，先说了拜访张金秋和李少岩的经过，便直抒胸臆："马尚志啊，我觉得应该破除以前的老观念，要发挥这两位老专家的作用。他们这么多年如此执着地靠近党组织，组织一直把他们隔离在党外，不正常啊。如果他们入了党，我们党的力量就加强了。"

马尚志果决表态："不行！我不同意。"

"为什么？"

"不光我不同意，这么多党员，都不同意。多少年都这样，你刚来不知道情况，这事肯定不行。"

"你跟文化局党委沟通一下行不？"

"这事没法沟通。"

平安俊进行了摸底调查，剧团十三名党员居然一个口径：不同意他俩入党。

核心问题便是：怕担责任。这么多年谁都不同意他们入党，现在突然同意了，出了问题谁负责？

平安俊内心的"潜台词"是：凡事先把推脱责任放在首位，怎么不把干好工作放在首位？另一个现状引起平安俊的深思：这些不同意两位专家入党的党员，没一个是主要演员，甚至没几个好演员。

时间时空都在变化，这么多人"倒不过来时差"，仅凭一己之力势单力薄。平安俊直接去找文化局党委副书记汇报了情况，直言不讳地阐述了自己的观点，这位副书记听了平安俊颇有导引性的大胆见解深受触动，爽快地力挺："小平，我支持你！"

平安俊又跟马尚志谈话："党务工作归你管，你去跟文化局党委请示一下，如果文化局党委不支持，那就算了。"

怕担责任，马尚志不想去，很不情愿地说："那行吧，我去问问。"

文化局领导鼓励马尚志：你要大胆地开展工作，发挥这些专家的作用。只要支部大会上通过了，就报上来吧。

马尚志对平安俊说："文化局党委同意往下走。"他迟疑一下，"不过……，这事难度太大。"

"尚志啊，"平安俊说，"你没意见，我们俩当入党介绍人，分头做党员的工作。最关键的是，这两个人没有根本性、原则性的问题。"

在评剧团党支部会议上，平安俊第一个发言，讲了两位老艺术家几十年热爱党、靠近党组织、经受考验的感人经历，讲了他们二人的不可替代的专家水平，评剧团必须增加党的力量，一定要把两位优秀的艺术家吸纳进来。

举手表决时，平安俊第一个举手，又发挥"表情语言"作用，瞪圆原本就"超大号"的眼睛，准星套瞄靶心一样盯紧一张张脸，党员们坚守几十年的旧观念瞬间坍塌，一个个慢悠悠地举起手来。

马尚志把评剧团党支部全体党员同意张金秋、李少岩为中共预备党员的报告上报文化局党委，文化局党委顺利批准。

只有呼吸过两种空气的人才会懂得两种空气的差别。

李少岩得知自己成为中共预备党员，先是愣了半天，继而泣不成声："我多年的夙愿终于实现了！我要求入党多年，一直按党员的标准要求自己。组织考验我这么多年没有动摇信念。请放心，我入党后努力工作，发挥党员的作用。把所有的专业和能力都贡献给党，做一个名副其实、合格的共产党员。"

张金秋得知消息热泪双流，激动得说不出话来。

这两位"老牌党外积极分子"加入党组织，震撼了整个文化系统！

两位"头牌"大腕不负众望，身上像安了马达，排练、演出样样争先，下工厂、住农村不辞辛苦，成为"专家表率"，留下许多佳话……

八

理想像长脚的云，跳上天空等你。

1992年，中国运行了43年的计划经济开始向市场经济迈进，邓小平的"南方谈话"引发巨大"地震"："计划经济不等于社会主义，资本主义也有计划；市场经济不等于资本主义，社会主义也有市场"。"贫穷不是社会主义"的口号更加振聋发聩，为"姓资还是姓社"讨论发出强烈信号和权威定向，为打开市场经济大门、进一步改革开放、大幅度提高经济发展速度指明了方向。

每天看新闻、关注国家大政方针政策的平安俊热血沸腾，他隐约预断：中国将要发生巨大变化，从未有过的新机遇就在眼前！

撒一路花瓣不如爱一片土壤，有事业为根，爱才有远方。

全身激荡着音乐家气质的平安俊坐不住了，仿佛活跃的音符变身跃跃欲试的商业细胞，他要奔向人生的另一个赛场！

平安俊同时在两条线上奔波，一条线抓歌舞团改革，勒紧新出台的管理制度这条线，突出主业，把一些团业务工作交给副手打理，剧团管理便如钟内齿轮自动转起来，节奏均匀而恒定。另一条线，由他亲自带队，向房地产业"试水"。

这一年，房地产业蓬勃兴起，民间"炒楼花"炙手可热——最热的楼盘，圈地者没投一砖一瓦，批地手续和图纸已经倒手十几家！

那是一个英雄辈出的时代，几个刚出牢门的骗子更名改姓突然腰缠万贯，大版大版在媒体上打广告，向弱势群体捐钱捐物；那是一个让人目瞪口呆的时代，多少红遍全国的大牌"企业家"，昨晚还顾客盈门、追随者趋之若鹜，第二天早上却关门闭户逃之夭夭……

平安俊胆子很大，揣着满肚子音符，一个猛子扎进只了解个皮毛的房地产业。平安俊胆子又很小，不见楼盘不出手。他迅速决策：找投资人合伙干，买了清水楼加价出售。手续全，有楼在，不至于投资打水漂。

我在前边说过，平安俊认识房地产商人于总后，颠覆了以往的认知。他领衔的鞍山市歌舞团如火如荼，在普遍演出不景气时一枝独秀。除了主业，歌舞团还开了四家十分火爆的歌舞厅，尽管如此，一年也就收入几十万元。自己作曲成宿成宿熬夜，稿纸摞了半人高，却只是"精神收获"。再看看于总，上午睡觉，中午和晚上喝酒，很多时间泡在歌厅，少数时间去工地转转，一个项目就净赚 150 万元！于总同时开工好几个项目！

人家挣钱太容易了，自己连踢带打，恨不能 24 小时连轴转，收入却微乎其微！于总欣赏平安俊的诚实为人，也欣赏平安俊的才华，曾与平安俊合伙盖过楼。平安俊出地，于总负责建筑。审批、施工前，一些手续于总办不了、卡壳，需要平安俊发挥名人效应、拿下一个个山头。平安俊从头至尾研究了房地产专业，深思起来：最难的事我来办，设计、施工也是外委，房地产这活也没什么了不起，我为什么不能干呢？

决心下了就即刻迈步，平安俊向来如此。

头一个拦路虎横在眼前：开发房地产资金流太大，没有底垫怎么行？平安俊想：为歌舞团盖房子可以找合作伙伴，出去搞开发也可以找合作伙伴啊！

平安俊一脚迈进鞍山市大型轧钢厂厂长、全国劳动模范刘忠志的办公室。

平安俊多次组织歌舞团为该厂量身定做春节联欢晚会，二人结下深厚友谊。

欣赏平安俊才华与做人真诚、做事认真的刘厂长闻知作曲家要涉足房地产，犹如一垛达到燃点的干柴遇上明火，"呼啦"一下被引燃："平团长，我在威海有个朋友，老约我去，咱俩哪天走一趟。威海可美啦！如果合适，咱们联合开发房地产，我出钱，你出力。"

"威海可美啦"这句话，像阴云里划出一道亮闪，平安俊当即兴奋起来！

站在全国地图前，平安俊像位指挥战役的将军确定了主攻点那样兴奋，突然，他的手指按住威海两个字，仿佛攥紧开启浪漫之旅的钥匙……

一望无垠的辽阔大海上，激浪奔腾，海鸥飞舞，渔歌唱晚，平安俊的心潮随海浪起起伏伏，异常兴奋：这里既有辽阔的交响乐，又有独特的单曲，更有跳跃浪花般的小乐句，多么令人向往！

收拾行囊，平安俊最先把笔和写了一半曲子的小本装进去。连他自己都觉得好笑，仿佛他不是去做房地产生意，而是去某个封闭的地方搞音乐创作。

设计总投资 1400 万元，刘忠志先拿一半。手里攥着 700 万元，平安俊兴冲冲地在威海寻找楼盘。

最先进入平安俊视野、冲击心灵的便是浪漫！

当威海山海相连的一组别墅扑进视野，平安俊激动得几乎跳起来：山崖陡峭，绿木茂盛，层林尽染，错落有致的别墅群掩映在这样的环境中，比画都漂亮啊！

岁月一脚迈进初冬，家乡鞍山已经草萎叶疏，一片枯黄。这里却像老辣画家的大写意作品，山骨苍劲，山形逶迤，丛林五光十色，而那些别墅则是画卷中最抢眼的"点睛"之笔！平安俊想，谁入住于此，便是"画中人"啊！将心比心，这里的房还不好卖吗？

平安俊兴奋地买下六栋已经封顶的清水楼，迅速在周边调研了多种楼房的行情，待价而沽。

平安俊带领五六个人入住租的别墅，兴高采烈地开始工作。平安俊又在威海看好了楼盘，甚至超前计划：如果这六栋楼很快脱手，立刻"快速跟进"。

间或，平安俊用电话遥控指挥歌舞团工作。夜晚，平安俊仍然一如既往地创作乐曲。

早上，平安俊带领大家跑步健身，跑到海边再跑回来。呼吸新鲜空气，享受美丽的海边风光，整天荡漾着欢声笑语。

理想很丰满，现实太骨感。

半个月过去了，一户也没有卖出去。平安俊安慰大家"别着急"，我们初来乍到，要有耐心。

一个月过去，仍然毫无建树，平安俊嘴上安慰大家，自己心里也有点"长草。"

漫长的两个月过去了，仍然没有开张，平安俊心急如焚。

日子突然慢了下来，每一天都如同一把钝刀割着平安俊的心。700万元投进来了，两个月坐吃山空、回不了款，怎么向刘厂长交代

平安俊在创作中

啊！平安俊也有"一闪念"式的后悔，在鞍山虽然没赚大钱，可歌舞团的小钱不断，比一般单位还强，在文艺团体界堪称佼佼者，现在，却困在威海焦急上火。

夜晚更加难熬，作曲的灵感烟消云散，一夜长于一年。平安俊感觉床铺像平底热锅一样烤人，自己则是翻来翻去的烧饼。四十有二，刚过"不惑之年"的平安俊经受着难熬的困惑。"烧饼"翻到午夜终于成眠，三点钟就醒了，再也睡不着。入住时很兴奋的二楼房间，此时已成想立刻"逃出去"的牢笼。平安俊怕惊醒同事，似乎担心踩疼台阶那样轻轻、悄悄地下楼……

日后提起这个细节，大家异口同声地说：当时每个人都听到平团长下楼的脚步声。因为，大家都很上火，谁都睡不着。

接近年底，总算卖出去一户，葛立群认个"干妈"，才成交的。

1992 年 12 月中旬，平安俊决定以"庆祝双年"为突破口，大力促销。1993 年元旦和春节即将双双到来，1 月 22 号就是春节，为迎接两大节日，楼盘实施大幅度优惠价，每平方米降低七个百分点。

平安俊召开了激昂的动员会，号召大家坚定信心、集中力量打一场攻坚战，他相信降点举措一定能赢得购房者的兴趣。话说得杠杠硬，内心中的"不确定性"却藏在散会前最后一句话里："如果春节前卖不到十套房子，你们回家过年，我一个人在这里值班。"

平安俊心里的潜台词便是：回不了款，我怎么向刘厂长交代？另外，是我的浪漫主义决策才买了这里的楼房，现在房子砸在手里，不能连累大家跟家人团圆。

平安俊亲自起草了广告词，在《威海日报》上打广告扩大促销。

期盼像只快速哗啦哗啦翻日历的大手，时间过得飞快。

急火攻心，忧虑组成多股部队突然聚集，悄悄地潜入身体内部，扰乱五脏六腑的正常运行。

1993 年 1 月 1 日，平安俊突然病倒！高烧、咳嗽、浑身无处不疼。大高个、大块头的平安俊不相信病痛会扳倒自己，因为，他的新事业才刚刚起步。同志们赶紧把他送到威海医院，医生看片后的诊断推开一扇窗："没事，什么病都没有。"平安俊当即回到让他欢喜让他忧的售楼现场……

一周匆匆而逝，销售处没有反响。

十天匆匆而逝，售楼处仍然没有反响。虽然来看房、打听房子的人多了，可不掏钱购买有什么用？广告白打了，还有十二天就过春节了！

无论怎样，团队的干劲可鼓不可泄。关键时刻，精神方面的虚力量可能比实力量更强，正如墙上和脸上的斑点可以去掉，心里的斑点却无法消除。

平安俊一边鼓励团队等待时机、年后再战，要相信春种必然会迎来秋收，一边给歌舞团和家人打招呼，他要在威海值班。

平安俊给刘忠志厂长打了电话，如实沟通了房屋滞销的情况：现在的确深陷其中、回不了款，不过请刘厂长放心，钱肯定不会瞎，再难我也会想办法把这钱还上。刘厂长反而安慰平安俊，市场不会总这样差，不定什么时候时来运转呢。

伴随春节的到来，压力更加沉重。平安俊又在床上"翻烧饼"，无数遍想着同一个问题：这块压死了怎么办？

平安俊哪里想到，在他失眠忧愁的时候，购房者正在筹措资金，威海的楼市也在悄悄回暖。

这天，同时有两位购房者交款购房——十天之内，十套楼房售出！

平安俊第一时间把这个好消息告诉刘忠志厂长，售楼处只留下一位工程师值班，他带领同志们回家过年。

过完春节从冰天雪地的东北回来，威海楼市也春枝一样发芽、绽蕾，居然出现一个销售"小高潮"。河南某局一下子买了两栋楼，另外四栋也很快出手……

平安俊谢绝了大轧厂再加大投资，用这 700 万元垫底滚动发展，又与大轧厂合作买一块地，鞍山歌舞团挣了 300 多万元。

此后平安俊在房地产业上频频试水，先后在辽宁大连、福建云霄、广东汕头、缅甸、俄罗斯投资，均无太大成效。

1994年开始陆续从外地撤回来，决定在家乡鞍山创业。

九

平安俊用七个月时间摸清了评剧团底数，理清了多线条的工作脉络，在评剧改革方面刚要蓄势发力，1985年7月5日，文化局一纸调令，又将他调回歌舞团任第一副团长，主持工作。

平安俊心里不太舒服，评剧团刚刚理顺，怎么又把自己折腾回去？

如果干得不好、组织不信任，为什么让他掌舵困难重重的歌舞团？如果干得好，为什么还是不扶正，还是第一副团长？

这念头好比一缕清风吹过，须臾而逝。

回歌舞团有回歌舞团的好处，自己参加工作后的第一个脚印在那里，人生最美好的二十多年青春时光闪烁在那里，酸甜苦辣、困惑、迷茫以及成功的喜悦和向往，都在那里啊！他感激歌舞团，他热爱歌舞团，他愿意助力歌舞团昂扬向上、走向振兴！如果能团结同事们让歌舞团走出低谷，在困境里闯出一条兴盛之路，将是一件多么自豪的事啊！团长前多个"副"字，说明有人对自己还不太相信。那么，拿掉"副"字的唯一办法就是出色的工作成绩。换言之，工作稀松平常，即便拿掉"副"字又有什么用呢？

平安俊到岗头一天，会计就向他通报："平团长，现在账面只剩下500元钱。"

没钱怎么排戏？道具、布景、服装、灯光、音响，处处都要钱哪！

1985年，内地演出市场受到"港台风"冲击，传统节目如款式陈旧过时的家具，备受冷落。演员服装要超前时尚，表演连蹦带跳、与台下观众互动，旋转摇摆的灯光，电声乐器配架子鼓营造隆重的重金属声响，中国大陆几十年不变的节目风格遭受颠覆式的强悍冲击……

顺应市场需求，台上台下的"硬件"设备陈旧过时，都要更新——没有钱，寸步难行！

第一件事，平安俊向电影公司经理借了3000块钱，给自己家安个电话。多少年过去，平安俊还念念不忘那个电话号码。

彼时没有手机，只有个别家庭安住宅电话。这台电话加快了工作节奏，像平安俊的加长手臂，抓到一个又一个机会。人们下班后的"自有时间"，却是平安俊耕耘的另一片"工作沃土"。每一个晨晖初照的早晨和夜幕降临的晚上，都是平安俊指挥剧团工作和扩大业务联络的黄金时间。

用"抓热钱"踢开"头三脚"。歌舞团成立两个剧组，由主要演员带队。男主演聂振海和女主演梁艳各带一伙演员，直接深入到工厂演出、拉赞助。形式非常灵活，演包场、一对一演出、拉赞助，三个月后，歌舞团账面多了三万元。

据统计，1985年，国有单位平均年薪1148元，城镇集体1213元，大专毕业生月薪42元，学徒工月薪不到20元。

平安俊把这三万元巨款当"底火"，购买歌舞团所需设备，排练出众多颠覆式专题晚会和吸睛的前卫节目，很快"烧旺"了演出市场。

旧的东西再不放开，即使新的来了，你也会因为腾不开手而错过。

用"抓热节目"砸开演出市场。平安俊主张节目新颖、洋为中用、古为今用。

把民乐、电声、管弦乐糅在乐队中，穿插曾经没人理的民乐，一会儿琵琶，一会儿二胡，节目活泼新颖，现场观众兴奋得嗷嗷叫，热烈追捧。

张德清精通表、导演业务，能力强，原为鞍山话剧团团长，现任歌舞副团长。因为脾气暴躁、做事霸道，演员们怕他，希望他下台。

平安俊用人所长，放弃一把手管财务的惯例，把财权交给张德清。

两人都是业务高手，平安俊除了抓歌舞团全面工作，还主抓乐队和作曲，张德清抓排练和舞台演出。

1985年年底开始，在冬雪飘飞的寒冷季节，鞍山歌舞团却在辽宁省会沈阳，在塞北江南，在长城内外，刮起一股强悍的"东北风"……

平安俊组织创编人员创作了两台各具特色的晚会，一台歌舞晚会《赤橙黄绿青蓝紫》，表达歌舞的五彩缤纷，以轻音乐为主，传统与现代联姻；一台晚会叫《魔火暴风》，绚丽的灯光和架子鼓电声乐器唱主角，呈现激越快活的摇滚风格……

歌舞团一分为二、各表一枝，在鞍钢体育馆演出《魔火暴风》，在鞍山胜利会堂演出《赤橙黄绿青蓝紫》。

组织管理得好，这里出现一个看不见的强大磁力轨道，大家都按预设的轨道自觉前行，自如运转。

歌舞团的"新潮表演"瞬间火爆而风靡，在鞍山市立山剧场、太平剧场、齐大山剧场、东鞍山剧场、永乐俱乐部、胜利剧场，在周边的海城、岫岩、营口、本溪、辽阳、抚顺、锦州、阜新、大连、铁岭、丹东等地爆棚，最难的问题是"下一场上哪演"。不是没地方去，而是"狼多肉少"，就这么两台节目，往往六七家剧场经理"争着要"!

在海城剧场，已经连续演了十多场，剧场还要"加演"!

1985年，演出市场萎靡不振，观众非常挑剔，全国九成的剧团歌舞团近乎"停摆"，多数剧团已成空架子，演员纷纷跳槽，饮誉中外的辽宁省歌舞团、沈阳军区前进歌舞团已经"歇业"、停演。

鞍山歌舞团《魔火暴风》演职人员与领导合影（前排右六为平安俊）

平安俊提出："我们不能光在鞍山市周边转，我们要进军省城沈阳。"

再次出乎预料，鞍山歌舞团在沈阳中华剧场一炮打响！

要新颖！

演员还没出场，已经先声夺人！

从未听过的电声、民乐、管弦乐、架子鼓联手合奏，悠扬、激昂的重金属前奏格外新颖、生动，一团比轻纱更轻盈的雾气突然在舞台滚动、炸开、弥漫，舞台前唇一排地灯激烈放射、时明时灭，棚顶灯方向参差、错落摇转，光芒摇曳……

观众从未见过这样的新奇景象，叫好、鼓掌、伸长脖颈观看，独唱女演员扮相时尚、边唱边舞，舞台灯圈住这位靓女，她脚下的舞台活了起来，伸长、伸长，美人一步一步移过来，居然伸进观众席！

观众掌声如潮，谁见过会伸缩、能升降的舞台啊！

要快！

国内外最流行的节目，很快就能完成以假乱真的仿制。

中央电视台的春节联欢晚会刚一落幕，最受观众欢迎的"张明敏"就出现在舞台上，青年演员陈小刚的形象酷似张明敏，着中山装、围红围脖、迈着"张明敏步"，"河山只在我梦萦……"，一张口便"炸了"！太像了！太像了！似双声道低音炮，磁性浓郁，韵味深沉，仿若张明敏再现。唱完《我的中国心》《垄上行》，暴风雨般的掌声一阵一阵响起，"再来一个"的口号彼伏此起，返场欢呼一浪高过一浪……

不知道是故意造紧张气氛，还是陈小刚扮演得太逼真，售票处前热情的观众居然口口相传："张明敏来啦，快去买票！"

日本歌曲《星》和国内流行的《上海滩》《冬天里的一把火》刚一火，平安俊便组织人"抢拍"，第一时间把它们搬上舞台。

1985年香港十大劲歌金曲刚一出笼，谭咏麟的《爱情陷阱》，张学友的《情已逝》，张国荣的《不羁的风》，苏芮的《谁可相依》，梅艳芳的《坏女孩》等，已经火热地在鞍山歌舞团的舞台上风靡……

平安俊要求模仿中要有创新，锦上添花。打破僵化表演的"站立式"单一模式，歌舞穿插，台上台下互动，灵活多变。

梁艳演唱日本歌曲《星》，当前奏缓缓响起，舞台暗场，一群伴舞女孩子身着白色连衣裙，手捧灯放射白光，营造出轻盈、纯洁、浪漫的意境，亦梦亦幻亦仙，想象纷呈……

要前卫！

舞中有歌，歌中带舞，乐器、舞蹈、演唱相结合，每个节目都有特色，气氛浓、创意新、风格别致，出乎情理之中，又在意料之外。

人体现代舞《时钟》一亮相，观众立刻目瞪口呆、大声尖叫！男女演员穿上弹力紧身衣，男演的形体结构、肌肉块尽展阳刚之美和力量之美，女演员的丰满身段、随形而转的柔美曲线仿若一首无声的朗诵诗……

这衣着就够胆大的！

多少年来，中国演出舞台也像未开放、久久封闭的中国一样，"文革"时期全国文艺舞台只有八部样板戏一花独放，演员衣着数十年一成不变，普遍老、旧、厚。谁见过演员穿这么少？谁在舞台上领略过"人体风采！"

光"抢眼"远远不够，《时钟》还是个生动的"走心"节目。男演员刘树平穿蓝色紧身衣，扛起穿紫色紧身衣的女演员赵玉萍，二人用身体"说话"。刘树平为时针，赵玉萍为分针，二人配合默契紧紧吸引着观众，时针和分针生动地前行、前行……

《时钟》创作源泉来自于王洁实、谢莉斯的同名歌曲，又引进日本健美操的元素，像在沉闷的表演天空突然映现一道灿烂霞光……

表达着年轻人的青春快乐，时间嗒嗒嗒走，时间在过去，时间在将来，时间在现在，时间，在每个人的身上，时间，无声地来又无声地去——这对舞蹈演员用"身体语言"和"身体造型"讲述一篇富有诗情画意的故事，每一组舞蹈段落都是一首诗，每个动作都是诗句，合起来，则有很强的吸力"代入感"，引人激动、引人联想、引人深思……

观众们不知不觉陷入"二度创作"的境地，富于联想的浪漫舞蹈已经结束，沉醉的观众似乎还没有"醒来"。不知谁先拍了巴掌，迅疾引爆了全场，海潮般的掌声久久不息……

舞蹈《大海》一开场，便以活灵活现的大海形象引发全场喝彩！蓝绸布展现大海波翻浪涌，女孩子身着蓝色紧身衣塑造浪花形象，男演员身着白色紧身衣，塑造了迎风展翅的海鸥形象，有在大风中历险、搏斗的艰难，有收获胜利的狂喜，调动全场观众同忧同欢……

周革晶表演的独舞《木瓜舞》一登台便引爆全场，满台色彩斑斓，激情火爆，舞姿活泼热烈，仿若再现原汁原味的东南亚风情……

电声器乐曲《野马》则先声夺人，马蹄的快节奏由远而近，贝斯打出的嗒嗒嗒嗒节奏引人入胜，演员若风中树、浪中鱼、膛里炮弹，丰富的表情伴夸张的肢体语言，用刚刚流行的架子鼓、电子琴、电吉他等时尚乐器疯狂炫技，年轻人坐不住了、一排一排站起来热烈欢呼、狂喊……

在沈阳著名的中华剧场，鞍山市歌舞团头一场戏就引发"轰动效应"，此后场场爆满、一票难求，倒腾戏票的"黄牛党"成了"香饽饽"，身边总是围着急于进场的观众，他们将票价翻了好几倍，生意

鞍山歌舞团部分演职人员与领导合影（二排右二为平安俊）

仍然很火。

那些生动的场面非常感人，下雨也不能阻断售票处前排起"长龙"，人们打着雨伞穿着雨衣排队购票。

最火的时候，竟在中华剧场"坐地演出"33场！看到售票窗口前一大群手臂向天而举，听到观众如潮般欢呼声，大家累并快乐着。作为演员，能连续一个多月站在同一个舞台上享受雷鸣般的掌声，还有比这更幸福的事吗？

在全国演出市场走下坡路的时候，鞍山市歌舞团为什么逆势而上？

已经停止演出的辽宁歌舞团、沈阳军区前进歌舞团都来中华剧场观摩学习，他们甚至放下"老大"的架子，开着大客来鞍山市歌舞团取经，赞不绝口的同时也只能望其项背，声称"我们演不了"。赢得观众赞赏需要很多"硬头货"，鞍山歌舞团效率如此之高，应对市场变化能力如此之强，太出色了！

负责演出"打地儿"的孙吉山非常为难，辽宁省内各市地每天都有人急迫地找他，请他尽快安排去演出，他实在应付不了哇！即便"躲起来"，人家挖地三尺也能把他"翻出来"！有的剧场甚至"上打租"先交订金，孙吉山哪见过这阵势？这么多年都是求人家，现在"调个儿了"！

鞍山歌舞团创造了"七进中华剧场"的奇迹！

强势拉动了演出市场，平安俊又在《赤橙黄绿青蓝紫》里突然打出"民族牌"，演出舞台已经冷落多年的民族乐器突然"现身"！若夜幕里钻出一颗星，似草原上一花独放，宛若群骥中一骑绝尘，好久不见的二胡旋律，悠扬、抒情地回荡在剧场上空，人们似乎见到久别重逢的亲人，异常兴奋！

记者黄世明特别激动，观赏节目后连夜写出《久违了，二胡！》，发表在1985年10月26日《辽宁日报》……

久违了，二胡！

黄世明

　　大幕拉开，合唱《我的中国心》一开始就唱出一种雄浑之美和阳刚之气。灯光不断变幻着色彩，台侧的幻灯幕交替地打出出演者的身姿笑靥。演员忽而从台中升起，忽而兀立中间。新颖别致的《霹雳舞》，古老哀伤的《新婚别》，都体现着题材广泛，形式新颖和风格多样的追求。创作歌曲《西瓜皮》把视角对准社会现实，对一些缺少社会公德的人进行了善意的嘲笑。舞蹈《海潮》在亢奋的节奏和浓烈的时代色彩中，大胆地使用东北民间歌舞的表现手法，利用手帕的抛接和里外挽花的动作，较为恰当地表现出浪花涌起时的果决和柔美……我的心被搅动了，一种在近期观看轻音乐演出中极少出现的思绪躁动在我的心里。报幕员的声音又响起来，轻云似的二胡慢板、舒展地奏出了《十五的月亮》前奏曲。我盯着架子鼓前的二胡演奏员，那曾经非常熟悉的坐姿、动作，霎时间勾起我无限的感慨和宝贵的追忆，躁动的思绪突然间有了明确的所在，"久违了，二胡！"一句话不由自主地从我的心田轻轻潜起。

　　像很多观众一样，前一段时间，我不愿意看轻音乐演出了，我喟叹那种偏颇，不忍看那艺术上的堕落。可今天，从第一个节目开始，我心里就有了不同的感觉。我觉得，鞍山歌舞团的编导们是在以自己的探索来呼唤一种珍贵的复苏。这台节目舞美装饰富丽大方，如色调明朗的框架，具有民族民间特点的星形彩灯，使人很容易联想起壮美的民族艺术殿堂；乐队位置的高低间隔，也符合我们民族固有的追求和谐的欣赏习惯；在民族特色浓郁的节目里，乐曲的配器，乐件的使用，都明显地突出了民族乐器的独特效果；特别是一半以上的创作节目，更明显地展现出编导者令人佩服的胆识和勇气。所以，尽管他们使用着同样效果的声光设备，穿插着同样的流行歌曲，但在演员的表演中，看不出为摆脱经济困境而表现出的艰难挣扎，看不出为取悦观众而强作出的皮笑肉不笑。舞台上活跃着对艺术的追求和探索，流动着时代色彩与民族特色的融和。

"久违了，二胡！"这不仅仅是我一个人的感慨。但是，如果探索只是为了把电吉他换成二胡，那也不是什么好事。鞍山歌舞团的演出好就好在既注意民族化，也没有忘记八十年代……

平安俊没有就此止步，而是进一步扩大演出领地："我们能不能出关，不在辽宁省演出呢？"

在吉林长春，一个剧场"坐地演出"一个多月！

在黑龙江哈尔滨，连续演出35天，剧场仍然没有停演的计划。

在河南郑州、洛阳，在山东济南，在浙江杭州，在广东广州，在山西太原，鞍山市歌舞团在全国数十个大城市刮起强悍的"东北风"，多个地方提前两个月卖光了票。

"七进中华""四进哈尔滨""三进天津"——"那个火哟！"，负责"打地儿"的孙吉山至今仍然兴奋："在江苏徐州，一个剧场连续演出30多场！"

谁能想到？在挑剔的老牌直辖市天津，天津第一工人文化宫的预售票提前两个月就卖光了，观众一伙一伙找上门来要求购票，时间再往后排，多排几场，好戏不怕晚，能看到演出就行。闻听久久期盼的鞍山市歌舞团总算来了，热情的天津人洪流般涌向剧场，许多没有当日票的人抱着"试试看"的心态加入到拥挤的潮流中，剧场周围人山人海，把剧场入口检票的人都挤倒了。担心出现踩踏事件剧场赶紧关门"报警"，换成武警把门……

在此一地，一口气演了二十多天！

演出在全国各地叫响，剧团声名远播，收入成倍增长，演员补助费也水涨船高，八角、五块、十块、二十块、五十块、一百块、二百块，多演多挣多得。歌舞团的凝聚力空前提升，敬业、钻研业务、爱团爱岗成为奔腾跃进的主流力量。

北京首钢歌舞团团长、电视连续剧《重庆谈判》《九儿》《信访局长》作曲、时任鞍山歌舞团副团长林国华，回忆当时的情景仍然激动："当年平团长让我带乐队，我不睡觉熬夜改编乐谱、配器，市场最流行的作品不出三天，我们就搬到台上演出。当时鞍山歌舞团打遍东北无敌手，在全国威名远扬，演员们积极性特别高，大家以自己是鞍山歌舞团的演员而自豪。在天津文化宫的演出刚一结束，大家用补助费一人买个高档照相机……"

在上海，演出二十多天，观众仍然蜂拥而至，许多观众奔"假张明敏"陈小刚而来，陈小刚却揣着父亲病危的电报进退两难。尽孝和守信像两只大手撕扯陈小刚的心，他不忍让热情的观众失望，歌舞团信誉受损，忍痛地选择留在舞台。每一句抒情的"中国心"唱词都饱浸着父爱，更加真挚感人，备受观众欢迎。下了舞台，陈小刚却躲进僻静的房间扑通一声跪下，对着东北家乡的方向给父亲磕头——父亲病重和丧殡期，他一直在大上海的舞台上……

在文艺团体大举萎缩、削弱、解体的时代，鞍山市歌舞团一分为二，两个团队分头演出，各领风骚。引入竞争机制，真正让有用之人有用武之地，无用之人淘汰。节目内容面向市场竞争，两个队内部也引入正激励的竞争机制。形成一种从未有过的局面：有的人两个队都抢，有的人没人要。知道自己差的人主动求队长：给个面子，带着我吧。

把歌舞团引上正路，绝非自我奉献所能承担，还要举起管理的大砍刀削掉胡乱蔓延的枝杈！

拔出稻丛里的伪装者，找出牛奶里的一滴水，勒紧敬业和责任心，绳索远远不够，更需高出一筹的专业水准。面积的公平论毫厘平方，秤的公平以斤两计，琴弦的公平音准上见，如果用朋友的亲疏远近来衡量，算什么标准？

演奏员水准不达标，平安俊一挥手："出去练练！"回来时，平安俊又要求"你再拉拉、再弹弹看"验收，人家觉得"很没面子"。

"一天不练功自己知道，两天不练功同行知道，三天不练功观众知道"，对事不对人，水准技能就是"最大的面子"。

平安俊和副团长、评委在场，对演员、舞蹈队和乐队进行严格整顿，按实际水准"排队"，以确保排练和演出的正常秩序，治理自由散漫，正向调动积极性。舞蹈队天天练功、雷打不动，乐队的气息、指法都要达到高水准。小提琴、大提琴按能力排出首席、副首席，依次向后排。

乐队排位非常敏感，演奏员们一个盯一个，必须公平公正公开。

这天，平安俊多年的好友、乐队副队长找上门来，要求把他妻子小提琴手的排位前移。

平安俊开诚布公地说："我是按实际水平安排名次，不是按朋友关系。"

平安俊想，必须一把尺子量到底，这次松口了下次呢？给你放宽了尺子，别人呢？世界上从来不缺制度和标准，永远缺复杂关系影响下的公平裁判。

平安俊与乐队副队长不是一般的关系啊！

乐队副队长刚从沈阳音乐学院专科毕业，只弹琵琶，平安俊就鼓励他作曲，引导他学习配器。他底子太薄，平安俊辅导他学习立体音乐，学习指挥。

当年沈阳音乐学院作曲系招生，鞍山市歌舞团和鞍山市评剧团各有一名考生应试，其中一科为"现场作曲"。乐队副队长从未作过曲，请已经在沈阳音乐学院毕业的平安俊帮忙，经过平安俊悉心、对位辅导，他顺利考上沈阳音乐学院。

从沈阳音乐学院毕业后，乐队需要配一名副队长，团长征求乐队队长平安俊的意见，平安俊力荐了他。从此，二人又成为形影不离的工作搭档。

但，因为平安俊没有答应他妻子的小提琴排位前移，乐队副队长当即翻脸，二人的友情断崖式坍塌……

团队人员由众多同道构成，团队的成绩也由这些人携手完成。但，团队的成绩是公众的，个人利益才是私有的。一些人总是向后者倾斜，不管什么原因，谁碰了我的个人利益，我就怀恨在心。

在鞍山市文化系统，平安俊创造了鞍山市歌舞团的奇迹，有目共睹。平安俊整日奉献在团里尽人皆知。但，一些人总是用一己私利的尺子衡量一切。明的不行来暗的，一个人不行就多凑几个，一场看不见，却要重拳击打平安俊的幕后斗争正在悄悄酝酿……

十

理想是只勤快的鸟，黎明还没有叩破黑幕的蛋壳，就触着曙光而歌唱了。

2020 年冬天，我慕名找到位于鞍山市铁东区的"大德同德园"小区。汽车停在马路边，我一下就被园区大门口的雕塑所吸引：一个洋溢着独特艺术气质的大竖琴昂首而立，浪漫曲线构成的边款错落有致，深暗的底色映衬着竖琴弦，在城市的钢筋水泥森林中格外抢眼。

若把这个建筑作品比作一只鸟，这便是会作诗的鸟。整个建筑是一首诗，这个雕塑就是"诗眼"，若把建筑比作乐器，这个雕塑就是"定调"的音符。

平安俊的内心波翻浪涌：这个创意不仅给此部房地产处女作"定调"，也给此后众多的房地产交响曲"定调"……

这部雕塑规模不大，建筑材料也不够高档，建筑工艺也不复杂，但，它却是音乐艺术跻身鞍山房地产行业的"拓荒牛"，也是平安俊把音乐植入鞍山房地产作品的"领唱"……

历经二十多载岁月沧桑，时间氧化了钢铁，磨伤了砖石皮肤，竖琴的混凝土衬景陈旧了，琴肩膀的油漆斑驳了，边款的金色不再晃眼，但那些钢筋琴弦仍然挺直脊梁、精神焕发，引人兴奋。竖琴的"代入感"极强，每一个观赏者都会被感染，仿佛她仍在不歇地演奏，被风弹响，被人们新鲜的感觉弹响，而秋叶春风夏雨雪花乃至满地跑的"泡烟雪"，则是四季不歇的"弦外音"……

平安俊的创意不仅仅是个别开生面的竖琴，而且是要把房地产建筑全程，都种上浪漫音乐的理念，让每一位住户都有享受音乐雨露的滋润。

"太浪漫了！音乐家的项目，就是跟别人不一样啊！"

"平安俊像做艺术品一样做房地产。"

"这个雕塑，视觉冲击力很大啊！"

"同德园"是平安俊在家乡鞍山自己单挑大梁做的第一个房地产项目，也是第一次把音乐元素引进他的房屋建筑作品。这个作品就像一首乐曲的前奏部分，此后好戏连台……

1994年，全中国多数文艺团体受到市场化的强烈冲击，演出形式跟不上市场变化和观众品味变化，演出市场断崖式萎缩，多数文化演出团体停止演出，演员纷纷外流、放假、开支困难。鞍山市歌舞团团长平安俊却逆势而上，一手抓剧团演出并奇迹般地蹚出一条路，成为中国同类演出团体的佼佼者；一手抓实业，带领剧团演职人员走出住房困境——向当时的"不可能"发出挑战……

文化单位是"穷衙门"，连"够级的"的文化局领导也常常为缺住房困扰，给剧团给演员分房简直是天方夜谭。

早在两年前平安俊在全国歌舞团创造奇迹，找合作伙伴盖楼，为33户演职人员分房，全部解决歌舞团住房困难。现在，他要向另一个奇迹挑战：自己独立开发建房。

1994年春天，平安俊回到家乡鞍山开拓房地产事业的计划，也像果树的春枝一样返青、发芽、结蕾、绽放……

经过多轮洽谈，平安俊与鞍山市第二蔬菜公司合作，蔬菜公司出地，鞍山歌舞团负责建筑，把地下大菜窖挖开、平整，建四栋、两万平方米的住宅。

"头一道关"便是设计成什么样的作品？由谁来设计？

平安俊多方调查，请彼时鞍山市最出名的"头号设计师"巴世杰工程师亲自操刀。巴工程师非常赞同平安俊的理念：建筑作品要植入大德的"诚信文化"，与将来入住的业主同心同德。

另一位重量级权威人物、鞍山市焦耐设计研究院建筑分院院长尹韧负责户型设计。平安俊对手下的员工说："你们就听尹院长的，他说怎么做，你们就怎么做。"

平安俊称尹韧为"大德的宝贝"，我采访时，这位年过八旬的老将仍担任大德房地产公司总工程师，这是后话。

中国东北的住宅楼也曾在计划经济、公有制住房中数十年不变，一室不超过39平方米，两室不超过54平方米，三室不超过65平方米。

从这家到那家，从一个小区到另一个小区，从一座城市到另一座城市，所有城市住宅楼居室都千篇一律，如同一个模具"翻砂铸造"出来，人们已经适应这个一成不变的户型。

格局决定视野，创新创造未来。十年前你是谁，一年前你是谁，已经不重要。重要的是，你现在是谁，以及你明天会成为谁。

平安俊向设计团队提出要求：同德园的住宅，必须突破计划经济时代的框子！

向来倡导创新的平安俊考察了大连、沈阳、广东等地的住宅，经过多方比较、提升，设计一改再改，一律剔除暗室、不透风的户型，单室、双室、三室虽然居室相同，却吸纳音乐的元素设计出不同的旋律和音色，根据楼层、朝向、位置的不同，巧妙利用资源，设计出各具特色的户型。

整体设计要超前。

首开鞍山市房地产建筑先河，第一个在同德园设计了与顶层连通的跃层式，第一个设计了南北通透的大面积客厅，第一个在厨房设计了餐厅，第一个设立了楼顶花园。

细节也要超前。装在大楼身体里的钢筋骨骼、砖坯肌肉、线路经络、管道肠胃，都是健壮合格的脏器。中国经济以从未有过的速度迅猛前进、方兴未艾，未来的生活会有翻天覆地的变化，耗电量大的空调等家用电器越来越多，平安俊主张打破传统旧房的框框，要用未来的眼光这把尺子衡量现在的住房建筑，宁可多花钱也要扩大增容，防止"跳闸"断电。必须把好"材料关"，即使埋在墙里谁也看不见的电线也要挑最好的品牌。

建筑是城市的衣裳，也是城市的气质和风采，这是脸面。而实用和坚固，则是衣裳里子。里子做工不行、瓜腹腐烂，面子又能撑多久？

那些埋在暗处的线路、管道和细节，都是房屋肌体的生命器官。哪个器官早衰、发病，都会引发隐患。开发商可能建很多房子，得病的可能是百分之一、万分之一，可对买房的人来说则是100%！一个有良知的开发商要像高手老中医一样"治未病"，从源头上解决问题。

如果说优秀的设计是"上联"，那么，优秀的建筑施工单位则是"下联"。虽然兜里的钱很有限，平安俊还是决定："宁可多花成本，也要找最好的建筑公司！"

在户型和平面设计上"打提前量"，达到十年二十年后也不落伍的标准，公司特地组织工程设计人员去外地考察；设计图易稿十几次，设计师都不耐烦了："我给别人干了这么些年，没见过你们这样挑剔的！"平安俊笑着说："要不咋叫'大德'呢？"

他听得懂这些绘制器官的悄悄话，像深入一道道运行螺旋的内部，认真挑出每一个细小的"杂音"，要求所有节拍都归顺在指挥棒下。

建居民住宅楼，通常雇用乡镇工程队施工，标准说得过去，关键是省钱。建"同德园"小区，平安俊专门挑选全国百强企业、全市施工力量最强的"九建集团"。收费高不说，平安俊主动提出赔钱方案：工程经有关部门检验达到了市优标准，大德公司将额外付给"九建集团"每平方米5元人民币的奖励。

一些房地产商流行能省就省，省下的就是纯利。施工队便宜，材料也便宜，住上三年两载便漏水跑电掉灰渣儿……

大德却反其道而行之，为了质量至上，宁可突破预算。"同德园"住宅小区严把质量关，砖质量差，退掉；水泥标号低，换掉；墙砌得略有偏差，推倒重砌。单是进户电线就费了很多周折，线已买好，国产线负荷也合标准；但考虑到家用电器越来越多，国产线不耐老化，十年二十年以后怎么办？平安俊亲自下令："换！"换成了进口线，这一项，公司就搭进好几万元。

对多数普通老百姓来说，房子躲在背后，成为人生最大的蓝图，也是最大的开销。是找对象、生活质量好坏的筹码和身价的地标，蜗居、房奴一类带有明显悲剧色彩的词汇，生动概括了被住房重负长久摧残的一类族群。有人背上沉重房贷匍匐前行几十年，为赚钱还贷改变了人生走向，放弃钻研、再学习和长远规划。他们的一部分肉体健康和心理健康，也因不得不押在房子上而加快耗损。房子出现质量差错，不是在拆他们的骨、割他们的肉、抽他们的血吗？一砖一瓦都是情，一念一行为他们着想，这是建房人的责任，更是建房人的美德。平安俊眼里有他们，心里装他们，尽力让这些温暖的人性阳光，照亮建房流程的每一个暗角。

房屋建设者就是要站在老百姓一侧，挡住来自因利益诱惑而减损的材料和工艺等方面的掠夺，为购房者撑起保质无忧的一方蓝天！

大德公司是刚刚出土的幼芽，几乎与地平面同高，没有一点知名度。平安俊决定扭转酒香也怕巷子深的局限，鞍山市繁华胜利路一夜之间吸引千千万万的眼球：路两边的电线杆突然诞生一道新风景，"大德地产""大德同德园"广告强势现身，在骄阳下风姿绰约，在夜幕里恣肆绽放。连续近十里的灯箱广告彰显强大自信，也把初出茅庐的大德公司推向风口浪尖：

"有钱没地方花了吧？"

"音乐家盖房子，靠谱吗？"

"好房子是盖出来的，不是靠广告忽悠出来的！"

有人欢喜有人忧。平安俊听了却很高兴：只要大家知道、关注大德公司和同德园项目就够了。平安俊像给自己刚刚谱出的曲子"体检"一样，从头至尾给自己的处女作"同德园"项目"体检"，自信若鼓满风的帆……

"同德园"住宅建成后，在鞍山市引起轰动效应，很快销售一空！

四号楼被邮电局整体买下。

市级单位出钱买了不少公用房，多位领导欣然安居，人称"红眼楼"。

口口相传，素不相识的老百姓争相做义务广告员，同德园住宅的各种优点很快成为人们津津乐道的谈资，成为买方"迅速交款"的实际行动，售楼处排起长队，销售人员的劲儿还没使足，刚刚进入"热身阶段"，房子已被抢光！

平安俊实现了"不可能实现"的郑重承诺，鞍山歌舞团演职人员全部解决了住房困难，成为全国市级文化团体唯一一个通过"以副养文"创造财富，推助歌舞团驰上良性发展的快车道的单位。

十一

我们飞得越高，我们在那些不能飞的人眼中的形象就越渺小。

1987 年 6 月 11 日，平安俊出任鞍山市歌舞团团长。

1988 年 7 月，女主演如同一块大石头横在路上，因为自己办舞厅挣钱不来歌舞团上班。平安俊让副团长找她，女主演根本不理。平安俊亲自打电话，女主演向平安俊发出挑战：

"我就不去，你爱咋地咋地！"

必须敲掉这些人"搅局"的毛病，不然，歌舞团怎么发展？我在前边说过，平安俊勒紧管理这根绳，最严时一天点四次名，怎么能允许个别演员随便旷工、谋私利？

几个三天打鱼两天晒网的演员纷纷挑衅："办事要一碗水端平，女主演说不来就不来，为什么让我来？"

我会在后边讲述，女主演从前曾经下狠手整过平安俊，平安俊更要一碗水端平，别让人以为自己在公报私仇。

平安俊又亲自给女主演打电话，好言相劝，要求她在规定的时间内上班。这是歌舞团班子集体定的，不针对哪一个人。女主演再次拒绝。

时任鞍山歌舞团副团长的杨松盛也一再督促，女主演气坏了，决定予以反击。

杨松盛好几次接到男人的恐吓电话："女主演上不上班的事，你别管，你再管，打断你的腿！"

找了这么多次人都见不着，还如此嚣张！牵一发而动全身，关乎全团管理的大事，平安俊只好出手：在《鞍山日报》登了一则告示，限女主演十五天内来歌舞团上班，否则开除出团。

锅越空，水沸得就越快。

女主演气坏了，当着许多演员的面即扔出一枚巨型炸弹：我就不上班，坚决跟平安俊大干一场！

这是一个树欲静而风不止的女人，她的话，永远关不住内在的心猿意马。

平安俊从北京回来，女主演主动找上门来："平团长，大人不记小人过啊。我从今天开始，到歌舞团上班。"

女主演当时在鞍山很红，从小练就扎实的童子功，唱歌、表演、身手都不错，还能自如地在舞台上翻跟头。

可惜，这位当年同辈人中的佼佼者，如今就像用坏的犁铧，不能把垄沟耕耘得横平竖直。

歌舞团在全国演出火爆、收入增多，主管财务工作的副团长张德清大权在握、欲望膨胀，随意签批条子，该花不该花的钱都花，认人唯亲，跟谁近就多报条子，架空了平安俊。有人多次反映，起初平安俊不以为然。哪个单位都是一把手管财务，这权力本就是平安俊"送他的"。平安俊想，谁管账务不都一样吗？从工作大局出发，也应该调动副手发挥更加积极的作用。

反映问题的人多了，账务人员也反映张德清不是出于公心，而是"看人下菜碟"有倾向性地报条子，这才引起平安俊的警觉。

更加出乎意料的是，张德清暗中与歌舞团的另一个班子成员合伙，要搞掉平安俊。女主演充当急先锋，另一个班子成员瓜子脸对平安俊素有成见，二人联手结盟。这些注定要因私利和嫉妒而勾结在一起的男女，像脑子里装了卫星定位系统的候鸟，毫无困难地在茫茫人海中找到另一个，然后四目相对，光焰爆炸。

众所周知，喜欢在成功者身后说三道四的人，无非就三个原因：没达到你的层次，你有的东西他没有，模仿你的生活方式未遂。

文化局领导密集地接到几封上告信，有告张德清的，也有告平安俊的。文化局领导换了多任，现任领导了解实情后，上告平安俊的事条条虚假，在力挺平安俊的同时也提醒他：你必须亲自管财务，这不是权力问题而是工作需要。作为歌舞团的一把手，你要负全部责任。

平安俊收回财务权后，张德清也跟上文的乐队副队长一样当即"变脸"，由工作搭档变成暗中为敌的对手……

恰逢全国文化改革出台新政策，鞍山市歌舞团突然面临变故。

1988年春天，国务院同意《文化部关于加强和深化艺术表演团体体制改革的意见》，其中加快和深化艺术表演团体体制改革，对于克服长期以来国家对大多数艺术表演团体实行统包统管体制的弊端，增强"经营机制和竞争机制"成为焦点，鞍山市文化局响应号召，对歌舞团等单位进行聘任制改革前的摸底调查。

不管你多么真诚，遇到怀疑你的人，你就是谎言。不管你多么单纯，遇到复杂的人，你就是心计。

好事人的嘴，便是流言蜚语的交换所。瓜子脸带头传出消息："这次主要是冲平安俊来的。"

平安俊得罪过的人也积极响应："平安俊一手遮天，上头看不下去了！"

支持平安俊的人抱打不平："天下还有没有公平正义啊？除了平安俊，谁能让歌舞团走出困境，红遍全国？"

无论哪种议论，对平安俊来说都是莫大的伤害！前者是负面伤害，后者则"刺激对手"反击，伤害就更大了！

平安俊暗想："这次整顿肯定是冲我来的。要不，我这团长干得好好的，为什么要推倒重来、实行聘任制呢？"

有人明里高举改革大旗借题发挥，局里还真就暗中"摸底"，这叫什么事？平安俊越想越憋气，决定辞职！

2020 年冬天，我采访时，当年参加背对背投票的鞍山市歌舞团原副团长杨松盛道出实情："文化局暗中找七个人背对背投票，聘任谁当歌舞团团长更合适，有六人投了平安俊的赞成票。"

平安俊听了非常吃惊，时隔 31 年，他和我同时知道这个投票结果。

早在几天前，平安俊谢绝了一个到海南发展的机会。

1988 年 4 月 13 日，国务院决定撤销广东省海南行政区，设立海南省和海南经济特区。一位特别熟悉平安俊的领导，邀请平安俊去海南省天涯海角综合艺术中心。为表诚意，还带平安俊见了主管此项工作的著名作家、电影局局长陈荒煤先生，请平安俊去当一把手、主持工作。平安俊真诚地表示谢意，也真诚地谢绝了。

在家乡的歌舞团干得红遍全国、兴致正高，平安俊的很多计划还没有实现，为什么要走呢？

当真相在穿鞋的时候，谎言已经跑遍了全城。

背后的议论像眼前草丛里忽隐忽现爬行的蛇，不咬人却讨人烦。瓜子脸当歌舞团团长的传言则若雨后的地下草籽迅速发芽，一夜之间便钻出地面。很多人不相信这传言，平安俊干得这样出色，人家又没犯什么错，凭什么把他拿下去？

可是，人们可以不信女主演，她像喜鹊一样多嘴。她的话表演成分太多，可那位背后鼓捣平安俊的班子成员也说了这样的话，你还有理由不信吗？

一些人以为平安俊大势已去。

平安俊心里憋气，可组织毕竟没有公布摸底调查结果，更没有换下他，工作不能停摆，该干什么干什么。

当理智沉睡不醒时，偏见就会迅速竖起自己的大旗。文化局的"摸底调查"像一包显影剂，让平素喜好表演的"两面人"显现原形。

平安俊找王立岩有事，知道他在楼下收发室闲聊，叫人传话让王立岩上楼。

团里人都知道，王立岩跟平安俊关系很近。只要平安俊有事，王立岩头一个响应，总是围前围后，平安俊也对他很信任并多有关照。

此时不一样了。

王立岩认为平安俊"肯定没戏了"，一下来个180度大转弯，对传话人说："叫我？我和他有什么关系啊？"

理都没理。

有个平安俊批评过的乐队演奏员，迎面碰上平安俊故意躲开。

他们都是从同一块料子上剪下来的两块布。

时间识人，磨难识心。私利使臭味相投的陌路人结为同盟，谎言像牙一样围在嘴里，人永远不知道哪些词语以何种速度传递又进行了何种离奇的交配，而最终与自己相逢。

有人背后拎着他的名字到处游走，随便改头换面编故事、张冠李戴。有人晚上给刘经路打电话："平安俊出车祸了，你赶紧去铁西区人民医院吧！"

实际上，平安俊当天有点发烧，当时就躺在刘经路身边。

我们不知道谁搞出这样的恶作剧，但却知道这些人雾一样弥漫在我们的周围，每天与我们见面。

平安俊仿佛掉进水里，恨他的人拼命把他的头摁进水底。可他不明白的是，一个他帮了很多忙、关系很好的人，怎么会突然变脸、伸出手往水底摁他的头？回到家，平安俊一头扑在床上，刹那间他不能思索，也不能集中念头，简直一无所思。他连气也喘不过来，感到憋闷、窒息。他呼地起来向前蹿几步，一屁股坐在钢琴前的凳子上，打开琴盖疯狂地弹奏起来！十只手指指挥起整个天空，没有阳光，没有月光，甚至没有一颗星星！乌云从浩大的天穹急聚翻滚，忽然雷声大作、大雨倾盆！贝多芬的《命运》从德国扑过来，柴可夫斯基的《大雷雨》序曲从伏尔加河扑过来，舒伯特的《魔王》已经从奥地利出发……

突然，平安俊不再弹奏别人的乐曲，他的手指仿佛是安在心窝的知音，让音符伴随心绪而起伏、跳跃、疯狂！集作曲、配器与编创于一体，让风雨、狂澜、飞瀑、暗流、阳光同台上演……

不知不觉，旋律缓缓流进他心灵最柔软的地方，平安俊手指在不知不觉中转调，音乐中出现家人的形象……

2021年冬天，平安俊愧疚地对我说："我当时真是太差劲了！妻子当年做手术，我怎么能让弟弟平安仁去护理？翻身啊上厕所多不方便！"

往事风一样刮过来：1989年1月16日，鞍山大雪飘飞，天气寒冷。妻子刘经路的病实在不能再挺，只好去医院做了子宫切除手术。平安俊正忙得昏天黑地，同时抓剧目和创收"两台大戏"，比起早贪晚的农民抢种抢收还忙，天天披星戴月，没请一天假照顾妻子。

平安俊怎么也解不开这个疙瘩：自己怎么累都无怨无悔，把家人都搭上了，人家还是不信任，再干下去还有什么意思？

文化局摸底调查的结果没有公布，改革竞聘工作又推向高潮：谁来当歌舞团团长，实行公开竞聘。凡是自认为有能力担起这副担子的，都可以报名应聘。

彼时就任鞍山市歌舞团团长还有另一个诱惑，歌舞团由过去的科级升格为副处级。

文化局正准备下发红头文件，召开竞聘动员会，搅动了整个鞍山市文艺团体的一池春水。因为这是个敏感话题，谁都清楚，这池水波澜不在表面而在"幕后"。有人跃跃欲试，尽全力寻找上位机会，创造上位条件。

对平安俊来说，这情形无疑也是一面镜子，照出幕后的人心，也照出平安俊自己的忧伤：工作成效如此突出，却要跟人家站在一条起跑线上竞聘。转念一想，既然参加竞聘与否可以自由选择，难道我非得当这个团长吗？

平安俊找文化局领导：提出自己辞去团长职务、放弃竞聘。

放走在全市专业突出、影响力很大的干部，文化局做不了主。

平安俊去找主管副市长龚世萍，简单汇报了自己要去海南工作的情况，并递交了辞职报告。

龚世萍说:"小平啊,你能不能考虑考虑,别走。有什么困难、有什么问题你跟我说,我全力支持你。"

平安俊直抒胸臆:"我也有想法啊。我这么努力,工作这么突出,还这么整一下。正好我也有这么好的机会,领导就放我吧。"

"小平啊,放你走这事我可说了不算,你得向马延利市长请示。你是名人,放你走,我担不起这责任。"

平安俊说:"千万别这样。我不想惊动马市长,龚市长也别告诉马市长。我不声不响地走,他们招聘,我不参加就得了。"

龚世萍答应了。

当天晚上,平安俊接到市政府办公厅的电话,要他明天到市政府去一趟,马市长有事找他。

平安俊当即给龚世萍打电话:"龚市长,我走的事你不说不告诉马市长吗?"

龚世萍道:"我没那么大权力,我必须向马市长汇报。"

第二天早上八点,平安俊到市政府办公厅一看,好多位局长排号,等着见马市长。马市长秘书告诉局长们原地等候"谁也不许走",第一个把平安俊请进马市长的办公室。

马延利市长亲切地握着平安俊的手,把他让在沙发上:"小平啊,咱俩就半个小时。世萍跟我说了,我现在正式表态:你不能走。我现在正考虑文化团体改革的事。"

平安俊向马市长汇报自己的情况,执意要走。

马延利说:"我马上就研究,让市体改委介入,把歌舞团纳入第一批改革。"

"马市长,别麻烦了,还是放我走吧。"

平安俊仍然要走,二人谈了快一个小时,眼见九点了,马市长急了:"小平啊,外边排着队呢。我告诉你,你要硬走,你的档案关系我肯定不给你!"

彼时,档案关系无异于现在的身份证,没有它,几乎寸步难行。

见平安俊十分为难的样子,马延利站起来,拍了拍平安俊的肩膀："你听我的吧，我马上就研究这事。"

上帝给人有限的能力，却给人无限的欲望。

欲望像下雪，积得越多越容易迷路。

瓜子脸暗中到处游说，一心瞄着歌舞团团长的乌纱帽。却不知道自己心比天高，威信比纸还薄——歌舞团只有瓜子脸一人报名应聘团长，七个人参加背对背投票，六人投了反对票。

如果你怀了足够的才，不遇是暂时的。多数时候，不是怀才不遇，而是怀才不足。票数证实了人们的担心：不是没有伯乐，而是你没有足够的体力和耐力跑出千里之远。

马延利市长知道这出闹剧很生气，把文化局主要领导叫过去，狠狠训了一顿。

市里的动作非常快，市政府专门下发了文件，鞍山歌舞团和鞍山市曲艺团作为改革试点单位，业务隶属关系不变，归文化局主管。改革机构由市体制改革委员会主抓。市政府原来向文化局拨款，文化局下拨给基层单位。现在变了，这两个团由市政府直接拨款，专款专用。当然，还有更加"严厉"的一条：打破从前市财政"包养"的历史，拨款减少一半，市政府给政策，让这两个改革单位自主创收，减轻市财政负担。

换言之，这两个试点单位垂直隶属市政府。

市政府任命平安俊为歌舞团团长。该团实行团长负责制，由团长聘任副团长及以下中层干部。

酝酿上位的瓜子脸调走到文化局帮忙，做临时性工作。

"剧情"突然大反转，这个结局如同所有观众都没猜对的人物命运一样，太意外了！在全市引发了"小型地震"……

平安俊聘任韩如霜、杨松盛（连任）和林国华为副团长。

选择张光弟任党支部书记一事，也出乎所有"知情人"的意外。张光弟当时在文化局任艺术科长，到歌舞团可提升至副处级。

如果心怀友善，世界上所有的相遇，都是久别重逢。

当年讨论平安俊入党，与会党员十五名，四人投了反对票。张光弟便是四人之一。当着平安俊的面张光弟指出："平安俊家庭历史有问题、搞个人奋斗、只重业务，这是自私、走白专道路的体现。"

宽容是一把伞，伞下有温情。平安俊没有忘记当时入党表决张光弟没有同意的情景，但，那些不快在他身上就像鹅身上的水珠一样，一抖就没了。他记得最深的却是张光弟的优点：第一，张光弟在艺术方面很内行，懂业务，原来也是演员；第二，他在文化局工作时间长，了解情况，团里需要这样的人；第三，平安俊欣赏张光弟的文笔；第四，张光弟耿直、做人正派。

平安俊欣赏不背后搞鬼、有问题说在当面的人——包括站在自己的对立面。

文化局对歌舞团的整顿影响了军心："平团长要走了，今后不定怎么回事呢，大家各想各的事吧！"

鸟无头不飞。大家没有主心骨便散伙了、各想各的事。社会上兴起演员走穴、承包演出场所。局里要换一把手，不想用平安俊，平安俊的心也飞了！

建立秩序要很长时间，毁坏只需"刹那间"。

市政府力挽狂澜，平安俊留下继任歌舞团团长，有些演员却不爱来排练。有人找到私活一个勾一个，出去挣钱。

早上刚点完名，又走了！九点半开始排练找不到人，派人喊、各屋找都没用，人家骑车离开了！

平安俊制定了严格的考勤制度，早上点名、午间点名，下午上班、下班都要点名，排练时也要点名，最多时，一天点了六次名！

凡是点名不来的，第二天早上八点点名还没来，张光弟当场公布名单、记上人名字、扣钱。根据迟到、旷工累计次数，将给予记过、辞退处分。

副团长杨松盛主管行政，到各大舞厅、演出场所去查。

要么不做，做就要做好，这是平安俊矢志不渝的追求。

歌舞团很快就重振雄风！

娱乐厅演出火爆，观众蜂拥而来、场场满员。平安俊顺应市场现状，在歌舞团演出空档或没有角色的演员，允许晚上到歌舞厅演出，但立下规矩："第一，以歌舞团为主，不能耽误团里排练和演出，第二，凡是出去演出的演员每月上交团里150元。"晚上演出火爆时，则当晚结算，按3:3:4比例分成。演出场所和歌舞团各占3，演员分4。

演出节奏太快，短暂的休息演员们像机器散件散落在各处，到下一场演出，这些散件才重新上岗，安在各自司职机器的某个部位上。但没人叫苦叫累，唯恐被拆分成"散件"……

以超前和创新为主线，平安俊把自己"拆分"成两半，一半策划、制作高艺术品位的剧目，一半兴致勃勃闯市场；时间也分成两半，一半"动态的"，开着新买的旅行车到处跑，一会儿在建房工地，一会儿又在四个新建的赚快钱的娱乐厅和在夜晚星月璀璨灯火辉煌的"野味烧烤园"穿插，一半是"静态的"，解决歌舞团创新演出和行政管理方方面面的疑难杂症……

闻知合作伙伴于总在铁西区有闲地方，平安俊提出联手经营"建发娱乐厅"，于总出钱装修、添置设备，平安俊出演员、出伴奏乐队，装修活也肥水不流外人田，交给歌舞团的装潢公司。

鞍山大厦的四楼歌舞厅很火，彩灯一转、音响一开，就大把大把赚钱。可惜已被他人经营，承包期满已经谈妥续签。平安俊直接去找市长马延利："万事开头难啊，马市长还得支持支持，歌舞团这边演员直跑，如果我们有这样的演出场地，可以留住人才。"

平安俊如愿承租了鞍山大厦四楼，歌舞团进来后提高了演出档次，生意更加火爆。平安俊瞄准了二楼，如愿开了茶吧与大厦分成。唱歌跳舞激情穿插，每点一首歌付费十元。

现在的大德集团总部，当时为胜利宾馆的预留地，视野开阔，绿草如茵。平安俊认准那是一个"小型印钞机"，向胜利宾馆总经理提出合作经营，联建"胜利野味烧烤园"，歌舞团出演员和乐队。这个集烧烤、唱歌、跳舞、喝酒于一体的室外游乐园，为鞍山市的独一份，开张后若黑夜里明灯闪耀，四面八方的"喜光"兴奋者踊跃聚集……

爱你的人和不爱你的人，总会像兰花和狗尾巴草一样混杂着长在一起。

有人提出质疑："这样做方向对吗？我们是专业文艺团体，为什么干这个？"平安俊坚持"面向市场不动摇"。文艺一开放，流行歌曲、港台歌曲、摇滚潮流滚滚而来、狂轰滥炸，我们只能在市场中找出路。有的文艺团体"一放就乱"、已经失控，我们还要掌握好这个"度"。平安俊不赞成有的团把演员放出去，给团里交钱就行。在困难的时候，歌舞团必须留住人才、抱团取暖，打造属于自己的原创作品。平安俊深谙歌舞团前景，重头戏全部放在经营、放在"随大流"上肯定不行，流行的东西虽然很火，但肯定长不了，民族的优秀的东西还要参与进来。

生活就像一只储钱罐，你投入的每一分努力都会累积下来，在未来的某一天，令你惊喜无比——

据《鞍山演艺文化》（沈阳出版社，2017年11月出版，第197页）记载：1987年，鞍山市歌舞团演出438场，收入43万元，观众47万人次。

据《鞍山文化志》（鞍山市文化局编，2008年12月出版，第55页）记载：1988年，由于整顿改革中间停滞半年，鞍山歌舞团演出200场，收入33.93万元，观众20万人次。

衡量一个人成功的标志，不是看他登到顶峰的高度，而是看他跌到谷底的反弹力。

第三章

葵藿有心终向日

——点亮心灯就没有黑暗

没有阳光,这世界还会有生命吗?

从这个意义上说,热爱阳光就是热爱生命。可是,老天时常翻脸,阳光被压在厚厚的云层后头,被密实的雪遮捂,被漫无边际的大雨拦截……

倘若物理阳光不够用,不足以照射心灵,不能鼓舞精神,那么,缔造阳光,也能驱散黑暗、延长生命。

谁能料?歌舞团改革成功一花独放、威震全国,精心打造的大戏"龙抬头",却被"自家人"暗中一个横腿绊倒……

用眼看世界,难免一叶障目,用心观世界,万物尽收眼底。

十二

2000 年 4 月 5 日,天空像揭掉了保鲜膜,澄碧如洗。

平安俊开始开发建筑面积两万多平方米的"大德欧艺园"。

处女作"同德园"出手不凡,首次在鞍山引进客厅与卧室的分隔设计,并超前加大客厅面积,打响了大德在鞍山开发房地产的第一枪,消费者惊喜连连、奔走相告,好评如潮。

在鞍山市又一个黄金地段,紧邻著名的胜利宾馆和人民公园的地方打造新产品,必须迈出更大的创新步子,要建成鞍山市房地产的"代表作"!

为了"高起步",平安俊专程到北京清华大学请的高手设计师,两栋位置错开的 37 层高层住宅设计跃然纸上，平安俊再次兴奋起来：这必将是鞍山市的地标建筑。

市规划局领导看了设计也很兴奋，称赞平安俊出手不凡，这两栋楼建起来，肯定在鞍山一炮打响！

摊开漂亮的设计图，平安俊召开公司班子会议，要求建筑材料、施工队都挑"最好的"。按分工大家提前准备，待市长办公会批准后，立刻施工。

满腔热情被兜头浇了一盆凉水：市长否决了这个设计。政府接待宾客的"老字号"胜利宾馆才是此地的地标式建筑，这里建筑最多只能建六层，楼高不能超过胜利宾馆。

退而求其次，平安俊只好改变计划，把高层改为"欧式建筑"。但，地标式建筑的标准绝不能降低。平安俊认为，所谓"地标式建筑"的衡量标准不在高矮，而在"特色"。

鞍山焦耐院拿出三个设计方案，平安俊以作曲家的眼光多次指出毛病，建议圆柱要高，要气派，结构上的几大线条都做了修改和颠覆性调整，屋檐和楼层间隔的雕塑花纹要别致，细节要精彩、经得起推敲。整体上，要突出宏伟、壮阔、精美、沉实、坚固的文化底蕴……

见多识广的北京中国银行领导正为中行鞍山市行选总部办公楼，看到此楼眼前一亮、当即拍板："这楼这么漂亮，质量也非常好，不用研究了，买下！"

当年的"大德欧艺园"惊艳亮相，成为鞍山第一个欧式建筑，市民们争相前来合影、留念，许多新婚青年身着婚纱在这里拍写真。20 多年光阴匆匆流逝，现在，这里依旧是被鞍山市民称道、追捧的景观，"欧艺园"仍是鞍山最好的欧式建筑！

2001 年 6 月，"大德欧艺园"建设工地热火朝天，一部欧式古典主义风格的建筑精彩亮相，令鞍山人大开眼界。脚手架还没撤，工匠们正在雕琢细部，许多附近的市民和过路人驻足观看。

"这哪是盖楼啊，这是在做艺术品啊！"

"我去过欧洲，这栋欧式楼盖得很地道。"

"这楼太漂亮了，谁盖的？"

若把这欢快的场面比作阳光照耀下、鲜花遍野的原野，那么，如下场景则是乌云密布、浓雾徘徊、土腥味儿弥漫的沼泽地。谁也无法预料，云何时开雾何时散。

一场带着成见和偏见的行动悄然而至，两位身着制服的市工商局稽查干部，来到大德公司，要求彻查大德公司的工商档案。

公司主管慌了起来，不知道犯了什么错——赶忙向平安俊汇报。

平安俊虽然吃惊，很快就平静下来：自己守法经营还怕人家查吗？

平安俊嘱咐："好好配合人家，要他们随便查，查哪些地方、查什么，听人家的。"

社会上已经议论纷纷，省城某领导被"双规"，而平安俊却与他关系密切。音乐界都知道，"出事"领导热爱音乐，与平安俊走得很近。甚至有人猜测：平安俊敢干房地产生意，与"上头有人"不无关系。

鞍山与之关系密切的两位企业老板刚刚被抓，现在，向平安俊下手了。

实事求是地说，工商局派人来查大德公司的账，确实是"有目标而来"。据知情者普遍反映，落马的省城领导早先在鞍山地区工作，跟平安俊接触密切，经常五更半夜在一起讨论乐曲、吹打弹唱，平安俊当指导老师。另一层关系更加敏感：落马者与平安俊沾亲带故。大案总涉案人员超过百人，两个人这么近，平安俊岂能没事？因为是"热点新闻"，消息传播得非常快，有人暗暗替平安俊担心，有人幸灾乐祸……

跟平安俊"有过节"的人，散布"这下平安俊肯定栽了"的消息。

建"欧艺园"也是一步一坎啊！

平安俊赶紧催规划局、找市领导办审批手续，尽早上手。不料，又一个大棒当头砸下：有人提出"不能在风景区搞房地产开发"。

平安俊一听急了，加快了"跟进速度"，规划局领导答应开会研究、向市长请求，还没等上会，鞍山市人大发文干预：风景区杜绝开发。

一瞬间，到手的"热地"成了烫手的山芋，拿不起来也放不下。

平安俊赶紧找市长要求退钱，可市财政一直在"超前消费"，哪里拿得出钱？

平安俊的火上大了：钱不能退，又不同意他上手，这可怎么办？

政府批准、大张旗鼓拿的地，现在，钱被死死压住，进退两难，变成平安俊"私下"的事。

平安俊打听了市财政状况，一直进项少开支大，还钱恐怕遥遥无期！

平安俊虽然焦急却不惊慌：政府还能欠账不还吗？

平安俊一手抓歌舞团，一手抓实业创收，业余时间作曲，在鞍山开保龄球馆，在辽阳同时开了保龄球馆和饭店，一直打不开"政府欠账不还"的死结。

平安俊在风景区买了一万平方米的地，跟政府签订了合同。现在，风景区不让开发，政府又拿不出退地钱，平安俊便打起"以地易地"的主意。

1999年，平安俊"斗大的胆"，打起胜利宾馆旁边闲置地块的主意。在平安俊开办"胜利野味烧烤园"的地方有闲地7000多平方米，平安俊打算用风景区一万平方米换这块地，打造欧艺园。

有人给他泼冷水："在鞍山，胜利宾馆相当于北京的人民大会堂，那块空地相当于天安门广场，你想都别想！"

内心再强大一点，就不会听风是雨。视野再开阔一点，就不会人云亦云。

执着的平安俊怎么会轻易放弃？

平安俊的特点是：既然坐在钢琴前弹了几声序曲调子，就要把整首曲子弹完。

平安俊向市长递上"易地换段"报告，实现了意料之外又情理之中的愿望：很快被顺利批复。

另一个"情理之中"也如愿到来：漫长的工商稽查悄然落幕，工作组公布了查账结果：大德公司是个很正规的企业，他们合法经营，没有任何违纪违法行为。

2002年，平安俊像"三手联弹"一样，同时在三个项目中现身。

我在开头重磅推出那个不可思议的故事，平安俊摘得"大德·翠韵华庭"地块，市长张杰辉却横伸一腿"截和"，二人展开一场实力悬殊的战斗。战斗正处于"胶着"状态，平安俊居然三个项目同时进行。

2000年4月5号开始建设鞍山市铁东区中华南路胜利宾馆边的"大德欧艺园"，2001年7月15日竣工。

"大德·翠韵华庭"2001年10月20日开工，共4期，2011年6月3日竣工。

"大德·阳光明居"位于鞍山市立山区生产街1号，2002年10月15日正式开工，2005年12月1日竣工。

"三手联弹"最重要的不是表现形式，而是彰显实力。进一步说，这只是个公共的表达方式，谁都可以上手，问题的核心是能不能弹得

大德·翠韵华庭开工典礼

精彩！

平安俊一上手，除了他自己，"谁都看不懂！"

"大德·阳光明居"地块，是从另一个房地产公司转给平安俊的项目，审批程序上省不少事。既不用竞拍拿地，也无须规划审批和市长办公会审批。鞍山市规划局和市政府已经批准完毕，平安俊可以"直接上手"，按照规划图纸建筑就行。

平安俊看好这地块，规划审批容积为 67000 平方米。

从企业成本和收益上看，已经批复的项目不必多虑，按批复的规划干简单省事、合理合法。可平安俊是作曲家，每个房地产项目都是他的艺术作品，按这个要求，平安俊"过不了自己这道关"。第一，那么长的"拐把子楼"，这么多厢楼，遮光户数那么多，谁住这样的楼能舒服？第二，原设计楼与楼的间距也太近，对面楼之间肯定看得清清楚楚……

将心比心，谁愿意住厢楼？谁不喜欢楼间距大一些？

住房不是普通的消费品，要住十年几十年，有人可能住一辈子。买了这样的楼房，能不遗憾？

厢房之间的距离小于正房之间的面宽，正房的两侧被厢房挡住。这样紧凑的布局，好像一家人因为恐惧而将身体紧紧地靠在一起。

为什么不把恐惧因素消除呢？

"大德公司盖房子，绝不能只考虑自己的利益，给消费者留下遗憾！"

平安俊从建房那天起，就给自己"立个规矩"：打破多数企业"利益最大化"的目标，绝不以"多挣钱"为追求，而是把老百姓的"口碑"排在头一号；绝不只把建房当成商品，而是重视它的"艺术属性"和实用功能；更要眺望远方，建立大德"百年基业"。

平安俊决定重新设计、重新规划。

按照平安俊的要求重新规划稿一亮相，一片反对声。

非常麻烦，重新上报市规划局和市政府审批不说，新规划减少开发面积 21000 平方米，按当时每平方米均价 1700 元计算，少卖 3570 万元！

这可不是小数啊！不说平安俊当时财力吃紧，三个项目一块上，全仗着银行贷款。哪个老板宁愿耗时耗力耗财，眼睁睁扔掉这一大笔钱？

可以毫不夸张地说，全世界的房地产老板都在千方百计增加容积率，因为，增加容积就是增加钞票。平安俊却反向而行，主动减少容积！

当所有人都毫不迟疑地否决这个规划，平安俊却万分高兴，他激动地在新版规划上指指点点，像刚刚创作一首自己满意的交响乐那样兴奋，没有"拐把子楼"、没有一家厢房居室，楼间距开阔那么多，家家户户都阳光普照，干脆，这个楼盘就叫"大德·阳光明居"吧！

平安俊把新规划上报到市规划局，审查的领导和专家大吃一惊，谁都不理解：怎么削减开发21000平方米面积？

平安俊说了自己的想法，规划局的人你看看我、我看看你，觉得这太奇怪了！所有到这里审批项目的老板都千方百计扩大开发面积啊！

规划局一位处长把签字笔提到半空问平安俊，每一个字都被舌尖有力推送，躲过各种杂音的分解，送进听者的耳蜗："你可想好了啊，想好我就落笔啦？"

"我想好了。"

"真想好了？"

"真想好了。"

"我一旦落笔可就不能改了。"

"我不改。"

"真不改？"

"肯定不改！"

过后有人打个比方，100个房地产老板会有99个打如何增加开发面积的算盘，那个反向而行的"1"，便是平安俊！

在市长办公会上也引起一阵议论，这些审批权威们感慨"能这么做不容易啊！很难得"。连因为摘牌后说什么也不吐出鞍山钢铁学院地块而耿耿于怀的市长张杰辉也感慨道："这可是新鲜事啊！"

其实，平安俊内心还有一个别人看不到，他却一如既往践行的准则：瞄准全市第一，第二都不行！

平安俊有自己的理论主张："任何产品必须争第一，第二就落后了。即使争第一，一不留神就第二、第三了。每个企业必须有自己的特色，打造自己的核心竞争力，这特色是别人学不了的。"

平安俊的"另类行动"远远不止于此，他把上海同济大学设计院的理念借鉴到"大德·阳光明居"，又借鉴"大德·翠韵华庭"敞亮的落地窗设计和节能环保风格。

按照实现打造"艺术品"和"实用舒适"的双向目标，"大德·阳光明居"建筑为漂亮的欧式风格，在鞍山第一个采用墙体加入苯板的复合保温墙体，是第一家在楼梯间设计安装了采暖的小区，创新阳光户型等建筑设计创新，全面突出节能主题和阳光概念，成为鞍山节能型成熟社区的代表作品。

国家规定要求节能标准达到35%，"大德·阳光明居"达到50%。

这些投入都在"暗处"、相当于增加成本"白填馅"，但平安俊感到内心舒服。

在同一个时刻，鞍山的房地产好多家开盘、销售，不冷不热，"大德·阳光明居"刚一亮相，鞍山市出现久违的"抢购潮"，父老乡亲们争相前来、排起长蛇阵大队。老天似乎也受了刺激，想用下雨的方式考验一下。"长蛇队"越来越长，五光十色的雨衣雨伞"撑起考验"。人们为这样的奇观而惊诧，那些"久经考验"的人，冒雨排队一天一夜……

你跑得慢，听到的是骂声；你跑得快，听到的只有风声。

开盘当天，三栋楼销售告罄。

才三个月，售楼员便兴奋地撤离，98%的居室销售一空。

2002年第30期《大德方圆》杂志，如实记录了当时的情景——

冬天里的一把火

——大德·阳光明居在立山火爆开盘

2002 年 11 月 16 日，鞍山市大德房地产开发有限公司在立山区开发的大德·阳光明居正式开盘。是日，天气有些冷，但大德·阳光明居售楼处前却是人头攒动，那种热烈的场面，让人感觉不到冬日的寒冷。一个交完款、订妥房子的中年汉子好不容易拨开众人，走出来说："尽管挤得我浑身是汗，但我可买到自己满意的房子了。"

看到这位仿佛得胜归来的购房者，那些还排在外面的、正急切等待入内洽谈的人说：大德的房子，真是"火"了。

"火"的程度，用一个数据就能说明：楼盘中的一座楼开盘不到三小时即告售罄。

火热的场面

记者赶到售楼现场时，部分捷足先登的购买者已入室开始洽谈订购事宜了。记者迎面碰上一对中年夫妇，看他们兴奋不已的样子，显然是选中了如意的房子，女的说：怎么样，还是听我的对了吧，再晚一小会儿，这个户型就没有了；你没见刚才那个女的急得那个样，看好的房子，就是因为排在别人后头，让人家挑走了……。

来到售楼处门前，记者不禁吃了一惊：那么多人，手里掐着一沓沓钱，拼力地向售楼处的窗前、门口挤去；门口，三个年轻力壮的保安人员正拼力整饬队伍，阻止拥挤的人群向室内冲……这场面，勾起了记者孩提时的回忆：只有六十年代初期，人们为果腹抢购蔬菜、食品时才会如此疯狂、如此拥挤。

可时下，在初冬的季节里，人们把钱举过头顶，争抢的却是昂贵的商品——起码要十几万元的住宅啊！

大德·阳光明居何以让人们产生如此强烈的购买欲望，

何以使本市冬日里的楼市如此"火爆"呢？怀着一探究竟的好奇心，记者穿梭于熙熙攘攘的人群中，听他们洽购述说、议论。

火爆的因由

在商品经济时代，购买者掏自己的腰包购物，头脑是相当冷静的，尤其是买大宗商品，更是要反复挑选、再三斟酌。那么，大德·阳光明居作为商品房，何以能呈现如此热销局面呢？一位订完房的老者一个字的回答，让记者悟出了其中的真谛——"值！"

物有所值，甚而是物超所值，才能引起人们的购买欲望，进而形成追捧风潮。大德·阳光明居是以其高尚的品质，引来了人们的期待目光，引来了众多购房者蜂拥而上。

领来了好几位亲朋做参谋的一位购房者边细心听置业顾问的介绍，边向同来者征询意见：原来我以为大德净盖高档房子，他们开发的立山房子肯定价钱低不了，没想到100多平，才十一二万，还真行……。

"就订下来吧，别挑花眼了。你没听售楼小姐说么，这是立山区首座节能型成熟社区，房子外墙里面加砌了苯板，特别保温，保温效果是普通房子的2倍以上。冬暖夏凉，冬天住可暖和了，买吧！"

又一笔交易达成了，买完的人高兴，排在外面等待洽购的人也高兴，因为：他们中排在最前面的人终于可以进屋，选自己可心的房子了。

鉴于买房的人太多，因此，置业顾问只好抱歉地对排在外面的人说：由于我们的售楼处房间太狭小，没法让大家都进来，嫌冷的人可以到我们特备的大客车上暂时休息一会儿……。

配有空调的大客上准备了糖果，可是排队的人还是不肯上来，仿佛怕错过了好机会似的。据说他们当中，最早赶来排队的，是在凌晨两点多钟。据晨 6 时到售楼处布置现场的大德工作人员说，他们来时，这里已经排起了长长的队伍了。

人们何以如此争先恐后呢？据了解，好多人在开盘之前，早就做了"明察暗访"了。记者在同一位穿皮夹克的中年男人唠了几句后，觉得他讲的一席话挺有"道道儿"："立山区工薪阶层多，咱们的钱都是用汗水换来的，一个工人，能有几个十万啊！买房子，几乎是终身大事，谁不认真掂量掂量，说真的，这眼目前的几片楼，我都看多少遍了，最后，我选了这儿。

这儿的环境不错，离孟泰公园近，岁数越来越大了，早晨锻炼也方便，医院、商店、车站什么的，都在跟前，不错啊！听说将来小区实行物业管理，还建会所，让大家有玩有乐的地方，多好，我们两口子领个孩子，买个两室两厅，才十多万块钱，也不用借多少钱；我啊，说不定就终老这里啦。"

朴实的话语，道出了他的满足和对大德的信赖。

火红的延续

大德·阳光明居售楼处门前的火爆场面，一直持续着，细细雪花飘落了，人们不走；晌午，该吃饭了，人们还没走；无奈，工作人员只好说，请给我们一点吃饭时间……

下午，雪下得稍大一些，人们还是纷至沓来，络绎不绝。这种火爆能持续到何时，听一位似有些抱怨的小伙子的话，好像能寻到一个答案：今天没订到这个户型，以后我还来，他们不是还有一些房子没发售吗？这回，我把它盯上了，非买到不可。

置业顾问向小伙子介绍：开盘一周时间内，一次性付完全部房款的人可享受"8.8 折"优惠，按揭贷款的，可享受"9.2 折"优惠，并且每位购房者还能得到个价值 1500 多元的大礼包，同时免一年的物业管理费。

听了置业顾问的介绍，小伙子的朋友规劝他：选一个相近的户型得了，过了开盘期，优惠条件或许没有这么多了，扯啥！再说，这里房子都是明卧、明厅，光线都挺好的，没多大差别……

十三

"无论如何，我去试试。就是不能证明我可以，也要证明我不可以。"

1992 年是平安俊人生的分水岭，这年八月，他注册了鞍山市大德房地产开发有限公司，注册资金 200 万元，歌舞团投资 120 万元，占股 60%，平安俊投资 80 万元，占股 40%。平安俊个人没钱，向著名京剧演员蒋慧珠等借的钱。

彼时国家文化部有明确的政策和文件，平安俊率先响应号召，在政策允许范围内"以副补文，以文补文"。市长马延利非常支持："小平，你带个好头哇！你这样做，减轻了国家财政负担。"

歌舞团由过去财政全额拨款减少一半，另一半由平安俊自筹。

平安俊仍在"三手联弹"，第一，定下规矩，责成副团长进行日常管理；第二，他腾出身"试水"房地产经营；第三，他要亲自抓歌舞团演出的节目创新。为了歌舞团生存，在鞍山市建立四个歌舞厅，为了走出去，改革了传统节目，鞍山市歌舞团演出红了大半个中国，平安俊没有满足，而是向更高的层次迈进，主抓原创剧目，适应并引导市场。

平安俊没日没夜地在团里忙碌，家里的事什么都顾不上。家，已成了他的旅店。在工商局上班的妻子刘经路包揽所有的家务，连买煤、搬煤坯、砍劈柴、修房子的重活都交给这位身体透支的"女汉子"。

那天，刘经路被抬到医院的手术室。平安俊急三火四从歌舞团排练场跑出来，"挤时间"在手术室外守候两个多小时。妻子一出手术室，心神不宁的平安俊连忙把妻子托付给弟弟平安仁："团里正排戏呢，我得赶紧回去。你在这替我护理吧。"

作曲家思维的平安俊对生活琐事不懂也不过脑子，想一出是一出，让小叔子护理术后卧床的嫂子，合适吗？

术后回家休养，刘经路口渴了喝开水，伤口疼、无力把水壶拎上炉台，一次只好烧半壶水。

年轻时的刘经路

刘经路卧床指挥九岁的儿子平凡干家务。平凡拿了粮本按照妈妈的吩咐到楼下买粮，粮站服务员一看粮本："你家就在楼上，大人怎么不来？"

"我妈做大手术了。"

"你爸呢？"

"我爸……"平凡犹豫一下，"我爸出门了。"

买菜要过一个大马路，刘经路细致地嘱咐儿子注意安全、上哪、买哪些菜。

平凡虽小，却心疼妈妈，上床、下床、翻身都特别吃力，妈妈的叹息和脸上痛苦的表情像鞭子一下一下抽在他的心上。扶墙轻轻地走，脑门还是热汗淋淋，小平凡歪着头想一会儿，买了蛤蜊回来。

"孩子，"刘经路问，"我没让你买这个啊。"

"我给妈妈买的海鲜啊！"

孩子知道心疼妈妈了，刘经路鼻子一酸、当即热泪涟涟，丈夫不在身边，有儿子惦记，知足了。

平安俊早早出去，很晚才回来。实在没有精力照顾妻子，看到妻子瘦了一圈，脸色煞白，心里很不是滋味。刘经路知道丈夫在想什么，微微一笑，告诉丈夫尽管去忙工作，家里不用他管。

平安俊恨自己分身乏术，只好把家里所有的事都推给妻子，一头扎进千头万绪的工作，向另一个山峰攀爬。

有人说："是艺术就不可能卖钱，凡是卖票好的都是艺术含量低的东西。"

平安俊认为这是走极端，受欢迎自有受欢迎的道理，但不能说凡是艺术就都会不受欢迎。平安俊倡导"要从艺术不好看、不吸引人上找原因，研究艺术与市场对接"。

平安俊主张适应市场还不够，还要抓新剧目、抓特色引导市场。原来歌舞团总是老一套的歌舞或音乐舞蹈，平安俊策划了主题剧。每台晚会都有一个主题，围绕这个主题把零散的节目"装进去"。或者说，主题是恒星，节目是卫星，卫星围着恒星旋转、闪耀。

《光彩之路》《三色情》表达青年就业和交通行业的主题，各地市热情组织包场，在全省巡回演出。

平安俊深入思考，社会有哪些热点问题？观众关注哪些方面？怎么做到内容与艺术双翅齐飞？

《赤橙黄绿青蓝紫》《爱的梦幻》等主题作品在鞍山胜利会堂演出，双双走红，果然受到观众和业内人士的热烈欢迎，此后又热遍省城沈阳、东北三省以及大半个中国。

1992年4月8日，国家文化部直属的权威媒体《中国文化报》，重磅报道了鞍山歌舞团的突出成果——

剧团生路在于改革

——记鞍山市歌舞团三年改革之成就

1989年春节的鞭炮声没有给鞍山市歌舞团带来欢乐的气氛。因为此时剧团负债累累，人心涣散，演出寥寥无几……

鞍山市委和市政府的领导把文化局局长叫了去，交代了四句话：由内向保守型向外向开放型转变，由单纯依附型向相对自主型转变，由短期目标型向长期目标型转变，由单一经营型向综合经营型转变。市领导指示：剧团的生路在改革，只要方向对头，胆子要大些，步子要大些。

1989 年 3 月，改革试点在鞍山市歌舞团铺开。

抓队伍，全面实行聘任制

开始，在抓人头的问题上有两种意见：一个是谁愿走就走，另一个是一个不放。前者可能导致"能人"全走光，使剧团解体，后者还是吃大锅饭。于是，文化局组织人员到改革搞得较好的企业取经，并根据市歌舞团的特点，走出剧团改革的第一步棋：实行聘任制和有条件的双向选择。

剧团向每个适应工作的演职人员发放了聘书，凡愿意继续留在剧团工作的，需签订聘用合同书，保证遵守团内各项规章制度和各种改革细则的规定，听从剧团各级组织调动，不得中途毁约。对不适应本团工作和不与剧团签订聘任合同书"拒聘"人员，剧团同意调出，但对艺龄不足 15 年的人员，规定取消原评定的职称资格，收回分配的住房，并缴纳一定数量的人才培养和效益损失费。

这种符合实际，合情合理的聘任制，得到了大部分演职人员的拥护，消除了队伍中不安定不团结的因素，也为其他方面的进一步改革奠定了基础。

敢实践，机构调整建实体

原来的机构模式几十年没变过。市歌舞团和国家级大剧团一样，分歌队、乐队、舞蹈队，这种体制强调专业性但不适应经营需要。

市、局领导大胆提出：要把市歌舞团创办成一个以经营为主的实体。于是，歌、乐、舞蹈、舞美几个队和业务办公室、行政科被取消，新建了三个演出分团和综合艺术开发中心等经营实体，调整、充实了团长办公室、创编室、演出科等管理部门。剧团对各演出队和经营实体实行目标管理，层层签订目标管理责任状。由于人员、任务、措施都有明确目标，调动了广大演职人员的积极性，出现了一人兼多职，超额工作，主动请战的好现象，一批演出和管理人才也冒了出来。

讲效益，多种经营闯新路

剧团人才多，只有通过改革，他们才能发挥各自的作用。剧团领导充分利用自己的优势闯出多条新路子。

他们以服装组为基础，调进部分专业人员，成立了服装公司。舞美设计和道具制作人员则成立了装修公司。有些创编人员和有丰富专业技能的老同志成立了艺术培训辅导部。对内，他们依旧有担负剧团演出的服装、道具，布景等设计的责任；对外，为社会服务，积极创收。

要兴旺，须大胆深化改革

鞍山市歌舞团三年改革带来了出人意料的成果。有位老演员掏心窝说：原以为这个团没救了，想不到改革能起死回生。

改革促进了艺术生产力的发展。三年来，该团共排演了12台晚会，跨越10余个省市，在89个市和61个县区演出了850场，观众达80余万人次，演出收入达90万元。他们在此期间创作了9台晚会的节目，数量和质量都超过了改革前的水平。三年来，他们的创作和演出获国家级奖励3项4人次，获省级奖励9项18人次，获市级奖励20项86人次。

改革三年来，该剧团固定资产总投入达17万余元，提前一年完成了原定固定资产增值的目标。他们还自筹资金百余万元建起了艺术中心大楼，总共为国家减轻了近50万元的拨款负担。

彼时国内多数文艺团体坠落低谷、半死不活，多数单位仍在颓废、迷茫中徘徊，在辽宁，鞍山市歌舞团一枝独秀，平安俊踌躇满志、蓄势待发，有能力率领他的团队再冲新高。

文化部的鼓励与肯定给因改革而勃兴的鞍山歌舞团以莫大鼓舞，全团更加团结振奋，向新的目标迈进。

1992年，辽宁省文化艺术界还有一个盛大活动：举办第二届辽宁省艺术节。平安俊暗暗下了大功夫，组织一台原创戏，力争在全省最高档次的竞技场上拔得头筹！

1991年，平安俊开始筹备原创剧目《龙抬头》，把这件事当成歌舞团工作的重中之重。平安俊提前组织创作人员深入海城农村采风，词作家杨有方、史国光、韩景连、贾铮，都创作了一批好作品。

"龙抬头"为中国民俗。在农耕文化中，"龙抬头"标示着阳气生发，万物生机盎然，春耕由此开始。这是龙文化的组成部分，也是中国精神。这台戏表达农民改革后的生活，他们的劳动，他们的收获，他们的快乐。把"跨火盆""龙抬头"民俗以及农民日常劳动的细节或场景艺术化，简洁、生动、概括、形象地表现在舞台上。

导演和制作都下了大功夫。

平安俊请门文元为《龙抬头》的艺术指导。

门文元为沈阳军区前进歌舞团团长，作品《月牙五更》《土里巴人》《黄河水流长》《阿炳》《红河谷》等舞剧饮誉全国。随手打开网络视频，他执导的剧目非常多，其中舞剧《朱鹮》被称为"国宝级"舞蹈作品。

前进歌舞团王丹老师亲自操刀服装设计。而今在百度上搜索一下，王丹设计的精彩作品比比皆是，仍是活跃在中国舞台服装设计中最火的名家服装设计师。

灯光、录音、配器、舞美、音乐制作、道具制作等悉数聘请沈阳音乐学院、辽宁歌舞团等国内高手。

毫不掩饰地说，平安俊决不满足现状，而是要登得更高，走得更远。鞍山歌舞团在占领演出市场份额上已经在全国演出团体中出类拔萃，并且团结和聚集了一批优秀演员，在如上高手的指导下，歌舞团有实力做得更出色。

大型辽南风情歌舞《龙抬头》分为《序幕：我是龙》《劳动篇：黑黝黝的膀子甩起来》《爱情篇：香喷喷的荷包戴起来》《情怀篇：青浩浩大山站起来》《尾声：龙抬头》五个篇章。从不同角度塑造了淳朴的辽南人民热爱家乡、热爱劳动、热爱生活的形象。

平安俊无论在外地做房地产，还是在鞍山指挥繁杂的工作，谢绝一切外交活动，不出场站台、更不出席宴请活动，全部时间都用来创作《龙抬头》乐曲。宏观上，驾驭整体"大布局"，既要统一、协调，还要有变化、对立。微观上，细抠每个乐句、每个音符。

平安俊很激动，这位视野开阔的作曲家"扫描"中国文艺原创作品现状，当时还没有这类体现"龙文化"和中国精神的类似作品。体现在创作中，他情绪兴奋，思路开阔，灵感飞扬——新点子、新创意层出不穷……

平安俊有种预感，这台超越以往主题性创作"一大截子"的大型原创作品，一定能叫好又叫座，能强势挺进市场，也能赢得同仁的好评。

三十年后，我多次欣赏《龙抬头》这部歌舞剧视频，一次又一次被感动、震撼。很难想象，一个市级歌舞团，当年竟有如此强大的创作力量，如此高水准的表演能力。岁月的大海，淹没了时间，淹没了记忆，也淹没了有着千百年历史的拉犁岁月。伴随机械化进程的迅猛加快，农民的种田方式也有着颠覆性变更，现在已经看不到田野里牛马耕田情景。《龙抬头》不仅仅是表演艺术上的突破，也有史存价值。因为，她以歌舞的方式，史诗般记载了那段历史。

在此，请允许我用文字记录两个片断——

片断一：《弯弯犁》

尚未启幕，几声洪亮、清丽的钟声响起，一个磁性很强的男中音抒情地朗诵：

有一个声音，那曾是被高粱酒所染红了的声音，曾是闯关东人的血和泪泡大的声音呐！此刻，从辽南大地的每条山谷里，每棵庄稼散发着清香的叶脉中，每个辽南人燃烧着追求火把的胸膛里，迸发出来，我是龙！

"龙"字作了"拖长音"的艺术处理，健劲而充满想象和幻象……

场内黑幕，前奏悠扬地响起。打出字幕："劳动篇：黑黝黝的膀子甩起来"。

大幕徐徐拉开，背景为灯光打成的巨型形式感很强的田垄图案，舞台上先是出现一男一女两个领舞，在黎明时刻的幽暗中舞蹈。而后一群男女翩翩起舞，以抽象、概括的舞蹈，以生动、直观的富于独有地方特色和季节特色的肢体语言，再现辽南农民在田野劳动犁田的风情——

男声独唱：

> 甩开那黑黝黝的膀子呦，拉起我的弯弯儿犁。
> 休笑这犁儿弯又弯，且看我的牵绳是直的。牵绳是直的。
> 嘚咳咳哟哟嘿嘚咳咳哟哟
> 嘚咳咳哟哟嘿嘚咳咳哟哟
>
> 甩开那黑黝黝的膀子呦，拉动我的黑土地。
> 休笑这腰身弯又弯，且看我的目光是直的。目光是直的。
> 嘚咳咳哟哟嘿嘚咳咳哟哟
> 嘚咳咳哟哟嘿嘚咳咳哟哟

在富于听觉冲击力的歌声中，两位男女演员领舞，前边的男演员拉犁，后边的女演员曲身弯成犁状，形象而生动。

生动的群舞震撼开场，十几对男女舞蹈演员"捉对成犁"，形象、生动而艺术化地表达中国辽南地区农民快乐劳动的独特风情。此后男女舞蹈演员群舞、男群舞、女群舞，间或再"捉对成舞"，分分合合，合合分分，整体气派，分单活泼，活脱脱展开一幅具有特别强烈的艺术标识的地方风情画。

在此，有必要记录下这台歌舞风情作品艺术指导：门文元。

整部作品作曲、艺术监督：平安俊。

《弯弯犁》作词：杨有方，作曲：平安俊，演唱：黄忠，表演：张丽诺、刘树平等

《踩格子》作词：杨有方，作曲：平安俊，领唱：王连吉、刘平，表演：张丽诺等。

片断二：《踩格子》

序幕伴音乐迅速拉开，大背景为抽象的田垄，在田垄右侧，长长的柳枝柔媚地垂落，以少代多地概括出中国东北早春的景象。

前奏音乐响起，在女声独唱和男声独唱悠扬抒情的背景下，身着红衣的女领舞和白衣姑娘群舞欢快出场。领舞穿红衣，扎红头绳，系绿腰带。群舞姑娘们一身白色带小绿点的衣服，头戴绿围巾，绿腰带与绿头巾呼应。洁白象征纯洁和神圣，那些小绿点像极已经发芽的种子。绿腰带有长条状甩铃，随舞扬声、撒一路欢铃。姑娘们眉目传情，上肢若仙鹤飞舞，脚舞灵活而出神入化，把种田中培、埋、踩的情景生动地表达出来。

优雅而欢快的舞蹈令人惊奇，每个舞姿和动作，都来自田野、来自生活。换个角度说，是田野里的细节飞到歌词、乐曲中，飞到编导的策划、创意里，飞到舞者的肢体，也飞进观众的兴奋里……

（女）哎～～九九加一九，黄牛满地走。

（男）阳春三月三，谷雨种大田。

1.春风儿吹呀吹，柳条儿飘呀飘。惹得小伙儿心里热哟，满田里都是红花袄。

哎踩哟哟得儿依儿哟哟

多想啊变个豆儿，硌硌你那双脚。妹妹你使劲地踩吧，

踩得俺浑身好刺挠。

　　哎踩哟哟哟得儿依儿哟哟哎

　　2. 就像那燕儿飞，又像在水上游。若是能和春风搭个伙儿哟，也去搂起大姑娘啊的腰。

　　哎踩哟哟哟得儿依儿哟哟

　　多想啊变个豆儿，硌硌你那双脚。妹妹你使劲地踩吧，踩得俺浑身好刺挠。

　　哎踩哟哟哟呀得儿依得儿哎

　　欣赏三十年前的视频，我兴奋又感伤。为鞍山市歌舞团当年创作的精彩歌舞而兴奋，为被时间掩埋在时光深处的作品消逝而感伤。不说当年跳舞的姑娘早已青春不再、年过半百，不说而今农村普及机械化、改变种田方式，二十年前小规模种田或单人种田用手动"机播下种"，已经淘汰了踩格子场景，仅就这台优秀节目当年所遭受的不公待遇，已经令人万般震惊……

　　《龙抬头》结束彩排，一投放在鞍山胜利会堂，果然好评如潮！

　　奇迹再一次出现，在小小的鞍山市，居然接连卖光了四场票！

　　更让平安俊兴奋的是，评价"一面倒"：老百姓赞扬、同行赞扬，连挑剔的领导也高度赞扬！

　　"没问题了！"演员们说。

　　"指定没问题！"导演们说。

　　"应该没什么大问题吧？"平安俊说。

　　这是他们的心理默契，单指参加辽宁省第二届艺术节预选。

　　辽宁省文化厅将派主管音乐舞蹈的业务领导来鞍山观摩《龙抬头》演出，再到宾馆讨论节目，对节目提出修改意见，决定是否参加艺术节。

　　大家的认同不是没有道理，评不评上奖另说，至少这台节目参加艺术节是没有问题的。

　　这场至关重要，决定鞍山市歌舞团的大型原创辽南风情歌舞剧能否在专家面前旗开得胜、能否在辽宁省艺术节亮相的专场演出，在鞍山胜利剧场隆重拉开序幕。辽宁省文化厅音乐舞蹈处处长王禹，会同辽宁省舞协胡秘书长专程前来参加预选。

工作分工照旧，分成两条线、各负其责，鞍山市文化局领导负责接待省领导，歌舞团专心致志地演出。

头一个节目《弯弯犁》一出场，果然赢得暴风雨般的掌声，此后每个节目都欢声如潮。

平安俊很高兴。参不参加省艺术节，观众虽然没有决定权，但掌声这么热烈，也是加分项。

因为前几场演出，辽宁省音协和舞协都来看过，业界专家已经传开了："鞍山的《龙抬头》太好了！"

毫无知觉时，那个阴谋暗中跋山涉水而来。

突然，一位舞蹈演员发现问题，急忙来找平安俊："平团长，你知道不知道啊，王处长和音协胡秘书长的座位安排那么偏，两个人的脸铁青铁青，气坏了！"

平安俊一看，把这场戏最重要的人座位安排在左角第十二排的边座，隔墙就出去了！可是，中间还空着座位！

平安俊脑袋嗡地一下，哪有这么安排座位的？请人家来预选节目，这是给人家的专场演出啊！

"赶紧去找瓜子脸把位置调了！"平安俊督促道。

"他不在啊！"

我在前边多次提到瓜子脸，彼时他在市文化局主管业务。按说，省文化厅来领导，他要陪同的。这是起码的礼节，也是工作需要。

多少年来，各地各级文化局都有个惯例，负责管理文化市场、把关节目、管理演出票，也负责接待文化系统的上级领导和专家。

这次接待省文化厅领导的票，全是瓜子脸安排的。但，他没有陪同王、胡二人，并把票座安排在那么差的位置。

我们分析一下，稍有常识的官员能这么做吗？况且，市文化局与省文化厅是"一条脉"、上下级的隶属关系。

平安俊现在仍是这样，业务上的强者、人事关系上的弱者。他一心扑在业务上，却失败在"发票位置"这等微不足道的"小事"上。我们再从另外的角度想一想，即便平安俊想到票位的事，现在人家在选拔、审查平安俊主抓的节目，平安俊应该在"回避"范围，怎么可能主动上前呢？

事后大家七嘴八舌，却将焦点集中在一个问题上：瓜子脸一手安排了这件事，故意"玩坏"。

大家这才想起来：《龙抬头》排了一年多，演出这么多场，瓜子脸没看过一次彩排，也没看过正式演出，这正常吗？

同在一个单位，他离他只有半分钟的距离，仿若隔开半个地球。

像甩一锅故意烧煳的煎饼那样，瓜子脸如愿甩下这台优秀剧作。

前文叙述过，瓜子脸争夺歌舞团团长的位置失利，背对背投票，他以多数人反对的一比六失利，才去文化局帮忙。谁能想到，他居然处心积虑地帮倒忙？

如果说仅此一次不足以证明他是"故意的"，后文有足够的故事加以"补证"。

谁都找不到本应在此陪同省领导的瓜子脸，平安俊急了，心脏跳错一拍后，又找到正常的节奏，赶紧走过去"救场"，向二人道歉："对不起，票发错了。"

平安俊知道自己身为歌舞团团长，显然资格不够，赶紧又补一句："那边的赵局长请二位过去。"

王、胡二人铁青着脸直盯盯地看节目，一声不吱、理都不理，仿佛平安俊是空气。

平安俊心里咯噔一下："完了！完了！这下出麻烦了！"

他努力克制着自己，但克制的表象下，埋伏着放纵，一种前所未有的放纵。只是，一时还找不到放纵的对象。平安俊急忙去找文化局赵局长，简单说了经过，问道："谁管接待她们啊？"

"瓜子脸啊。"

更加奇怪的是，其他评委都坐在好位置，只有两位权威坐在边座！

演出结束，其他评委都在等候观演前定好的讨论会，这也是评委们此次观演的使命，大家都到齐了，唯独没见王、胡二人。

平安俊和演员们急了，撒开人马到处找。剧场里、外边和能找的地方都找了，怎么也找不到。

"主演"没了，这戏还怎么演？这俩人绝对权威，这台剧能否上省艺术节，他们可以当场拍板啊！

讨论会黄了！

预选讨论没有进行，就没资格参加省艺术节了！

汽车临走的时候，人们才看到王、胡二人，也不知道他们从哪里出来，已经坐在面包车里，脸色仍然铁青、气呼呼的。

面包车的铁壳子把所有苍凉和叹息合在了一起又驱逐出境，关在车外。

那么多人期待的美好想象，常常和人们开个玩笑就溜走了。

当年好评如潮、至今仍被业界人称赞的大型辽南风情歌舞《龙抬头》，在两张剧票前低下高昂的头，错失参加省艺术节资格。

多像一出哑剧？台上人拼尽所有力气与才华，台下人什么都没听到！

平安俊遭遇重重一击，伤心又沮丧！他满怀希望、满怀激情，带领大家没白没黑地苦干一年多，竟是这样的悲剧结局！刹那间，昔日的辛苦努力与美好期待，沦为一件华丽而残酷的精神刑具。

人活着，发自己的光就好，不要吹灭别人的灯。

表面看（很多人不知情）瓜子脸没什么不对劲，但他做的事情太不对劲了。

因为个人恩怨而宁愿不顾集体荣誉、致使文化局的大局利益轰然倒塌。放眼现实，这种事时常发生，却很少有人对肇事者追究责任。一场优秀的剧目就这样折断翅膀，令人扼腕痛惜。然而，时至今日，只有极少数人才知道真相。而瓜子脸仍是瓜子脸，仍在自己铺设的锱铢必较的路上悠然自得地行进。这种暗中搅局的事，不是第一次，更不是最后一次。

第四章
报答春光知有处
——让感恩之花遍地盛开

哥几个不吃不喝躺在炕上饿了三天三夜，身体像棉花团一样飘啊飘，眼见生命之火熄灭，阎王爷就要"收走"时，被邻居的玉米糊稀粥救活了！从此，平安俊走上迢迢报恩路……

诚信比天大，也是报恩的"扩大版"。同样性质的贷款，别人可以一分钱不还，平安俊宁可剜肉放血多掏几千万元，也决不欠国家一分钱。

离奇的事一大串：像爱护眼珠一样保护品牌，全班同学只有平安俊一人不给老师写大字报，宁愿高耗成本也大打创新牌，则是拓宽的报恩路……

十四

理想鼓动风帆，击节而歌。

1995 年，平安俊首个独立开发的"同德园"开工，金秋时节才竣工。隆冬季节，当购房者迎着凛冽寒风，迫不及待地入住鞍山第一个引进客厅与卧室分隔设计并超前加大客厅面积的住宅小区，平安俊又见缝插针地瞄上保龄球项目，正在紧锣密鼓地跑贷款。

当时外汇管制相当严格，平安俊向中国银行鞍山分行申请贷款200 万元美金，相当于人民币 1400 多万元，计划在鞍山、辽阳两地开保龄球馆。

购买保龄球要在深圳和上海用外汇从美国引进"宾士域"品牌，

彼时，只有中国银行能办理外汇业务。

鞍山最大的 28 道保龄球馆在少年宫地下室一开，立刻吸引玩客蜂拥而来。鞍山客满没地方了，就去辽阳！

辽阳 16 道的保龄馆还有配套项目，开了一家艺术特色浓郁、欧式装修风格、辽阳市最高档的酒店。包房都是以作曲家命名，叫贝多芬房间、莫扎特房间等。

1995 年，为中国计划经济向市场经济转变时期，国营企业、大集体企业、民营企业、承包企业、股份制企业、空手套白狼的皮包公司、对缝公司并存，干部、教授、能人以及自以为是能人的人纷纷辞职经商或停薪留职，出国潮、留学潮、下海潮轰轰烈烈。钱少的炒股，钱多的炒期货。每天都有"赚大钱"的奇迹产生。每天都有瞬间破产的倒霉蛋。有人讽刺道：大风刮掉个广告牌砸死十个人，其中有九个是总经理。这种比喻虽然夸张，却道出部分真相：经商办企业风起云涌。许多穷鬼把老婆嫁妆卖了、借钱装大款，着西服革履戴假名表，租用年轻窈窕的女秘书撑门面，专门在五星级宾馆和高档酒店谈生意……

这种鱼目混珠、各显神通、泡沫喷飞的年代，客观上刺激了消费市场。

平安俊乘势而上。

怎样快速吸引、拉升人们的兴致？

激情饱满的平安俊如同指挥交响乐队突然一个气势威猛的大挥臂、旋即启动澎湃的高潮曲那样，从香港请保龄球明星来鞍山表演，只见他先来几个简单些的直线球、左弧弦球、右弧弦球，哗啦啦——一片球全部倒下，赢得现场观众的热烈喝彩。保龄球明星让人在球道上放个凳子，神奇地出手，母球从凳子下穿过，再一旋转，哗啦一声，球全部倒下！

打跳球、打飞球，母球在香港明星手里像变魔术一样，无论怎么出手，都能引来惊叫，打出"满堂彩"！

明星效应果然神奇，平安俊开的保龄球馆如同一个有着强大吸力的特大号旋涡，吸引着人们踊跃前来，送来一沓又一沓钞票……

上"大德"打保龄球已经是身份地位的象征，既是游玩娱乐活动，更是最火的交际场所。保龄球馆一开，立刻引爆全城。

公款消费者出手大方，谈生意的人同样大方，装门面的不差钱，请上司、约女友、会情人、兄弟姐妹聚会同样不示弱，保龄球馆天天爆满……

"平安俊太厉害了！这得挣多少钱啊？"

"这不成了印钞机了？"

"大德又创造神话啦！"

有人算得更细，轱辘一个球挣多少多少钱。

泡沫来得快走得也快。"保龄球运动"好景不长，一夜间涨潮哗啦哗啦涌起，大有遮天吞月之势，一夜之间跌进深渊、消失得无影无踪……

昙花一现，涨消速度迅雷不及掩耳，投资还没来得及收回来！

保龄球市场像香港明星手中的"魔球"一样，哗啦一声，"全倒了"！那些抢着来消费的人像是收到什么"一刀切"禁令，齐刷刷止步、谁都不来。

往日比"大戏园"还热闹的保龄球馆，刹那间冷冷清清。

鞍山共有三家企业投资保龄球，都在中国银行贷款，现在投资受挫，摆在平安俊面前的最大难题是：怎么能凑钱还上贷款。

本钱压在设备上，平安俊先把利息还给中国银行，并主动承诺："请放心，我一定守约、还上这笔钱。"

无论多难，平安俊拆东墙补西墙，按期如数还上贷款。

在鞍山，还有两家保龄球馆，一家在中国银行贷款500万元人民币，另一家贷款1000万元人民币。

这两家开得早、投资小，比平安俊挣钱多。球馆一黄，他们以市场不好、亏损为由，拒绝还款。

有人给平安俊出主意："前有车后有辙，他们两家不还，据说已经核销了，你也没必要还。"

"那可不行，必须还。"平安俊斩钉截铁地说，"我决不做失信的事。"

人生不是一捆钞票，一元一元地花掉。在钞票充当英雄的世界，平安俊的良心仍未退出高地。

1992年，平安俊领衔的歌舞团成为鞍山市改革试点单位，为了支持这些为财政节约资金、自我创收的单位，市财政局将预算外资金借给基层单位两个亿。平安俊借300万元投进房地产，贷款到期没钱，平安俊低价卖房"割肉"，如数还上借款。

知情者议论："平安俊大脑袋，把借财政的300万元还了。"

"财政借出去两个多亿啊，就平安俊还了！"

一次开会，市财政局主管收缴回款的负责人说："你是我最佩服的人，我们预算外资金放出两三个亿，还回来的，就你一份。"

平安俊说："借的钱不还怎么行？"

"除了你，别人的借款全核销了。"

1993年，平安俊向开发银行贷款300万元，在大连（鞍山不批）成立了房地产开发公司，同于总合作。贷款期限到了，平安俊拿着三百万元支票给银行送去，行长李克明愣了："你干什么？"

"我还你钱啊。"

"干吗？你还这么早干吗？"

"我们签订的协议为一年，时间到啦。"

"我也没朝你要，你不用还，先用着吧。"

平安俊不同意："我用钱干什么？现在没有投资项目，放我手里还得拿利息。"平安俊进一步强调道，"我说了一年还，现在时间到了，我必须还。"

还上钱后，李克明不解地说："人家找我都是延期还钱，头一回见到你这样的，主动上门还钱。不让你还你偏要还。"

钱是好东西，谁也离不开。钱又是最坏的东西，很多人因抵不住它的诱惑，小到遭人唾骂、鄙夷，大到因此六亲不认、一失足成千古恨。

平安俊一直用"诚信""大德"的尺子衡量自己，"小钱"不占人便宜，"大钱"坚守原则，一次又一次做出"不被理解"的事。

平安俊曾与中国银行鞍山分行、鞍山市合作银行下属合发公司合作，三家共投入600万元搞房地产开发。两家银行看好大德公司的项目资源主动找到平安俊，先发600万元债券，三家各按200万元债券股份分利。因为国家政策有调整，禁止金融部门经商办企业，两家银行又找到平安俊提出他们退出，把600万元债券转到平安俊名下，算作贷款，"有时间再签个协议"，平安俊同意。这只是口头上说的，当时没有签订合同，也没有任何人找平安俊，这事一直"悬着"。

1994年夏天，合作银行行长李克明调走，新来的黄副行长主管财务，看了这笔账后大吃一惊：合同没签，这钱等于跟大德公司没有关系啊！官凭文书私凭印，平安俊不认账这事麻烦就大了！

原行长一个调走、一个抓起来，找谁捋清这乱账？这600万元记在原合作银行麾下的合发公司账上，上级下令银行禁止办公司后，合发公司早就黄摊了！个体老板跟国有银行打交道，没有合法手续，大德公司能认账吗？

黄副行长马上给大德公司打电话，办公室接电话的人说："平总不在。"

异常警觉的黄副行长当即认定："平安俊躲了！"

"这笔钱肯定打水漂啦！"黄副行长对同事说，"千万别再打电话，以防打草惊蛇，我们直接去大德公司堵平安俊。"

黄副行长设计道："这种事，我们不能张口要钱。而是让平安俊说清过程，承认这笔账。如果他承认了，先把合同补签了，我们手里攥着合法手续就好办了。如果他不承认，这事就非常麻烦。"

同事道："肯定又是一笔呆账啊！这么大的便宜谁不想占？吃到嘴里的东西，谁能往外吐啊？"

黄副行长领几个人在大德公司对面的树荫下"盯守"，平安俊一出来，他们赶紧颠儿颠儿跑过来，以"商量点事儿"为由，客气地把平安俊请到合作银行。

黄副行长客气地递上茶水，这才切题："平总，我跟你核实个事。

我们老行长调走了，我清账时发现，你有笔合作银行的债券600万元，有没有这事？"

"有。这都好几年了。"

黄副行长立刻套话："具体怎么个经过？"

平安俊说了经过，黄副行长边记录边继续套话："有没有人跟你说，把这笔钱转为大德公司的贷款？"

平安俊回答："有啊。李克明行长跟我说的，我也答应了。"

黄副行长又问："为什么没办？"

"当时他们说找我来办理手续，一直没来啊！"

黄副行长叹了口气又说："我刚调过来。这几年银行没少出事。现在这工作由我主管，你配合一下，把手续补了，把合同签了。"

平安俊当即表态："没问题。"

补办手续后，黄副行长心里有底，没有催平安俊还钱，而是转为贷款。

多年以后，这笔钱利滚利，由600万元本金已经增加到1400多万元！

一下涨了这么多，光利息就800万，平安俊也大吃一惊！

但，平安俊第一时间便在心里认账："诚信比天大，就是再多，也要一分不少地还给人家！"

好心人提醒平安俊："这种情况可以不还。况且有银行的责任。类似不还的例子有的是。"

平安俊向银行界朋友咨询了：现在国家有内部政策，原来的呆死账可以核销。有的公司破产，有的公司翻牌，有的公司骗贷。

这么多钱不是小数，平安俊也犹豫一阵。银行方面有过错、有责任，最起码利息是可以不还的。经过几个回合的心理斗争，平安俊毅然决然地下定决心：为了诚信，为了"大德"两个字，这钱必须连本带利还利索，一分都不能少！

还了这笔钱，还账的数字还在增大。

我在前边叙述过，1992年平安俊在威海搞房地产开发，从鞍山市大型轧钢厂调入 700 万元。1993 年，大轧厂厂长刘忠志退休，新任厂长继任，建议平安俊把建设银行向大轧厂发行的 1000 万元债券接过来，转为贷款，平安俊同意，并同建设银行签署了合同。

康德说："世界上有两件东西能震撼人们的心灵：一件是我们心中崇高的道德标准；另一件是我们头上灿烂的星空。"

若干年后，建设银行行长姜振希来找平安俊要求还钱，平安俊一听再次大吃一惊，连本带利，滚到 2300 万元！

"没那么多吧？"平安俊不相信。人家一笔一笔算账，平安俊回答道："账我认。可我现在没那么钱，分期还吧，从现在起我每月还一些。"

平安俊决不占人家便宜，知恩图报，认为"诚信比天大"，在银行、客户及合作伙伴中赢得高度赞誉。

尽管诚信被唯利是图的人一再践踏，树叶却遮挡不住果实的清香。"大德·翠韵华庭"项目被人牢牢套在准星里：张杰辉催逼平安俊必须在规定的短期内上交拍地款 1.5 亿元，中国银行负责人一听是最讲诚信的"大德公司"平安俊遇到困难，坚决力挺，派得力干将一次又一次跑省城沈阳、跑首都北京，助平安俊渡过"命悬一线"的至暗时刻。

十五

这是在哪里？

天地混沌不分，平躺的身体时而成了一大团棉花轻轻地飘浮起来，时而又似浸泡透了的一捆干柴慢慢地沉进水底、越沉越深，平安俊担心淹死，使劲挣扎着向上爬，手脚胡乱抓却什么也抓不到！

天黑天又亮，怎么一点星光都没有？太阳躲到哪儿去了？黑夜里怎么突然闪出一轮太阳？晃得眼都睁不开。白天却突然黑起来，一大团一大团的乌云突然变成大石块，狠狠压在胸脯，压得喘不过气来。平安俊张大嘴巴拼命喘息，像一条缺氧的鱼。平安俊不想憋死，只好拼命地喘啊喘……上眼皮像两座沉重的大山压着，他花费全身力气总算把这两座山移出缝隙来，刺眼的光芒迅猛扑了过来，哦，大白天的怎么出了星星？

坏了！那大团大团的乌云突然变成一群狼，群狼迎面扑了过来，平安俊想跑，腿却被什么东西扯住，动弹不得，眼见一只瞪眼、张着大口、露出尖尖的獠牙、伸出越过下唇的长舌头的恶狼向他扑来，平安俊吓得哇哇大叫，怎奈嗓子突然哑了，发不出声音，平安俊愤怒了，伸出双手去抓那尖利的獠牙，却见那长长的舌头变成"牛舌饼"，平安俊抓过饼就往嘴里填塞，一口吞咽掉一张饼，再去抓第二张饼，他停下了手——弟弟妹妹和妈妈吃到饼了吗？

平安俊举着手里的"牛舌饼"突然眼里挤进一道光，他醒了。

举在天空的手似乎被抽去骨头，面条一样绵软，垂落下来。

平安俊从似睡似昏似梦中醒过来，睁大眼睛琢磨好半天才明白过来，他躺在自家平房的土炕上。

平安俊和哥哥弟弟妹妹们已经在土炕上躺了三天三夜。准确地说，他们已经三个昼夜没吃一口东西，饿得迷迷糊糊站不起来……

土炕上一排躺了八个孩子，个个奄奄一息。

毫不夸张地说，饿到这个程度，离"卷出去"不远了。

平家共生十个孩子，此时仅剩下八个。平安俊排行老六。

黑夜吞下万物，连骨头都不吐。

1960 年，全国大饥荒饿死超过千万人，史称"三年（1959 至 1961 年）自然灾害"。初期饿死的人，家人设法打个薄板棺材，饿死的越来越多，卷个炕席筒就扔出去。现在，平家炕上的一排孩子，个个在靠近"炕席筒"。

灾年持续干旱，岂不知，雨水都窝在母亲的眼睛里，像一眼打不尽的井水。奄奄一息的孩子们一顺水躺在炕上，母亲还怎么刚强？

粮食很少，平家父母便带领孩子们到处弄吃的。榆树钱最好吃，黄而嫩，很爽口。孩子们上树撸榆树钱，连最上边的也不放过。榆树钱没了，便撸榆树叶，之后是扒榆树皮。当所有的榆树都成了白刷刷的光杆光枝，人们便打起槐树的主意。槐树叶和刚发出来的嫩枝都是好东西。

为了求生，人们像蝗虫一样四处寻找能吃的东西，谁发现远方有一棵能吃的树，所有的腿都飞快地跑，大地扑通通响，脚下拖起一溜烟儿。大家瞪着猩红充血的眼睛，呼啦一下围上去抢起来，手像安了电钮，一个比一个快。

山上的羊奶菜、酸叽叽菜也算"上等美食"，把它们倒在一个大锅里，抓一把"调味品"一样的苞米面，一人一碗放在面前，立刻响起一片呼噜声……

粮食一点都没了，手里没钱买，就算有钱也买不到粮，能借的人家都借遍了，野外能吃的东西都没了，马路两边能吃的树全成了白花花的光杆，平父平母除了泪眼相望、接连叹息，又有什么办法呢？

母亲杨月轩说："孩子们都上炕平躺着，谁也不许动。我们再想想办法。"

母亲说完又加上一句："谁也不许下地，肚里没东西，下地消耗体力，会死的。"

孩子们很听话，一顺水躺在炕上。起先是怕死谁也不动，最小的孩子还哭着、哼唧着，后来饿得魂飞魄散、身体绵软，谁都动不了、起不来。

平安俊家住在鞍山市立山区一个日本人侵华时留下的破旧平房。从高处眺望，挤挨在一块的这群屋舍破衣烂衫，像缩着肩膀的孩子。全家十多口人住一铺大炕，紧挨着。附近的人谁都知道，老平家孩子最多、家最穷。如果说，这片房子里住的是鞍山市最穷的人家，那么，平家又是这片房子里最穷的人家。一年四季，平家的孩子总是"晚一步"，雪花飘飘，孩子们还穿着单衣裳；春暖花开，孩子们还穿着棉衣裳！买不起新布，老大穿剩下的衣裳传给老二，老二再传给老三……依此类推。母亲杨月轩每天晚上都在忙碌，改旧衣裳，用旧布片抹上糨糊做鞋底，难怪孩子们的胳膊肘和膝盖像长了牙齿，夏天露肉、冬天露棉花，都是些旧东西"翻新"改制的，一穿就破，一点都不结实！

平家的孩子们的穿着已经适应了跟不上季节，不饿着不冻着，能活下来就不错了。邻居们的目光向低处看，穿不合脚布鞋、不穿袜子的孩子一定是老平家的；向身上看，穿打补丁最多衣裳的孩子一定是老平家的。

孩子们知道家里穷，已经适应过这种穷日子。

再苦再穷，孩子们都能挺住。

可是，三个昼夜不吃一口东西，孩子们只剩下一口气，实在"挺不住"啦！

母亲杨月轩读过"国高"，写一手漂亮的毛笔字，从小就是个立事的孩子。实在看不下去家里挨欺负，她七岁时，就敢找海城城郊乡长去告状！

可现在，眼见孩子们齐刷刷要饿死，却一点办法都没有。家家都挨饿、家家都缺粮啊！突然，母亲眼前浮现出山坡上、壕沟里到处都是"炕席卷"的情景，母亲咬牙擦去泪水，呼地站起来，硬着头皮，豁出去这张脸敲开邻居家新婚夫妇的门："我的孩子三天没吃东西了，眼瞅着要不行了，你能借我一斤苞米面吗？"

新婚夫妇虽然粮食也不多，还是答应了母亲。

母亲回家熬成稀糊糊，给每个孩子盛了一大碗。

孩子们很快就吃光了稀糊粥，每个人都伸出舌头，转动着碗，把碗里子舔得干干净净。

一二碗稀糊糊下肚，神奇的力量立马在平安俊身上奏效，眼睛锃亮，通体温暖，力量从胃部散发开去，仿佛一下子唤醒所有僵昏的经络和神志，唤醒已经三天僵死的骨骼和肌肉，伸伸胳膊蹬蹬腿，能下地了！

平安俊和哥哥妹妹们逃离了"炕席卷"！

时至今日，平安俊仍然清清楚楚地记得当年死里逃生的情景，觉得太神奇了！他觉得当时能活过来肯定有上苍的眷顾，他很快便明白：那对新婚夫妇救了他们的命，有能力了一定要报恩！

上个世纪九十年代，平安俊曾遍访老邻居寻找那对救命的新婚夫妇报恩，这是后话。

父亲平玉阳在鞍山"神钢厂"上班，这是鞍钢的前身，由日本人建的钢厂。工资收入微薄、人口多，养家糊口只能维持最低线，像高个子穿小孩子衣裳，"四下够不着"。

家庭像一再抠挖的烂苹果，早就破相。生活就像翻过来的空口袋，一贫如洗。

母亲像一只在树林中结网的蜘蛛，尽其所能，把从四面八方收集的食物串联在一起，让孩子们共同吸吮网上的露珠。吃了这顿愁下顿，过了今天愁明天，这里借点，那里讨点，总算救了孩子。

母亲的爱缩在稀粥里，让孩子们一生香甜。每时每刻，母亲都要把心思分成许多份给孩子们。

母亲像鸟儿筑巢一样，把孩子们生命的蓝天装进窝里，过着树叶鼓掌的日子。

母亲前行半步难，却决不后退，她只能像伤口一样坚强地活着。孩子们的生命，则是母亲伤口里养出的花。

上桌吃饭不能随便吃。根据每顿饭多少，父母亲规定孩子们吃多少。有时一人吃一碗，有时吃半碗，孩子们都很听话，大人让吃多少就吃多少。

平家吃上顿没下顿，父亲的朋友李德方来了，哗啦一下把一大把银元扔到平家炕上："拿去换钱吧！"

母亲万般感动，对身边的老六平安俊说："父债子还，你要永远记着这事，有条件了一定要报恩。"

平安俊开办公司后，千方百计找到李德方，安排他到公司打更，换个方式资助他。公司有人不同意：李德方快七十岁了，颤颤巍巍的，走道都费劲，怎么能安排这样的人打更？平安俊讲了这个感人的故事，并暗中安排：让老人在不需要打更的地方打更。又先后安排李德方的姑娘、患小儿麻痹症的李静，儿子李燕和儿媳工作。"这是我妈交代的事，这几个人永远不淘汰。"每年春节，平安俊都给李德方老人送去慰问品和现金。

平安俊记忆中最美的食物便是"花生饼"。父亲因为历史问题被送到农场监督改造，半夜偷偷回家，把偷来的花生米饼和豆饼送回来。第二天早上，母亲告诉孩子们："昨晚你爹回来了，带回点吃的。"

孩子们狼吞虎咽地吃起来，小安俊说："那是世上最好吃的饼，越嚼越香。""幸亏父亲被下放到农场，我们才没有饿死。"

1951 年 1 月 21 日，平安俊就出生这个破旧的小平房，家里兄弟妹妹十人。生活在物质生活陡峭而险峻的时代，这十个孩子像从山上滚下来的石头，有的半路摔下，有的摔坏，有的摔伤。平安俊记事时，一个哥哥一个姐姐不堪岁月蹂躏，已经夭折。小妹平颖，还是重症小儿麻痹。可是，面对山沟断崖和沼泽地以及不知藏着什么野物的原野、森林，他们还得继续前行求生。或者说，他们以有限的体力和泳技要泅渡波翻浪涌的人生大河，彼岸的强烈召唤和内在实力极不相配，费尽全力在险象环生的波涛中拼死挣扎，过去与过不去，都要被动接受悬念丛生的结局。

1958 年，平安俊在离家很近的鞍山培育小学上学，三年级时转入前沙河小学。上学了，平安俊仍然饥一顿饱一顿，中午经常饿肚子。带个苹果，也算一顿午饭。同学们回家吃饭，小安俊常常一个人坐在教室里写作业。

穷人的孩子早当家，小安俊学习功课样样好，他想方设法琢磨一件事：怎么能帮上家里，为父母减轻负担？

早上晚上或星期天，别的孩子出去玩，平安俊却帮妈妈干活。掏炉灰、扫院子、劈劈柴、洗衣裳。十来岁就去三百多米远的地方挑水。个子矮，两头的水桶会触地。小安俊把扁担左边的铁链卷几圈，再把右边的铁链也卷几圈。头几回，小安俊歪嘴、憋气，坚持挑半担水都费劲，很快就挑多半担。土路坑坑包包，必须使尽全力才能保持平衡。决不能让水洒出去，一担水要花二分钱呢！

因为家里太穷了，平安俊从小就有种自卑感，吃半饱、饿肚子已成生活的常态。一次上学做操，平安俊一使劲，"刺啦"一声裤子开线，屁股蛋露了出来。同学们"轰"的一声大笑不止……

小安俊悄悄抹着眼泪、捂着屁股回家。母亲恰好出去干活，小安俊自己找块旧布缝上，马上返回学校。

下课后还有女生偷偷指着小安俊的屁股笑，淘气的同学们一下子围过来，对他指指点点。小安俊争辩道："缝上啦！我缝上啦！"

原来，小安俊缝好补丁没有在线头处打死结，蹦蹦跳跳玩了一阵，缝的地方又开线，隐隐能看到露出的肉……

很长时间，小安俊一直觉得有目光在后头看，有人在后头指着他。

哪怕是穿条好裤子，淘气的同学也故意捣乱："大家快来看哪，露屁股喽！平安俊又露屁股喽！"

多少年过去，当年被同学们取笑的情景，仍然历历在目。

太穷了，人家瞧不起啊！

小安俊起初很生气，很快就不生气了。小安俊找到不生气的方法：我一定要加倍努力，样样都做得好。这样，同学们就不笑话我了。

小安俊果然很争气，学习功课样样好，还当上文娱委员、学校文娱部长。每年的六一儿童节、元旦和春节，都是小安俊"最出彩"的时候，能吹笛子，还能组织同学们演小合唱。

即便在物质极其匮乏的年代，也不能阻止艺术的种子悄悄萌芽。

这萌芽没有长在肥田沃土，没有长在自家田园，而是长在细细的竹筒里，长在空中传播的声音里。

每当草长莺飞的季节款款而来，天气暖和了，鞍山市立山区的"立山转盘"格外热闹，人们自发地凑在一起，拉二胡、吹笛子，敲敲打打，时而独奏，时而乐器小合奏，前来看热闹的越来越多。

所有演奏的人和卖呆的人都如沐春风，表情喜气洋洋。有的随着乐曲小声哼唱，有的摇头晃脑，有的用脚尖打着节拍。

悠扬的笛声，像平湖冒出一朵浪花，似家禽里飞出一只鸟儿，一下吸引了小安俊！就这么一根小管，居然发出这么好听的声音！

小安俊听着迷了！

他凑到吹笛子的叔叔跟前，如同鸟儿看见米粒儿，蜂儿发现花朵，小安俊的目光特写镜头一样盯看吹笛子的叔叔。叔叔的下嘴唇紧贴笛子兴奋地一吹，伴随气息强弱笛声时大时小、时快时慢、时长时短，太好听了！

这里很快成为小安俊音乐的启蒙地。晚饭后帮母亲干完家务，小安俊便来到立山转盘，欣赏这支民乐队吹打弹拉。

这个时间，家庭条件好的同学会去电影院看电影，小安俊买不起电影票，想都不敢想。就像小安俊多少年都期盼吃上饺子解解馋，除了大年三十能吃上一顿，平时想都别想。于是，来立山转盘听叔叔们演奏，便是让小安俊心旷神怡的"精神俱乐部"。听了几次，小安俊突发奇想：我也要学吹笛子！

第二天，小安俊去商店看了笛子价格，吓得直咧嘴。五六毛钱一支笛子并不算贵，可对小安俊来说，那简直是天文数字！

看准的事就一定要做到底，这是小安俊的性格特点。正是这种钉住不放的"一根筋性格"贯穿人生全程，助力平安俊一次又一次"破冰前行"，在人们吃惊和不解中大步前行、攀峰而上。这是后话。

他的身体里盛开一座小型花园，展现执着的芬芳。小安俊再一次突发奇想：自己做笛子！

小安俊找来一根细竹子，在上边画好孔眼位置，把炉锛子烧红烫出孔洞来。不规则的地方，再用小刀刮，尽量让孔洞圆一些。小安俊迫不及待地贴上笛膜一吹，很兴奋，也能吹出1、2、3、4、5、6、7来！遗憾也有，音色差，没人家的笛子声音好听。

在工厂垃圾堆发现一根蓝色的塑料管，小安俊如获至宝，也用炉锛子烫成孔洞做成笛子——现在，小安俊已经有两支笛子了！

渴望和追求是灵魂的双翅。

从此，小安俊的笛声从那个破平房、从马路边、从公园僻静处传了出来，成为填充童年时光的音乐启蒙。

把笛子插别在书包里，上学放学的路上也洒下一路笛声。由于特别努力、天天练，吹得越来越熟练，部分地弥补了笛子音色差的先天不足。这就像使用一件兵器、一件家什，只要用得熟练顺手，便能人物合一、彰显优势。

小安俊的笛声受到一位十五六岁、比小安俊高一头的大男孩儿的欣赏，他歪着头笑眯眯地赞扬道："挺厉害啊，还能吹笛子？"

这是小安俊吹笛子第一次受到别人的夸奖，很高兴。

大男孩儿从此跟小安俊成为好朋友，两人经常在一块玩。大男孩儿家庭条件好，不时送给小安俊饼干、面包，安俊内心感激却无以回报，只好更加卖力地吹笛子，挑大男孩儿喜欢的歌曲。

这天，大男孩买了支笛子送给小安俊，小安俊喜欢得不得了，左看右看爱不释手，贴上笛膜一吹，天哪，省劲又好听！

可是，人家要花五六毛钱哪！

小安俊千谢万谢，大男孩儿拍拍小安俊的肩膀、微微一笑："好好吹吧。"

多年之后，平安俊到处寻找大男孩儿报恩，回想当年的情景，平安俊至今心潮澎湃，当年送他的那把笛子，比现在送一架钢琴更昂贵、更有意义！平安俊到大男孩儿家的老住址和他上学的学校寻找，一无所获。大德公司成立二十周年庆典，平安俊请了能联系上的所有同学和朋友参加，撒下人马、花大力气寻找这位大男孩儿，甚至找到新闻媒体打广告，可却忘了大男孩儿的名字。准确说，当年他俩小哥小弟相称，彼此都不知道叫什么名字……

大男孩慷慨相帮，小安俊有了支真正的笛子，属于自己的笛子！

把你的脸迎向阳光，就不会有阴影。

中午别人吃饭，小安俊走出教室一吹上笛子，就不觉得饿了。

学艺的力量像乌云攥成拳头举在天空，不坠也不泄。

遇到技法难题，小安俊就到立山转盘，揣摩人家的一举一动。小安俊笛子吹得越来越好，上初中一年级，他能完整地吹下笛子独奏《我是一个兵》。

灰尘落在土地上变成土地的一部分，光落在暗中却没有被黑暗吞噬。

老师和同学们对平安俊刮目相看，这个经常饿肚子、穿着破衣烂衫的穷学生，不光学业优秀，居然文娱上在全校冒尖，笛子吹得最好！

老师们纷纷夸他，如同在他心里烧了一把火，平安俊自此干劲倍增：人穷志不短，越瞧不起我、越说我穷，我越努力、越要做出样子来！

平安俊像高手化装师的指尖，这里抹抹那里涂涂，便惊现意想不到的效果，化腐朽为神奇。五一、六一、元旦学校举办文艺汇演，平安俊已经担当重任，自己吹笛子独奏，还把《毛主席来到咱农庄》《美丽的哈瓦那》改编一下，加上欢快、悠扬的元素，更适合同学们表演。

生活像一张砂纸，把粗犷的欲望，打磨成精致的风光。

教音乐的王老师多次在课堂上表扬平安俊，还多次自豪地向别人介绍："他叫平安俊，是我的学生。"

母亲看了六儿子的演出激动地边擦眼泪边说："我家里穷，但我儿子挺出众。"母亲高兴啊，这个衣着最差、鞋尖有破洞、拿每天少吃一顿饭当家常便饭的孩子，给老平家争光啦！

母亲长年累月在苦日子里挣扎"抬不起头"，十来个孩子活计成堆，整日陷在劳累里顾不上抬头；远近最有名的困难家庭，老平家以吃不饱穿不好被人叨咕甚或指指点点，哪里还抬得起头？脑顶还压着丈夫"伪保长""有历史问题"的大包袱，低人一等，哪里还敢抬头？

咬牙挺住饥饿，咬牙挺住熬通宵的困盹坚持干活，咬牙挺住没钱买药的病痛，咬牙挺住遭人白眼的屈辱，母亲的人生里只剩下没白没黑地劳动和忍辱负重。日头真的从西边出来了，没想到小安俊竟这样出色，母亲太兴奋了，母亲压抑得太久太久，母亲太需要这样的兴奋了！母亲边缝衣裳边流泪，那是久违的欢喜的泪啊！

放学回家，听了母亲的赞扬，平安俊更加高兴并暗暗在心里告诫自己："放心吧，我会做得更好！"

平安俊悟出一个道理：人只要有出息，就会受到赞扬。而赞扬，能抵消因家穷被人瞧不起的屈辱。

穷困，没有成为平安俊的人生障碍，反而撞出了"巨大反弹"，成为他奋斗不止的强大推力。

<h1 style="text-align:center">十六</h1>

既然决定要把房地产当成艺术品，就要像尖刀上的舞者一样，在举步维艰中舞出最绚烂的姿态。

2006年5月3号，位于鞍山市铁西六道街313号的"大德·阳光800"项目正式开工。

头几个项目平安俊"出手太高"，这个怎么接茬？

谁都知道，政府主推的棚户区改造、经济适用房项目，消费者为最底层的老百姓，甚至动迁户、困难户居多，设计定位、投入成本肯定要低，平安俊还能玩出什么花样？

房子盖好，再一次成为热点"项目"，老百姓竖大拇指，政府再次将该项目当成"样板产品"，媒体记者争相报道。

荣获"中国科技创新示范楼盘"已经在同行中引起"小型地震"，2010年，摘得中国A级住宅项目荣誉不久，又捧起中国房地产行业最高奖第四届"广厦奖"的奖杯！

原来，房地产业最高的荣誉不一定来自最好的材质和最高的投入，比这更重要的是来自普通的善心和"把消费者当成自己的家人"，千方百计让"家人"住得更舒服。

没有最好，只有更好。平安俊对他的团队提出要求：把主攻目标放在"科技创新"上。

在鞍山首次实现太阳能热水器与建筑的一体化设计，采用韩国核心技术构建低温辐射供暖体系，节能型复合保温墙体，五道密封塑钢窗，配合阳光户型设计，突出节能、环保的"阳光住宅"特点，堪称普通住宅的节能典范。

2007 年 9 月 28 日，大德集团在同一天开工了两个楼盘，在鞍山市铁东区解放东路与山南街交汇处，开工"大德·南郡华府"，在鞍山市铁东区胜利南路的黄金地段，开工"大德·金典世家"。

按部就班不会出错，但很难出彩。

两个项目同时开工，只是量和规模的扩大，最重要的是，要同时拧紧这两个项目的"创新"螺丝，用出色的作品赢得口碑。

如同两个兄弟同城"德比竞赛"，比赛同一个项目，各自都执行相同的科学规范和"竞赛标准"：全板式高层建筑群落，大幅度提升建筑品质和舒适度，建筑节能率超过鞍山 50% 的规范要求，率先达到 65% 的国家标准。

两兄弟不负众望，双双夺得"国家 AAA 级住宅"和"中国环渤海节能环保优质住宅示范项目"两项桂冠。

这个时代的高手，不再只是默默无闻埋头努力的人，而是不可替代的有创造力的人。

外行朋友可能不知道这两项荣誉到底意味着什么，有哪些含金量？为了节约文字，我不能展示厚厚的评比材料，也不想罗列繁复的评比程序和那么多"国字号"评比专家，我只浓缩一个指标——平安俊率领他的团队奇迹般地实现了"十大创新"——

安装聚氨酯外墙、屋面保温系统；

应用三玻双中空塑钢平开窗；

安装室内新风置换系统；

实现太阳能与建筑一体化；

安装垃圾回收处理系统；

实现中水回收处理系统；

实现全地下停车场设计；

实现板式阳光户型、公共大堂及风雨连廊设计；

实现智能化系统设计及酒店式物业管理；

应用大模板墙体灌浇技术。

鸟儿第一次飞是生存需要，种子第一次发芽是本能所致，花儿第一次开是物种传承的技能。房地产建筑中创造的每个创新，都是一沓一沓的钞票啊！得知实情后我十分感慨，与其说这是理念，不如说是情怀。因为，许多投入是消费者不知情甚至是"看不见的"。

众所周知，购房者最关注的就是平方米和质量。对于外行人来说，质量的伸缩性比皮筋都大，因为，你只能看到表面，不知道"内里"，而后者才是最重要的。因此，对多数人来说"唯一的刚性需求"就是平方米。平方米乘单价等于购房款，就这么简单。

比如节水的中水回收处理系统，这要投入大额资金新安一套设备和管道，建住宅要另走一条管道。

比如垃圾回收处理系统，把可回收的垃圾分类拣出来，把有毒有害的和砖头瓦块、玻璃块挑出来，垃圾分类后上垃圾处理机，一大堆垃圾变成一小袋灰，这小袋灰还可以当肥料。

这些项目，国家没有强制要求，做与不做都可以。"大德·阳光800"的保温墙，采取"夹心复合墙"的做法，外页墙砌120毫米砖墙，中间夹100毫米厚的保温层，内页墙砌120毫米砖墙。当时保温材料用水泥珍珠岩板，安在墙中间，既增加工时，也增加费用。只砌三七墙多省事？一口气就砌完了，这要砌两遍，中间还要夹保温板，很麻烦。

设计师征求意见："到底做不做？"

平安俊毫不犹豫："做！"

后来的项目材料换了，但同样增加工时和费用。

增加保温层，要喷保温材料。屋顶和墙面都要保温。窗户要安三层玻窗。

传统工程臭便水与餐厨为一个下水管。浴盆一根管，脸盆一根管，坐便一根管，这三根管连接，再接总下水管。中水处理，大小便管同上，洗脸水和厨房水另走一根管。

那时的"十大创新"楼房就如换嗓期的少年，骨节开始变粗，嗓音开始变粗，脸长开了，本事大了不少。这些优点在时间中显示出来，购房人的认知也水涨船高，他们都争着发言，夸大德的房子。

"十大创新"听上去赏心悦目，却都要付出高额的成本代价。所增加的东西有的埋在地下，购房人看不到，有的根本不在消费者的心理价位预算之内。

户型、绿化、景观这些东西都能看见。而上述这些节能或创新的绿色人居设置，扔里多少钱谁也看不见。购房人不知道开发商投入这么多"看不见的东西"。对开发商而言，不投入这些房子卖这些钱，投入也卖这些钱。平安俊坚持摸着良心做产品，"宁可不挣钱，也要叫座。"

太阳能热水器为什么不能在城市大面积推广？

谁都知道热水器耗电很多，又是"刚需产品"，大德集团从用户需求出发，白送给用户太阳能热水器。十多年前一个楼盘家家户户用上太阳能热水器为鞍山市"独一份"，现在也没有第二家。除了多数房地产商把"利益最大化"摆在首位，谁也不愿意"做无用功"，其中一个原因就是"太麻烦"。用户一分钱不花就用上不交电费的热水器当然高兴，可一旦热水器坏了，却要找大德公司。接到电话要立刻安排人协调热水器厂家及时修理，哪怕解决速度稍慢一点儿，就会遭到"强烈谴责"。如果不送热水器，不就没这些麻烦吗？手下人有意见，平安俊的"解释"非常简洁："就一条，管就要管到底。"

无论多难、投入多大，平安俊也从未放弃"良心至上"的初心，除了开始做的同德园、欧艺园两个项目，此后所有楼盘都坚持做一些费力不一定讨好、增加成本、提升居住品质的附属工程。

早春里第一个枝头迎寒开花，虽然自己冻得抱肩打冷战，却成为同族兄弟的样板。平安俊一如既往主导的建设理念和出色行动，广泛赢得了客户的上佳口碑，也赢得同行的交口称赞。

大德·金典世家和大德·南郡华府建设将近尾声，国家建设部领导带队，组织国家权威专家对大德的项目进行了严格评审，大德参评两个项目均被评为国家房地产最高 AAA 等级的评选结果，引起业内"一片惊嘘"……

冲天爆竹一生只说一句话，可它说出了高度。

国家建设部住宅产业化促进中心性能认定处处长、教授级高级工程师娄乃琳，国家建设部住宅产业化促进中心原副主任、中国房地产及住宅研究会副会长、高级建筑师童悦仲，辽宁省建设厅房地产处处长王殿武，鞍山市开发办主任张剑钢，上海市房屋土地管理局住宅产业管理处处长、高级经济师李娟娟，都无比激动，极尽溢美之词，给予很高评价。

十七

生活总是让我们遍体鳞伤，但到后来，那些受伤的地方一定会变成我们最强壮的地方。

这天晚上，平安俊一进门，父亲平玉阳正拿炉铲站在炉子旁边，厉声质问道："你干什么去了？"平安俊不敢说实话，支吾道："上学去了。"

"撒谎，你逃学了！"

爱有多深气就有多大。父亲气得脸都变色、变形，脖颈上暴起的青筋勒疼父亲的心，他随手操起煤铲子："叫你逃学！"狠命一甩，煤铲迎面飞过来。平安俊下意识地一歪头，煤铲从脸边呼啸而过！

如果不躲，煤铲肯定砍在脸上。

这是平安俊第一次逃学，也是最后一次逃学。

原来，父亲早就从平安俊同学那里掏到实底，知道平安俊逃学了，气得眈眈跺脚、呼哧呼哧喘。

孩子这么多，就数老六学习好，他怎么可以逃学呢？

父亲一肚子委屈憋了几十年，自己这辈子只能苦熬岁月，希望都寄托在孩子身上，孩子不成器他活着还有什么意思？

熟悉父亲的人都说他正派、正直、有能力，却因有历史问题一直靠边站、没人理睬。1948年鞍山解放，平玉阳被扣上"伪保长"的帽子，从此当了数十年被清算对象；1957年全国"反右"斗争，平玉阳遭受管制；"文革"时期，平玉阳第一批被送到蔬菜公司办学习班、无数次遭受批斗，平家人受株连，都成"下等公民"。

平安俊从小头顶就压着父亲"历史问题"的帽子，说话小心翼翼、办事谨小慎微，在政治至上的时代，政治生命重于一切，平安俊积极向上、全力奋斗，在入少先队、入团、入党方面，尽管做出比别人更多的努力，还是"先飞常在后"，承受更长时间的考验。

平安俊也曾"质疑"父亲，为什么要当"伪保长"呢？

知晓实情后，平安俊理解、同情父亲，并成为父亲的"小贴心"。

当时平家住在鞍山市立山区。国民党军队来此建立治保组织，平玉阳威信最高，群众选举他，国民党军队便任命他为保长。当时解放军与国民党打"拉锯战"，立山区时而被解放军占领，时而又被国民党占领。平玉阳跟多数老百姓一样，觉得国民党威信不好、一定失败，希望解放军再打回来。平玉阳一听要让自己当什么保长，立刻躲在院外的厕所不出来。国民党军官可哪找找不到，附近的老百姓报信说："平玉阳不在家，跑啦！"

"跑了和尚跑不了庙！"那个刀条脸国民党军官火了，"他还能一辈子不回来？他干也得干，不干也得干！"

当着群众的面宣布平玉阳为立山区自由街治保保长。

国民党在立山区逗留十八天，又被解放军打跑。平玉阳这才放心地回到家。

立山区进行土地革命、打倒土豪劣绅，平玉阳威信高、组织能力强，成为参与这场伟大斗争的积极组织者和见证者。

早把那历史的瞬间、当过十八天"挂名伪保长"的事抛到九霄云外！

多年以后，有人翻旧档案翻出平玉阳当过"伪保长"的资料，"政治敏感者"通过民间调查，有位老人说平玉阳当时跑了、不在场，不过国民党官确实在群众大会上宣布他当保长……

"群众大会上都宣布了，还有什么可说？"

这一条，加在平玉阳的档案中。

从此，平玉阳被坐实了当过"伪保长"的历史。

平玉阳多年上访，要求还自己以清白。

时过境迁，当事人有的亡故、有的推说"不够资格"（不能代表组织机构），接访单位也不愿意追查陈年旧事，平玉阳怎么也无法甩掉这个"挂名职务"，因此也无法证实自己的清白……

平安俊明面上不敢替父亲辩解，暗中已经跟父亲结成同盟。

被审查、批斗的父亲惦记家或向家里送回他悄悄"顺来的"食物，二人便定好时间和地点，像地下党人接头一样悄悄在火车站约见……

车站里永远开启的大门，和高高在上永不停止的自鸣钟就是对来人的注解。车站是一个人通往一座城市的公共接口，它连接着许多相互交织的路线，捉摸不定的事件和随时变换的机遇。

每一次约见都是对胆量的考验，血液流速和呼吸幅度数值一再冲高，平安俊心怦怦怦加快跳动，似乎偷了人家东西怕被抓住。他频频四处张望，必须躲过熟人。由于内心紧张，似乎好多人都似曾相识，心跳速度更快了。这可不是闹着玩的，父亲够倒霉的了，别让他再雪上加霜。况且，父亲撑着桨与全家人同船过河，父亲的桨断了全船人都会完蛋！一旦碰到认识或脸熟的人，平安俊就拐几个弯，再悄悄奔向约见地点。父亲更加敏感，事先侦察好约见路线，避开所有"见过的面孔"。他知道，爷俩的约见一旦露馅不光自己罪加一等，还要连累全家人。如果真的罪上加罪，被扣上现行反革命的帽子，将是全家人的灾难！平安俊也十分清楚，学校知道此事，他必遭开除……

尽管这样，每次与父亲偷偷约见的任务都由平安俊来完成，这本身就是对他的高度信任。平安俊上有哥哥、下有弟弟，回回让排行老六的平安俊"单挑"这副重担——就像组织千挑万选，把最重要的任务交给最信任的人，平安俊为此而自豪。平安俊每次跟父亲"接头"都紧张而兴奋，拳头攥得紧紧的，心跳加快、冒虚汗，完成任务后，一下子轻松起来，仿佛一下子长高、长大了……

每个人都是时代的产物，无论你本事多大，也没办法让自己前移或后移若干年出生实现什么"穿越"。连小小的词语也得认命，同一个词语生在不同时代命运便天壤之别。"又红又专"曾经那样备受推崇，当事者笑逐颜开；"文革"却变身"白专道路"，谁沾边谁倒霉。当年"投机倒把"是一种罪，当事人胸前挂着牌子遭受游斗甚至判刑入狱，而后则变身搞活贸易的功臣，可荣登光荣榜……

有些幸福就是从不太好的经历里，找出积极的活法。在漫长的岁月里，平安俊一直活在父亲历史问题和家庭穷困的双重阴影之下，要比同代人多出很多力、翻爬过"遮光"的高坎，才能走出阴影见到阳光。就像被东北寒冷厚土掩埋的种子，气温太低种子只好向下长，根子又长又壮又深。钻出地面的芽苗也因此蓄力强劲、后来居上，粗壮的长根因吸收更多的养料而秧棵苗壮、果实丰硕……

如同果实结在枝头，翅膀结在蓝天，脚结在路上，客体决定主体的生存空间，不同的主体选择不同的客体。劣质生存环境反而促使平安俊因没有选择而绝地逢生，变劣势为优势，领略到他人领略不到的风景……

滴水之恩当涌泉相报的根须深深扎进平安俊的心田，并伴随年龄增长而成长。

1966年"文化大革命"的沙尘暴刮遍中国大地，连中学生校园也不能幸免。

在造反组织的煽动下，号召学生们都起来革命，先革班主任老师的命，把班主任老师"揪出来"，打出批判"师道尊严"旗帜，要求学生们写批判老师的大字报，人人都要写。

几个不爱学习、淘气经常被老师批评的学生最积极，给班主任老师李春澍写了大字报。单纯的中学生情绪像汽油遇上明火"呼啦"一下被点燃，课也不上，成天闹哄哄的，以挑老师毛病为乐趣，把写大字报当成"主业"，没几天，学生教室、室外墙上、老师办公室走廊，凡是能贴纸的地方，都铺天盖地贴满了大字报。

平素少言寡语、学习拔尖的学校文艺部长平安俊像一条被晾在岸边的鱼，成为同学们关注的焦点，208班五十多名同学，只剩下平安俊一人没给老师写大字报。

从门口射进教室的光线被黑暗所稀释，变得微不足道。太阳已爬得很高，像失血的脸，更像一张没烙熟的白煎饼。有几只苍蝇，如同庆祝过节一般，嗡嘤嗡嘤乱蹿，在教室门口尽情飞舞。

好几个同学做工作，平安俊不为所动。

班干部五个支委，四人都赞成给老师写大字报，只有平安俊不表态。

被动乱之火点燃的同学们愤怒了——

"平安俊，你为什么不革命？"

"平安俊，你是保皇派！"

"平安俊，你拖了全班的后腿！"

平安俊说："老师们都挺好，也没啥问题，写什么啊？"

教室的门开个缝，半米宽的光亮像伤口一样卧在地上。平安俊清楚，如果自己不写大字报，就要从这道门缝中出去，再也别进来。

平安俊虚心、认真地看了同学们写的大字报，大都写些鸡毛蒜皮的事，比如迟到、不按时交作业、下水泡子洗澡、不上课间操、打架被老师批评的事，平安俊心想，这明明是学生做得不对，为什么写大字报批判老师呢？平安俊甚至有质问写大字报同学的冲动，当然他没有这样做。自己正在风口浪尖上，千万别再惹事啦。

怎么能给李春澍老师写大字报呢？李老师教数学，平安俊是全班数学最好的学生！数学考卷100分，平安俊就答出100分，数学卷子120分，平安俊就答120分，回回考试答满分！除了正卷，平安俊是唯一答完附加题的学生。李老师带全班同学讲解卷子，总是高高举着平安俊的卷子赞不绝口，号召同学们向他学习。

李老师多好啊！平安俊贪玩，李老师便到平家去家访，她从来不批评平安俊，而是以表扬为主，这学生很懂事，数学列方程式、解应用题、代数，都很拔尖。夸平安俊进步快，各科都不错，数学尤其突出，是全年组的尖子生。平安俊心存感激，因此学习更加努力。

李春澍老师二十多岁，人漂亮，对自己特别好。让平安俊当班级的文娱委员，鼓励他代表108班参加学校文娱活动，在学校文艺汇演中，他演奏自己改编的笛子独奏《毛主席来到咱们农庄》，后来又当上了校学生会文艺部长，主抓学校的文艺演出等活动，在学校小有名气，老师同学们都热烈欢迎……

平安俊紧紧抿着嘴唇，暗暗下着决心：怎么能给这样的好老师写大字报呢？

平安俊把科任老师一个一个在脑袋里"过电影"，觉得都挺好，没什么可写的。平安俊一咬牙：坚持住，坚决不写！

但是，平安俊一下子被置于两难境地，坚持不下去了——学校倡导"复课闹革命"，进驻学校的造反派发号施令：平安俊不写大字报，就别来上学！

平安俊蒙了！

被逼无奈，平安俊只好屈服，买了墨水找了报纸。但他真的不知道写什么，便把这些东西拿回家。

晚上，平安俊铺开纸，正要写大字报，父亲看见了问："你这是干什么？"

"写大字报呢。"

"给谁写？"

"李老师。"

"为什么要写这个？"

"全班就我一人没写了，不写不行。"

父亲一听就火了："老师培养你，你还给她写大字报？我叫你写！"

父亲一把抢过毛笔，咔嚓一声撅断笔杆，拿起墨水瓶高高举起来，砰地摔碎！又扯过报纸哗啦哗啦撕碎！

父亲撕碎了大字报，平安俊像卸掉背负的重包袱，一下子轻松起来。他内心很高兴，也非常赞同、佩服父亲。同时，另一个更重的包袱又劈头压过来：他失学了！

一张大字报，改变了平安俊的一生！

全班只他一人没写大字报，戴上"保皇派"的帽子，将成为被批斗的对象。如果再翻出父亲当过伪保长的旧账，无疑会雪上加霜……

突然不上学了，平安俊若离群的孤雁，不知道怎么办、向何处去。

最难的时候，尹洪生老师闻讯紧急出面"救场"，让平安俊到"家属自救队"上班。尹洪生到平家一看很吃惊，平家太困难了！当时鞍山人均月收入 18 元，平安俊家十口人，父亲月薪 46 元，全家人均月收入只有 4 元钱。尹洪生找到好朋友、厂工会的孙主席："我有个学生家庭太困难，不是一般的困难，你看我的面子伸伸手、帮帮忙。""怎么帮？""能不能安排他到自救队做点工作？""自救队全是职工家属，特别困难的才安排，他父亲不在我们厂工作，不可能安排啊！""你想想办法吧。""这事可不好办。""也别太为难，我再找找厂长。"

尹洪生是鞍钢的先进生产者、生产能手，广播电台多次播出他的事迹，威信很高。还有另一层关系，陈厂长的儿子陈成也是宣传队演员。尹洪生找陈厂长："这事我跟工会孙主席说了，他有点为难。"见陈厂长也很为难，尹洪生说："让平安俊在厂宣传队工作吹笛子，关系落在自救队，开点饷。"

陈厂长问："让他吹笛子，你干什么？"

尹洪生赶紧找借口："我最近感冒，老也不好。"

平安俊顺利进了"自救队"，每月工资 33 元。

这可是天大的喜讯！

平安俊有救了！他把工资一分不少地交给母亲，也救了全家人！

尹洪生没抽过平安俊一颗烟，没喝过他一口酒，再一次帮了平安俊。

1964 年夏天的一个下午，尹洪生在鞍钢职工俱乐部彩排，准备晚上的演出，突然被《我是一个兵》的美妙笛声吸引，循声而找，尹洪生推开另一间屋子的门，便偶然认识了平安俊。

"这孩子吹得不错啊！"尹洪生又惊又喜，"你再吹一个。"

平安俊又吹一首自己改编过的歌曲《绣金匾》。

陕北民歌的舒缓、悠扬、浪漫，长音节拍和吐音、音准都不错，若加以指导，这孩子一定会有出息的。

爱才的尹洪生问："你是哪里的？"

"立山区的。"

尹洪生当即拍板认了这个学生："以后，你就跟我学吧。"

尹洪生当年 25 岁，却名声远播，人称"辽南笛王""鞍山笛王"。当年他刚刚结婚，在鞍钢机修总厂宣传队工作。鞍钢为共和国钢铁工业长子，中国钢都，机修厂为鞍钢分厂，一万两千多工人，专职宣传队阵容强大，名震钢都。

尹洪生悉心指导爱徒，纠正节奏感不准、任意吹、指法欠准毛病。强化气息、强弱、手指颤音及单吐、双吐和三吐技法，平安俊如饥似渴地学习，演奏水平突飞猛进。

尹洪生特别高兴，平安俊嘴唇厚，吹笛子自然条件并不好。可他训练刻苦，一年四季手不离笛，下次辅导总能解决上次辅导的难题。

宣传队经常出去演出，尹洪生都带着平安俊，让他参加合奏、伴奏。笛子、二胡、中阮、大阮、小阮、大提琴等十几种乐器，参加"实战性"演出特别锻炼人，一年后，平安俊的笛子水准直线上升。

平安俊每每上台独奏，以连续三吐快节拍的《我是一个兵》震撼开场，肯定赢得暴风雨般的掌声，回回返场。音色清丽、欢快风格的《打靶归来》，再次引爆全场……

平安俊当年只有 15 岁。

尹洪生看重平安俊的人品——

1965 年，尹洪生告诉平安俊一个重要消息：中国音乐学院附中到鞍山招生，招生办设在鞍山第一中学，让平安俊赶紧去应考。

尹洪生知道平安俊身无分文，拿不出来五毛钱的报名费，便送给他五毛钱。

通往一中有轻轨电车，可平安俊买不起几分钱的车票，只好一路小跑前往。

少年时期的平安俊

跑了一个多小时才到一中，人家已经收摊了。

平安俊跟人家商量："老师，我吹吹你听听。"

"那不行，"招生的老师说，"考试已经结束。"

名没报上，自己不能私自留下这钱。平安俊又走了一个多小时，把五毛钱还给尹老师。

尹洪生太喜欢爱徒了，在工厂木型车间亲自给平安俊做个漂亮的笛子盒，做工精致，外边油光闪亮，内衬红色大绒布，笛与笛间安了木条隔板，能装六七支笛子。

平安俊一辈子不忘老师的恩情。五十多年过去，平安俊年年春节和夫人都去看望老师。早在二十多年前，尹老师就说："别来啦，都不来啦！"意思是说，尹老师有太多太多的学生，他们都不来了，平安俊也不要来了。"那哪行？就是再忙，学生必须年年看望老师。"得知尹老师的孩子要改善住房，平安俊以优惠价让他在大德·翠韵华庭挑了房。

1965 年，稻谷飘香、秋叶灿烂的季节，平安俊的音乐色彩也像大自然一样，又推开一扇斑斓迷人的窗。

鞍山市阀门厂乐队队长、二胡演奏员何方宁为厂里组建民族乐队，正为缺少笛子乐手而发愁。高胡、京胡、中胡、竖琴等乐器应有尽有，少了笛子等于少个声部啊！熟人介绍找了几个笛子手，个个不尽如人意。

平安俊的三哥平安立说："我六弟吹得不错啊！"

平安俊只"试吹"了一首《我是一个兵》，何方宁的表情比五彩枫叶还灿烂，当即拍板录用。别看平安俊当时才 15 岁，曲笛、梆笛都吹得相当好，一下子挑起笛子伴奏、独奏的大梁，填补了鞍山市阀门厂乐团的声部空白。

何方宁在作曲、配器方面很出色，创作了板胡独奏《王杰拉车送大娘》等作品，并在音乐理论上颇有造诣。

平安俊十分着迷：单件乐器只能表达一种声音，多种乐器合起来则表达了立体声音。不是一枝花在开，而是百花盛开；不是一匹马在跑，而是万马奔腾；不是一条小河在流，而是千条万条河共奔咆哮的大海！

何方宁打开的乐理窗口，如同迷人的万花筒一样神奇而充满诱惑，让平安俊看到从前没有看到的风景！

平安俊虔诚地拜何方宁为师，弥补短板，开阔视野，乐此不疲地在另一方音乐天空翱翔。

平安俊脚步的频率越来越快，鞋底磨薄的速度也越来越快。舍不得坐公交车，又为一年穿坏三双母亲熬夜做的布鞋而心疼……

没有伞的孩子，必须努力奔跑。

那个经常饿着肚子在夕阳里、晨风里、雪花里、细雨里快速奔走的少年，那个在频频更换的演出场所、在尹洪生和何方宁两位老师家来去匆匆的少年，那个像旋转的机器一样不知疲倦、身披尘土的少年，像一片叶子挤在另一片叶子里，分不出谁是谁，一登上舞台，叶片里突然开出一朵花，立刻引人注目、光彩四射！

每周两三次到何方宁家里学习，白天没有空，便星月当头黑云做伴，平安俊始终处于高度兴奋状态，像小苗急于成长那样拼力吸纳营养。

他为音乐是怎么产生的而着迷。在物理现象中产生，在振动中产生，声音到底从哪里来？

他为音乐分类而着迷。头一次听说有"乐音"和"噪音"。有固定音高的为乐音，没有固定音高的为噪音。噪音同样有价值、能够使用，比如锣鼓钹。音成、和弦、二和弦这些生僻而新鲜的名词，像枝头上的芽苞咧开小嘴、一朵一朵快活地绽放……

他为大调式、小调式着迷……

每次演出前，每个演奏员要像穿过黎明前黑暗一样穿过分谱大关，先把分谱抄下来再"对位练习"。有人在此卡住、徘徊不前。少年平安俊总是最快过关，却比没过关的人还忙，原来他在抄总谱。

道具上、窗台上、桌子边角都有平安俊趴卧着"近距离"抄写乐谱的身影。近视眼又没钱买眼镜，光线不好的地方，他的脸几乎贴到纸面。

好几个演奏员不解地议论：抄自己的单谱就行了，有什么必要抄全谱呢？

平安俊听了总是羞涩地笑笑。

能把困难生活活出诗意，把薄情的世界活出深情，这才是本事。

多数人不会想到，平安俊的音乐大厦，正是这一砖一瓦垒起来的。

总谱纸二十四行，至少有十几件乐器的声部。梆笛、曲笛，高音部、低音部，高音唢呐，古筝、大阮、高胡、二胡、中胡、贝斯，有时二十多种乐器，抄起来麻烦又费力，差一点都不行。平安俊一个猛子扎进去，自己也成为乐谱的一部分，仿佛与自己的好友同欢同歌、翩翩起舞……

单项训练与整体把握，使平安俊驾驭能力迅速提升。

跟何方宁老师学习民乐，接触到综合配器，音乐更加立体。平安俊又钻研西洋乐，视野进一步开阔、奏乐水准更上一层楼。现代京剧《智取威虎山》唱腔《迎来春色换人间》很有难度，平安俊总是第一个"达标"。

用曲笛演奏《姑苏行》，气流要灌满笛口。准确掌控哪个乐句强、哪个乐句弱以及只凭"感觉微差"吹奏，平安俊时而工笔细描、时而粗犷写意，时而又恣肆狂草，惊喜连连……

坚持下去，并不是我们真的足够坚强，而是别无选择。如果今天不比昨天多做一点什么，那么明天还有什么意义？

2020年10月13日，一直与平安俊"紧密型联系"五十多年的鞍山市民族管弦乐鼻祖何方宁，兴奋地把时间向前翻，仿佛当年的激情岁月穿越而来："平安俊是个音乐天才，聪明、善思考，又特别能吃苦。很少有人像他那样孜孜以求、勤学苦练、学以致用。"

十八

道德常常能弥补智慧的缺陷，智慧却永远填补不了道德的空白。

一个企业最大的忧患是没有忧患意识，最大的问题是对问题缺乏警觉。

2009 年 10 月 15 日本来是个普通的日子，却成为大德集团发展进程中的一个分水岭，在关乎大德进与退、大德声誉能否持久、"百年大德"的路到底怎么走的严峻时刻，一场"品牌大讨论"高调拉开序幕！

德，是公司的天啊！任何时候，我们不能忘了从哪里出发，为什么出发。

公司的名字源于《易经》："'天地之大德曰生'，其意是天地的最大功德就是给万物以生命。世上有了大德，自然、人间才有生机，才能兴旺。"

平安俊说："'大德'这名字很好，体现了我们的办企宗旨。"

顶层设计德为先。"德"字，既是企业的精神，也是每个人的高尚追求和衡量底线。平安俊创作音乐作品无不以德为先，持续表达对人类的爱、对国家的爱、对美好的向往、对感恩的抒发、对人性美的讴歌，一直传递和扩充"德文化"内涵，传递和扩充向善、向爱、向美的积极能量。这是平安俊领衔大德企业的核心价值观，也是链接他的合作伙伴、员工、客户的心灵契约和行为准绳。

在平安俊的办公室，一幅"德不优者不能怀远，才不大者不能博见"的书法作品最为醒目，他用东汉大哲学家王充的格言耳提面命，把以德回报社会当成企业的最高使命，既要为社会奉献物质财富，更要为社会奉献精神财富。

建筑是凝固的音乐。平安俊像挑出米里的沙子、拔出肉里的刺一样，剔除建筑旋律里的"杂质"，强力倡导和引介"德文化"基因。

做对的事情比把事情做对更重要。

早在大德初期，平安俊提出"创业立德，不断超越"和"四个以德"的价值观：以德打造品牌，以德创造顾客，以德塑造员工，以德回报社会。

在地产理念上，平安俊提出："住宅只建 A 级，广厦以德筑就"。

2003年，平安俊就从"百年大德"着眼，提出品牌建设。2006年，大德首开鞍山市房地产先河，引进了ISO9001：2000质量管理体系认证，高起点运行企业管理。

平安俊又创造了"鞍山之最"，勇于给自己揭短，开展一场轰轰烈烈的"创建与维护品牌大讨论"。

"创建品牌不容易，维护品牌更不容易，我们必须高度重视，从我做起，从现在做起，从每个企业、每个岗位、每个人做起，捍卫大德的品牌！"

"大德集团在起步阶段提速快、盘子铺得大，大家疲于奔命，大发展期间波涛浩荡，也要防止泥沙俱下。"

决不允许：建筑材料和工艺在暗箱利益的唆使下发动政变，建立了它们的隐形王朝，并不断花样翻新地偷袭买房人……

2009年，在鞍山楼房地产业信誉最高的大德集团突然遇到从未有过的挑战，大德·南郡华府和大德·金典世家房子到交房期，一些地方不够交房条件，业主频频找上门来：

"我们奔你们大德来的，没想到你们把房子干成这样！"

"配套活不干好，房子必须减价！"

"我能买到大德的房子很高兴，可你们看看，这是什么东西啊？"

一位女客户说："我对大德品牌一直非常信任，一直跟着你们走。但这次我很失望，没想到你们做成这样！"

网上也炒作起来："大德还想不想干了？"

巨大的楼群占据着城市最显要的篇幅，已成为城市当仁不让的主体。看上去，绵延的楼群舞动的曲线裙摆一般此起彼伏，勾画出最壮观的景象。其实，这只是城市大机器的壳子，而支撑这部大机器能否正常运转的，却是一个一个居室，甚至是一根一根钢筋，一捧一捧水泥，一粒一粒责任心——这些，才是决定城市建筑群肌体健康的细胞和基因……

在城市，市民们没有一垄土地，家的概念被融合在房屋的一砖一瓦里，丰饶无尽。如果房子质量出问题，就等于部分削弱和拆解他们的幸福。

我们总是说乡愁，乡愁是什么？乡愁就是一片故土，一片山河，一座城市或村庄，但最终精准的归处却仅仅是一个宅屋。

每个宅屋都是怀揣心思的生命体，钢筋骨架，混凝土血肉，上下水脉管，线路神经，以及各种维护健康机能的附属智能设施，都是房屋健康的保障。哪个部分出问题，都会给房主找麻烦。材料和施工出了毛病，则是胎里带来的先天性疾病，最不好治。大德公司必须为购房人着想，堵住各种漏洞，严厉拒绝建筑上游潜隐的先天性毛病。

人类生存的刚需为"衣食住行"，实际只有前三种，"行"算不上刚需。即便没有车船飞行器，双腿就够了。而房子则是盛放所有理想和行为的大容器。仅满足休息和睡眠一项，就立下盖世大功。它既是生命的载体，更是建设生命和延续生命的功臣。人类所有怦然心动的伟大构想和发明创造，大多在房子里完成。房子，已然成为人类"三项刚需"生存链中重要一环。上升到慈善境界，则是"安得广厦千万间，大庇天下寒士俱欢颜。"

看看现在的宅屋吧——

小区的道路没完工，绿化该做的没做，本应干干净净的新房乱得跟工地一样。门前挖的大沟没填，车进不去。进户业主要像生手杂技演员一样，用别扭的姿势跨进自己家的楼门。屋内若兵败慌忙逃跑的现场，堆积着乱七八糟的材料，满地白灰。业主进屋用卡尺一量墙面的"不平处"："看看吧，你们的高级抹灰，就这水平？"

平安俊走了一圈，非常生气："把项目经理找来，马上落实，连夜突击！"

脆弱给我们找到很多借口，但勇者却从不逃走。

平安俊迎浪而上，号召在全集团开展"创建与维护品牌大讨论"。发现问题是一种能力，解决问题也是一种能力。各分公司各部门都要高度重视，以问题为导向，分析问题、解决问题。每个企业都要从问题着手，不怕丑，把问题摆在桌面。企业内部要揭摆，企业与企业间也要揭摆。要求各公司各部门开展一次动员，必须提高认识，集中用三个月时间开展品牌大讨论。

毛巾用久了可以当抹布，但抹布用久了不可以当毛巾。

我们不能把习惯当标准，而是把标准当成习惯。现在就是要营造风声鹤唳、草木皆兵的氛围，平安俊强调："我们品牌遇到危机现在已经形成了，无论多难，我们必须扭转这个被动局面，大德必须'知行合一'。"

一户房宅很小，几分钟就能穿越全境。可在人们耳提面命的质量国度，却远隔千山万水。开发商要统领设计规划材料供给和建筑管理多个团队，攻占无数细节堡垒，才能捧奉出寄托无限深情的房子。购房人为弱势群体，只能在毫无抓手的被动等待中领受欢欣鼓舞的快乐或割心剜肉的痛苦。

品牌就是民心，吸引人们乘兴而来，心甘情愿大把大把削减自己的存款换成房子。居安思危，如果房子质量缩水、扯了品牌后腿，与挂羊头卖狗肉变相行骗有什么区别？大品牌讨论，就是建立完善的质量预警系统，防患于未然。

有人有抵触情绪，认为这是"小题大做""责任不在我们""哪家房地产项目一点问题没有？用不着这样兴师动众""国企也没搞这些东西，一个民营企业用得着吗？"

班子成员也有分歧："毕竟是企业内部的事，家丑不可外扬，这事情别搞大了。"

那些错误观念犹如被风刮倒的小树，必须一棵棵扶起来。大德的确是一个响亮的招牌，可现在招牌上蒙上一层灰，我们为什么不把灰擦掉？

责任永远在梦里醒着。平安俊旗帜鲜明、态度坚决，亲自做"战前动员"并按下快进键，在大德集团总部及所属公司，一场声势浩大的以揭、摆问题为先导的"大讨论运动"，强势开局……

枝头脱掉叶子，天空脱下云，春天脱掉冬袄，大德要脱掉管理的旧外套。

切开问题脓疮、一个一个"复盘"管理漏洞，敲断隐藏在阴暗角落的利益链，猛地掀开捂着的盖子，人们恍然大悟：问题触目惊心……

原本，在平安俊主导下，把好建筑的头一道关：材料关，大德集团专门成立了材料部。每个楼盘，甲方都指定价格、品牌和规格，确保稳定质量。同样的产品不同的厂家和批次，质量千差万别。材料部按设计要求，事先严格执行进料标准。配套安装的公司，必须按指定的标准化要求，招标后择优录选。施工中决不允许人为因素，时紧时松、出现漏洞。

平安俊又提出建立采购产品样品陈列室，事先选好最好的产品和厂家，选出优质的"封样"产品，杜绝质次产品进入大德集团的采购清单。

采购的样品放在陈列室，让买房人看材料样品，知道他们将要买的房子，钢材、水泥是哪产的、什么质量，上水怎么样，下水怎么样，坐便、水嘴子、水阀都是哪产的，什么样？

尽管超前制定了这些措施，在严格执行环节上出了偏差，个别环节、细节引起购房人不满，引起平安俊的高度警醒。

没有一个人能对营建的每一个细节都了如指掌，没有一个人能够见证建造它的所有细节。每个细节都有来头，都有另外的细节藏在背后，这些细节会偷偷合谋，彼此勾连，派生出更新的细节。

大德·南郡华府、大德·金典世家的用管出了问题。管壁薄，没有按样品室已经封存的指定样品采购。材料进来，材料部必须按样品室封存样品的规格和标准到现场对比，因为经销商向验收人行贿，故意把产品偷梁换柱，致使低价次品管按高价正品管"成功验收。"担心出事，又给现场收料员行贿，他们收钱后各自签字。

纸面上各个层级的管理程序"很正规"，实际上已经用灰色利益链颠覆了制度，那些假公济私下的层层签字反倒成了保护伞，蛀虫的牙齿啃坏了建筑质量、啃坏了消费者，也啃坏大德集团的声誉。

不自量力的微型政变，虽不能撼动大德坚若磐石的建筑，却敲响警钟：坚堤必须严防蚁穴。

一方的赞歌意味着另一方的悲歌，一方的捷报意味着另一方的噩耗。

　　工程队在暗箱操作中占了便宜，干完活拍屁股走人，管理者都想推脱责任。合同上盖的"南亚公司"的一枚公章，成为"引爆点"。

　　平安俊派人追查，"南亚公司"不承认次品管是他们单位所生产。顺藤摸瓜层层追责，真相大白于天下："南亚"下属的一个经销部花低价购买次品管冒充高价管卖给大德集团。这个事件导致"双输"："南亚"管理缺位放弃了维修费不要，大德集团因此丢失了信誉。

　　挨个工地排号核查，一个都不能少。一个一个公司查找问题、梳理脉络，拿出案例具体解剖、分析，纠出症结，以后怎么办？在企业与企业之间的衔接上按住"七寸"，堵塞互相推脱责任的"空白区"。更重要的是挑开盖子，扯出掩盖在企业深层厚土下的根子……

　　八月的太阳像卸车一样把热量倾泻在工地，周遭白花花的，刺得人不敢睁眼睛。平安俊抓起一根短钢筋，与"样品屋"的产品对照……

　　雨跳脚在地面蹦，揪起一片一片密密麻麻的水钉子。同样在新建楼院内，"水钉子"为什么一边有一边没有？

　　云堆在天边，像跪着睡觉的舞女，一朵挨着一朵，把大地遮严了。她们为什么跪着？

　　午夜时分，月隐星眠，平安俊接通了司机的电话："跟我去一趟工地"……

　　平安俊永远不忘十口人挤在一铺大炕的情景，对房子有刻骨铭心的理解。人如浮萍，根系在房子上。没有属于自己的房子，浮萍不知道会漂向哪里。一声"回家"，道出万般亲切和归属感。从心理和精神层面，房子又是压舱石和稳定器。人一旦有了自己的房子，心就安宁了。仅从满足"衣食住行"需求上说，人生最大的开销就是购买房子！普通老百姓攒半辈子钱或背几十年房贷才拼来房子，有人一辈子也没有自己的房子。将心比心，在建房中偷工减料，不是丧良心吗？

　　企业管理若刮骨疗毒，以痛的方式换取健康。查摆质量问题人人平等，就是要老账新账一起算。

彼时大德集团公司常务副总经理王汝贵分管房地产工作，1993年她从大型国企鞍山广播设备集团有限公司党委副书记、副总经理的位置辞职加盟大德公司。当时平安俊在鞍山市歌舞团任团长，王汝贵协助管理房地产业务。

平安俊当年在鞍山市毛泽东思想文化宣传队，即"小将队"时，王汝贵为鞍山市红代会主任，也是鞍山市红极一时的"风云人物"。平安俊欣赏王汝贵出色的组织能力，不拘小节的男人做派，工作风风火火。用她自己的话说是"大条性格"（粗犷、豪放有加，不够细致）。许多同事评价她原则性强、廉洁自律：想给她送礼，谁都不好使。但同时，王汝贵因为过于信任中层干部，导致下面进了以次充好材料并不知情。有人议论"这里有个管理硬壳，谁也撬不开"。

"必须要撬开！"平安俊下了决心。

担心王汝贵调查自己的手下不方便，平安俊调另一位公司副总去外地调查进料品种及价格，果然问题一大堆。王汝贵对此极为生气："平总，你这是信不过我！"

多年之后，王汝贵对我说："平总当年做的是对的，当时我想不开，后来非常理解他。"

我插写上这一段，就是让读者朋友知道，"创建与维护品牌大讨论"真的是一次天翻地覆、触及管理结构也触及人们心灵的一次颠覆性行动，也是大德公司何去何从的一个大转折，这次贴底、清根的"拉大网"行动有着既破又立的功效，对增加免疫力、倒出手来治未病，提升企业管理水准和创新、升级企业文化，有着"史诗"般的深远意义。

对负面人和事上上下下同仇敌忾，遇到难题所有人都争着"往前冲"，世间还有什么难题解不开？

行内的人都知道，向大德销售的钢材不许卸车，要马上检查。螺纹钢决不允许一根小钢厂生产的"地轧材"进来，这些都是废铁铸的钢锭，质量不过关，易折易断，达不到接力指数。先从车上取样去化验所检验，卸不卸车，化验结果说了算。

检验钢材，每捆钢材都带炉号标签，必须要炉号和材质炉号二者相符。如果材质单造假，则与实际钢材炉号对不上。把好监理、甲方、供应商"三道关卡"。记清楚时间、地点、人物三个检测要件。总有推销"地轧材"的，每吨相差1000多元，大德"板起面孔"将其拒之门外。

按质量管理体系要求，施工单位必须按甲方规定的合格供方使用材料。有人打着厂家的旗号，到工地强行推销砼，大德建筑公司坚决不要。电话打到副总裁戈克俭手机里："我×你妈，你为什么不用我的混凝土，我摘掉你脑袋！"

戈克俭毫不让步："混蛋！少跟我吹牛皮，鞍山哪个坟头的人是你打死的？！大德就是不用你们的混凝土！"

兵来将挡，水来土掩，只有责任心和能力缺失，没有办不好的事。

针对业主找物业、物业找施工单位、施工单位又推脱找上游管理单位，明明可以解决的问题，却推来推去。"这样干不行！"平安俊要求马上细划责任区和责任人，并把自己在海南酒店借鉴的经验，引进大德的管理中来，号召每个人看到活都要"马上办，我来办"。又发现执行力不够迅捷、责任人不清，平安俊又调整了顺序，改为"我来办，马上办"。

大德开发建设的大德·阳光明居项目，由于业主在后续使用过程中发现上水管质量不合格，出现漏水问题，大德又花了百余万元，全部更换了优质的上水管。

维护品牌形象刻不容缓，时时刻刻都要持续传承。

平安俊发现有人不按图纸设计砌墙，当即下令："拆掉！"

负责人自动辞职。

人是轨道上的机车，只有中规中矩，才跑得快跑得好。

大德·伴山溪谷别墅外墙涂料接近尾声，突然发现质量不太好，涂料薄、容易脱落。可是，109栋已经刷完，已经进户29家。其实，多数人看不出来涂料质量差，时间久了才有变化。平安俊建议重新刷沙胶涂料。这是一种质优价高的涂料，优点突出：第一，这是沙胶，不容易脱落。第二，这种涂料厚，比原来的涂料颜色深一些，好看。项目经理为难地说"这个涂料贵啊！"

平安俊毫不犹豫地下令："重刷吧。人家买一回房子不容易，很有可能住一辈子呢！"

"平总，再刷一遍要多花 1000 多万元啊！"

"那也得刷！"平安俊果断决策。

从伦理道德上说，无论是地位卑下的普通民众，还是生活中公认的胜利者，他们作为尘世间的凡人，其最高的评价仅仅是人格。

从普及上说，"人"的结构就是相互支撑，"众"人的事业需要每个人的参与。历时五个多月，经历了层层动员，在揭摆问题、总结经验教训和完善制度与流程三个阶段。共查找影响公司品牌建设的问题 247 条，其中各个单位自查问题 181 条，互查问题 66 条，剖析典型案例 61 件，完善各项制度与流程 120 项，员工撰写体会文章和论文 488 篇。

脱掉小家子气的小褂，披上社会责任的大氅。平安俊的脸上露出旧草返春似的笑容，终于把大惊失色的呼救声，牢牢锁进规章制度。

给时间一点时间，让过去的过去，让开始的开始。

2010 年 4 月 8 号，平安俊作了"创建与维护品牌大讨论"总结讲话，从六个方面总结了这次"品牌大讨论"的收效，在最后一小节说："同志们，创建与维护大德品牌，是一项长期而艰巨的任务，任重而道远，绝不是一两次活动就能达到的。大讨论活动只是让大家看到我们在品牌建设上的差距与问题，给大家敲一下警钟，提升大家的理念和认识，这项工作是大德集团一项长远的发展战略和目标，是一项经常性的工作。为了将这一工作继续深化，我们提出了 2010 年是大德的质量年，今天，还将对开展质量年活动进行动员，它是品牌大讨论活动的延续，我们还将通过'质量年活动'，对品牌大讨论活动中查找出的问题进行深化整改，对提出的改进措施进行深化落实，让品牌意识、客户意识在每一个员工的心目中生根，在具体工作中开花结果……"

每个人都像一块小小的泥土，合起来便连接成整个陆地。

借势而上，平安俊设计了大德发展五年规划：2010 年为"质量管理年"，2011 年为"标准化管理年"，2012 年为"规范化管理年"，2013 年为"流程再造年"，2014 年为"五化管理年"（标准化、规范化、专业化、精细化、职业化），2015 年为"依法治企年"，2016 年为"实施大文化战略年"。2021 年，大德将"五化管理"升级为"六化管理"，增加了系统化管理。

企业管理像字典的编纂总也跟不上时髦词条的变化，必须与时俱进，新桃换旧符。

第五章

碧天如水一支箫

——用出彩的作品点亮前程

优美的笛声响在空中，气息来自肺叶。漂亮的高楼耸立在蓝天，根子扎进大地。其实世界上的所有优秀作品都同宗同源，来自奋斗者的理想标高、技能水准、坚韧意志和不达目标决不收兵的雄强。对于平安俊而言，世上所有面世的作品只有一个本质区别，那就是出彩和不出彩。出彩，则实现了追求常态。不出彩时，是在为出彩做准备。

十九

每个人都有自己的故事，哪怕我是根干枯的枝条，毕竟度过了所有的季节，不论是翠绿还是枯黄的树叶，都会在自己的枝头装点出一幅好的风景。

平安俊出校门后描绘自己人生风景的第一笔，从"小将队"开始。

"文革"期间，中国最发达的行业就是文娱演出，叫个单位都有"毛泽东思想文艺宣传队"。

唱歌跳舞以迅雷不及掩耳之势席卷全国，比现在的广场舞还要多、还要发达。广场舞为民间自发性娱乐活动，而文艺宣传队却是官方大力倡导、强力推进、迅速占领工作重地和方方面面、各个角落的"国家力量"。在学校、在工厂、在农村、在军营，人人都会跳"忠字舞"。大力倡导"文艺为政治服务"，所有国家政策方针最迅捷、最通畅、最喜闻乐见、一竿子插到底的贯彻方式，便是毛泽东思想文艺宣传队。

1967年年底，鞍山市"红代会"毛泽东思想文艺宣传队分两个队，二队毛泽东思想文艺宣传队选拔尖子演奏员，把平安俊挑了去。一队叫鞍山市横空出世毛泽东思想宣传队，这两个队合并挑尖子演员：只有十八个演员进入"小将队"，全称叫鞍山市革命委员会毛泽东思想文艺宣传队。

　　"小将队"出师有名，中国人民解放军第39军军长、鞍山市"革委会"主任张峰亲自下令成立宣传队，并要求实行军事化管理。

　　在人人唱红歌、处处有演员的时代，在全国学习人民解放军、工厂农村机关学校一律实行"军管"的时候，在抢军帽，以当兵、穿军装和用仿军布做仿军衣为时尚的时代，谁不向往这样的单位？换句话说，这是比当今明星、网红还要火的职业！

　　能歌善舞的青年们欢呼雀跃、摩拳擦掌，为能挤进这个全市最高声誉的文艺团体，大家能行风行风能行雨行雨，"不拘一格降人才"。

　　许多演员被排除在队外，只有十八个人进入"小将队"，还有另一个响亮的名称："十八棵青松"。

　　听闻自己被录取，平安俊差点没蹦起来！太幸运了！自己竟然成为首批毛泽东思想宣传队队员，荣幸加入"小将队"。

　　十八青松来源于革命现代京剧《沙家浜》剧情，表现新四军指导员郭建光带领十八个伤病员与日寇英勇斗争的故事。唱词激昂高亢鼓舞斗志："要学那泰山顶上一青松／挺然屹立傲苍穹／八千里风暴吹不倒／九千个雷霆也难轰……"

　　身着绿色军装的张峰激昂地训话："你们要为进入'小将

鞍山市"革委会"毛泽东思想文艺宣传队时期的平安俊

队'而感到自豪和骄傲，小将队的十八个人，就是十八棵青松！"

平安俊听了热血澎湃、暗暗发誓：自己一定要发奋努力、争口气，成为最优秀的一棵松！

同时，自卑也幽灵一样"附身"：这十八个人中，只有自己条件太差。人家都穿着正规军装或仿军装衣服，只有自己穿着带补丁衣服、补过的鞋。屁股布磨坏了，母亲在里边衬块旧布，用缝纫机线轧成一个个圆圈……

1968 年，全国掀起轰轰烈烈"走五七道路"和知识青年上山下乡运动，很多"五七大军"全家迁至农村，很多人别妻离子远赴贫困地区，不知道今生今世能否回到城市。

鞍山市文艺界掀起史无前例的"大清根"运动，所有上述人员以及老文艺家、老演员、老演奏员，不管愿意不愿意悉数离开故乡远走他乡……

身跨鞍山市"革委会"主任和 39 军军长官衔的张峰下令："小将队就不要下乡了，留下来继续宣传毛泽东思想。"

小将队改为：鞍山市革命委员会毛泽东思想宣传队。

贫穷，如一架巨大的刑具，施加在他骨架还不够结实的身体上。

因为穷，平安俊只好"溜边儿"——人家在食堂买肉菜，平安俊挑便宜的菜；人家排练后下馆子，兜比脸还干净的平安俊只好躲开；中午人家肥吃肥喝，平安俊为节约饭票、省下一顿饭，饿着肚子拎把笛子走开……

你必须不停地奔跑，才能留在原地；你必须学会承受委屈，才能抵挡人生风雨。

平安俊骨子里就有股子强悍的"反弹力"，贫穷和自卑没有让他沉沦，反而成为平安俊垫在脚下、登上音乐殿堂的一级"台阶"。那时的人们像点燃的干柴那样热烈，每个人都是跳脚向上够的火苗；人们的心理和精神也似乎用来苏水洗过，共同推拥透明纯净的人际潮水哗哗奔涌。只是多数人陷于"集体无意识"里拔不出脚，随帮唱影。平安俊则是个异类，他像一块晒透了的石头，外表冷静，内心却永远热忱。他要用音乐的脚印踩出一条通往内心的小路，这条小路没有劳累，没有缺吃少穿，也没有钩心斗角。他随时代大潮奔来涌去，却始终在专业上奋斗不止，在激流中不断变换泳姿，多学一门泳技，适应未来需求。偶然间，他从宣传队号召"又红又专"里找到新的兴奋点——如果再多学一门乐器，岂不更好？

长笛，就这样走进平安俊的艺术世界。

长笛是现代管弦乐和室乐中主要的高音旋律乐器，这个圆柱形长管很不好掌控，尤其考验吹奏者的气息控制能力，只有找到一个合适的切入点，才能吹出完美动听的音律。

小将队没有长笛，平安俊要填补这个空白。

虽然都叫笛子，竹笛与长笛明显不同。前者为中国民族乐器，后者为西洋乐器。吹奏技巧、方法和应用各有其长。平安俊学习长笛，为后来的作曲、指挥、交响乐发展，划出一道"黎明之光"……

有益的兴趣爱好可以滋养生命，使人精神富足。吹笛子、作曲、配器，现在又多个吹长笛，平安俊不知疲倦，只觉得天太短，眨眼间天就亮，眨眼间天就黑。在寒冷的时刻，他会默念一些音符来取暖。

工资都交给家里，只留少许饭票钱，十六七岁的少年正长身体、饭量大，平安俊顿顿只吃半饱，经常饿着肚子苦苦钻研。在需要灌浆的年龄，遭遇了干旱。只要一吹上笛子、所有精力和注意力都沉浸在笛子的技巧和要领里，就忘了饿。但身体的承受力和精神上的拼力坚持往往成"反向"，意志上越能坚持体力消耗越大，每天连续吹笛子四五个小时与其说在练习技艺，不如说在拼意志和体力。多少次，平安俊感觉头晕、眼冒金星、嘴唇发木，这才停下歇歇。"说歇"也只是不再耗费体力，他立刻开辟另一个战场，一头钻进五线谱和乐理知识里物我两忘……

不怕别人嫌弃，就怕自己放弃。自己搭建一座桥、立起一架梯子，便不再无路可走、无高可登。

用音乐挖掘身体里的黑暗。夜肥了，你却瘦成满地箫声。星夜为伴，孤寂为桥，攀援陡峭小径，奔向诗和远方。

没钱吃早饭，还要吹整整一上午笛子，体力怎么差，也要完成自己定下的任务，每天都在全力打拼，已成家常便饭。

人吃饱饭，相当于力量的根须在身体里扎得深扎得牢，这样树干才敢抻开腰节向上用力。就像人在平地上双脚站稳了，才能扎实地再发力。人饿着肚子发力，相当于树根扎得浅容易被拔起，双脚站在斜坡上容易滑倒。少年平安俊，就是在这种伤害肉身的不利条件下持续发力……

在坚强意志的统领下，空胃一次又一次起义，身体的其他部分并没有离经叛道。

青春是本钱，但不努力就不值钱。

平安俊正长身体，宁可饿着肚子吹笛子、眼前冒金星他也咬牙忍受、坚持，如果叫他一天不吹笛子，等于一天不让他吃饭。

步步上坡的人生总是很累，可现在不累，以后会更累。

平安俊最受不了的是被人瞧不起、业务上遭受歧视。

他像那缕旧了的炊烟常年被忽略，一直在努力。小将队最受重视的便是进入创编组，平安俊专业最拔尖，却未能入选。

彼时，在全国任何一个单位，军代表掌管着至高权力。

小将队的军代表一手遮天，一双色眼专瞄小姑娘。整天围着女演员转，把漂亮小姑娘、听他话的人悉数"选"入创编组等重要位置。他以研究专业为由，天天晚上钻女演员宿舍。见了漂亮小姑娘他就眼睛发亮，千方百计找借口靠近人家，有说不完的话，研究不完的工作。有女演员做了阑尾炎手术，要人家解开裤带他伸手去摸疤痕……

让某位弹琵琶小姑娘做体形检查，居然让人家脱光了衣服……

一段曲子、一句歌词、一个创意，军代表总能找到"研究工作"的理由，单独找小姑娘"谈心"……

只要随他意，总能找到表扬的理由，否则总能找到批评的借口。当主要演员的引诱，把好角色"拿下去"，跳领舞，承诺培养加入组织，演或不演谁的作品，都成为军代表掌控权力、打女演员主意的拿手好戏……

一心刻苦钻研业务的平安俊不知道这些，进不了创编组他只在自己身上"找毛病"：说明我还不够优秀。平安俊知道自己底子薄：人家使五分劲，自己就要使十分劲。别人使十分劲，我要使出成倍多的劲！

相反，平安俊总有种危机感：父亲有历史问题，家里没有任何资本，只有做得比别人强，才能不被淘汰。他早已停止上学，但他从未停止学习。当时小将队在话剧团住的小二层楼住。平安俊惊喜地发现，后院的大排练场仓库里居然有架雅马哈三角钢琴！

这个不起眼的小破屋，书签般强行插入平安俊的生命里，成为专业冲高的重要台阶。

让蛰伏的旧物蜕去茧皮，让寂寞的身体抽出新枝。

平安俊天天早上三四点钟爬起来弹奏钢琴练习曲。从一个音阶一个音阶开始，从简单到复杂孜孜不倦地练，当流行歌曲《北京的金山上》《白毛女》从手下的琴键下生动地流淌出来，平安俊格外兴奋。

真正的强者从未依靠过任何力量、任何人，他们像一棵百折不挠的小草，气候恶劣的冬季低下头冬眠，春天降临时，他们会勃发而出，顽强生长。

人类世界就是这样奇妙，毫不相干的东西竟然神奇地组合在一起，一边是破旧和灰尘，一边是悠扬动听的音乐。当同伴们鼾声如雷，当启明星尚未醒来，平安俊已经坐在三角钢琴前，用十指敲响新的一天，也敲响人生美妙的旋律。

废弃的话剧团排练场破破烂烂，或清丽或激昂或悠扬的钢琴曲从破道具、破布景、破桌椅组合的破环境中飞出来，平安俊觉得非常兴奋而神奇。人不能增加时间的长度，却能增加时间的维度。一天的时间就这些，平安俊又增加一个学习项目，他只能向夜晚和早晨挖潜力。觉不够睡、太困，就哗啦啦捧一把冷水朝脸上"激"几下，平安俊不断给自己打气鼓劲："要想被人重视，必须比别人强，一般强不行，要强出一大块！"

当一个人沉浸在自己的爱好里，全身心投入，就暂时摆脱了生活的琐碎，浑身散发着光芒，这光也会感染周围的人。

2020 年 11 月 10 号晚上，国家一级演出监督、中央民族乐团原副团长王世昌，当年也是小将队的一员。他激动地对我说："几十年过去了，平安俊当年刻苦学习的情景仍历历在目。我们当时只知道政治上进步，平时好好表现，收拾屋子、扫院子，积极劳动。只有平安俊一人刻苦钻研业务，吹笛子、吹长笛，研究配器和作曲。平安俊家里特别穷，可穷人的孩子早当家，他揣支笛子，走到哪吹到哪。当时剧团有架旧钢琴，我们晚上在宿舍里疯玩、打打闹闹、早上睡懒觉，只有平安俊一人偷偷躲在破剧场里练习弹钢琴……"

如果说平安俊的内心压力只是主动地自我增压，那么，他的外在压力却是猝不及防被动接受。

平安俊眼睛近视，黑夜或光线不好的地方，根本看不清东西。到眼镜店一看价格标签，吓得倒抽一口冷气。家人吃饭都困难，他怎么舍得去买眼镜？

他像一只胸怀理想的鸟，既要冲刺蓝天，也维持着内在秩序，决不冲撞到同类。

小将队的"半大小子"不时拿他取笑。下乡演出全是土路，在没有河沟的地方前边的人装作有河的样子，故意使劲向前跨一大步，跟在后边的平安俊也使劲向前跨一大步，"轰"的一声引起一片哄笑。而有小河沟时，前边的人故意悄无声息地过去、没有迈大步，平安俊跟在后"啪"的一下迈进水里，溅起水花湿了鞋，"轰"的一声，大家大笑不止。

夜间回到剧院，前边的人说空中有晾衣绳故意一低头过去，平安俊也一低头过去，大家又是一阵大笑，原来，空中什么也没有。

上饭店吃饭，一条大鱼上来，平安俊羞涩没有伸筷夹。人家把鱼吃光了，平安俊看着大鱼夹一筷什么也没夹上来，大家又哄笑不止。原来，那鱼是印刷在盘子上的图画……

平安俊看到同伴乐得前仰后合，有人笑出眼泪、有人捂着笑疼的肚子摇头晃脑，自己也大笑不止。毕竟，是他给大家制造了快乐。心情不好时，也特别伤心、难过。这是人家看不起我、拿我开心哪！如果我家不那么穷，买得起眼镜能让人家当乐子逗吗？不过，这样的不开心一眨眼就过去了，如果我样样比他们强、样样拔尖，就会一俊遮百丑——他立刻投入到专心致志的埋头学习中，这时，一切忧愁都烟消云散⋯⋯

可是，平安俊还是经常被贫困撞个满怀。他亲眼看见，母亲不会骑自行车，推着车子卖冰棍，一根冰棍只挣几厘钱。母亲嗓子都喊哑了、满脸淌汗，平安俊心疼又难过。他亲眼看见，父亲的工资全交给母亲买粮，酒瘾上来便到大街上堵母亲，要几毛钱买酒。为了省钱，母亲把酒里兑水让父亲"多喝一顿"。他亲眼看见，母亲饿着肚子洗衣服、缝补被褥。每个星期天平安俊都要回家，洗衣、洗菜、打煤坯，尽量多替母亲分担些家务。

在剧团，平安俊早上不吃饭，中午晚上也只是吃半饱。

剧团在鞍山市内演出，回来大家都坐公交车，六七站地才二三分钱，平安俊花不起车票钱，看着同伴们上车，他笑呵呵地说："你们坐车快，我也慢不了多少。别看我没钱，你们也落不下我。"

公交车马达吼叫着启动、呼地跑起来，平安俊迅速追撵，把所有的力量，都掩藏在即将皮开肉绽的鞋底，使劲在后头跟跑。

汽车一跑一溜烟儿，平安俊的身影在炸飞腾起的灰尘烟雾里时隐时现。汽车加速，平安俊渐渐拉远、缩小，落在后头。可是，在公交车停站的工夫平安俊又撵了上来！汽车在车站一停，平安俊撵上一段路，汽车一跑，再把他拉远。如此往复。

公交车一站一停，平安俊始终不停地奔跑，同伴们坐车到地方了，平安俊再次跟了上来，他像向日葵那样仰着脸，举起衣袖往左边脸抹一下汗，右边脸再抹一下，脸上洋溢着阳光般的笑容，气喘吁吁地说："你们也没落下我。"

眼见平安俊一人跟着汽车拼命飞跑，一会儿被甩远，一会儿又从烟尘里冒出来，举起衣袖擦汗，小将队唱老生最好的姑娘赵峰岩看了非常感动，平安俊这么苦，却又这样努力。她鼻根一酸、眼窝涌起热热的液体，背过脸去悄悄流泪，想：找个机会一定要帮帮平安俊。

赵峰岩后参军到沈阳军区 1441 部队战士演出队，成为剧团头一号京剧老旦。饰演过《红灯记》中的李奶奶，《沙家浜》中沙奶奶，《智取威虎山》李勇奇母亲等，曾获得沈阳军区文艺调演大奖、东北三省主持人大赛金奖等。

1970 年 12 月，赵峰岩入伍前，特意换了十几块钱的食堂饭票送给平安俊，平安俊眼睛发亮，不知说什么好："这是真的吗？"

"我不能要，"平安俊瞬间又说，"把它换成钱，你带走吧！"

见赵峰岩执意要给，平安俊激动得脸都红了："可是你马上就走了，我也不能为你做什么……"

为了让平安俊不至于太尴尬，赵峰岩随口说道："我走后，有空你到我们家看看我爸爸。"

"没问题，"平安俊爽快地答应。

赵峰岩父亲赵明山为十三级干部，鞍钢电修厂厂长，天天坐着吉普车上下班，被造反派打倒后，成为鞍山最有名的走资派。臂上戴着白色胳膊箍，上边写着"赵明山"三个黑字，名字上还打着黑×。谁见了赵明山都躲着走，更没人敢进赵家的门。赵家住在一楼、有三个屋，其中一个屋被工厂派的人占领，监督赵家净什么人来、谁来。

当时敢去赵家的就两个人，一个是平安俊，另一个叫王崇伦，全国劳动模范，当时为鞍钢工会主席。

每当夜幕降临，平安俊悄悄靠近赵家，像当年跟父亲接头一样背着人，先趴在窗户看看，盯梢的造反派不在，才敢进屋。帮着剁鸡食、喂鸡、打扫卫生。

赵峰岩的三个弟弟一个妹妹都小，一见平安俊来便热情地凑上前，欢迎热心肠的平哥。同是天涯沦落人，他们已经把平安俊当成亲人、家人。每隔三两天，平安俊都要去看看。在当时政治形势极为严峻，这无疑是冒险行为，如果走漏风声、被造反派打了小报告，平安俊会被抓起来的！若再翻出平安俊父亲的"历史问题"，将雪上加霜……

为了报恩，平安俊把这些危险置之度外！

赵家没什么活，平安俊也去坐一会儿。哪怕问候、安慰一下精神低迷的老领导也好。平安俊同情老人，也为他难过，遭老罪啦！造反派们心太狠了，游斗时脖子挂个表面糊纸里边是厚铁板的大牌子，勒出一道道血印！为什么这样干？多大的仇啊？平安俊不知道为什么把人打成这样，却知道老领导一定有冤屈，就像自己的父亲，当了十八天"挂名保长"，却要承受无边无际的磨难……

赵明山怕连累平安俊，撵他走。平安俊声音不大却态度坚定："我不怕！"

半个多世纪过去，那些又旧又破的日子，一直新鲜地活在心里，平安俊始终不忘这段恩情，和赵峰岩一家缔结了一生一世的深厚友谊。

希望和忧虑常常是一对孪生兄弟，正因为你对未来怀抱希望，才会心生忧虑，唯有努力方可突破。

谁也不会想到，连创编组都进不去、"自身难保"的平安俊，暗自下定决心：一定要设法铲除"大色狼"军代表，有他小将队就不会好！他担心毁了小将队，他也同情那些涉世不深的女演员。这些女孩子年龄小、刚刚跨出初中校门，掌控权力的军代表老谋深算、诡计多端，一再得手。

好几个小姑娘被欺负不敢声张。女孩子吃了亏，为颜面为名声只好默默忍受、悄悄吞食苦果……

军代表欺负小姑娘的事几乎是公开的秘密、影响恶劣，但大家都睁一只眼闭一只眼，平安俊知晓此事震惊又难过——这样下去，小将队肯定毁在军代表手里！

只有我们睁开眼睛醒来的时候，黎明才会真正到来。为了唤醒肉体里长眼的部分，平安俊向自己较劲："我不能不管！"

可是，按当时的社会分工排序，军代表独揽业务大权，下设小将队管理组织，"红人"便是军代表喜欢的人。而平安俊，只是小将队里靠边站的"边缘人物"，无职无权、被排斥，怎么管得了这事？

看到军代表，就像看到一张病危通知单。眼见把小将队的队伍带歪了，风气带坏了，这怎么行？平安俊知道自己人微言轻，没有能力阻止这事，便想个办法。

当时小将队归鞍山市"革委会"宣传组管辖，组长为三十九军的谌振州科长，副组长为军代表。下设小将队，队长王精一，指导员于丽，副指导员陈宝峰。

平安俊左思右想，决定去找陈宝峰。这是他当时能"说上话"的最大的官。

平安俊说了此事，陈宝峰觉得为难："我也听到一些传闻，可是这事咱们没看见、也没人做证，很难啊。就是受欺负的姑娘也不会承认，这事不大好办。"

事情明摆着呢，像军代表那么大的官，一般人是动不了的。陈宝峰只是小将队的副指导员，跟人家差好几级。放着太平的日子不过，出头办这样的事，一下把自己置于风口浪尖上，陈宝峰犹豫不决。

平安俊固执地说："你是副指导员，应该想想办法。实在不行，就向上找，向部队反映。部队领导知道这事一定非常生气，肯定会管的。"

陈宝峰没有明确表态，但明显看出来，他对军代表的行为也很生气。

担心陈宝峰不出手，平安俊又第二次去找："那个大色狼色胆包天哪，天天晚上去女生宿舍，一坐坐半宿。有人说，小将队六七个女生被他划拉了，你再不反映，就等于是非不清啊，以后出了事你们都有责任！这样下去，小将队就完蛋啦！"

平安俊挑开说，建议陈宝峰向上写信："你是副指导员，这事只有你出头才能解决。你能写，威信很高，上头看到你的信一定会引起重视的！"

陈宝峰说："最近我又听到一些传言，军代表太不像话了！"

开了头就要做到底，决不半途而废，这是平安俊的做事风格，也是他的习惯和原则。没几天，平安俊又第三次来找陈宝峰，刚提个话头，陈宝峰兴奋地说："已经有结果了，部队接到信非常重视，已经开始调查他。"

不长时间，军代表被押送军事法庭，开除党籍、军籍，判处劳动教养。

"军代表出事啦！"

这是一件惊天动地的大事，轰动了鞍山文艺界，也轰动了整个鞍山市，小将队除了一害，大快人心！但，时至今日，在我采访之前，没有人知道，第一个向恶人出手的竟是平安俊……

二十

大雨如同挂起来的江河呼啸而来，两片别墅间的溪谷一蹦一蹦迎接；

大雪抹白了山脸蛋和屋脑瓜盖，一大群红衣少女叽叽咯咯欢笑着摆造型拍时尚照；

雾带飘飞，曲里拐弯的绿色木板廊道上游人如织；

咯嗒嗒嗒嗒一串子叫，好几只公野鸡凌空而起，郑重地宣示领土主权……

这里不是什么旅游景点，也不是国有森林公园，只是平安俊建造的一个城中绿色生态居民区——"大德·伴山溪谷"。

2010年9月21日，由联合国人居署大力支持，亚洲人居环境协会主办，亚洲房地产学会、亚洲规划院校联合会、世界华人建筑师协会联合组织的第三届亚洲人居环境国际峰会，在日本福冈举办隆重的颁奖典礼。大德集团常务副总裁、大德地产总经理王汝贵获邀远赴日本参加峰会，角逐全中国范围内仅限10席的亚洲人居最高殊荣。经过激烈角逐，"大德·伴山溪谷"项目经过万里挑一的激烈比拼，一举拿下"2010亚洲可持续发展绿色人居环境奖"。

时隔15个月，2011年12月，首都北京又传来一个振奋人心的消息："大德·伴山溪谷"项目又荣膺精瑞科学技术绿色低碳住区奖。

每个项目都要出新、都要有亮点，这是平安俊的理念，更是他的"心理责任"。闻听鞍山市东山风景区的山坡地要开发，平安俊激动不已，这可是鞍山的"地王"啊！这里背靠玉佛山福地，三面环山，坐北朝南，整体地势北高南低，可谓上风上水的福地吉脉。

　　最稀少罕见的是这座山为市内景区，如同一个巨大的元宝从天而降，坡脸朝南，可开发五万余平方米住宅。东西北三面坡和坡顶绿树蓊郁，小鸟不歇地歌唱，五彩斑斓的漂亮锦鸡像一朵会飞的花，咯咯咯叫着一路呼朋唤友……

　　大树权上托举着喜鹊窝，树脊背挂着半条大腿似的多孔蜂巢，矮枝头踮着脚尖轻轻捧起拳头大的小鸟窝儿……

　　野山楂树、野梨树、野葡萄藤因季节变化而更换不同的展品，悄悄举起鲜花和果实，送来阵阵芳华和清香。枫树、柞树、柳树、榆树、椴树、桦树以及说不上名字的树族群，借风轻吟翩翩起舞……

　　从健康角度，有人形容这是鞍山的"一叶肺"；从审美角度，有人形容这里是"一卷好画"；从安居角度，有人说这里是"风水宝地"……

　　千山因有千朵莲花山而驰名中外。东山山脉与千山山脉同宗同脉、肩并肩手拉手、顾盼睇波。到东山这里，像毛笔字"长撇"尾部收笔时用力"顿"了一下，这个顿笔便是精彩的东山。

　　登上山顶，可以尽享氧吧的清新，还可鸟瞰鞍山市全景。

　　此地交通发达，周边生活配套齐全，尽可满足房主的日常所需。

　　山下西侧有著名的"东山宾馆"，那可是国家领导人下榻的地方。在这里开发住宅，优势无可比拟，也是不可多得的"绝版产品"。

　　这样万众瞩目的好地块，地能拿到手吗？

　　平安俊把鞍山所有房地产项目在脑袋里"过一遍电影"，边"自查"边类比非常自信：大德集团所做项目个个出彩，在鞍山地产界口碑最好，多家银行称大德为"铁杆信用单位"……

　　同行业朋友闻知平安俊要开发东山项目，便知趣地退下，并把自己隐退的消息告诉平安俊。

平安俊召集公司高管们开会，两块工作齐头并进，一头研究竞标拿地，一头研究聘请中国最顶尖的规划师……

事情并非平安俊所想，鞍山地面的房地产商知难而退，竞拍仍有两家报名，除了平安俊，鞍山市市长谷春立夫人介绍一家沈阳的房地产公司参加夺标。

平安俊心里"咯噔"一下，当年鞍山市市长张杰辉插手鞍山钢铁学院土地竞标，尽管平安俊最后拿到项目，却一步一坎，被手握权柄的张杰辉折腾个半死。这一次，有市长夫人在后面当推手的项目，肯定也不会风平浪静。平安俊的"倔劲"又上来了，必须拿下这个项目！当年自己处于绝对弱势地位、被逼一个月内交 1.5 亿元资金压得透不过气，难题一个接一个，硬是坚持下来并夺取胜利，这次，我也决不后退！

竞拍前，对方派人来商谈，要求平安俊退出竞拍，对方给大德 500 万元。平安俊不同意，坚持要拿地。同样，平安俊给对方 500 万元，对方也不同意，执意要开发。双方各持己见、谁也说服不了谁，只好重回起点：拍卖场上见。

2008 年 9 月 27 日，在鞍山市土地储备交易大厅。由市政府领导主持的东山地块拍卖拉开帷幕。

拍卖师举起锤：起拍价 5242 万元，现在开始第一次拍卖……

话还没说完，对方已经举起竞价牌，一下子加到 5542 万元……

拍卖师说：第一次加价 300 万元，现在……

没等拍卖师说完价格，大德公司葛立群就举起牌子，上写 5742 万元。

竞争十分激烈，举到第十五次竞价牌时，对方举出 6780 万元的高价。

现场气氛太紧张了，人们屏住呼吸、静得要命。事后举牌的人说，实在太紧张了，心脏不好的人千万别玩这个。

葛立群感觉价太高了，不敢做主，他打电话向平安俊请示还加不加价？

平安俊就一句话：志在必得，他举你就举，直到拿下，举吧，以后再举牌你不用请示我。

最终以6882万元，平安俊多花1500万元拿下这块地。

平安俊向来把规划设计当成"天大的事"，"好布料一定要找高级裁剪师。好素材要交给创作高手。好的乐句，一定要安排在好位置。"

平安俊聘请上海"方大设计"创始人、集团董事长、首席设计师、夺得"亚洲可持续发展绿色人居奖""全国住宅新世纪人居经典结合奖"等诸多奖项的齐方先生操盘"大德·伴山溪谷"设计。

经纪人报出高出鞍山本地数十倍"天价"设计费，平安俊简洁地回答："图省钱我就不请齐方先生了，我需要的是艺术杰作。"

齐方愣了一下，随即爽朗地伸出大手，二人紧紧相握。齐方说："我相信，这片别墅区一定是鞍山市，乃至东北地区都具有代表性的作品！"

平安俊对齐方所说的"作品"二字很感兴趣，表达了自己绝不盈利至上的观点，开发每一个楼盘，都像创作一部艺术品一样，为老百姓盖出好房子。

这个地方定位为高端别墅，设计上更要超前、艺术品质上乘。

拿下地块，短暂的兴奋比阵风还快，很快过去，平安俊更多的是不安和思考。盖普通房子肯定好卖，可瞎了这块好地方。定了"高端项目"，却有很多纠结的地方，那个溪谷若大馒头中间割一个大豁口，把它填上盖楼，可多出很多面积，多买几千万元。可是，自然的溪谷如此难得，平安俊舍不得填掉它！

平安俊感慨道：这个自然山沟多好哇，人工挖一个很烧钱，又是假的。巧用自然地形两边建上别墅，建议规划根据地形条件"巧妙设计"……

站在山根前，平安俊最先入脑的不是别墅，而是音乐形象！他眼前不是山，不是溪水，不是树林，甚至也不是别墅，而是一首激动人心的音乐大交响……

平安俊时常用音乐"敲打"自己：有的音乐旋律很美，配器配得乱七八糟，立刻就毁了！

那么，怎么为这首大交响"配器"？

必须从每一个乐句一样的具体细节做起。

平安俊考察一圈儿后很吃惊，怎么所有的别墅都不安电梯？可是，人总是要老的，年老体弱上上下下走步行梯多不方便？如果上不去楼也下不来楼呢？

盖楼的容积率也是大问题。按要求，别墅的容积率达到1.5就行。容积率越低，别墅院子越大，但，开发商的出售面积也同比"缩水"。

另一个方案，把东部设计成五至六层的洋房，可以多卖面积。但，整体效果上看很不协调，这里就不是纯别墅区了。

心守一事，攀峰不止，奋斗和成功不是别人的鲜花与掌声，而是自己内心的愉悦与满足。

在内心大摆疆场，自己与自己博弈。激烈斗争了几天，平安俊仍然秉持自己一如既往的理念：不图眼前利益，要用发展的眼光着眼未来。宁可多让利、少挣钱，也要让用户舒服，决不留下骂名，盖出经得起漫长历史考验的别墅区！

一个好观念，良药一样逼出缩在思想里的毒。

平安俊决定将容积率设计为1.0，仅此一项，就少收入八九千万元。

户户都配备电梯。

时间匆匆流逝，转眼间十多年过去了，回首一看，事实证明平安俊的设计很有远见。闻听某别墅因没有电梯老人摔坏或救助不及时而去世，这里的人自豪地说："咱们别墅小区多好，家家有电梯。"

还有一个涉及到别墅区"大结构"和原有的大自然景观能否遭遇毁容的大问题，山胸膛有条自上而下的溪谷一刀两断，把项目分为东西两部分。好心人建议：填埋上建楼，多出不少面积啊！平安俊当机立断，宁愿少卖建房面积，也要保留这条溪流，并顺沿原貌锦上添花，增加飞扬的瀑布，溪语叮咚，流水弯弯曲曲随沟形时左时右，溪畔人家可以窗前赏水中月，借风抒情，与鸟对话，同树牵手，向花交流，尽显人与大自然、大自然与人文文化的魅力，享受人间仙境。

现在，从沟口向山上看，迎面瀑布哗哗翻涌，上有红色大字：飞瀑流银。溪水两侧随山形而转成缓弯，胳膊肘般弯或 Z 形、S 形、U 形弯，白色浪花边跳边唱一路舞蹈，左边依溪而建的三栋别墅一半在溪边，负二层与溪水平齐，省了地，又多出面积。像半边增加功能的吊脚楼，一半在地下、一半在岸上，尽显奇异和尊贵。右侧的别墅一楼恰好与小溪肩膀平齐，像似毗邻的异族伙伴。

溪边修建了绿色木板甬路，左右转曲逶迤而上，不时点缀着拱形小桥，你可以在一侧行走，也可以随意左右穿插，还能沿木台阶攀上别墅边的甬路。

若把每段甬路都比作一段闪亮的绿灯管，这些甬路串起来，则像一道长长的绿色闪电。

如果从溪流下向高处看，瀑布像穿一袭白衣的舞蹈美人，两边的绿色甬路则是随风而飘的曳地裙……

上海方大建筑设计事务所与美国 TONTSEN 建筑设计事务所联手设计，山林溪水与新古典主义的地中海建筑风格的别墅浑然一体，项目与大自然携手生情、交相辉映，"城市、自然与人"三位一体，实现"左手繁华，右手自然"的高端置业梦想。

在鞍山市，"大德·伴山溪谷"创造了"四个唯一"："唯一城市中心别墅群、唯一南坡伴山别墅群、唯一山水瀑布携手别墅群、唯一安设电梯别墅群"。

109 栋别墅要有整体格局大气、壮观宏阔，纵横疏密得体又有情同手足的内在联系，道路与庭院、花坛、门楣及凭栏、台阶，都有自己的音乐谱系和牵手相连的旋律，拱圈形外廊和错落有致的阳光露台以及精雕细琢的建筑细节，汲取了世界高端豪宅的精华……

再大的建筑也由细微构成。整体布局和构架确定之后，精优的细微才是作品体现肌理细节的关键所在。为了打造精品别墅，平安俊的要求水准极为苛刻，甚至亲力亲为、亲手放线量尺，人行道宽度、铺路石颜色、楼梯朝向、楼梯宽窄修改了三次。

别墅群精彩亮相，所见之人无不惊讶：

"大德·伴山溪谷项目多亏给大德做，给别人做就瞎了！"

"好项目让有文化的人做，才能做出好东西啊！"

"都说大德的房子像艺术品，名不虚传哪！"

二十一

生活不易，但你流泪过后微笑的样子，总会闪闪发光。

进不了创编组，并不能掩盖平安俊的创作才华，他作曲的《劳动号子》在俱乐部、剧场、劳动工地露天戏台一次又一次轰动性演出，响彻鞍山，响彻工厂矿山，响彻热火朝天的工地！

这劳动号子绝非无本之木、无源之水，而是源自厚重结实的生活——

小将队实行军事化管理，背起背包到阜新插编在部队里，同部队军人一起倒班挖山洞、打眼、放炮、装渣、推车；一起列队、打靶、急行军、演习；一起住帐篷、野营拉练、埋锅造饭。

早晨，房屋和大地还淹在淡墨里，嘹亮的起床号声便撕破夜幕，撕破春梦，把人从睡梦中捅醒。大家几分钟内便穿戴整齐、背上背包、列队，接受新任务。行军途中突然有令：原地待命休息40分钟，等待新的命令！

青春就像一个容器，装满了不安、躁动、青涩与偶尔的疯狂。

在阜新挖"战备洞"，平安俊分到九连。同战士们同吃同住同劳动，戴安全帽在随时有塌方危险的洞里奋不顾身地施工，发扬"一不怕苦，二不怕死"的革命精神，打拼在"打眼放炮，运渣备料"现场。

有人问："平安俊，你这么累，还谱这么多曲子，怎么做到的？"

平安俊回答："我全靠毛泽东思想。"

现在看这话似乎"掺了假"，却符合当时的政治背景。作为政治统治一切的时代，说错一个字就立刻被打倒、戴上尖帽子游街甚至坐牢，对于一个有家庭历史问题，每时每刻都如履薄冰、小心翼翼的后代，你还能说什么？

每一个强大的人，都曾咬着牙度过一段没人帮忙、没人支持、没人嘘寒问暖的时光。跨过这道坎，这就是你的成人礼，跨不过去，这就是你的无底洞。

在大连万顷碧波的海军基地，在四平铁甲金戈的坦克团，在鞍山机声隆隆的矿山，在海城夯声震天的劳动现场，平安俊一次又一次热血沸腾，劳动者的高涨干劲、雄强的身体、憨厚的面容、矫健的身姿，以及胳膊上的肌肉块、手上的老茧、爽脆的笑声，都成为雄健威武的"劳动号子"的创作激流，平安俊狂放大气的曲乐感染了音乐同行，也感染了现场观众……

优秀作品就是最好的"话语权"，也是"实力"的坚强后盾。创编组没创作出来的作品，却被"组外人员"平安俊"抢了先"。

每一个不曾起舞的日子，都是对生命的辜负。

平安俊似乎是一架不用上弦、无需能源的机器，有股子使不完的劲。号召"一专多能"，大个子平安俊居然跳起舞蹈《北国风光》，跳新疆舞，跳蒙古舞，高潮时猛地飞起来，长腿像张开的大剪刀，来个像模像样的高难度"大跳"……

为了创作小歌剧，平安俊四天四夜不睡觉，按时、保质地拿出作品。新作刚在舞台上演，又一个新作"身怀六甲"……

成功者所达到并保持着的高度，并不是一飞就到的，而是他们在同伴们都睡着的时候，一步步艰辛地向上攀爬的。

1970 年，全国革命现代京剧样板戏走红，多面手平安俊能演奏、能编曲、能配器、能弹钢琴，懂五线谱，会吹西洋乐器长笛，理所当然成了乐队指挥，这位蛰伏多年、打拼多年的小伙子，终于打破冰冻层、迎来暖意融融的事业早春。

平安俊从来都在不断思考：将来向哪些方面发展？干一、想二、看三，超前"预测未来"。永远不满足，更不僵化在一条道上，而是不断思索、不断选择、不断创新、不断开阔人生视野。

管弦乐很好听，可这是立体音乐，要懂 24 行乐谱，懂五线谱，懂各个分部乐器，才能胜任乐队指挥。我在前边说过，平安俊与乐队合奏前"分声部练习"，每个乐手都抄自己声部的乐谱，只有平安俊抄写全谱。人家只练自己的部分，平安俊要练会所有声部。

从小师从"笛王"尹洪生老师、鞍山很权威的民乐配器何方宁老师，又自学了很多音乐专业和乐器，在综合能力上，平安俊当时已坐稳小将队头把交椅，但他觉得还远远不够。热爱学习的人，总能找到自己的不足，也总能找到新的"练手"机会。时逢文艺界接受贫下中农再教育下放的"五七大军"纷纷回城，平安俊再次向这些高手请教，迅速提升综合能力。

平安俊指挥京剧《智取威虎山》唱腔《迎来春色换人间》，为了达到这曲激昂、高亢、悠扬的效果，对各分部和乐器要求极高的艺术水准，平安俊要求演奏员"一点都不能差"，先分声部练习，每个乐段、乐句、节奏都"抠准了"，小提琴、小号、京胡、京二胡、月琴等，先分练再合练。"认曲不认人"，在专业水准面前人人平等，平安俊一上手，就受到剧团领导和同事的好评。

1972年，鞍山市革命委员会毛泽东思想文艺宣传队撤销，成立鞍山市毛泽东思想文艺宣传队。1973年，成立鞍山市歌舞团。

坚韧是成功的一大要素，只要在门上敲得够久、够大声，终会把人唤醒的。论专业，平安俊像谷地里陡然蹿出棵高粱，非常抢眼。

从农村回城的常迪群任鞍山市毛泽东思想文艺宣传队队长，他要收拾军代表留下的乱摊子，头一拳就打在"抓好节目"上。这天，里展在指挥乐队彩排，却与演奏员们合不上。反复多次，还是合不上。大个子团长常迪群急了，像抓小鸡一样把小个子里展从指挥位置下抓下来，指着平安俊说："你上！"

平安俊瞪大眼睛犹豫起来，常迪群说："叫你上你就上！"

平安俊一上手，马上与乐队合上。

队长安排平安俊临时"救场"本是工作需要，平安俊却在无意中抢了人家饭碗。类似的情形多了，便在不知不觉地得罪多人……

常迪群重新规划了歌舞团组织框架，歌舞团分舞蹈队、歌队、乐

采风时的平安俊

队和创作组。平安俊终于实现夙愿，被调到创作组。

　　为了这一天，平安俊等待了太久太久，而今，自己终于挤进创作组团队，激动了没有几分钟，平安俊就莫名地紧张起来：是浪花就该跳跃，是火就要燃烧，是龙就要腾飞，人进来了，作品呢？

　　平安俊第一想法是：什么创作都离不开生活，只有进入火热的生活才能创作出不愧于时代的作品，他主动请缨：到海城感王公社于官大队青年点体验生活。一位全国知青典型戈克俭的事迹深深感染了平安俊：戈克俭患小儿麻痹没有让他下乡，他主动要求到乡下当农民。"横下一条心，扎根在农村，立下凌云志，终生当农民！"

　　平安俊最震撼的是，戈克俭跟那些空喊口号的典型不一样，他一再挑战不可能，接连以实干创奇迹。

　　1968年10月8日，戈克俭自己去派出所注销了户口、落在海城农村，在青年点做饭、喂猪、种菜……谁都没想到，这个出生在大上海、跟随父亲下到鞍山市的城里人，水舀子坏了他会焊，钥匙丢了他会配，能修自行车、修收音机，还会照相、洗相片。他盘的炕最好烧、不倒烟，农民们个个佩服。戈克俭还发明了节柴灶，新式灶坑符合气流上升规律，成为盘炕专家。他科学养猪，研究出杂交猪，长得快。他发现农村土地板结，制作推广"5406菌肥"，堆制秸秆肥，引进920生物农药，杂交制种，整理土地，实现机械化。他曾获辽宁省劳动模范、全国青年先进典型、全国优秀下乡知识青年、全国新长征突击手等殊荣。后任海城县感王公社管委会副主任、鞍山团市委副书记、鞍山市乡镇企业局副局长（正局级）等。

1979年8月，在北京人民大会堂召开的34名知青代表座谈会上，戈克俭的发言受到重视，华国锋、李先念、胡耀邦、王震、余秋里、王任重等党和国家领导人先后接见他。

戈克俭这样总结他的"三个十七年"人生：在农村干十七年，在政府干十七年，在大德公司干十七年。

遇见对的人，做喜欢的事，每一刻都热血沸腾。

在那个豪情万丈的时代，平安俊很快跟戈克俭成为挚友，两个自带光芒又互惠光芒的人，若老友重逢、相见恨晚，很快打成一片、形影不离。二人同住青年点的大炕，畅谈理想、畅谈未来、畅谈爱情、畅谈事业。下地干很累很脏的农活，天天几身汗一身土，青年们朝气蓬勃、激情豪迈、热血沸腾！

农村多美啊，初夏肌肤新鲜，像小孩胳膊腿上的新鲜肉，没一寸老皮。向上看，叶子在枝头做团体操，黑燕子像钻门帘一样穿过枝条。向下看，青草铺就了绿色舞台，让鲜花蹁跹起舞。

早晨刚醒的花朵好像刚看完戏，还在睁大眼睛回忆剧情；

电线上蓄满水珠后，像宁死不屈的勇士们成排成排往下跳；

晚上特别能熬夜的星星一眨一眨，像一群守岁到天明的孩子……

平安俊每天都被激动着、鼓舞着：人人都有理想。知青们理想是当新型农民，改变农村的落后面貌。"农村需要我，我更需要农村"。我的理想，创作当随时代，多谱好曲子，表达火热而美好的生活。

任裤脚舔喝清洁的露珠，听千万个豆荚乐手自弹自唱，赏高粱仪仗队员鼓着红腮帮表演哑剧，看玉米啃着阳光一点一点变黄。偶尔也像领袖那样站在田野边，高瞻远瞩地俯视稻田兴风作浪。这时，就会忘记蚊虫在脸上撒野，尽情沉醉。

我们生活在时间和空间的盒子里，音乐就是窗口。

音乐是发自人类灵魂的声音，是人类用于触摸世界最经典的手，也是人与人精神对话的精神语言，更是人类相互沟通和交流的纽带，引爆人类强大的精神共鸣。音乐作为一种声音符号，它可以排解忧愁情绪，可以减轻心理和精神压力，也可以让人获得灵感和启迪。音乐的魅力无处不在，这也引导着我们每一个人都会有自己喜欢的歌和曲。如果说，每个时代都有同频的集体记忆，也都有经典的乐曲，那么，作曲家则是躲在舞台后头的音乐舵手，为我们的心灵导航，甘愿做一只为我们的精神愉快而不停转动的螺旋桨。

看见青年吕世鹏的诗，平安俊被深深感染："脚踏良田沃土，头顶蓝天白云，我的名字叫中国新农民，我的理想是建设社会主义新农村。"

平安俊当即谱成曲子，青年们争相传唱。

"田野的风，吹动衣衫，初升的太阳映红笑脸。沿着宽广的金色大路，前进！革命的知识青年，像那海燕冲向风雨，像那青松战胜严寒，扎根在农村的土地上，飞翔在祖国的蓝天。努力学习，刻苦磨炼，在三大革命斗争（阶级斗争、生产斗争和科学实验）中锻炼成长！"

同样激情澎湃的平安俊将此诗谱成曲子，如同一垛干柴被点燃，一下子轰动起来，青年们一个个传抄了歌词，早晨起来唱、晚饭后唱、劳动路上唱、短暂的休息中也要唱。不会唱的青年，平安俊就一句一句教唱。

青春已成笛孔、琴键和胡弦，揣了满肚子乐谱，随时随地一跃而起，奏响优美蓬勃的人生和弦！

音乐给青年点的旗帜增添光彩，让一片青草开花，令一条小河舞蹈，平安俊一下子融入青年们中间，仿佛也是青年点的一员，大家十分喜欢这个才情饱满、生龙活虎的青年作曲家。平安俊又锦上添花，组织青年们合唱、轮唱、齐唱、多声部唱，若火中投薪，青年们的激情更加旺盛。

激情草一样长满所有的时间空地，像练字的人不放弃纸上的每一块空隙。

在那个激情的年代，条件虽然艰苦，大家却情绪高涨，精神饱满而充实。这首"点歌"在感王公社唱，在县里唱，在辽宁省城唱，若黑暗中烧起一大堆篝火，燃旺了青年们的激情。我创作这篇文章时，每次老知青聚会，头一个先声夺人的，仍是这首充满激情与豪迈也夹杂着沧桑的"于官青年点点歌"……

在激昂的歌声里，双脚踩着琴弦一样的毛毛道，让锄头围着禾苗舞蹈，理想鞭花一样在天空炸响，人人都追求改天换地和脱胎换骨……

1977 年，知青政策风云变幻，一些轰动全国的知识青年典型被抓，中央派专案组调查戈克俭。水落石出后，以实干著称的戈克俭自身虽然没有任何问题，精神备受打击，感到茫然无助，一头坠入人生的低谷……

平安俊冒雨去看戈克俭，打着雨伞在横垄地中踩出了泥泞小道。鲜花跌落作尘泥的时候，青年作曲家大老远来看望他，戈克俭非常感动。他用当时家里待客的"最高待遇"一碗面条招待老朋友。面条虽长，却长不过两人畅谈的理想，平安俊仍像那堆旺旺的篝火，他的远大抱负也激励着戈克俭。彼时戈克俭已经在农村安家，找了农村媳妇。

平安俊突然问："人家都陆续走了，你还在这里坚持吗？"

戈克俭虽然内心矛盾，还没有离开农村的打算："我是全国典型，当初也立志扎根在农村，这杆大旗我得扛啊！"

平安俊开导道："国家上山下乡的政策已经改变，大部分青年都回城了，在哪工作都是为国家做贡献，你没有必要再坚持了。"

戈克俭如梦方醒！

1992 年，平安俊创建大德房地产公司，邀请戈克俭加盟。戈克俭当即表示辞职辞官和平安俊一起创业，鞍山市领导拦住了他："克俭啊，共产党培养你这么多年，你怎么能说走就走？"

1999 年，戈克俭实在按捺不住，还是辞职到了大德集团。盯了这么多年，现在老朋友终于来了，平安俊万分高兴。但，君子之间也要把话挑明了："第一，企业有风险，要考虑好了再决策；第二，企业需要适应，困难很多；第三，在企业工作，不能像当官那样'说上句'。"

戈克俭说："我现在正式来了，待遇和职位我都不要，我先干着看。"

戈克俭果然在大德集团干得风生水起，后在集团副总的岗位退休。"这十七年，是我前两个十七年实现价值的总和。平总认可我，公司认可我，我很欣慰。大德集团下属几个公司经理，除了房地产，我全干过。"

一连十多年，平安俊如春燕垒窝衔泥那样勤奋，每年不间断地在工厂和乡村"飞来飞去"，回来再将这些素材分成长线和短线，当即创作或收藏储存，等待他日春暖蓄蕾，"山花烂漫时"。

不能说有生活和触动心灵的素材就能创作出生动作品，但，没有生活、不能触动心灵，肯定不会创作出生动的作品。平安俊以热爱为圆心，以刻苦为半径，尽量宽视野大范围地汲取素材。

生在钢城、长在钢城，一定要创作出表现共和国长子风采、反映钢铁工人题材的音乐作品，这既是责任也是义务。平安俊到第一、第二、第三炼钢厂体验生活。绝不是走马观花、收集收集素材、看看展览、水过地皮湿的走形式，而是吃住在炼钢厂，编在工人班里，白班、中班、夜班三班倒。换句话说，就是地地道道的一名工人，完成自己当班所分担的所有工作。白班七点半到炉前，从八点到晚四点；中班四点到午夜十二点，夜班夜里十二点到次日早八点。推手推车运料、清渣、取样，工具、推车把热得烫手，在钢花四溅的环境完成任务。取样为化验碳、钢等含量，手持长把铁勺伸进烈焰奔腾的炉膛里，一勺钢水太沉、拿不动，咬牙切齿将勺子扣进钢水里拼力完成翻腕动作，才能将钢水取出炉。迎着钢花喷溅要格外小心，炉火烤手扛不了马上缩回手，再快速伸手……

在炉底下清渣是个危险的活。平炉里钢水哗哗翻滚，顺沿钢铸模自然流到下边。如果炉渣多了、满了淤堵不及时清理，炉就动不了。

这天，平安俊正在炉底清渣，突然炉上涌出钢水——

就像饭锅开了突然四外涌喷热汤，只是，炼钢炉平炉太大，一次涌钢水数百吨甚至更多——

只听大喇叭喊："快跑！"

平安俊撒腿就跑！

因为有过安全教育，"涌炉"最危险，一旦安全员喊了"快跑"千万别迟疑，赶快逃命！

曾经出过涌炉事故，钢水一旦把人捂里，当即被上千度的钢水熔化，连骨头都不剩……

仅仅几秒钟，平安俊回头一看，火红的钢花晃的人不敢睁眼睛，眼睛成了紧闭的蚌壳。刚才他站立的地方，早就被红浪哗啦啦澎湃奔腾、火花飞溅的钢水覆盖……

平安俊和同为歌舞团创作组同事的齐晓阳一块到钢厂体验生活，心灵和肉体受到双重震撼。钢铁是国防军工、国民经济和人民生活时刻相依的重要物资，可每一炉钢隐伏着惊心动魄，来自汗水和危及生命的灵与肉。因为炉前工又苦又累又危险，一些青年工人不喜欢这工种。但也只是嘴上说说，一到火热的钢花喷溅的炉前，他们像换个人一样，个个生龙活虎、紧张而有秩序地工作，脏活累活抢着干，急活险活冲上前！他们跟炉前班班长成为好朋友，彼此交心、说掏心窝子话，走进他们的工作、情感和内心世界，对炉前工更加钦敬！

一定要为炉前工写首歌！

齐晓阳《我爱熔炉我爱钢》的歌词一出来，平安俊当即谱出曲子，两个人像两股钢花飞溅到一起，一大朵震撼歌坛的"艺术钢花"从鞍钢熔炉前起飞，飞向辽宁、飞向全国、飞向时间和时空的纵深……

激情往往与效果反差很大。这首歌曲反响平平。1975年，平安俊在沈阳音乐学院上学期间，著名词作家鸣戈老师大幅度修改了歌词，新歌词一下子点燃了平安俊，他干脆废了第一稿，迫不及待地第二次重新谱曲——炉前的壮观景象化作铿锵起伏的旋律，身边工人的劳动情景促使他内心生出豪迈的强音，创作的灵感再次迸发，一首有钢、有铁、有情、有爱的赞歌在他的胸中形成。

音乐是夜的灵魂，激情则是夜幕上闪亮的星星。坐在钢琴前弹奏刚谱的乐句，平安俊眼前叠现出炉前工朋友的亲切形象，一身白色工服，头戴风帽、防烫眼镜，面庞和前身都被炉火照得通红通红，手持长把钢钎或长把钢勺，置钢花漫天飞舞于不顾——音乐形象在炉前与乐谱中穿梭互动，每个音符也都钢花般灿烂、炉温般热烈……

"我爱熔炉我爱钢，我爱这炉火通红的地方……"

炉前工生活引燃了平安俊，平安俊引燃了音乐，要表现自豪感、亲切感，还要抒发豪情，要快节奏唱出"我为祖国多出钢"的荣耀和情怀，塑造鲜活的艺术形象。平安俊把音乐设计为两段体，采用大调式，色彩明朗奔放。A段音乐旋律抒情高昂，表现了钢铁工人对火热的生活与工作的热爱之情。B段转入进行曲的风格，旋律高昂而豪迈，在高音6的延长之后，音乐又以抒情唯美的旋律，在反复中推向高潮，并运用了男高音的特殊高度，在全曲最高音中结束，抒发了钢铁工人无比光荣自豪的激情。

这次谱曲的《我爱熔炉我爱钢》一炮打响，中央电视台导演兴奋地录音，荣获全国优秀作品奖。

1997年1月23日，国务院总理李鹏来鞍钢视察，在鞍钢职工俱乐部举办一台晚会。《我爱熔炉我爱钢》的歌声激昂地唱响，歌声刚一落下，李鹏激动地站起来带头"领掌"，引爆整个剧场掌声雷动。李鹏说："对！我们就是要像这首歌唱的这样，为祖国多炼钢炼好钢！"演出后李鹏即兴为鞍钢题词："坚定搞好国有大型企业信心，全心全意依靠工人阶级，振兴鞍钢，再创辉煌！"

1998年5月，中央电视台心连心艺术团到鞍钢慰问演出，著名歌唱家阎维文登台演唱这首歌，天若有情突然"泪雨缤纷"，工作人员赶忙递上雨伞，阎维文拒绝道："不能打伞，没问题。"当这位军人歌唱家挺起胸膛、放开嘹亮的歌喉，辽阔的大广场上五颜六色的雨衣雨伞里刮起一阵雷鸣般的掌声，千人万人一起激动、一起在歌声中塑造

平安俊与著名作曲家、中国音协分党组成员、副秘书长、《歌曲》杂志副主编田晓耕合影

钢铁工人的艺术形象……

演出之前，中央电视台心连心艺术团总导演董长武在 100 多首表现炼钢工人的歌曲中，挑出这首歌。此后，董长武又专程来鞍山拜访、认识平安俊，两人结下深厚友谊并多次合作。

中国音协副秘书长、作曲家、《歌曲》杂志副主编田晓耕先生评价道："我 1988 年到《歌曲》杂志工作，全国写工人的作曲家不少，没见过这么震撼的歌，很少有与这首歌相媲美的作品。有写工人的、写劳动的，不是写钢厂。写工人的作品往往光有劲、有力量，这不行。像平安俊写得这样抒情、优美的歌曲太少，工人也有情怀，不能光写工人就是'力量'。"

这首平安俊在三个钢厂体验生活、用生命换来的曲子果然不负众望，《我爱熔炉我爱钢》成为平安俊的成名作和代表作之一，在中国当代音乐史册上占有一席之地。

中央音乐学院、沈阳音乐学院等多所高等音乐院校，把《我爱熔炉我爱钢》列为训练男高音的教学曲目。早在 1979 年便收入建国三十周年《辽宁歌曲选》，2012 年中国音协主办的《歌曲》杂志 7 月号再次推出。著名歌唱家丁贵文、王凯平、阎维文、鲍延义、张建一、丁毅、徐森等分别演唱此作。

这首歌数十次被全国诸多艺术团体搬上舞台，改编成重唱、轮唱、表演唱等艺术形式，出版社出版获奖专集。2009 年 9 月，鞍钢三代工人歌唱家演唱《我爱熔炉我爱钢》，中央电视台播放。2011 年，中央电视台在"激情广场"栏目再次演唱、播出。

2009 年，东北三省电视台联合拍摄《歌声飘过 60 年》音乐专题片。摄制组在黑龙江找到了表达石油工人生活的歌曲《我为祖国献石油》，在吉林找到了表达汽车工人生活的歌曲《老司机》，在辽宁找到了表达钢铁工人生活的歌曲《我爱熔炉我爱钢》。这首歌曲成为中国钢铁工业题材的"头一号"代表作品。

鞍钢曾请著名作曲家秦咏诚先生创作反映钢铁题材的歌曲，秦咏诚开诚布公地表态："说实话，写钢铁题材我写不过平安俊。不是我石油题材歌曲写得好，钢铁歌曲就写得好。"

全身心地投身一线生活，激活了平安俊身上的音乐才华，也坚定了创作信念。每每遇到主题创作的硬骨头，平安俊呼地站起来，向空中挥了挥拳头："我头拱地也要把这曲子写出来！"

1973 年，平安俊作曲的男声独唱《送咱炉长上北京》和群舞《炼钢舞》，在辽宁省文艺汇演节上一亮相便好评如潮，在为工农兵服务的时代风云中，这些作品阳光明媚、积极向上，昂扬着正大气象和活泼生动的"一线风情"，深受工矿企业和各地方剧场观众的热烈追捧。

落日好像点燃一万个柴垛，火烧云染红半边天。
鸟儿飞得太孤单，好像有人从后边扔一块有抛物线的石头。
逆光里，天边树如国画堆起来的焦墨。
平安俊的创作经常从晚上开始，既火爆热烈，也形单影只。
1974 年，光芒四射的事业黎明突然闯进怀抱，平安俊迎来人生的一个重大转折，全国大学"文革"后第一次恢复上课，入学者不再叫工农兵大学生。取消仅"表现好"即可推荐上大学的制度，在业务尖子中择优进行专业考核、选拔大学生。沈阳音乐学院决定招收20名作曲系学生。这次具有颠覆意义的变革，给平安俊带来机遇。

这消息若石块丢进鸟群，"轰"的一声"炸营"了！

许多道眉毛拧成疙瘩、许多张面孔现出焦虑，要挤上这趟车。谁都知道，幸运者将因此改变命运。

省里戴笼头下了指标，鞍山市文艺团体只给两个候选名额，鞍山市歌舞团和鞍山市京剧团各送一人。

鞍山市歌舞团军代表、工宣队和团领导专题召开评议会，结果一边倒：一致认为平安俊业务拔尖。除了家庭有历史问题，找不出任何毛病。

团主管单位鞍山市文化小组（相当于市文化局）组长报了材料，向市委宣传科推荐，再报市委宣传组审批。

市委宣传组组长就是我前边提到过的谌振州。

平安俊闻知决定自己命运的谌振州因父亲有历史问题而犹豫，平安俊找上门去汇报，详细说了父亲的问题，谌振州说："我知道了，你回去吧。"

父亲的历史问题能不能砸断求学路，平安俊心里一点底都没有。

一朵美丽的祥云在焦急与期待中突然降临，人生那道前途的大门"吱咛"一声开了个缝：准许平安俊去沈阳音乐学院应试。

背着自己的创作作品如同背着用来打开大门的敲门砖，平安俊兴奋又担忧。为争得这次机会而兴奋，也为能否叩开大门而担心，不知道自己够不够格。

鞍山市京剧团的女演员唱了一段京剧，因乐理知识空白、没有创作作品而被沈阳音乐学院拒之门外。

主考官为时任沈阳音乐学院作曲系主任霍存慧先生。

霍存慧后任沈阳音乐学院副院长、获得中国音乐家协会颁发的"终身成就奖"。创作了《土耳其进行曲》《杜鹃圆舞曲》《匈牙利舞曲第五号》《多瑙河之波》等管弦乐队总谱；《国歌》《歌唱祖国》《没有共产党就没有新中国》《中国少年先锋队队歌》《社会主义好》《军队进行曲》等数十首吹奏乐队总谱；探索民族器乐风格的《四季歌》《春江花月夜》等数十首；探索乐器形式各种组合的《静夜思》《游击队之歌》数十首，培养了秦咏诚、傅庚辰、谷建芬、雷雨声、唐建平等一大批全国知名的作曲家、音乐理论家、教授。

若能成为霍存慧老师的学生，该有多么幸运！

平安俊激动得气都喘不均匀，一本一本掏出他的谱曲作品。

霍存慧随手一翻，像从泥土里发现稀有矿物，眼睛发亮，阅览速度加快，翻篇也快。在某个地方，他会略微迟疑一下，又快速翻篇。有的地方，他还折了页。哗啦哗啦翻乐谱的声音若一串串惊雷滚过，平安俊心里很紧张，以为老师不满意、不爱看。

霍存慧把平安俊的作品递给他的助手，指指几个折页的地方，这才抬起头来，问询一些乐理和作曲知识，赞扬平安俊有灵气、有天赋，是个可塑之才，再深造几年，很有发展前途。

当年连"小将队"创编组都进不去，久久压抑的平安俊受到权威

平安俊在沈阳音乐学院学习期间，与著名教授霍存慧和同学们一起在校园里漫步、交流（前排左三为平安俊）

人物夸赞，脸腾地红了，除了连声道谢什么都说不出来……

后来才知道，霍存慧老师折页的地方，都是他欣赏的"出彩"之处，类似于老师在学生作业上批的"好"字。

在沈阳音乐学院学习期间，无疑又是一段"声情并茂"的激情时代，也是受用终生的燃情岁月。平安俊的血液流速加快、学习节奏加快，连步伐频率也加快了许多。他要压缩从宿舍到教室的距离，他要压缩从吃饭到午休的距离，他要压缩从傍晚到黎明的距离，扩张学习与作曲的时间。在纸上唰唰唰写，在琴房边弹边哼唱，咀嚼和消化老师所讲的内容。每次听课，平安俊都万般激动，这哪是上理论课，这简直就是在"寻宝"啊！什么叫"复调"，怎么"转调"，如何"移调"，什么是"不和谐音"，与和声的关系……平安俊把这些宝贝装进脑袋、记在本上、再让它们在乐曲中"挑大梁"。以前懵懂的东西，现在一下子全明白了！以前不少东西都是盲人摸象或是即兴创作，走弯路了不知道，对了也不知对在哪，现在，找到正路子了！从前的散兵游勇加入到正规大军，综合实力一下提高一大截啊！

如同海上迷路者找到正确航向，如同弃失的散件安在机器上物尽其用，平安俊每天都热血沸腾地听课、思索、深入琢磨，若海绵吸水一样如饥似渴地吸纳怦然心动的知识。

由原来的单打独斗，到现在背靠沈阳音乐学院这棵大树，有那么多中国当代音乐大师手把手指导，多么幸运啊！

王宗鉴教指挥，让平安俊领略了大指挥家的洒脱、精彩和高超技艺，每一次听他的课都激情高涨！王宗鉴师从前苏联著名指挥家迪里济叶夫，曾担任上影乐团客席指挥，录制电影《羊城暗哨》《林冲》等。他指挥的《瑶族舞曲》、哈恰图良《小提琴协奏曲》第二乐章、李斯特的《前奏曲》，在业内获得很高声望。指导和指挥长影乐团、美国华人乐团和京剧等乐团数百个，学子满天下。

平安俊谱了第一稿《我爱熔炉我爱钢》曲子不太满意，词作家鸣戈老师详细诊脉原歌词，从为什么叫这个歌名入手，一句一句推敲，把原歌词结构都改了，原稿只剩下两句。平安俊提议："鸣戈老师，这首歌等于您创作的一样，您的名字应该放前边。"鸣戈老师坚决反对，连在后头挂个名都不同意。平安俊钦佩老师甘当伯乐、甘当垫脚石的为人，并铭记终生、成为自己的人生指南。

鸣戈老师赞扬道："这歌名好，素材也好。尽管有人爱炉前工岗位，也有人走。但还是要正面激励，把炉前工的豪情和自豪感写出来。"

有老师当面指导，改后的歌词句句都是一团火，积聚在平安俊内心的生活积累和新的乐感一下子被点燃，平安俊迫不及待钻进音乐学院的琴房，一个晚上就谱好了曲子——这便是响彻中国乐坛的《我爱熔炉我爱钢》。

创作无不跳跃着时代脉搏。当年文艺界高、快、硬、响的潮流呈席卷之势，《我爱熔炉我爱钢》若绿草坪上跳出一朵扎眼的异类小花，也曾受到质疑。作品被选入当年最火的《战地黄花》音乐丛书出版，有人提出："炼钢工人怎么能这样抒情？""是不是在抒资产阶级的豪情？"因为平安俊在"大抒情"里切入亲身战斗过的炉前岗位火热激情，旋律里散发着感人的温度，烤人的热度，私我情感与炉前岗位、国家情怀融为一体，抒的是大豪情，有强烈的代入感！多数编辑们被乐谱释放的温度"烤热"……

平安俊如鱼得水般活跃在沈阳音乐学院，精力旺盛，激情高昂，边学习边作曲，独立创作组歌《鞍钢在前进》，创作管弦乐组曲《沸腾的钢都》。他很快崭露头角，成为同学们中的佼佼者。

从小湖跃入大海，从小山丘登上峰峦，平安俊视野开阔、站位更高，兴奋中托举着不能言说却无时无刻不挂在心上的四个字：着急出名。

师从霍存慧、竹风、薛金炎、黄维强等一些辽宁音乐界的顶尖人物，平安俊着急打个"大翻身仗"！

系主任霍存慧批改平安俊的作业，知道他是棵好苗子，但也感受到平安俊内心的躁动乃至浮躁，不想他因走捷径而误入歧途，他严厉批评平安俊的急躁毛病："安俊哪，你挺聪明。歌曲、器乐曲写得挺有感觉，不错啊。现在，你最重要的是把基本功练好。记住，你要把锥子磨得尖尖的，装在兜里，它自己就会扎出来。锥子磨尖了，还怕不出成绩吗？锥子磨尖了，你还用着急吗？"霍存慧觉得话不到位，又加了一句，"你现在才刚刚开始，你不但要把锥子磨尖，还要多把锥子都要尖！"

平安俊恍然大悟、羞愧而震撼！

他一辈子记住恩师的教诲，受用终生。在沈阳音乐学院深造两年，平安俊每天都如饥似渴地钻研，总是头一个到教室，最后一个回宿舍。

平安俊更加大气沉稳，如同往下扎的根须不急于出头，而是越扎越深、越长越长、越来越壮。让努力、钻研、创作、创新，都深深地拧进"扎实"的螺旋。

二十二

生活的色彩，不是注定的。你把它抹成灰白，它就反馈给你淡漠；你将它涂成火红，它就赠予你热烈。真正点亮生命的不是漂亮的景色，而是美好的事业。

2013年12月夜晚，新上任的鞍山市委书记王世伟从沈阳回鞍山，汽车从鞍山市铁西区去铁东区一上立交桥，突然被一片"天上人间"的仙境所吸引，东山坳灯光璀璨、霓虹闪耀，一座座间隔较远、浅褐色的高楼从林间钻出来，造型优美的穹隆尖顶金光闪闪，楼与楼间一座座彩虹建筑景观、桥形建筑景观、圆形建筑景观和多角形建筑景观，既外在独立又内在相连，别致而新颖。多种造型的人物、动物和鸟类雕塑各具姿态。在点式、环式、线式、圈式、拱式、链式等彩灯的照耀下格外生动，似乎在巨大的夜空里营造出一座灿烂的人间仙境、优美、幽静、火爆而浪漫。尤其黄色置顶灯照射在高楼的镀金尖顶上，尽显尊贵、辉煌与豪华，不是皇宫胜似皇宫！夜晚的"灯光秀"尽显妩媚：戴"金帽子"的高楼似领舞、像领唱，着五彩衣的矮景观似伴舞、像伴唱，既主题突出又众星捧月，太漂亮了！

映入眼帘的第一感觉便是：像误入欧洲的豪华小镇……

王世伟没有"误判"，这里的确营造了浓浓的"欧洲风情"。

王世伟脱口而问："这是什么地方？"

秘书回答：这里叫"大德御庭"。

这是平安俊领衔的大德公司与香港环球教育集团有限公司联手打造的产品。该公司的董事长叫包陪庆，为船王包玉刚的女儿。而包陪庆的母亲常住奥地利，特别喜欢奥地利风格建筑，这部作品便再现了欧洲小镇的风格。

2013年12月30日，市委书记王世伟一行来这里参观"异域风情"，称赞简直像艺术品一样，号召大家推广这样的楼盘。如果鞍山的房地产老板都这样盖房子，这座城市该有多漂亮？

王世伟眼力不错。此项目全部11栋楼房在五个月后竣工，从2011年到2014年三年间，该楼盘连摘六项令许多同行望尘莫及的荣誉：中国国际地产绿色节能典范项目，通过国家AAA级住宅性能认定，

平安俊和爱人刘经路、儿子平凡与包陪庆、苏海文伉俪合影

中国品质创新示范楼盘，2013—2014 年度"广厦奖"，中国地产最佳品质项目，辽宁省建筑主体结构优质工程称号（全部 11 栋）。

大德御庭项目位于鞍山市铁东区东山脚下，紧邻东山风景区，三面环山，一侧邻湖，总建筑面积近 16 万平方米，园区仅有一侧临街且长不足百米。人称这里是世外桃源，内部安静祥和，只有鸟儿的动听歌唱和风吹树木轻吟的声音，地理位置十分优越。

此地为鞍山东山山脉，紧邻市中心。面南朝向，三面高山，林木茂盛，郁郁葱葱，为鞍山市最大的"城市氧吧"。

毫无疑问，这里是商家必争之地。

政府公布此地挂牌出卖后，七家房地产商出手竞拍。

2009 年 12 月 28 日，一个历史性的合作载入鞍山市招商引资史册，世界船王包玉刚大女儿包陪庆麾下的中国香港特别行政区环球教育集团有限公司，与平安俊领衔的鞍山大德公司签署协议，双方投资 4.14 亿元开发鞍山东山项目。大德公司占股 60%，港方占股 40%。

同年寒冬，包陪庆踏雪而来。步行上山时她非常兴奋，远观被大雪的画笔巧妙勾勒的图画，山林茂密、峰峦逶迤，绿松伸臂托雪、古柞昂首向天、谷沟白茫茫一片若大河滔滔，山弯里的树冠与厚雪似一群情侣在宽床上搂抱翻滚！他们眼前，那平缓山坡雪涛翻卷的地方，就是未来项目的合作新址——咯嗒嗒嗒嗒嗒……一只穿红戴绿的山鸡突然蹿飞起来，震落枝上的白雪在天空拉一道只能感觉、无法看见的弧线，越过矮树丛向上攀升，猛地画出一道半月形弧钱，拐过山弯，不见了……

忽见左侧树丛摇动，一只野兔钻出来，在阳光照射下的雪地上跳跃而行。右侧突然突噜噜噜响起一阵翅膀扇动的声音，一只鹌鹑从树丛里飞出来，落到二三十步远落下。人们前行，它再飞起，仍不远飞，又在二三十步远的地方落下，如是往复。似乎它舍不得离开，又似好客者给客人们当义务向导。

无数只喜鹊像人类开大会一样聚集在树梢上，在他们靠近的瞬间，呼啦一声四下飞去，像一团墨汁，在澄静的水里散开。

包陪庆一眼就看好这里，称这里的地貌地形很像她爱人家住奥地利的小山村，风景很美，她很喜欢。这，便是王世伟所见"欧洲风情"的由来。

鞍山市政府十分重视港商和外币，市长谷春立参加同包陪庆的洽谈，双方同意成交价从 2400 元／平方米，涨到 2600 元／平方米，一半用人民币结算，一半用美金结算。

洽谈过后，突然半路杀出个程咬金，有一商家也要参加竞拍，并承诺他可以全部用外币结算。谷春立一听立刻动摇，"再一次同意"。

平安俊去找谷春立："谷市长，你怎么能这么办事？包陪庆你也见了，咱们定得好好的，用 50% 外币、50% 人民币结算，你怎么全改了？变成全部用外币呢？你这么办事，我怎么向外商交代？"

"那怎么办？"

"怎么办？政府要讲信誉，现在还没有最后确定，还应该按跟外商洽谈的办，人民币和外币一半一半。"

平安俊板着面孔催得紧，鞍山市政府只好"维持原判"，公布竞拍拿地者各按 50% 结算。

五家公司因为拿不出这么多外币，退出竞拍。

鞍山市政府提高了起拍价，由 2600 元／平方米，提高到 2900 元／平方米。

平安俊与包陪庆沟通后，确定参加竞拍。

2009 年 12 月 16 日上午，在鞍山市土地储备交易大厅，某公司与大德公司展开激烈的竞拍角逐。

平安俊派时任大德房地产公司总经理葛立群参加竞价。

包陪庆派财务总监参加，目睹激烈而紧张的竞拍现场。

起拍价 1.39 亿元。

双方频频举牌，较量十五六个回合不分胜负。

现场观阵者嘘声一片，没想到竞拍这样激烈，双方毫不让步，大有"上不封顶"的气派……

葛立群热汗淋漓，在短暂休息的片刻连忙给平安俊打电话，简短汇报了实情，气喘吁吁地问："价太高项目不好做，弄不好会亏损的，我们还举牌吗？"

"怎么不举？"平安俊的倔劲又上来了，"志在必得！你不用再请示我了，不拿到地决不罢休！"

葛立群悄悄看了看竞价对手，举牌者也热汗淋淋。

耳边回响着平安俊的话，葛立群底气十足，他挺直了腰杆，拿出不拍到地决不收兵的架势，对手的牌刚一举起，他立刻加价紧跟。轻松得似乎不是在成百万地加钱，而是在做某种游戏。对手举牌的速度渐渐缓慢、猜疑起来。当葛立群第 23 次高高举起竞价牌，对手没有任何动作。

拍卖师连喊三次没人回应，他高高地举锤在空中等了等，最后"咣"地落锤，大德以 1.64 亿元，比起拍价多增 2500 万元的价格买下这块地。

地到手了，只相当于考生有了准考证。考出什么样的成绩，这才是重中之重。平安俊掏出自己惯用的"创新牌"。

如何创新？如何再造一个鞍山的地标式建筑？平安俊依照惯例行事：这"头一脚"，必须踢开"规划"这道门。

经过多方考量，平安俊选定美国 TONSEN 建筑设计事务所，规划设计单位是上海方大设计事务所，施工图设计单位是中国建筑东北设计研究院，环境景观设计单位经平凡推荐，选定了 HZS USA，LLC（豪张思环境景观设计），这个综合配置，在鞍山绝对是最顶级的。

大德御庭在建筑风格上研究多轮，突出了欧式，又在"极简风格"和"新中式风格"间反复打"拉锯战"，最后平安俊决定突出欧式风格加"新中式"风格。

平安俊的设计理念更加"离奇"，5 万平方米的面积，平安俊却看中最低密度，只建 11 座楼的方案。

所有懂行的"知情者"都大吃一惊，这要少卖多少钱啊？

这位浪漫的音乐家突发奇想，如同遵守国际足协规定一样，偌大的足球场，只允许上场 11 人！

宛若手里只有 11 朵鲜花的"艺人"装点大面积草地，因"怎么都不够用"而无所适从，必须精打细算！谁能想到，此项目大楼间的最大间距居然达到 100 米！

平安俊说："最贵的不是钱，而是口碑。"

地理位置不同，楼盘的规划和设计风格不同，必须有与之匹配的艺术表达形式。如同作曲家要发挥出歌唱家的高音长处，四拍不够就六拍，六拍不够就八拍甚至更长。因为，楼间距离大可以造"大景观"！可是，景观是用钱堆起来的，景观越大越费钱哪！

谁说、谁劝都没用，平安俊还是选择后者。

精制的亭台楼阁，活灵活现的人物和走兽雕塑，景观喷泉，名贵树木，"大德御庭"项目的景观投入就 3000 多万元！

谁都明白，景观是业主生活的附属设施，是不能计入购房款的。

法式风格的立面设计令人眼前一亮，绿地率达到 72%，所有应用科技程度为此前"十大创新"的升级版，为鞍山的高雅居住文化创造了新的标准与高度。

"离奇"的故事还在继续。

地下车库怎么建成了棘手问题。

地上挨邻较近的有六栋楼。因为楼与楼之间距离远，至少有三栋楼车进库后，没法从地下车位回家，要上到地面，再回到自己的家。

在地面行走，每天至少两次经历夏热冬寒、风雨雪霁多有不便。若有老幼妇弱，更是困难重重。

按照当时的国家要求，此项目占地 5 万平方米，按照规范要求须车位 310 个，地下车库面积约 11160 平方米。实际做了 944 个车位，地下面积 33707 平方米。多做了约 22600 平方米地下车位。多支出 5000 多万元成本。其实，修建 3000 平方米车库就符合规定。"光符合规定不行，多不方便？"平安俊严肃地指出："想尽办法，也要保证地下的停车位，让业主都可以通过地下室乘坐电梯回家。"

设计师拿出设计方案，全部修建可以从地下室回家的车库，但成本太高。地下室多增加一万平方米，每平方米 2300 元，增加成本 2300

万元。增加 22600 平方米，则是 5198 万元。

有房地产同行知道此事，当即表态："一下子拿 5198 万元打水漂，哪个老板也不会这样干！"

他不知道平安俊骨子里的底层情怀——

平安俊多次对财务主管王延妮说："员工工资绝不能延迟开，一天都不行，这是大家生活的来源。"

一位员工生病要休几天，他姐姐去单位给弟弟请假，保安班长不准，还骂人家。平安俊知道后非常重视："来当保安，家庭条件都不太好，要关心、关怀他们。这样做太不人性化了，绝不允许大德公司再发生这样的事！"

员工买大德的房子给予优惠点照顾，五年以上工龄给三个优惠点，十年以上工龄给五个优惠点。这是一项公司福利。

2007 年，在大德家世界一楼的水泥平台上，一套房子前的五六米远还有个设备间小房子，住户家五六岁的生病孩子整天面对"一堵墙"。平安俊知道后，特意安排在挡光墙画了幼儿彩绘画，又在南墙也作了彩绘，"太好了，孩子可高兴了，"客户赞扬道，"这家企业'很有温度'"。

平安俊果然反其道而行之，他郑重地强调："做项目不能光看眼前，汽车越来越多，别看现在车停得哪都是，今后城市管理越来越严格，这件事，宁可增加成本也要做。"

有人提议，车位越多越不好卖，会积压资金。用户约一半有车，建多了肯定不好卖。

鞍山万科有一个楼盘的车位比例为 1：20。平均 20 人买一个车位，可卖 20 万一个。大德御庭地下室为满铺地下车位，住户数与车位比超过 1：1。一个车位最多能卖 10 万元。

重利者只为生命所必需的光线所激动，理想者更加为最遥远的星辰甚或无关紧要的光线所激动。

平安俊说："宁可利润少，也不能让老百姓不方便。"

最后还是"百姓至上"：设计了"错位式地下室"，部分楼通过走廊式地下通道连接，多投资五千多万元。地下车库增多，相当于自己给自己套上枷锁：因为卖不出去而增加成本。车库面积大，清扫费用和维护费用都要增多。

更残酷的现实摆在面前：我去参观时，地下车库闲置率超过一大半，地面马路上却有很多露天停车。

生活像分段阀门引水，顺理成章地达到了预期结果。

这个项目"非常叫好"，得了六个官方大奖，所有业主都特别满意。但却"不叫座"。外面疯传"钱挣大了"，其实，利润全押在车库上。如果细算上银行利息，此产品目前还不是赚钱项目。

来路无可眷恋，值得期待的只有前方。

现任大德集团总裁张衡评价说："类似的事多了去了，平总70多岁了，经常在梦想与现实中纠结，最后，他还是选择了梦想。"

二十三

一个人的高贵不是优于别人，而是优于昨天的自己。

1976年夏天，平安俊毕业后回到鞍山歌舞团，当年团长常迪群硬性安排平安俊"抢指挥里展饭碗"的事再度重现：沈阳音乐学院毕业的校友孙学武写了配乐曲，与乐队一合，演奏员们笑得弯腰捂肚，配乐与内容不搭调，有人甚至指出："这不是《扬鞭催马运粮忙》吗？""这也不是他创作的啊！"

歌曲配器不成功，音乐形象就立不起来。总体风格上也有问题，孙学武把大乐队效果写小了，既不对也合不上。此刻，已是晚上八点钟。第二天晚上市里有重大演出，时间紧迫。

历史与现实有时像孪生兄弟，往往惊人的相似。团长张凤桐也效仿当年常迪群的做法，对平安俊说："这个任务就交给你，你今晚加班，明天早晨把曲子赶出来。"

平安俊为难地说："人家写完了，硬给推翻，这不好吧？"

"这个你别管，我要你写你就写！"

第三届沈阳音乐周沈阳音乐学院校友合影（后排右七为平安俊）

平安俊从夜幕降临熬到曙光初照，把曲子创作出来，第二天与乐队一合奏，全体演奏员个个兴奋，旋律舒服、段落舒服、音节舒服、哪哪都舒服，排练场上居然响起热烈的掌声！

然而，平安俊因工作得罪人的名单里，又多了个孙学武。

张凤桐欣赏平安俊，让儿子张大力拜平安俊为师。平安俊栖身的十一平方米的房，也是张凤桐团长拍板给的。

平安俊很争气，在 1980 年第三届沈阳音乐周上大放异彩！由平安俊作曲、指挥的管弦乐组曲《沸腾的钢都》好评如潮。沈阳音乐周为东北三省文艺演出的大型活动，每三年举办一届，也是东北顶尖剧目和人才大比拼的擂台，代表三年来东北三省专业演出团队、专业演员的最高水准，影响深远。类似这种大型管弦乐组曲演出，都是省团和国家团扛鼎，市级演出团体退避三舍。中央乐团也前来观摩，名家荟萃，大腕云集，盛赞《沸腾的钢都》："太好了，这才是时代的最强音！""真正表现了工人阶级的壮志豪情！""平安俊的驾驭能力太强，这是壮阔的大交响！"

1978 年 10 月 23 日，创作这部作品接近尾声的时候，正逢爱人刘经路即将分娩，"两个都不想放下！"

刘经路挺着大肚子窝坐在矮凳上（很危险）用手搓搓衣板洗衣裳，平安俊在专心写曲子。这时刘经路的腹部突然剧痛，破了羊水，平安俊火速推出自行车让爱人坐在后座，快速骑了七八里有上下坡的路（更加危险！），把爱人带到第三医院。医生说可能是双胞胎，平安俊脑袋嗡的一声，担心误诊，当即叫了急救车去铁东医院。

午夜时分，等待爱人分娩的时刻，平安俊回家取来谱子，索性将创作战场挪到医院，趴在医院走廊宽大的窗台上一边作曲，一边等待一个含他血脉的新生命的诞生，同时也在胸中打腹稿、构思一个音乐新生命，"两把火"同时烧了起来！第二天中午，当他写完交响组曲的最后一个音符时，产房里传出一声声不会押韵、没有平仄的婴儿啼哭，却成为这个家庭最富诗意的代表作。医生推开门大声喊："生了！生了！你爱人生了一个八斤的大胖小子！"

两个人生产第三生命，爱情火山又一个神话诞生。向来举止平稳的平安俊兴奋得差点要跳起来！几乎在同一时间诞生了两个生命，一个是他的儿子平凡，一个是他的交响组曲《沸腾的钢都》。

写工业题材费力不讨好，谁也不敢碰，谁也不愿意碰。平安俊迎浪而上再次挑战，再次赢得盛誉。《音乐周报》在此次盛会众多参演

平安俊伏案创作《沸腾的钢都》

选手里挑来挑去，只报道一个青年音乐家，便选择了平安俊。1979年，已升任沈阳音乐学院副院长的霍存慧先生，在辽宁省音乐家协会主办的《会刊》（每年一期）上，重磅推出理论深透、专业精优、热情真挚的评论文章：评介管弦乐组曲《沸腾的鞍钢》。

评文从钢都的早晨、夺钢大战、展望和钢都在前进四个部分，以饱满激情和精湛专业，着力推出他的爱徒平安俊的作品，赞美早晨是"清新的晨光熹微的印象"，赞美夺钢大战"紧张而热烈"，简短的引子把人引到了平炉前夺钢战斗的场面。全曲的主题是一支节奏鲜明、铿锵有力的音调。赞美展望中"抒发钢铁工人内心情感的乐章，音乐细致而深沉，流露着钢铁工人对未来的向往，乐曲用大提琴和中提琴奏出了优美动听的旋律"。第四部分则赞美"在号音中引进了生气勃勃的音乐，表现了人民的钢都在党的领导下，在勤劳勇敢的钢铁工人的建设下，迅猛前进"。

霍存慧"一反常态"地不惜浓墨重彩，在各部分的音乐创作和乐器穿插、曲调转换和声部艺术设置等诸多方面，都给予爱徒高度评价，在辽宁及全国同道中引起热烈反响。

四十二年过去，《沸腾的钢都》改编为《新年组曲》，其中的第四

平安俊与霍存慧老师

乐章《新年进行曲》，成为国内外交响乐团在中国巡演的保留曲目。

风和雨消失在窗外，却在新创作的乐谱上大展身手！

天冷了，秋风忙着为树冠瘦身，镰刀忙着为大地减肥，平安俊却忙着为曲库添人进口。

1979 年，平安俊的创作呈井喷态势，歌曲《聪明的小伙子》《毛毛雨》《小雨沙沙沙》风靡一时，大型歌剧《再见了巴黎》《张志新》反响热烈。

让创作坐上头把交椅，回头看自己的脚印，都是歌唱的口型。

《再见了巴黎》为粉碎"四人帮"后的高水准大戏，贴近现实，与时代同步，催人泪下。《张志新》作曲采用歌剧咏叹调，按情绪发展对应调式；在结构上随歌词而变化突出戏剧特点；在表现上根据情绪变化，有自由度地发挥。现场感染力很强，引起观众共鸣，剧场里哭声一片又热烈鼓掌。平安俊统领全局，激情指挥。记者们蜂拥而来，广播报纸铺天盖地争相报道，鞍山歌舞团又迈上新台阶。

平安俊为歌舞团争得声望和荣誉，并不能阻挡好友反目、矛盾激化的步伐。相反，一方能力上扬往往成为友谊路上的隐形陷阱。

张凤桐和平安俊，两位挚交背道而驰。

1982 年，国家号召各级要按革命化、年轻化、专业化、知识化的"四化"标准选拔干部，在鞍山市文艺界名声显赫的平安俊一下子"跳出水面"，鞍山市委宣传部副部长兼文化局党委书记张未然提名平安俊为鞍山市文化局副局长候选人，文化局党委研究通过后，市委宣传部、市委组织部已经考核完毕，恰逢市长出门。只待市长回来、市委常委会通过最后一关，平安俊将走马上任。

三十二岁的平安俊非常高兴，想起组织部副部长考核时说的话更加兴奋："平安俊，你是鞍山市副局级干部中最年轻的。"

接到组织部长递过来的材料，市长张建中正忙着办出国考察手续："这几天没空开市长办公会，等我出国回来再研究吧。"

文化局内部"鼓包了"。平安俊若当上副局长，年龄、学历、作品都高出一筹，有人感到对自己的仕途威胁很大。瓜子脸便是其中之一。

疲惫不是因为远方的高山，而是鞋里的一粒沙子。

为了赶在张市长回来前给平安俊以致命的打击，他们怂恿当时鞍山市最出名的女主演出手，把上告信直接送到鞍山市委副书记分管组织部的张廷玉手中，给平安俊扣了"五顶帽子"：平安俊不适合当副局长，他有很多问题：第一，他有名利思想；第二，他非常自私；第三，他的群众关系不好；第四，他有生活作风问题；第五，他有经济问题。

搭台很费劲，拆台只需瞬间。

这是一封具有组合拳威力的上告信。女主演签名后，又找十几个人签名，声称这是代表民心的"联合举报"。其实，很多人都站在一边并不是什么好事。就像一群人都站在船的一边，船肯定会翻。

这是女主演第一次向平安俊出手，我在前边讲述过，平安俊当团长时，要求歌舞团演员回团上班，只有她一人"置之不理"。

人生不怕经济账本一时亏损，就怕灵魂赤字不断增长。

越过人格这条红线，就应该罚下场。她因随意编造谎言、追名逐利坠入深渊而身陷囹圄。

平安俊被举报事出有因。

1981年，张未然任市委宣传部副部长兼文化局局长，剧团演出已经开始进入市场。

团长张凤桐因势利导，把歌舞团分成一队和二队。一队以传统节目为主，二队为顺应市场的轻音乐队。对外演出都称鞍山市歌舞团，实则两个队已经各自独立。二队以架子鼓、萨克斯、电吉他等新乐器新节目为主，队长韩忠镇，平安俊任艺术指导、作曲、指挥排练和配乐配器。一队四十多人，传统节目上座率低（大连歌舞团已经瘫痪、停演），收入也少。二队只有二十来人，吹打弹拉唱一人兼数职，节省费用，布景道具也少，又借助平安俊的名人效应，节目非常受欢迎，收入很高。演员补助费提高一大截子，一般演员每场补助二三十元，主演补助五十元。补助费激发了动力，演员更加卖力，演出的节目越来越火……

演出市场上火爆，"半承包"状态的二队很想得到张凤桐团长支持，彩排时多次请他，他一次都不来。因在节目上不听团长的话，张团长形容二队是"脱缰的野马，你们能干就自己干吧！"

为什么不听招呼？有人说韩忠镇什么事都听平安俊的，平安俊为二队的核心人物、非常有号召力……

其实，韩忠镇也是鞍山歌舞团的名角。熟悉的人无不惊叹，韩忠镇功夫深、绝顶聪明，吹打弹拉不学自通，翻跟头打把式功力高强。多年位居剧团"男一号"位置，演啥像啥，能主演杨子荣、郭建光，也能演反派角色。著名歌唱家、中国歌剧舞剧院的郭兰英一下就相中他，接连看了好几场韩忠镇的戏，越看越兴奋、连连叫好，非要把他调到北京去，团领导坚决不放。郭兰英不死心，又找辽宁省文化厅厅长闻非，闻非称这是鞍山的人才，他说了不算。郭兰英当面向韩忠镇表态："这样的优秀人才放在基层团太可惜了，我非把你调去不可。"为此还惊动了中央高层。后来韩忠镇自己打了退堂鼓，郭兰英这才作罢。

韩忠镇请不动团长便请书记王林，王书记来几次二队表态赞扬节目不错，他很支持，张凤桐更加生气、更加不理二队。有人散布舆论："平安俊跟王林好上了！"有人当着张凤桐面挑拨："平安俊是实力派，将来很可能夺你的位置啊！"

歌舞团何去何从？

更严重的还在后面，团里某主事人向张未然局长汇报："二队的演出方向出了问题！"

威胁还在步步逼近："他们这么整，局长张未然肯定不同意，等着看好戏吧，二队很快就完蛋了！"

歪风太大，平安俊专门向张未然汇报了二队的情况，主要强调演出节目改革是大趋势，到什么时候，都要抓住市场和观众。我们的政治方向和节目内容肯定没问题，邀请张未然去审查审查。

在歌舞团排练大厅排练时，张未然应约而至。局长一出马，歌舞团副团长也陪同前往。张未然看后非常兴奋："节目活泼多样、丰富多彩，观众又这么欢迎，很好嘛，我支持你们！"

怎么会是这样的结局？

看热闹的人很失望，盼二队散伙的人更傻眼，借平安俊提职之机，预测将给自己带来利益冲突的幕后操纵者急了，指使能跟市领导说上话的女主演重拳出击……

深层原因还不止这些。

1981 年年底，文化局党委决定奖励平安俊一套双室楼房。文化局局长张未然点名把这套住房分给平安俊，戴笼头把指标直接下到歌舞团。"这套房子不是平均分配，而是分给突出贡献者。"

平安俊结婚时借的房子，人家只借半年。借期到时，从沈阳音乐学院回来两年平安俊成为歌舞团的"首席主力"，团长非常器重。

1978 年 6 月，在五七大军回来普遍缺房、纷纷住宿舍的前提下，文化局倒出房子给歌舞团一个指标，歌舞团团长张凤桐直接把这个指标给了平安俊，在立山区太平村 104 栋，分给平安俊一间三家一个厨房、十一平方米的房子。

三家共用的厨房太窄小，只有一个水池、两个炉灶，一次只能容下一人下厨，三家要轮换着做饭。

爱人刘经路特别支持平安俊创作，她宁愿自己累倒也要竖起丈夫事业的高峰。白天上班，早晚包揽了全部家务活。轮到她做饭，只好把儿子平凡拴在床腿上，任他哭哑嗓子也顾不上。

平安俊正忙着大事：辽宁乐团筹备组刚刚成立，著名作曲家秦咏诚为负责人，把一件创新又很激动人心的任务交给平安俊：把乐团的单管编制改为双管编制，乐器规模扩大一倍。想想都兴奋！

在辽宁省东北三省专业文艺团体汇演、高手云集的擂台上，平安俊作曲并指挥的《沸腾的钢都》一下子"爆棚"，与此密切相关。

上次歌舞团分房，多数人知道跟平安俊相比业务差距太大，没人争。

这次不同了——凭什么好事都给他一人？

瓜子脸不光自己生闷气，又把气甩给歌词创作员杨有方："你们都是搞创作的，这房子应该给你，你比他还困难。"

杨有方是一位出色的词作家，他和平安俊个人关系很好，杨的《走向辉煌》《西湖夜歌》等52首作品，都是平安俊谱曲。二人一同创作，一同修改作品，多少次，曾为同一部作品倾注忧伤欢乐，结下深厚的友谊。

扫码欣赏戴玉强、王霞领唱的歌曲《走向辉煌》

时光后翻一些时日，另一位词作家史国光向平安俊传话："有方说了，平安俊对我太够意思，两次给我解决房子。"杨有方退休后，又托词作家韩景连给平安俊带信："我在乡下很僻静，你请安俊来，我们好好唠唠，我又写个歌剧，让安俊给看看。"

扫码欣赏于丽红演唱的歌曲《西湖夜歌》

惊悉杨有方去世，平安俊非常悲痛。因为第二天出差，平安俊就和韩景连赶到殡仪馆送老朋友最后一程。杨有方的女儿看见平安俊，一下子哭着扑进平安俊的怀里，相拥而泣。2012年"那片阳光——平安俊作品音乐会"在鞍山举行，平安俊费尽周折找到杨有方的爱人，请她和女儿来看演出，演出结束又与她们娘俩见面。

平安俊投身房地产后，不计前嫌、仍然想着老朋友杨有方。一次在二一九公园黄金地段，以优惠价为杨解决一套双室房子。1989年，又为杨有方儿子在解放路解决了双室楼房。

难道真的为了一套房子而闹掰？

彼时，时光还没有按下"快进键"，杨有方也在反对平安俊当副局长的上告信上签下自己的名字。

"五七大军"刚刚回来，都缺住房。歌舞团"炸锅了"！

"我比平安俊还困难！"

"我比他资格老、岁数大，为什么给他？"

平安俊动摇了，自己毕竟有十一平方米住房，杨有方确实比自己困难，他有三个孩子，又跟自己是合作搭档。

平安俊把"让房"的想法跟妻子刘经路说了，也跟岳父刘玉岳说了。岳父为十三级老领导，有过多次让房的经历。但岳父说了不同的意见："安俊哪，你这想法我赞成，有人比你还困难，该让就让。但有一个问题，这次分房是文化局党委决定的，你不能拿局党委送人情哪。"

平安俊征求几个同事的意见，大家众口一词：第一，这次分房是给特殊贡献者，不是搞平均分配。第二，这是文化局党委定的事，你这样让房不合适。

平安俊左思右想，便没有让房。

另一层原因，平安俊的确站在团长张凤桐的对立面上。

歌舞团分了一、二队后，有人支持一队有人支持二队，张凤桐站在一队一方。双方争执不下打到局里，又打到市委宣传部，保守派与创新派发生了严重冲撞！

平安俊为二队的主力人物，自然没有支持团长张凤桐。

木秀于林，风必摧之。一个对手消失了，另一个则会出现，背后下手的潜伏者神出鬼没、前赴后继……

女主演登门给市委副书记兼组织部长张廷玉送举报信，引爆了更为严重的次生灾害——

张廷玉把市委组织部、市委宣传部和市文化局领导全找去，召开个专题会议："你们报平安俊拟任文化局副局长没问题，他有才华、年轻有为，这是事实。但他的群众关系不好，主要演员登门举报，我们必须重视起来。"

组织部副部长说："我们考核时，大家对平安俊评价不错，没有这些问题。现在看，肯定是他得罪人了。"

张廷玉没有理会部下的意见，直接表态道："我们这次提拔副局长要慎重考虑。既然群众有意见，平安俊还年轻，就换个人。在这种情况下提了他，也不服众。只要他有能力，以后还有很多机会。"

一颗虫牙，掀翻满桌美食。

他像一条对前途充满期待的鱼，被突然现身的人为暗流卷进去，瞬间就没了踪影。

听到结果的刹那间，平安俊的情绪像秋叶被踩在地上，当即听到自己身体发出的碎裂声。

需要多少磨难才能炼出一寸胸襟？需要多少次陷落式丢失，才能保持操守不退？

这记重拳对平安俊打击很大，像一个念头撕开岁月，必须独自面对疼痛的伤口。他下定决心：一生刻苦钻研业务、闷头创作。

那段日子，平安俊的内心一直被矛盾的旋涡冲撞着，年轻人对升职的渴望可能是一件随时可以打破的华丽器皿，是一种如履薄冰的幸福。或许它越是易碎，人们对它的迷恋越深？

即便这样，平安俊仍然没有灰心，却感悟出别样情怀：回头看看劫后余生的自己，感觉有很多裂缝，那一定是光照进来的地方。

第六章

不信东风唤不回

——蹚出新路步步冲高

最硬的不是钢铁而是人的意志，而浇灌意志坚忍不拔、迎难而上蓬勃成长的一定是善良和坚强！困难算什么？纵有三山五岳拦住去路，也要攀爬上去！首个上规模的大项目正在爬坡，平安俊便再筑起一座"大德之声"的文化高地，实现他的夙愿：经商是为了辅佐和助力实现音乐梦想！

然而，他在前边忘我工作，后头却有人藏在暗处用枪口瞄着，他能躲过一次又一次暗算吗？

二十四

所有伟大的梦想，都有一个微不足道的开始；每一场卓越，都始于你迈出的第一步。

鞍山因"共和国钢都"著称，以十里钢城和数十万产业工人而闻名遐迩。但，回顾漫长的历史，从未有过一个外国交响乐团光顾，大多数老百姓也不知道交响乐为何物。

平安俊再一次打破了这个纪录，开发了这片亘古未垦的国外交响乐团现场演出的处女地，于2004年创办了"大德之声"新年音乐会，第一次将外国著名高水平交响乐团引介到鞍山，让鞍山的父老乡亲开了眼界、长了见识、多了乐趣、增长了知识、启迪了智慧。他们从惊奇、不懂、看热闹，到震撼、喜欢、热爱、期盼、如醉如痴……我在电脑前敲出如上文字时，"大德之声"新年音乐会已经举办了十七届。

2004年12月26日夜晚，首届2005·中国·鞍山"大德之声"新年音乐会在鞍山胜利会堂正式亮相。

节目单上，"新年贺词"格外引人注目：

> 2005年的钟声即将敲响，我们正满怀喜悦迎来充满机遇和挑战的一年。回首2004年，在振兴鞍山老工业基地的伟大事业中，全市人民团结一心，奋力拼搏，开拓创新，励精图治，取得了令人鼓舞的成绩。值此2005·中国·鞍山"大德之声"音乐会举行之际，谨向全市人民致以节日的问候和美好的祝福：祝全市人民新年快乐、万事如意！
>
> 中共鞍山市委
鞍山市人民政府
2004年12月26日

晚上七点，在观众的热切期盼中，两位身着艳丽彩妆的女主持人上场，用中英文双语介绍了乐团和指挥，吊足了全场观众的胃口。

德国柏林RIAS广播爱乐乐团实力雄厚，1948年高起点建团、亮相，便受到德国观众的喜爱、追捧。为欧洲资历最早、历史悠久的交响乐团之一，在德国、美国和欧洲享有盛誉。被誉为"世界上最伟大的青年管弦乐团"。

指挥MICHAIL JUYOWSKI为名声响彻欧美的指挥大师，曾荣获世界爵士乐大赛第一名。

这位青年指挥家大高个儿、黑色鬈发、大眼睛、英俊帅气，身着黑色燕尾服、黑裤、白衬衫。他矫健地登上指挥台，左手抚胸、慢慢向观众深施一礼，回转身体立刻变个人，成为一股旋风，洒脱的指挥棒一挥，《蝙蝠序曲》热情开场，这首奥地利作曲家小约翰·施特劳斯的代表作品，以热情悠扬著称，经常在交响乐中担当"提振情绪"重任。青年指挥家时而风儿轻吟，微波荡漾；时而雄强激荡，狂风大作；迅若快弓频闪，缓如闲庭信步；细腻若眼波传情，粗犷如惊涛拍岸……

　　数十位演奏高手则是浩大的森林，让音乐尽容大千世界，风声浩荡、林涛阵阵；鸟儿鸣唱、走兽作答；小溪潺潺、大瀑飞泻；阳光明丽、电闪雷鸣……

　　《卡门序曲》《吉普赛之歌》《匈牙利舞曲五号》《蓝色多瑙河》等世界名曲依次亮相，让鞍山的父老乡亲大开眼界。

　　当乐团演奏平安俊的作品《沸腾的钢都》第二乐章和第四乐章，现场响起雷鸣般的掌声，这是中国音乐家的作品，这是我们鞍山音乐家的作品，现场观众无比激动、自豪，备感亲切和温暖。鞍山观众头一次欣赏到这么高水准的音乐，新奇而激动——全场观众聚精会神、鸦雀无声，表情激动、神采纷扬，大家从来没见过啊！

　　平安俊把交响乐作为"德文化"、品牌建设、回报社会的一部分下了大功夫，他热情引导观众懂得常识、学会欣赏。概念的东西好办：交响乐产于欧洲，从意大利歌剧脱胎而来。"交响乐"的名称源自希腊语，意即"一起响"。但，从入得了门、听得进去，到懂行、喜爱、入迷，并非易事。

　　第一次扇动翅膀，第一朵花开，第一声亮嗓，第一回学走步，不仅仅需要勇气开头，更要预知和把握"未来"。平安俊从印刷精制的音乐会节目单做起，从欣赏音乐会的"小常识"入手，循循善诱地带领家乡的观众渐入佳境，培养有欣赏交响乐品味的观众。开始时观众穿着随意、随便。后来男穿西服、女穿礼服。开始观众不知道"返场"规矩，一曲演完等待下一曲。后来形成默契，每逢精彩的曲目奏完最后一个音节，只要不停地热烈鼓掌，乐队就会返场。

　　第一届"大德之声"音乐会2004年12月26日拉开序幕，鞍山父老乡亲大开眼界，纷纷向平安俊竖大拇指，一时间成为街头巷尾的热点话题。

　　只是很少有人知道，彼时却是平安俊一步一坎的时候。

　　2001年启动大德·翠韵华庭项目，由于市长张杰辉百般阻挠，平安俊备受折磨，这位向来以身体杠杠硬著称的铁打的汉子一夜之间患上糖尿病。2004年好几个项目同时开发，仍在爬坡、困难重重。平安俊却兴高采烈、全神贯注地办起首届"大德之声"音乐会来，他的心有多宽、多敞亮啊！

最硬的不是钢铁而是人的意志，而浇灌意志坚忍不拔、迎难而上蓬勃成长的一定是善良和坚强！困难算什么？纵有三山五岳拦住去路，也要攀爬上去！首个上规模的大项目正在爬坡，平安俊便再筑起一座"大德之声"的文化高地，实现他的夙愿：经商是为了辅佐和助力实现音乐梦想！

音乐会开场这天，平安俊早早醒了。他去建筑工地转一圈，把所见问题、预见问题与副总裁王汝贵沟通一下，又分别给施工队、监理和材料部交代一番要紧的事，这才到公司企划部安排演出细节。

平安俊亲自登台指挥受到交响乐队和热情观众的双向欢迎，此后每届必有这个"保留节目"。

平安俊一登上指挥台立刻物我两忘，仿佛他本身就是一个奔腾、翻涌、飞泻、上扬的大旋律库！库里有无穷无尽的激情和音符，他的指挥棒每挥舞一下，都蜂拥而随一支旋律突击队，善良突击队，德文化突击队，大爱突击队，建筑突击队，父老乡亲突击队，攻坚克难突击队……整个世界都缩在小小的指挥棒里，缩进无限小又无限大的音符里！他完全沉漫在诗情乐谱里，不知道自己在哪，也不知道自己是谁，在做什么。若水沉在水里，像花开在花中，似阳光照耀着阳光。这才是真实的人，这才是不掺杂质的纯粹，这才是许多人拼了一辈子仍望尘莫及、差之千里的沉醉。你看他的燕尾服已经高高地飞甩起来，蝴蝶结领花紧紧抓着才没有散开，火焰般闪亮的眸子，哪还有近视眼的影子？剧场的观众们用潮水般的掌声赞扬他，以虔诚的肢体静默和声音静默敬重他，在鞍山市的街头巷尾热议激情的交响乐播火者平安俊……

在鞍山引介外国顶尖高手乐团来演出，开阔市民眼界，搭建交响乐艺术高地，开鞍山交响乐艺术欣赏先河，在当地轰动一时。但，平安俊也有顾虑，最担心冷场、没人看。自己扔进去多少钱都认可，如

"大德之声"新年音乐会上，平安俊指挥他创作的交响组曲《新年组曲》第四乐章《新年进行曲》

果出现这样的负面效应，违背初衷，也让老外们笑话。头几场，平安俊加大宣传、场场送票。举办次数多了，"洋玩意儿"不再水土不服，而是润物细无声地渐渐深入人心、生根发芽。"大德之声"已经成为鞍山年夜饭精神晚宴中，一道不可或缺的文化大餐。每至年终岁尾，便有观众四处打听："今年的新年音乐会在哪演出？""什么时候开始卖票？"

2007年第五届中国·鞍山"大德之声"音乐会由西班牙奥斯塔瑞亚斯皇家交响乐团演出。指挥为交响乐世界级大腕麦克西米亚诺·瓦尔德勒。该团在西班牙乐坛威望极高，具有举足轻重的地位，并在世界范围内有强大的影响力。

从第一届开始，平安俊就明确提出：必须演奏中国乐曲，并作为一个制约条件。有乐团提出不演奏中国乐曲，平安俊坚决不同意。

指挥麦克西米亚诺·瓦尔德勒身板壮实、方脸、方胸、人高马大，他耍大牌，一副趾高气扬、盛气凌人的样子。向平安俊提要求：要有单独的小汽车接他，住高级套房。

同样"大块头"的平安俊并不把接待用车、接待套房当回事，却把中国音乐家一定要指挥外国乐团当成"重头戏"。平安俊挺直了腰杆，让翻译转达他的话：音乐会要演奏一首中国乐曲《新年进行曲》，这首乐曲由平安俊指挥。

平安俊的话有如雨点打在玻璃上迅速滑落，一点也没能给这位很牛的指挥家脑子里留下印象。

麦克西米亚诺·瓦尔德勒摊开两手、耸耸肩、接连摇头，让翻译告诉平安俊：他不同意。可以演奏中国乐曲，但这首曲子必须由他来指挥。

平安俊猜测他的内心，他瞧不起中国人，更瞧不起这个"荒唐"的想法。如果从艺术角度，他以为平安俊只是普通的指挥爱好者，要"玩票"、出风头，平安俊理解他，不能随意交出指挥棒，他要对乐团负责，也要对观众负责。毕竟，人家只知道平安俊是董事长、企业家，并不知道他还是国家一级作曲家，在音乐学院专修过指挥专业。

同时，平安俊也可以猜测他的心理，毕竟这是商业行为，平安俊是出钱的老板，麦克西米亚诺·瓦尔德勒不能不考虑这个因素。

平安俊指挥德国北德交响乐团演奏自己创作的交响组曲《新年组曲》第四乐章《新年进行曲》

平安俊说："节目单上已经印刷出来，这首乐曲的指挥是平安俊，现在变成你来指挥，我怎么向观众交代？"

二十五

时代洪流没卷走任何人，反而让人看清金子与沙石。

虽然当时平安俊只是鞍山市歌舞团的一名出色的"多面手"业务骨干，他却一直在关注政治、关注国家政策和新闻时事。国家犹如浩瀚的大海，每个单位都是一朵浪花，每个人都是一滴水。他认为"水滴与大海息息相关"，笔墨当跟随时代，音乐创作与生活离不开这些"大背景"。时至今日，平安俊每天必看《新闻联播》，必须抽出时间阅读图书、浏览网络信息。

人生要走许多路。其实，每一条道路都寄生在一个人的身上，一一对应，不可重复，也不容改道。人一出生就带来了自己的道路，我们前进，并不是因为我们有脚，而是我们体内的微型道路在前方诱使我们迈步，不停地追赶……

没人走的路，很可能是捷径，也很可能是未来的路。

1980年秋天，第一场霜像个高手指挥，以超强的调动能力，一夜间就把鞍山市街道两旁的树叶染得五光十色、姹紫嫣红。平安俊推开办公室的窗子，欣赏黄的红的紫的秋叶一片一片从半空飘落，跳着之字形、S形、斜线形舞蹈。有的叶子不情愿离开树枝，死死抓住枝干不松手，强风劲吹，像蝴蝶翅膀那样快速抖动、翻飞……

风华正茂、刚到而立之年的平安俊做梦也不会想到，他也像那片即将被人家强行摘落的叶子，文化局党委已经上报鞍山市纪律检查委员会立案……

"文革"期间，中国的各个单位政治学习为头号任务，甚至集中时间学、"天天读"。上世纪八十年代初期，政治学习、政治立场仍然是衡量每一个人的重要标准。

1980年，党的十一届三中全会仅仅过去两年，许多人仍陷在"极左"坑里跳不出来，但中国要改革、要发展经济的势头已经春风拂面，党中央首次肯定包产到户和包干到户。"凡是有利于生产发展、增加收入、增加商品责任制形式，应该加以支持。"邓小平首次提出政治体制改革。

这些信息令平安俊高兴，他预感国家要出台刺激中国经济发展的政策。同时也深深地忧虑，当务之急是要实事求是地指出问题所在并对症下药。

在歌舞团的一次党小组会议上，一向注重观念超前、思想前卫的平安俊说了些心里话，人们听得"直愣"，会上有人说他"真敢讲"。

会后鞍山市文化局党委收到一封举报信，核心内容为：平安俊给党组织抹黑，丧失共产党员的政治原则，攻击党中央的现行政策，攻击社会主义……

为了接受党组织的长期考验，首先在思想上、行动上入党，平安俊已经当了十年的党外积极分子，思想汇报写了无数，每一项工作都抢在先、做在前。这一年，平安俊已经是一名中共预备党员。

1979年12月，歌舞团十八名党员召开党员会议给平安俊提意见，讨论、评议平安俊能否入党。最终表决通过，以十四名同意、四名反对的票数迈进预备党员的大门槛。

在火红的党旗前举起右拳庄严宣誓，平安俊心潮澎湃、热血沸腾！为了这一刻，从前吃了多少苦、受了多少委屈都是值得的！平安俊要兑现承诺：一辈子襟怀坦白、对党忠诚，说老实话，办老实事，做老实人。

每次参加党小组会议或过组织生活，平安俊都要求自己，以向党交心、实事求是为荣，以说假话、办虚事为耻。

没想到，正是这种观念差点害了自己。

举报信若投下一枚深水炸弹，激起冲天巨浪！

接到举报信的第一时间，文化局立即紧急召集党委成员开会，专题研究平安俊的严重问题。按照举报信的内容逐一研究、讨论，参加会议人员表决通过、达成一致：必须对平安俊的行为做出严肃处理。

词汇也有时代性。那个时代的"严肃处理"四个字让人不寒而栗，相当于现在的押送司法机关。

有人提出异议：平安俊是名人，在鞍山、在辽宁文艺界很有影响力，文化局动这样的人恐怕不妥。大家很为难，像抓了自己喜欢却来路不明的宝物一样留也不是扔也不是，最后研究决定：上报鞍山市纪律检查委员会。

纪委一旦立案，很快会进入调查阶段，如果核实了事实，平安俊将有牢狱之灾。

知情人纷纷在背后议论，有人惋惜、有人高兴。只有平安俊还蒙在鼓里，照样早来晚走、风风火火工作，台前幕后不闲手，抓素材、抓排练、指挥、配器、作曲、弹钢琴、吹笛子、演奏长笛……

文化局已经找多人谈话，捋清了平安俊的"违纪事实"——

在歌舞团党小组会议上，大家都就事论事简单说几句、走走过场。向来做事认真的平安俊严肃地说：我赞成邓小平同志的观点，摸着石头过河，大力发展经济，贫穷不是社会主义。社会主义本身是共产主义的初级阶段，我们国家又处在不发达的阶段，要认清这个事实。我们的目标最终要实现共产主义，要实现这个目标，就要快速发展经济，最终实现国富民强，人民过上好日子。用什么来衡量？实践是检验真理的唯一标准，经济落后肯定不行。我们说资本主义是没落的，说美国是没落的，可人家已经国富民强、科技领先。我们说社会主义制度好，可我们越来越落后，这么多年仍然一穷二白。我们应该好好考虑考虑，我们错没错？错在哪里？我们党始终倡导实事求是，就应该好好分析分析，找找原因，找到好的出路，最终实现国富民强，让老百姓过上好日子。

市纪检委书记朱宝顺接到文化局的立案材料，立刻找文化局党委书记赵良志谈话：

"我问一下，平安俊什么场合说的这些话？"

"在歌舞团党小组讨论会上。"

"他在党外散布这些话没？"

"没有。"

真理打上补丁也是真理。

朱宝顺道:"这种情况不能立案。我们党有纪律规定,党员应当对党组织襟怀坦白,讲真话,讲心里话。党组织也允许党员知无不言、言无不尽。我们要注意倾听党员的心声,不能因为党员说真话就一棒子打死。平安俊在党内会议上说这些话,没有在党外散布,就不应该立案。这种情况你们文化局党委可以找他谈话,对他加强教育。"

积极的人在每一次忧患中都看到一个机会,消极的人则在每个机会都看到某种忧患。

平安俊不理解有人暗中整他,心里很不爽。可这不爽持续不到半个小时,就像过期分解的药物一样失去效力:不管怎么说,明天就是另外一天了。

二十六

世界上没有不平的事,只有不平的心。

麦克西米亚诺·瓦尔德勒犹豫时,平安俊也退让一步:"这样,排练我指挥的时候,你先看看怎么样,然后再决定。"

平安俊指挥排练时,麦克西米亚诺·瓦尔德勒怀着满腹不信任躲到一边,暗中悄悄关注平安俊的一举一动。

平安俊指挥了几个音节,突然觉得小号有问题,声音一下子瘪了,出现"瞎苞米",平安俊右手刀一样砍下来:"停!"

这声喊,犹如一记优美的凌空长传,落点准确。

平安俊的手指猛地向前一伸:"小号有问题。"

翻译把情况转告给麦克西米亚诺·瓦尔德勒,他非常热情地通过翻译告诉平安俊,小号键子没起来。

深谙乐队专业的平安俊十分怀疑:出来演出的乐手肯定给键子浇油,怎么能这么不灵敏?又一想,人家对演出节目负责,担心演出质量,或许因为不相信平安俊,才故意来这么一手。

继续排练一会儿，平安俊边指挥边用严格的专业标尺衡量每一个声音，他发现圆号旋律又出现"跳音"错误，平安俊的大手若肉搏战中的大片刀一样，猛地从高空砍下："停！"

平安俊通过翻译让圆号手核对乐谱，预测非常准确：他的乐谱抄错了，原本为"3"，他吹成了"5"。

大块头指挥非常高兴、笑容满面，连连通过翻译转达赞扬，夸张地向平安俊鞠躬致敬还不够，又主动比比画画"贴上来"，跟平安俊合影留念。

正式演出时，平安俊在场上指挥，麦克西米亚诺·瓦尔德勒一直笑容满面，用表情和打快拍的手势支持、鼓动和赞赏平安俊。

除了首届"大德之声"音乐会演出，平安俊把他指挥中国节目当作一项"常态行为"，场场上场，至少指挥一个中国节目。这既是发挥自己指挥长项的乐趣，更是与家乡父老乡亲密切沟通的需要。

扫码欣赏平安俊指挥英国伦敦阿玛迪斯（莫扎特）交响乐团演奏《新年进行曲》

2007年，第四届"大德之声"音乐会在鞍山鞍钢体育馆隆重举办。邀请美国新英格兰爱乐乐团，指挥叫本杰明·萨德。

平安俊事先与本杰明·萨德沟通好，此次音乐会平安俊指挥两部作品，上半场指挥中国乐曲《茉莉花》，下半场指挥美国乐曲《星条旗永不落》。双方握手成约，把演出曲目印在节目单上。

下午即将排练，本杰明·萨德突然通过女翻译通知平安俊：中国乐曲《茉莉花》仍由平安俊指挥，美国乐曲《星条旗永不落》要由他来指挥。

美国指挥家严肃地指出：《星条旗永不落》不是一般的乐曲，被认为是"美国第二国歌"，如果你指挥不好，有辱美国国格。

平安俊一听心里已经十分有底，自己非常有把握驾驭那首乐曲。但，从企业家角度看平安俊，本杰明·萨德信不过他不是没有道理。

平安俊对翻译说："第一，我们已经沟通好，现在节目单印出来了，不能更改。第二，我指挥彩排时请本杰明·萨德在旁边看看。觉得我指挥得可以，就不要变了。如果认为我指挥得不行，就按指挥说的办。"

本杰明·萨德当即被眼前的情景所惊骇，平安俊的一身力气和技术隐藏在那潇洒文雅的外表下，风吹草原万叶涌动，能一下揪出要找的叶片，指挥棒轻轻一指，能点亮万家灯火；慢拍有如豹子懒洋洋地晒太阳，快拍矫捷得好像豹子呼地跃起扑食……

本杰明·萨德又惊又喜，嘟唇、眨眼、眯笑，以丰富的表情示好，用大幅度手势夸张地祝贺……

正式演出，当平安俊指挥完《茉莉花》，本杰明·萨德无比兴奋，站在乐队中间，疯狂地带头鼓掌。他紧紧拥抱平安俊，仿佛多年老友重逢。觉得还不够劲，他的身体若在暴风中摇晃的树枝，似乎"风向变了"，他又手舞足蹈地掉转身面朝观众使劲领掌，热情地号召观众们鼓掌。意犹未尽，他再一次掉转身，全身摇晃着张开双臂、双手向上一抬一抬，号召全体演奏员站起来、放下乐器，一齐为平安俊鼓掌、热烈鼓掌！

平安俊与美国新英格兰爱乐乐团指挥本杰明·萨德合作演出

舞台上的"领掌"如此强势，引爆了全体观众，上千个巴掌都在拼命拍，剧场里响起暴风雨般的掌声……

下半场指挥《星条旗永不落》毫无悬念，平安俊指挥得非常成功，上半场的疯狂重演，乐曲刚一结束，指挥棒尚在空中"定格"，本杰明·萨德非常激动，迫不及待地冲上来，与平安俊热烈拥抱。

为了表达对平安俊深深的敬意，本杰明·萨德从包里掏出自己的著作《艺术管理》，赠送给平安俊。

所有的成功都有迹可循，在别人看不见的地方严于律己，精进自己，时间自然会给你回报。

平安俊时刻不忘创新，办音乐会也像开发房地产项目一样：每个产品都有创新。必须做到：每一届音乐会都有出彩的地方。

2007年12月28号，第五届音乐会开场时的"幕前童声"合唱，别致而生动。整个剧场黑幕，只有孩子们身穿一袭白装、手捧烛光闪闪烁烁，剧场营造了亦仙亦幻的意境。两队孩子从两边过道缓缓走向舞台，在舞台中央会合。

孩子们一出场，清脆、干净、通透、轻盈的中英文双语演唱的歌曲缓缓流淌，由韩景连作词、平安俊作曲的《新年祝福》，滴入每位观众的心灵——

啊　啊　啊　啊
烛光闪闪多么美妙
我们欢聚在今宵
钟声响起新年来到
祝福声声满天飘
新年好啊　新年好啊
天地不老人不老
新年好啊　新年好啊
年年岁岁步步高

仅仅这幕前童声合唱也用心良苦，每届都变换方式，千方百计调动各种艺术手段，年年让观众耳目一新。

扫码欣赏林依婷、李颜龙演唱的歌曲《新年祝福》

始终葆有前行的能力，这样方可在抵达未来时，看到一树繁花。

第七届，为浪漫之夜芭蕾舞晚会，鞍山父老乡亲再一次惊喜过望，《天鹅湖》《得蒙特日西红柿》《摇起来！摆起来！》一系列高端芭蕾舞艺术一次又一次强悍掀高观众的热情，澎湃的掌声海潮般哗哗翻涌……

第八届"大德之声"孩子们身着红装，每人手捧一只灯，灯泡上又结一束"花伞"，只见一只灯闪耀，孩子们随身舞蹈，灯上灯，花上花突然绽放，一下子"繁星满天"……

第九届，幕前童声合唱全场黑幕时没有灯光，幽暗中孩子们突然每人举起一个闪亮的五角星，红、蓝、粉三色五角星立刻点燃全场……

第十届，孩子们的着装很抢眼，红衣胸前升起一道弧形粉色彩虹，手捧的圆宝盒灯光迷离……

第十五届，请来鞍山市农民工子弟小学大西街小学的孩子，第十六届，请来鞍山市农民工子弟小学红拖小学的孩子，孩子们讲述的故事令人动容……

"大德之声"电视短片

大德之声从当地学校选拔合唱团员，学校和孩子们踊跃报名、早早准备，以能上一次"大德之声"音乐会为荣……而且，通过大德之声·农民工子弟小学爱心公益项目，大德为农民工子弟小学的孩子们送去物质帮助，邀请这些平时鲜有机会登台表演的孩子们登上大德之声的舞台……

"那片阳光"电视短片

同样的《新年祝福》，同样的旋律，同样的欢歌场面，正是因为

"年年出新"、场场不同，才提升了艺术品位，"大德之声"常演常新，魅力四射。

我在此不厌其烦地例举这个"开场戏"，只是一个"切片"而已。因为，每一台音乐会，平安俊都有不同的创新设计。

第一届，突出外国高端交响乐团演奏的交响乐曲，要求乐团必须演出中国歌曲。

第二届，加拿大欧博林交响乐团演出，平安俊亲自登场，指挥自己的交响乐作品《新年组曲》。

第三届，第一次在大德之声音乐会上表演韩景连作词、平安俊作曲的《新年祝福》，前奏响起，整个剧场"灭灯"，一群孩子怀抱大萤火虫般闪亮的蜡烛，从观众席两侧走上舞台。

第六届，由著名配音演员童自荣主持，全场突出"电影音乐会"，全场节目全由电影台词、电影片断构成，中国歌剧舞剧院担纲主角，观众看着银幕上播放的电影片断，舞台上高手演员活龙活现地表演"声画对位"，破解悬念，将人们耳熟能详的艺术谜团一一拆解……

第十二届，一对对帅哥靓女优雅地跳起交谊舞，领舞舞技高超，惊艳激情。群舞若大海上群浪奔腾起伏、别具特色、各怀绝技……

第十五届，把大德之声与大德爱心基金结合起来，把午餐基金和奖学金发到孩子们手里，让这些农民工子弟上台表演《新年祝

平安俊与著名电影配音大师童自荣合作演出

福》，听着他们的感人故事，再听这些孩子们发自心声的对祖国、对新年的祝福，现场观众无不动容……

第十六届，平安俊居然大胆地取消主持人，用字幕"翻篇"的形式串连节目间衔接，形式独特而新颖。

第十七届，因新冠肺炎疫情期间不能大规模人员聚集，平安俊举办庆祝中国共产党成立100周年大德之声"那片阳光——平安俊作品视频音乐会"，在鞍山、辽阳、沈阳等公共场所大屏幕播放，在网络上，在手机屏幕上，"发烧友"们欢聚一堂！

迄今已举办十七届"大德之声"音乐会，没有一届是重样的。新颖和创新，来源于充足的准备：哪次大德之声音乐会，都要花大力气"广种薄收"，准备三个"备选团"。

"大德之声"先后邀请了德国柏林RIAS广播爱乐乐团、美国欧柏林交响乐团、加拿大佛朗克夫尼交响乐团、美国新英格兰爱乐乐团、西班牙奥斯塔瑞亚斯皇室交响乐团、中国歌剧舞剧院交响乐团、美国长滩芭蕾舞团、波兰波兹南交响乐团、美国节日交响乐团、德国汉堡交响乐团、德国勃拉姆斯交响乐团、中国长影乐团等著名艺术团体来鞍山演出。

"大德之声"音乐会已经成为鞍山市的一张文化名片，父老乡亲们念念不忘：

一位交响音乐迷说："'大德之声'新年音乐会连续举办十六届，我每年都来看，觉得一年比一年好。大德老总平安俊是搞艺术出身的，他们请来的交响乐团都很有艺术水准，而且现场组织安排得很好，童声合唱《新年祝福》的开场也很有新意，总能让听众感受到高雅艺术的氛围。"

不少观众在音乐会结束后意犹未尽，一家三口一起来看音乐会的张先生对记者说："感觉'大德之声'新年音乐会办得很不错，这次的西班牙交响乐团对音乐有独到的理解和演绎，每次来听音乐会都有不同的艺术感受，这对正在艺校学习的孩子很有帮助，不出家门，就能感受到异域的艺术熏陶。"

一位在艺术院校任职的观众说："音乐是追求美、表现美、传播美的艺术，每到年末，我和周边的朋友都很期待欣赏'大德之声'新年音乐会，觉得很有艺术水准，祝愿'大德之声'新年音乐会越办越好，为鞍山的城市文化增添魅力。"

"音乐会非常震撼！平安俊真是鞍山的骄傲！鞍山很需要这种文化企业家。我非常喜欢！"

"很难想象鞍山有这么专业的一场文化盛宴，全场看下来有三个字可以概括我的感想，就是'没看够'！"

现场乐池里的音乐会虽然结束，音乐影响和音乐牵挂却远远没有结束。在回忆中、在期盼中、在对未来生活的美好憧憬里，在时间和空间的无限延续里。

每至岁尾，离元旦还早呢，人们就掐着手指算日子、翘首盼望：今年的大德之声音乐会在哪个剧场办？在平安俊的故乡，这是老百姓的一个念想，相当于鞍山的"金色大厅音乐会"。

2015年金叶飘飞的季节，一位年过七旬的老太太来到大德公司，哗啦一下拉开手提兜拉链，庄重、虔诚地掏出一大堆"金贵东西"。原来是她珍藏的"大德之声"音乐会从第一届开始到现在所有场次的门票和节目单。老人连连夸赞音乐会办得太好，她看一次感动一次，并把这些她珍藏的东西送给平安俊，建议存档永久性保存。

二十七

1995年，平安俊领衔的鞍山市歌舞团火遍全国，辽宁歌舞团却滑进谷底、半死不活，曾经响当当的团长王卓高龄体弱、已是强弩之末，心有余而力不足。

王卓为延安时期的老干部，资历深、政治警觉高、业务领导力强、坚持原则，没人敢惹。尽管他十分忧虑辽宁歌舞团的前途，却因为找不到合适的团长人选已经超期服役多年。辽宁省委组织部干部处领导找他谈话请他让出团长位置，王卓斩钉截铁地说："接班人不行，我不让!"

组织部同志接连提了几名团长人选，王卓一律摇头否定。眼见双方"顶牛"，王卓开诚布公地提出他让位的条件："如果让鞍山歌舞团的平安俊接我的班，我就让。"

省委组织部了解情况后同意王卓的建议，责成辽宁省文化厅干部处找平安俊谈话，平安俊没有同意。实际上他已决定走下海这条道了。

如前所述，平安俊带领歌舞团一步一步实现到鞍山市外演出、到省城沈阳演出、到全国演出，所到之处大受欢迎并受到文化部的赞扬，《中国文化报》发表《剧团出路在于改革》的重磅文章，向全国推介鞍山市歌舞团的改革经验。现在，平安俊已经瞄向海外，瞄准日本的演出市场。

原驻日本大使馆的司老师找到平安俊，提议把鞍山歌舞团带到日本去演出，平安俊立刻兴奋地说："我让歌舞团演一场，你看看。"

平安俊指导歌舞团副团长和导演：尽量多靠近日本文化。舞蹈、歌曲多演些日本人喜闻乐见的作品。

我在前边讲过，类似当年日本流行的歌曲《星》《北国之春》等歌舞团在国内也没少演，很受欢迎。歌舞团人才济济、习惯速排速演，节目一亮相，熟悉日本演出市场的司老师突然"啪"地一拍大腿，只激动地说了两个字："很好!"

从 1995 年到 2005 年，鞍山市歌舞团在日本整整活跃了十年，从首都东京到大阪、名古屋等诸多地方，都留下鞍山市歌舞团的身影，也留下中日文化交流的美谈。直至日本经济大幅度下滑，鞍山市歌舞团才撤回来。

平安俊之所以把歌舞团从低谷中领出来，一跃成为全国同类团体的领头羊，从账面上只剩下五百元钱到富得流油（平安俊离开歌舞团，给团里留下 100 万元现金，500 万日元合人民币 40 万元。鞍山市其他艺术团个个亏欠，京剧团外债 200 多万元），原因是多方面的。但其中一点，离不开他做事较真和严格管理。

去日本跨国演出，平安俊要求演员要一专多能、一人干多职。一位导演提出随团去日本，平安俊当即拒绝："名额有限，你不上舞台，又占个名额，这不行。另外，节目已经在家排好，用不着导演。"

平安俊又把人得罪了。前边类似的情况很多，平安俊坚持工作原则和艺术标准伤人后自己不知，人家却怀恨在心，背后用枪口瞄着他，伺机报复。

歌舞团音响师，平安俊的弟弟平安仁去当领队很合适，为了避嫌，平安俊没有同意。这么多人争着要去，平安俊决不能任人唯亲，给自己的弟弟开绿灯。

按严格要求逐项落实，一切安排就绪，出境审查手续也办好了，护照办完了，陈晨突然撂挑子不去了！

平安俊安排陈晨为领队，王雅萍为副领队！

陈晨说出原因：他听人说日本的黑社会很厉害，很危险。领一群女演员让人家盯上就完了，他是领队，也有很大责任。

早不说，已经审查完才甩手不干，团里面临违约，闹得平安俊很被动。平安俊马上换上平安仁领队："这么危险吗？干脆让我的亲弟弟顶上，平安仁去！"

王雅萍现任鞍山市文旅局副局长。当年是鞍山市歌舞团独唱主要演员，以唱流行歌曲著称。参与《赤橙黄绿青蓝紫》《魔火暴风》等所有大型节目演出，在河南安阳演《托起明天的太阳》观众爆棚，一天最多演出六场！在天津、石家庄、邯郸，她演唱当时最火的徐小凤《明月千里寄相思》、李玲玉《走过咖啡屋》等，回回引发观众口哨和尖叫。

演员们很争气，在日本，他们准备了多套各具特色的节目，很受欢迎。平安仁对演员们的管理很严格，晚上谁都不准出门，白天出去要结伴而行。

1996年，平安俊同时在忙着歌舞团的另一件大事：鞍山市歌舞团成立于1957年，他满怀激情，提前一年筹备歌舞团成立四十周年大型庆典。

平安俊发动所有关系，把凡是从鞍山市歌舞团出去的演员，都请回故里。省内多个演出团体，中央歌舞团及到国外发展的演员，悉数邀请。展览、图片、要请的领导一切安排就绪，一封三人匿名的举报信一下子把平安俊告到党中央！

举报信状告平安俊"三大罪状"：第一，有重大经济问题，第二，有严重的生活作风问题，第三，组织女演员去日本卖淫……

谁这样下死手？动作比劈木柴准确干脆。这消息比骨折还突然，平安俊的后背突然刮起一阵冷风，后脊梁发出咔咔的响声，像夏天夜里拔节的玉米节……

举报信的头两条就不用说了，天下所有举报者都一再模仿的惯用伎俩。

第三条"太吸睛"了，一个国家的专业文艺演出团体组织女演员去外国卖淫，这还了得？

中央纪律检查委员会快速以"急件"方式"第一时间"批转给中共辽宁省分管纪委工作的省委副书记曹伯纯，曹伯纯"第一时间"批给鞍山市委书记董伟，董伟"第一时间"批给鞍山市纪委书记，立即调查并将情况反馈给中央纪委。

很快，鞍山市纪委领导找平安俊谈话，平安俊震惊又气愤，自己这样全身心投入工作，歌舞团在辽宁文化演出团体一枝独秀，在全国大名鼎鼎，一封匿名的举报信你们就信以为真？

平安俊的胸脯剧烈起伏，像奔跑着的骏马。

前来调查的人见平安俊特别激动，劝说道："平安俊同志，我们找你并不等于认定举报信内容就是真的，你不要这么激动。纪委领导包括董伟书记有话，我们必须经形成文字材料，向中央纪委汇报。中纪委的'急件'，我们必须尽快汇报实际情况。"

平安俊说："你们回去告诉领导，如果我有这些事，我情愿接受党纪国法处分。没有，这团长我不干了！什么庆祝建团四十周年啊，我不管了！"

自己多像一棵谁见谁掰枝扯叶的香椿树啊，活得伤痕累累！多少次了？眼见快撞上巨石才张翅而避——平安俊太伤心了！

纪委的同志赶紧救场："平团长你别这样，我们还没调查呢。"

纪委的同志还透露道："董伟书记有交代，他说平团长很能干，你们要注意方法，别对他造成不好的影响。但你得接受调查，别激动，该咋干咋干。"

大水漫不过鸭子背。

调查一个礼拜，匿名举报信的内容纯属编造，平安俊干干净净什么事都没有。

平安俊屡屡被告、挨整，他却吃一百个豆不嫌腥，因为，他爱歌舞团，更爱生他养他的家乡，但这一次，他彻底伤心了！彻底寒心了！又不是实名举报，明明是瞎编的匿名信，落款的三个人都是假名，你们也这样大张旗鼓地调查？

平安俊太伤心了！不管干成多大事、干出多大的成绩，付出多少、累成什么样，把心都扒出来给人看，还是不行！憋着满肚子气没处放，一向睡眠很好的平安俊彻夜难眠……

平安俊在床上翻了一夜烧饼，他一再辗转反侧深入思索：下步的人生路朝哪迈？

当时有三条路可以走，第一条路，从政。鞍山市市长马延利特别欣赏平安俊，几年前改革试点的几个单位，只有平安俊干得漂亮。马延利一直惦记着把平安俊提拔起来。当时鞍山市文化局一把手不懂业务，马延利一直不满意。这次平安俊被告，查清了事实，反而是好事。平安俊想，如果从政，官最大干到省文化厅长（也许只干到副厅长，连厅长也干不上），作曲专业肯定扔了。六十岁退休后，丢了专业，就啥也不是了！第二条路，干专业。平安俊与歌剧院的王猛是沈阳音乐学院的校友，二人交情很好。在《沸腾的钢都》中，平安俊请他合作过。王猛在北京发展，年收入几百万元（后收入上千万元）。王猛邀请平安俊："你的专业比我厉害，来北京肯定非常好！"第三条路，下海经商。给歌舞团办舞厅、开发房产，自己也曾到威海、厦门、汕头、大连多地开发房地产，已经积累不少经验。尤其想到于总，成天喝酒、玩，却赚了大钱！更深层的诱惑是：如果下海经商发展起来，有利于作曲事业！近些年的工作实践中，自己边经商边创作，这条道一定走得通！

市长马延利出手很快，闻知市文化局局长退休，他把市委副书记张文效叫了去："文效啊，这文化局局长不太好找哇。我倒有个人选，人品和能力一点问题没有。第一，当年我提出让平安俊当文化局副局长，平安俊因为被女主演等人联名告过，不积极。第二，我征求文化局书记和局长的意见，他们俩说平安俊有性格，担心不听他俩的，这事就放下了。"

张文效说："关于这个事，我感觉硬让他干，他也能听咱俩的。我担心他不一定干。你有这个意思，我可以找平安俊谈谈。"

平安俊去了张文效办公室，二人从上午八点半开始促膝谈心，一直谈到快十一点，平安俊谢绝了领导的好意，执意下海：走出去，不能缩在杯子里隔层望岸。"请放心，歌舞团的工作我不能扔，适当的时机，我会离开歌舞团。"

宁愿跑起来跌倒数次，也不愿意规规矩矩走一辈子。

志存高远的鸟儿笼子是注定关不住的，因为它们的每一片羽毛，都沾满了自由的光辉。

1997 年春天，沐浴中国改革开放的春风，喜迎瞬息万变、机会遍地的伟大时代，平安俊告别他少年、青年时代就热爱的地方，有过磨难、有过追求、有过痛苦、有过失望、有过狂喜，挥洒无数汗水、激情和智慧的鞍山市歌舞团，踏上新的征程。

鞍山歌舞团大德地产公司注册资金 200 万元，歌舞团和平安俊按六比四股份投资。平安俊下海，该公司面临没人管理、散摊子境遇，平安俊果断收购了歌舞团的六成股份。并分别请鞍钢审计事务所和鞍山市审计局两次审计，公司往来财物清清楚楚、干干净净。

命运是无法关闭的嘴，从上唇到下唇需要一生。他宁愿安静地缩成一束阳光，在需要的暗角现身。

彼时平安俊已不再年轻，在社会的深水中蹿出好远的一段距离了。

平安俊告别歌舞团那天，在全团演职人员参加的大会上，一串失控的哭声，让无数人动容……

为给歌舞团储备拔尖人才，平安俊凭借自己的影响力一次一次找市长，先后为黄忠、胡伟志、贾长炎、姚晔等七个农村户口的青年人才，办理城市户口。当年城乡差别极大，每年"乡进城"户口名额以万分之零点零几计，农村户口转为城市户口可谓"天大的事"！

贾长炎为表达谢意，登上五楼给平安俊家送镰刀鱼。平安俊执意不收，贾长炎丢下刀鱼就嗵嗵嗵跑下楼。平安俊推开阳台的窗子朝下喊："小贾我告诉你，你不把鱼拎回去，我明天给你拎团里去！"

贾长炎只好再爬上五楼，把鱼拎走。

许多人舍不得平安俊离开，会场情绪压抑而沉闷。这串格外动情的哭声，来自青年唢呐演奏员胡伟志。

胡伟志家住北镇柳家乡双家村，生长在唢呐之家。爷爷胡景云为民间唢呐高手。伯父胡海泉大师为东北鲁艺唢呐演奏家，马可、安波格外器重他，为中国音乐学院客座教授，代表作品《苏武牧羊》曾为联合国教科文组织推荐对太空播放的曲子。小叔胡海宽为总政歌舞团副军级唢呐演奏家。

胡伟志的女儿胡悦祺现在中央音乐学院读研究生。2019 年凭借唢呐《金声》，夺得中国器乐电视大赛大奖。2021 年 7 月以唢呐第一名的成绩，又摘中国器乐最高奖"文华奖"。

胡伟志从小跟爷爷和伯父学习唢呐，十三岁当文艺兵。从部队复员后来鞍山歌舞团当临时工，时逢唢呐不吃香，人家演出不带他，也挣不到钱。他虽然自学了长号和萨克斯，仍然是个"打杂的"。平安俊爱才，有机会就让胡伟志参加演出，又解决了农转非的轰动性大事，胡伟志终于迎来艳阳高照的人生！

得知胡伟志要把农村的父母接鞍山来，买房钱又不够，平安俊问："缺多少？""缺 5000 元。"

在月薪七八十元的时代，这些钱可不是小数！

"没问题！"平安俊说，"我带头借你 500 元，我让副团长和班子成员也每人借你 500 元，大家都支持一下。特殊人才就要特殊对待嘛！"

平安俊对各位说："小胡讲信誉，你们放心把钱借他，我担保。"

胡伟志按时还了借款后，平安俊仍在关怀他，没事就问："小胡，有困难你就跟我说。"平安俊培养他入党，后成为歌舞团乐队队长。

胡伟志感激不尽，两口子专门到平安俊家致谢，送给刘经路一条金项链。刘经路没有当场搬这对夫妇面子，却在他俩走时把礼品扔出门外："项链在那，赶紧拿走，丢了我可不管！"

在全团大会上，闻知平安俊离开歌舞团去干企业，潮水似的感情突然涌上来，胡伟志失声而泣……

干得好好的为什么非要走？那几天，他的选择让所有干杯的手停在空中，咀嚼的牙齿变成休止符——这些牵挂和想要挽留他的人彻夜难眠……

很少有人理解，他以熄灭的方式换个地方重新点燃。

2021 年 7 月 3 号上午，胡伟志激动地对我说："几十年过去了，我一直没忘，平团长没少帮我。没有平团长就没有我的今天，我的成绩离不开平团长的栽培。"

天若有情，平安俊离开歌舞团时，天空突然下起雨来。

平安俊走出屋子，一下被眼前的情景惊呆：天空是一片可怕的血红色，大团大团的旋涡状黑烟盘旋升起，形成汹涌的云涛在火焰上空翻滚。

头上轰隆隆响起一串炸雷，天上的血红色伤口一下被阴云缝合、掖在身后，豆大的雨点砸了下来。平安俊一头闯进雨幕，脚步重锤一样扑通扑通砸在大地上……

第七章

咬定青山不放松
——要弓拉满月地做事

　　努力不一定成事，不努力却肯定成不了事。人生最美的绽放不是登顶的那一刻，而是令人敬佩的攀爬旅程。

　　65 岁报考清华大学心理学博士，居然从 2200 名考生的"大分母"中脱颖而出，挤上只有 10 名录取名额的独木桥！

　　美国教授罗伯斯这样评介："作曲家学心理学的太少了，平安俊为清华大学第一人。"

　　为了家乡和友情，即使连吃三个"腥豆"也无妨！因为，努力的另一面就是执着，不到最后时刻决不放弃。

二十八

　　只顾低头欣赏鸡的脚印，便看不到天上的雄鹰。

　　2004 年年底，大德·翠韵华庭的在建项目正在奋力爬坡，各个环节都瞄着"鞍山的地标式建筑"水准。若一幅大画刚勾个草图，"俊模样"还掩藏在乱七八糟的草图线条里，看不出眉目呢。平安俊再次想起恩师霍存慧的话："只你要把锥子磨得尖尖的，装在兜里，它自己就会扎出来。"

　　平安俊不仅扪心自问：如今已经下海十多年，自己的尖锥子在哪里呢？

　　同德园受到好评，欧艺园博得赞扬，万里长征仅仅迈出第一步，今后的脚步朝哪迈？长远规划在哪里？

喜欢花的人是要去摘花的，而爱花的人则去给花浇水。

这天，平安俊问副总裁王汝贵："我想学习深造，你女儿王雪怡不是在清华大学吗？让她给问问，有没有我可以去学习的科目。"

王雪怡很快回话："咱们经管学院有个班，学员们很厉害，听说都是成功的企业家。这个班学制两年，叫 EMBA 高级工商管理硕士班，毕业了发硕士学位。不天天上课，一个月上四天课。但不能随便去，需要入学考试。"

时间非常紧迫，这个班每年招生两次，分春季班和秋季班。要想入 2005 年春季班，必须马上复习功课、抓紧备战。

无论身处哪个年龄，人生永远没有太晚的开始。从生理角度看，没有人会永远年轻；但从心理角度看，有人永远正年轻着。

在激动情绪的烧灼下，55 岁的平安俊眸瞳闪闪亮、生机蓬勃，对老搭档、鞍山师范大学中文系教授韩景连说："景连哪，你给我找个数学老师辅导辅导。我中学时代数学底子很好，可这么多年没用了，再学学。"

为了远方，他宁愿重返枝头。

韩景连当即盘点资源，把一位数学科代表大学生请来辅导平安俊。

头一次上课，平安俊便暗暗惊喜，似乎一下推倒 40 多年前的时间隔墙，当年李春澍老师手下的那个数学尖子又回来了！

那些拉长的黄昏和缩短的夜晚，都成为他的好帮手。

学习新课程也得心应手，似乎那些新题都是前生有约的"老朋友"，只是在前方不远的地方友好地等着他，只要他一步一步朝前走，越过哪道坎、哪条河，都顺理成章、水到渠成。

按照科代表划定的内容学习、复习，平安俊顺利地掌握所学的课程内容。可他还是心里没底：明明是考管理，用什么数学呢？

后来才知道，清华大学历任经管学院院长，全是数学高手。

2004 年 9 月的一天上午，清华大学 2005 级 EMBA 高级工商管理硕士班入学考试，在清华大学正式开始。

临行，平安俊想：成人考试也许监考能松些，便向辅导员叮嘱说:"小伙,我去北京考试的时候,有可能我半截忘了什么,我可能要打你手机,你可千万别关机啊!"

"没问题。"

平安俊刚进考场、找到自己的座位坐下,监考老师便公布纪律:"同学们,请把手机都交出来。"

另一个监考收走了考场的所有手机。

平安俊"怔"了一下,心中有些慌。座位的前后左右全是空座位,哪还有交头接耳或抄袭的机会?

卷纸发下来,第一道题就杀了个"下马威":第一道大题10个小题,每个括弧2分计20分。考前自己重点复习了数学,现在看它们怎么"个个眼生"?

如同弹弦找不准弦位、吹笛子按不准孔,平安俊的手心当即冒出汗来。

毕竟经历过太多大江大海,不能在这小河汊翻船,平安俊很快冷静下来:不能在数学题这里卡住啊,先放下它,答好下边的题。

90分钟考试时间,平安俊迅速而流畅地答完其他几道大题一看,答题时间还有40分钟。

或许上面的即兴答题启动了他的思维,或许启动了兴奋神经,平安俊回过头再答数学题时,科代表辅导自己的样子竟然"情景再现",刚才感觉陌生的数学题若老友重逢,10道小题平均两分钟答完一道,20分钟顺利答完数学题,自我感觉很好!

平安俊交卷时,还有四位考生仍然在紧张地答题。

几天后,平安俊顺利接到面试通知书。

当时社会上已经"文凭泛滥"成风,更有甚者,有人买文凭,有人以权以钱寻人"代学代答"或者"暗箱运作"得到文凭……

面试那天,五位评委坐在平安俊对面,目光中满是疑问:这么大岁数了,为什么还来学习?

例行询问了些简单问题后,一位评委说:"看了你的简历、职称,我们都很好奇,现在你已经是教授(一级作曲家)了,为什么还要来学习？"

平安俊回答："您说我是教授，是指我在作曲方面。我是沈阳音乐学院作曲系毕业，但那时，我一直在搞音乐专业，还在歌舞团当了十二年团长。现在我下海搞企业，与那个时候不同。在音乐方面，在作曲上我经过专业学习和训练，干工作得心应手。我现在做企业，从来没学过企业管理，我也不懂。只凭感觉做，摸索做了十来年，现在我感觉很困惑。因为没有掌握专业，企业发展得不快，也对企业未来发展感到迷茫。如果我再不提升，企业很难再上台阶。作为企业领头人，如果我个人不提升，企业就没法提升，我所干的主业就没法提升。因此，我要学习企业管理方面的理论，再用理论指导实践。我在上大学前，先有音乐方面的实践，再系统地学习理论和训练，我提升很快。通过在 EMBA 学习，我相信，对我未来企业的发展，会起到很大作用。我立志把大德公司建成百年企业，要想走得远，我必须要学习。"

评委们各自点头会意、相互交流一下意见，平安俊高分通过了面试。

彼时，清华大学高级工商管理专业的硕士录取率为 4：1。

后来得知，平安俊的笔试成绩令评卷老师刮目相看，班主任朱武祥说："没想到平安俊的数学卷答得这样好。"

EMBA 春季班分为 AB 班两个班。在 B 班，平均年龄 38.5 岁，数平安俊的年龄最大，排在第二位的同学 53 岁。

平安俊很有"大样"，每次上课，如钟内齿轮自动转起来，节奏均匀而恒定。无论怎么乏累，他的两眼都像装电石的脚踏车前灯，奋力踩踏后仍从晦暗内烧出灼灼强光。平安俊几乎"垄断"了所有"第一"，第一个来到课堂，坐在第一排（近视、耳背），第一个发言回答问题，第一个交作业，论文答辩一次过，第一个交齐了硕士期间老师布置的所有论文，第一个做到"听课出全勤"……几年之后，他又把所有这些优点都带到"博士课堂"……

硕士论文题为《大德集团商业模式创新研究》引起过小小的争

议，一位评委问："资产证券化是什么？"

另一位评委回答："这个话题，很超前。"

"现在看，"平安俊的硕士导师朱武祥很自豪地解释，"平安俊的选题很新鲜，将来一定会实现。"

平安俊写了十几篇论文，其中《加强有效沟通，创造无限价值》，也受到导师的好评。

论文答辩之前学校设了门槛，有匿名评审和盲评。盲评不通过，不能参加答辩。论文查重率不到 2%。

EMBA 毕业很不轻松。一年上 18 门课，有时一个月上一门课，有时一个月上两门课，还有选修课、共计 20 多门课。最长时间七年才毕业。平安俊两年顺利毕业，并博得导师朱武祥的赞扬："把思考当成习惯，叫'持续思考'。平安俊是把学习当成生活习惯，乐此不疲、乐在其中。"

大家坐在同一个教室，听同一个老师上课，却各有各的日月星辰。

2020 年 11 月 12 日下午，平安俊的硕士导师朱武祥兴奋地对我说："在清华 EMBA 研究生 8000 多人，只平安俊一人拿到博士学位。另一个值得自豪的是，平安俊和儿子平凡两位企业家，同为清华 EMBA 校友，都是我的学生。"

班中最大年龄学生平安俊的拼劲儿有多大，让我们共同回顾一下 EMBA 刚开学时的"拓展训练"——

时间：2005 年 3 月的一天下午。

地点：北京郊区。

人物：清华大学 EMBA 班三个班的同学。

项目名称：拓展训练。

项目内容：过空中断桥。

断桥离地十五六米高。

训练要求：学生要从断桥的这一端，跨过空中缺口，跃到对面。

当时平安俊体重 180 斤、将军肚，走路踢踢踏踏、抬不高脚。所过之处，必把地上的草"带起来"。

四天训练，实行严格的军事化，闻令立刻行动，队列、集合、出发，吃饭限时，同学们住上下铺。

过"空中断桥"要先上十五六米高的铁楼梯，很多同学登铁楼梯已经浑身冒汗，往桥下一看，立刻腿颤抖、浑身哆嗦、额头冒虚汗……

有的同学豁上了，闭上眼睛使尽平生力气跳了过去，却不敢再跳回来。试了多次只好告饶，中午饭都是同学送上去的。

穆辉同学上去后，走到断桥边儿身体不由自主哆嗦、后腿抖得厉害："哎呀不行啊，不行啊！"退回来后，他鼓足勇气认为自己"行了"，走到断桥边"又不行"，如是往复，他在断桥这边磨蹭了20多分钟，在同学们一次又一次的鼓励、喊号和哄笑声中，他真的想一跃而过、完成训练。可他的身体越来越不争气，腿发软、全身抖动若风吹柳枝、怎么也控制不住。实在没办法，他才不情愿地说"不跳了"。可是，他已经吓成一摊泥，没有胆量走回来！同学们上桥把他搀扶下来……

轮到平安俊了。

不知谁小声说了句："老大哥，算了吧。"

平安俊挺直腰杆、故作轻松地迈上铁台阶。

站在十五六米高的断桥向前一看，腿立刻抖动起来！

平安俊真想一跃而起、跳过对面，可他真的害怕、身体真的不争气、腿抖动得比刚才还厉害！

同学们喊："平安俊，加油！平安俊，加油！"

想跳又不敢、不跳又不甘心，脚向前探一下、退回来，再探一下，再退回来。有的同学调皮地背诵起日本电影《追捕》的台词：

"你看，多么蓝的天啊，跳啊，你倒是跳啊。跳下去，你就会溶化在蓝天里。昭仓跳下去了，唐塔也跳下去了，现在该你了，跳哇，你快跳下去吧……"

有的同学知道平安俊是音乐家，也哼唱起《追捕》的主题曲："啦呀啦，啦啦啦啦啦啦，啦呀啦……"

在同学们真诚激励和善意的调侃声中，平安俊的内心波翻浪涌：现在条件好多了，自己为什么反倒缺失了勇敢？

当年父亲被下放到农场两年多，自己经常冒险去给父亲送吃的，父子俩在鞍山火车站附近接头。车站和学校都有表，平安俊看一眼再走，去早了等时间长招风、怕被人看见，去晚了又担心父亲着急。每次都在约定好的 11：40 分至 12 点之间，他与父亲见面。父亲是被定性的"坏分子"，在阶级斗争"压倒一切"的时代，如果自己跟父亲"接头"的事露馅，自己也被打成"坏分子"，恐怕会倒霉一生的！许多孩子扛不了造反派的折腾，怕被收拾，与"坏分子"父母划清界限，一刀斩断亲情，从此亲骨肉形同路人、各不相干。

平安俊不怕。平安俊不相信那个半夜偷偷给家人送花生米、救全家性命的人是"坏分子"，也不相信用煤铲子打淘气、逃学儿子的人是"坏分子"，更不相信撕了纸、撅了笔、不让儿子给老师写大字报的人是"坏分子"……

两年多的时间里，在人多眼杂、随时都可能暴露、被收拾的闹市，平安俊与父亲接头了几十次，该有多勇敢啊！

平安俊五味陈杂：现在条件好多了，自己为什么反倒缺失了勇敢？又一串"啦呀啦"的调侃声音响起，平安俊猛然想起当年在"小将队"，领导要求"一专多能"自己拼力"大跳"的情景，眼前这个空缺不仅仅是一座断桥，而是人生必须跨越、必须连接的一部分……

二十九

2007 年春天，平安俊在清华大学读 EMBA 硕士到了爬坡过坎的收官时刻，每天都在查资料、深入思考，构思论文选题。思想活跃很好，点子一个接一个。弊端也不约而来：湖面上同时溅起一片浪花，选择哪一朵？草原上风摇千叶动，选择哪一株？况且，学习深造只是平安俊人生使命中的一小部分，把真金白银放在瞬息变幻的市场熔炉里冶炼的每一刻都怦然心动，实业建设方面，戏份更重。

公元 2007 年，平安俊再次以交响乐指挥家的气派"三手联弹"，同时操盘三个项目：

在同一天，位于鞍山市铁东区大德·南郡 e 家项目正式拉开帷幕；

在同一天，位于鞍山市铁东区大德·南郡华府项目正式奠基剪彩；

在同一天，位于鞍山市铁东区胜利路大德·金典世家项目正式开工。

如果说，1995 年一炮打响的"同德园"处女作只是单拳出击，经过大德·欧艺园、大德·翠韵华庭、大德·阳光明居、大德·阳光800 工程的历练，现在，平安俊胸有成竹地打出一组组合拳！

在紧张而富于激情的日子，平安俊把自己的精力分成两半儿，在鞍山，他惦记着北京的毕业论文；在北京，他牵挂着鞍山的三个项目。具体操作，他苛刻要求自己采用活页台历"翻篇"的手法，全神专注"此刻"，指挥建筑要到位，学习新知要入脑，绝不允许因半点分神而影响当下。

在硕士论文选题上，平安俊"避熟寻新"，提出《大德集团商业模式创新研究》的论题，当即引起导师朱武祥的关注和热情支持。这论题很前卫，要顺利通过评委这一关，还要寻找大量扎实的理论依据和实践依据。

分身乏术，时间上，平安俊只能向黑夜进军，向高效率要成果。组织上，平安俊必须纲举目张，要经线纬线同时揭竿而起，从不同方向向同一目标冲刺。

每天，不，每一刻都有诸多事要"同时上手"。

在同一个时刻，南郡 e 家项目因打桩噪音突然遭逢群众阻工，主管副总和施工单位头头被团团围住；

在同一个时刻，南郡华府项目发现预定的盘圆里边的钢筋有一少部分锈蚀，勒令施工单位停工，施工单位讨要损失费用；

在同一个时刻，金典世家项目因沙子含土量超标与供货方激烈争执……

按说，这些业务细节不必平安俊操心，但现场管理者谁也不敢大意，仿佛平安俊的话响彻耳畔："百年大德，就是要从一粒沙、一根钢筋、一平方米抹灰质量上，看出成色。"

在同一个时刻，平安俊乘坐的班机正飞行在沈阳到北京的空中。白云似群羊急着扑向草地在舷窗前匆匆闪过，一束金色阳光从羊群肚腹底下钻出来，格外刺眼。平安俊的心突然被拨动，一串一串音符旋即在脑海金星闪闪，右手指尖轻轻在扶手上打着节拍。旅程相当于移动办公室，多数时间，他在飞机上构思乐曲，在送接的汽车里用电话安排鞍山在建项目的工作。

刚下飞机，趁着午休时间，抓紧给鞍山打电话。下午两点准时上课，平安俊必须打个时间差。他挨个询问他关心的工程部，大到局部设计调整，小到沙粒大小、钢筋是否有锈蚀。一连打了六七个电话，逐个指导具体细节，给容易出质量问题的环节"打预防针"。末了不忘叮嘱一句："解决完了告诉我一声。"

平安俊清楚，部下们尽量不打扰他在北京学习，"把所有问题都自己扛"。正因如此，平安俊更加牵挂：关键环节"老人"容易因太熟悉而疏忽，新手因不熟悉而不到位。建筑环节千头万绪，差一点都不行。品牌大讨论之后，平安俊已将目光聚焦到人事改革和企业文化建设上，酝酿新的思路。

EMBA专业的知识理论体系既是企业管理大树向天而升的高度，也是向下延伸、汲取更多养分的根须。

平安俊默默地为自己鼓劲：要开阔视野、提高站位、勇于创新、学以致用。

读硕士期间学到的东西，要及时应用于企业管理。这天，平安俊一下子被台积电教授提出的"有效沟通"理念点燃：沟通好了会提升企业效益，沟通不畅会影响企业效益。平安俊当即深入探讨，把视点聚焦在可操作性上，在大德公司掀起"加强有效沟通，创造无限价值"新风，丰富企业文化。如同普罗米修斯盗火一样，盗来天火照亮大家。

一粒种子，拯救整个春天——

好似绣娘从一团乱线中捋出头绪，树根戳穿干旱层吸到水源，双脚解开缚绳迈开大步，"有效沟通"春风化雨、平湖掀浪，产生深远影响……

在省城沈阳，尽管土地资源十分紧张，平安俊几经周折、运用沟通智慧迅速扭转客场被动局面，几个回合便力挽狂澜、打成主场优势，巧妙地以兼并方式顺利把土地"过户"到大德名下，解开校友困扰十多年找不到出口的难题疙瘩，为大德集团拓业发展辟出一片晨光四射的新天地。

在医院大门口，集团发展部部长马群一次又一次等待挡光补偿"钉子户"医生下班，尽显大德仁义之师风采，晓理动情地深度沟通，成功翻越一个望而生畏的老大难屏障，推开一扇紧闭的项目开工之门——这道拦截主坝开了口子，次生难题瀑布般前呼后拥争相跃下……

在鞍山，大德物业团队一家一家入户沟通，说话和风细雨，表情亲似家人，理由轻柔润物，终于跨过两次数百名业主拒绝签字维修消防工程的鸿沟，奇迹般地握手言和，共同抵达"双赢"彼岸。

一花引来万花开。领导与中层、中层与中层、中层与员工、员工与员工、内与外，沟通春风越峰跨壑，吹绿每一片心田……

清华大学高级工商管理硕士（EMBA）阶段的学习圆满完成，平安俊在北京的学习却上了瘾，仍然在北京与鞍山之间两头跑，如饥似渴地学习企业管理和国学。

2007年，平安俊被推举为清华大学 EMBA 辽宁同学会会长。此后，他多次组织、参与辽宁同学会的各类活动。

他见缝插针，抻长每一天的时间皮筋。白天听课，晚上时间也安排得很满。这天晚饭后，他刚去图书馆查找资料，手机铃突然响了一下又断掉。他第一反应便是："鞍山有急事"，连忙按了重拨键。副总裁戈克俭的声音从千里之外传递过来："没啥事，刚才不小心拨错号了。"平安俊这才放下怦怦怦急跳的心，继续去图书馆。一旦进入学习时段，平安俊像鸟入林、鱼入水一样欢欣鼓舞，痴迷而专注。睡前，平安俊觉得不对劲儿：如果没有急事，细致严谨的戈克俭怎么会

平安俊参加清华大学高级工商管理硕士（EMBA）学位授予仪式，清华大学副校长陈吉宁为他拨穗

平白无故拨错号？平安俊决定：明天坐最早的飞机回鞍山。

事情果然不简单：一出关乎产品质量、企业声誉和前程的"反腐戏"，正在暗中上演……

从北京回到鞍山，平安俊第一时间赶到南郡华府工地，紧急召开现场会，项目经理居然迟到了40多分钟！他红头涨脸、满脸酒气地过来，一副大腕派头。

来自下属的危险，比来自对手的危险更可怕。

项目经理为"打江山"时代的"老资格"，当年跟随平安俊到大连、威海、缅甸打天下，立过汗马功劳，凭借这些挡箭牌，别人不敢惹他。昨晚戈克俭"误拨"平安俊手机，暗含难言之隐。平安俊已经知晓项目经理在"守江山"时代成了超市货架上的变质食品，拿好处、乱章程、与施工方打成一片，居然暗中接受人家"进贡"到国外旅游。不义之财就是来路不正的细软，项目经理因此吃里爬外：打楼板混凝土趁夜幕掩护偷梁换柱，违规用"小锅炒豆"小搅拌机替代高质量的流态混凝土，每吨省一半成本。若非昨天半夜戈克俭赶到现场抓了现行，后果不堪设想……

平安俊扒光伪装外壳，用价值观标尺校正，用"德文化"大锤一锤一锤敲击患处，敲直了一个又一个罗锅，项目经理无地自容、当场告饶。举一反三，平安俊以质量至上为圆心，以德文化为半径，深挖人性劣根，守正创新，推助企业管理更上一层楼……

每个人都生存在封闭之中，封闭的尽头就是自己的目光。

着眼百年大德，平安俊提出"构建幸福企业，为企业、客户、员工、社会创造幸福"的企业使命。这也是"大文化"理念的延伸："先知先觉，把握未来，创新发展，与时俱进。"

2015年，平安俊读博进入主攻期，在北京，他翻越一个又一个陡峭山头，在知识海洋中搏击风浪。在鞍山，他撒下一把"企业没有幸福感就留不住员工，让员工有幸福感才能留人留心"的种子，让《关于构建幸福企业的决定》春风化雨、吹暖人心、吹绿前程。

如果说，工资待遇是企业的硬件，幸福指数则是留心的精神软件。没有物质硬件谈不上留人，少了愉悦的精神软件则留不住心。

关乎每个人的职业生涯走向，"构建幸福企业"在心与心之间噼啪噼啪撞出火星，每个员工都是燃点的一部分，呼啦一下点燃"整垛干柴"——百年企业刚开头，如果心安，如果做得好，我们可以在大德干一辈子啊！

只是，"播火人"平安俊要像秒针那样加快频率。因为，"构建幸福企业"只是一个绝妙的标题，能不能写出精彩的文章，要从具体的一句话、一个字开始。

他一家一家分公司食堂走，到后厨查看菜质，打听从哪进的菜？多少品种？烹饪多少种菜？如何变换菜谱？会多少烹饪手法？请高手培训后的厨师手艺怎么样？四菜一汤的免费午餐不在数量，而在于质量。

联动是一种光芒幽深的技术和境界。

在运动场上，他甘当每个参赛者的粉丝，表情灿烂，尽情鼓掌，为公司举办的趣味运动会加油。他亲自颁发集体奖和个人奖，鼓励员工，丰富员工的文化体育生活。

他亲自组织为员工量身定制的旅游活动，像将军那样站在地图前，今年上这里，明年上那里，让大家见世面、开眼界，活跃文化生活。

他关心员工的身体健康，每两年为员工检查一次身体雷打不动，体现公司对员工的人性关怀。有数位员工通过体检及时发现重疾。每当有员工或员工家属得疾病，他时常用心地为员工找专家，请教授，更好地治疗疾病……

他亲自出面挑品牌，核验产品的各项科技指数，给总部和各分公司安装最好的饮水设备，让大家都喝上健康水。

每年的公司春晚，他都亲自部署、拨专款、租服装、颁发奖品，成为员工们"盼年"的热点，争先恐后参加。

2013 年，大德集团建立国内首家"清华大学心理学教育与研究实践基地"，创办"大德讲坛"文化品牌。

著名心理学家彭凯平教授一马当先，主讲《治国从正心开始——发展中的中国需要积极心理学》。此后好戏连台，著名经济学家钱颖一教授主讲《新常态下宏观经济解析》；彭凯平教授再讲《正心从价值观开始——积极心理学的探索》，又讲《文化心理学——中国传统智慧的现代科学探索》；清华大学经济管理学院客座教授潘福祥主讲《2017 年宏观经济展望和投资理财策略》……

那么多国内大名鼎鼎的高手挑起"大德讲坛"大梁，撑高一方文化蓝天，让新颖的理论光彩四射。高端讲座吊高了胃口，人们像盼望节日一样盼望听课学习的美好时光。众望所归，2017 年建立"大德学院"，把高屋建瓴地营造系统性、高品位的学习氛围常态化。

他花重金把公司中高层管理人才送到清华大学、北京大学、香港理工大学培养，开阔视野，掌握本领，跃升管理水准。

他热心给员工上积极心理学课，让大家普及积极心理学，树立积极心理，扩充心理能量，勇于向困难挑战甚至越挫越勇……

他亲自找员工谈话，发挥所长，规划令其关注向往的职业生涯。

公司人才离开，他精心策划真诚而又别出心裁的送别晚会，亲历者无不热泪双流。

他建立"大德爱心基金"慈善基金，把一时一地的"危机赞助"变成长线资助，扩展幸福范围，延伸幸福长度。

今天总会成为明天，但明天不一定都会成为今天。

同一个时刻，在首都北京，平安俊正在上课。在东北鞍山，大德集团有一大群老百姓上访，投诉信一封接一封，诉说现在的物业管理太糟糕，问题成堆、投诉没人管。副总在电话中说："'彩生活'物业管理出大问题了，必须赶快解决，不然会出大麻烦！"

三十

成功并不在于别人走你也走，而是别人停下来，你仍然在走。

同学调侃的声音戛然而止，只见平安俊双臂猛地一前一后大甩大开，双腿若张开的大剪刀，在高空腾地一飞，稳稳站在断桥的对岸。这情景令同学们大吃一惊，可是，精彩情景还在上演，未及他们将定格、瞪大的眼睛和 O 形嘴收回，平安俊又迅速掉转方向、重复一次"大跳"，稳稳地跳了回来……

平安俊告诉我："起跳"之前的恐惧和犹豫提醒他，这不是一次简单的"过断桥"，而是象征跨越人生的所有困难、进一步增加自信。人生总要面临一次又一次困境，这个困难跨不过去，下一个呢？再下一个呢？

清华大学硕士班再次点燃了平安俊的学习热情，硕士毕业仍然没有离开清华校园，他学习了一年国学，又参加选拔 EMBA 老师的听课。讲课老师都是国内顶尖高手，国务院参事、清华大学经管学院院长钱颖一，清华大学社会科学院院长彭凯平等，为选拔国内外在 EMBA 上课提供最强候选师资。要求各省清华同学会会长、秘书长参加听课，为听课老师打分。平安俊为辽宁省清华同学会会长，应邀参加听课并打分。

作为清华 EMBA 杰出校友，2014 年，平安俊荣获"清华大学经济管理学院 EMBA 荣誉学术评审委员"（只优选 20 名）称号。以师资考察为主要目的，评审委员设两个门槛，既是清华 EMBA 毕业并拿到硕士学位的往届校友，还要有丰富的企业管理经验，邀请在经济管理专业领域具有一定知名度的教授、专家担任授课老师，荣誉学术评审委员参加听课，从实践经验和知识需求出发向授课老师提出意见和建议，推升教学质量。

2005 年入清华读 EMBA，2007 年毕业，到 2014 年九年时间，平安俊一直在不间断地学习：读国学一年，听荣誉学术评审课程，学习心理学。

平安俊第一次认识彭凯平、第一次听说"积极心理学"几个字，便"着了迷"，彭凯平的讲述深入内心、大开大合又微观生动，世界上还有这样一门学问？五六十人挤满了教室，人人兴奋地给彭凯平老师打了满分。

平安俊兴奋地赞叹："讲得太好了，真解渴！"

闻知清华大学、北京大学和美国伯克利大学三家联袂建"心理学

平安俊和他的博士导师，国际著名心理学家、清华大学社会科学学院院长彭凯平教授合影

博士站"、招录博士生，一年招 10 名学生，清华大学、北京大学各招 5 名。平安俊的心怦怦怦加快跳动，课后赶紧问彭凯平："彭老师，您刚才说的我很感兴趣，我在工作中遇到很多心理方面的问题，我想知道一下具体入学方式，什么时候开始，怎么考？"

彭凯平主动让平安俊加上微信，便于沟通。

闻知考博士之前在北京大学举办为期三个月的培训班，平安俊第一时间报名、立刻参加培训。此后平安俊每周从辽宁飞北京一趟，早去晚归，准时到北京大学听精英讲课，备战博士研究生入学考试。

为期三个月的考前培训班，平安俊仍然没缺一课，每天抽出时间管理公司要务，主要精力用于潜心学习。

现实竞争激烈而残酷：参加这次博士考试的考生太多了，北京大学有 1000 人报考，录取 5 人，清华大学报考者达 1200 人，也录取 5 人。在 2200 名考生中录取 10 个人，大海捞针一样，难度相当大。

心平气和，放下所有负担，反而把考试变得轻松自然。

四大张卷纸发下来，平安俊如同在有哗啦哗啦连通水口的四个水池里游泳，尽情变化泳姿、一气呵成，心想：游不游得出原有水平是自己的事，分高分低是"裁判"的事。

认真审题后，自拟的论文标题一亮相，平安俊就莫名地激动！无愧积极心理学考试，仿若生活题库的阀门被拧旋、打开，积压已久的"老库存"争相泻出……

平安俊问彭凯平："我答得怎么样？"

彭凯平回答："我还没来得及看呢！"

平安俊便不再打听。或许，出于保密需要，彭凯平不能告诉他。

试后彭凯平夸赞平安俊："你考得不错。"

平安俊连连向彭凯平致以谢意，能得到彭教授的夸奖此生足矣！

彭凯平为清华大学心理学系主任、清华大学社会科学学院院长，美国加州大学心理学系终身教授，中国"千人计划"第一批引进人才，著作《吾心可鉴：澎湃的福流》荣获 2016 年度中国十大健康图书，新作《活出心花怒放的人生》影响巨大，发行十多万册。

平安俊暂时放下"博士梦"，欣喜地告诉彭凯平：2006年以来，他已经把大德公司的中高管分期分批送到清华大学进修，就是为了提升企业管理水平，增强企业发展后劲。

这天，平安俊惊喜地接到电话和电子邮件通知：从1200名报考清华大学心理学博士考生中，选出28人参加面试。

平安俊无比兴奋，这无疑是巨大的鼓励，能甩开1172人，证明自己的笔试成绩不错。随后，他又忧虑起来，28:5的录取率，也不那么容易啊！

这天，决定平安俊能否考上心理学博士命运的面试，在清华大学拉开帷幕。

因为此博士站为北京大学、清华大学和美国伯克利大学三家联合主办，美国伯克利大学两位心理学教授参加面试。

面试评委共有五人，美国伯克利大学两名外籍评委罗伯斯（Seth Roberts）和扎迪克（Shally Zedeck），清华大学心理学专家彭凯平和另两位中国教授参加。

见到平安俊，评委中的两位中国教授暗暗吃惊，这么大年龄读博士，见所未见啊！他能顺利完成学业吗？

对国家负责，对专业负责，也对求学者负责，一位教授的率先质疑给现场抹上一层阴云："平安俊的自身条件不错，考卷也答得不错。可是，这么大岁数读博士，还有培养价值吗？"

另一位教授也表示赞同，认为平安俊年龄太大、没有培养价值。

录取考生的票数必须超过半数。五位评委人手一票，录取与否由票数决定。

两张反对票拉低了平安俊的录取概率，现在，录取的天平已经向淘汰红线倾斜，再有一票反对，他将与读博梦想擦肩而过。

平安俊心情低落，却仍然面带微笑。的确，他已经六十有五，这是没法更改的现实。但，他也只能遗憾地接受现实：开局就两张反对票，录取概率太小太小。除非出现奇迹，另三位教授都投赞成票。

"至暗"时刻，美国教授罗伯斯提出自己的不同观点："平安俊这么有名气，创作了这么多音乐作品，很了不起。有成就的作曲家读心理学博士太少见了！我支持他入学。"

扳回一分，平安俊的"读博梦"现出一线光芒。

意外的是，另一位美国教授扎迪克也表示赞同，天平的低端抬上来，致使录取的天平呈直线平行状："据我所知，作曲家读心理学博士全世界都难找，仅从这一点，我坚决支持他入学。"

二比二平！

平安俊的心高高悬吊起来，感觉血压上升，脉搏也在瞬间加快跳动，一条腿，已经高高抬起，就要迈进读博的门槛，决定权就在彭凯平手里，现在，是前进一步，还是退回来？

关键时刻，彭凯平投出赞成票，场上比分：三比二！

平安俊以微弱优势脱离险境、如愿迈进了"读博"大门！

2014 年 7 月，清华大学公布的博士录取名单中，平安俊的名字赫然在列！

收到录取通知书的那一刻，平安俊心潮激荡，翻来覆去看了好几遍，生怕那不是真的。平安俊坐在钢琴前，兴奋地弹了一段《新年组曲》，犹觉不尽兴，又哼唱起《童心是小鸟》，他兴奋啊，差一点来个"大跳"！福星高照，自己才有机会荣幸地成为三家世界著名大学联办的心理学博士，多么幸运啊！

平安俊考清华大学前，国家教育部下了红头文件，取消原规定中"不超过 40 岁"的限制，政策放开；2014 年年末，平安俊读博两年后，一个消息吓得平安俊打个冷战：报考研究生班的考生制定了严格的年龄限制，读博士后，要求考生年龄不得超过 35 岁，政策收紧。如果这个文件早生几年，平安俊怎么可能 55 岁考进清华大学经管专业的硕士生？如果没读硕士，哪有机会考博士？

前不见古人、后不见来者，平安俊为清华大学年龄最大的博士。

彭凯平说："安俊，你太有福了，这政策像是专门为你制定，你来前，政策放宽、打开门，你进来，门就关上了。"

倒吸一口凉气，平安俊意识到自己得益于作曲家的优势侥幸被录取。另四位同学为航天员刘洋，现在中山大学的博士后曾光，清华大学社会科学学院积极心理学研究中心办公室主任赵昱鲲，还有一人为加拿大籍同学，因为多次论文没通过，至今仍没有毕业。

入学后，"分身乏术"的平安俊有种强大的压力和紧迫感，他对导师彭凯平说："我年龄大，单位工作很忙，我想早点毕业。"

"行啊"，彭凯平说，"只要各科考试和论文都通过，就可以毕业。"

愿望是美好的，事实却不那么简单。博士毕业平均为五年，最长的七年才毕业。当然，有人因论文通不过还在"一直读"……

平安俊继承了读硕士时的"优势"，从不缺课、第一个到教室、坐在第一排座、第一个发言、第一个交作业、第一个报论文选题……

要求规定：累计学分达到 19 学分，可以报博士资格考试。有的科 1 学分，有的科 2 学分，平安俊共修了 23 学分，超出要求标准。还有附属要求：第一，要按照规定的硬件要求得到学分；第二，不缺课；第三，答辩不能侥幸过关，要答辩五次。

够上述条件，可以申请博士资格考试。如果考试没有通过，相隔半年时间允许再考。开题报告非常重要、要求很高，命什么题？允许不允许这样的命题？命题能不能立得住？有没有价值？

多数同学首次资格考试败在开题命题上。

平安俊的开题报告《音乐的积极心理效应及机制研究》报上后，导师彭凯平表示赞同。导师同意，只是跨越了第一道门槛，还要经过五位评委听平安俊现场陈述、由评委现场打分一决高下，才能进行下一步的中期考试。

三十一

平安俊回到鞍山，直奔"彩生活"主导下的物业公司。

这合作就像两个烟囱冒出的烟，无法合成一缕。平安俊一把扯掉遮羞布，创造一次四目相对的盛况：跟物业经理吵翻。

彼时，物业公司为房地产公司的附属产业，家家捉襟见肘。全国的物业公司整个行业亏损。平安俊一直在思考：大德物业何去何从？

2014年，深圳市彩生活集团服务有限公司拔地而起，在香港上市，跃升为全国物业行业的耀眼明星。

"这是新生事物啊！"平安俊很兴奋，"物业行业发生颠覆性变化，我们要深入研究，可以借鉴经验，也可以合作，把大德的物业做起来！"

副总葛立群直飞深圳考察后，双方很快一拍即合，以"彩生活"80%、大德公司20%股份达成合作。2015年4月起，大德公司放弃物业的管理权，由"彩生活"全权负责。

"彩生活"得知大德公司在鞍山地区声名显赫，物业公司仍用大德公司的名号经营。

谁知，"彩生活"把工作重点放在向业主集资上，以承诺回报率当诱饵诱惑业主，以提成诱惑物业人员，保安保洁也把心思用在拉集资挣小红包上，物业服务质量直线下跌。原规定业主满意度达到85%合格，"彩生活"降低到65%为合格。服务下降，业主怨声载道、投诉率直线上升。原来业主欠物业费几十户，"彩生活"管理后居然有240多户欠费，亏损数字昂首上扬。

业主骂骂咧咧找上门来大吵大闹，大德公司回复他们现在物业由"彩生活"管理。老百姓异口同声地说："我们不管彩生活不彩生活，就找你大德！"

人家说得有道理，他们以大德的名义集资、管理，单子上盖着大德公司的公章，你大德脱得了干系吗？

一时间，大德在业主嘴里成了高频率"热词"，指责和谩骂不绝于耳，大德品牌再次遭受损害。

雾霭弥漫，感觉每一朵云都下落不明。

平安俊一条一条了解"彩生活"的问题：合作前承诺用最先进的理念管理，加大投资、更新网络、升级监控系统、实施智能化管理、提高服务质量，为什么一条也没兑现？

相反，卫生清理不及时，楼道有垃圾，水箱、灯、电梯出故障没人修，所有人员都奔拉钱、挣红包，对客户投诉不理不睬……

平安俊果断提出收回管理权。2016年1月，大德通过邮件告知彩生活要解约，"彩生活"不同意，只能以被告身份到庭应诉。

能引来狂风的海，也能把风收进身体。接过千疮百孔的物业公司，平安俊亲自指挥整改，运用心理学留住人才、调整队伍，运用创新手段探索新路，运用超前管理办法提高核心竞争力。扭转重心，强化物业以服务为根本，把物业服务细目拉出"清单"，一项一项精准落实。同水准的花园式小区，旁边的物业公司每平方米收费2.2元，大德物业只收1.2元。

在哪里突发大面积撕裂，哪里就有一轮快速成长。经过细雨润物式的服务，业主的满意度迅速提升到90%，物业公司终于实现扭亏为盈。

真正的自由不是想做什么就做什么，而是不想做什么就不做什么。

2005年8月中旬，一条新闻在鞍山市政府传扬开来，闻听之人个个吃惊，平安俊连鞍山市市长谷春立的面子都不给，把市政府办公厅让大德集团报销的9000多元餐费条子顶了回来！

平安俊说："这是市长谷春立宴请客人的饭费，为什么找我报销？"

市政府办公厅办事人员说："市长请客不假，可吃饭哪有市政府拿钱的？"

闻听之人个个吃惊：鞍山市政府从没出现过这种事！企业老板哪有找政府报条子的？老板们抢着给市长买单还没机会呢！

我猜想，在中国，绝大多数政府机关都不会出这种事。因为人们已经习惯，政府领导出席宴会已经"很给面子了"，企业掏钱买单为"常态"。更多的企业头头会千方百计寻找机会宴请领导，以此为"桥"攀龙附凤、走捷径，为企业发展创造商机、谋求利益最大化。多数人都在想，唯其如此，才能准确"摸到大鱼"，才能推进企业"大提速"……

面对中国官场许多地方发生"断崖式坍塌",我们谁都无法说清落马贪官们错综复杂的原因,却能看清他们同出一个源头:官商勾结。

平安俊一直恪守自己的理念和原则:"法律规定让干就干,不走险棋、不打擦边球。宁可多花钱也绝不找领导、走后门。宁可吃亏,也绝不给个人送好处。"

在鞍山,在辽宁,在东北,在中国,每个贪官落马都会揪出一大串或几个同流合污的企业老板。

平安俊这样做,是对领导负责,对自己负责,也对清洁社会低腐的人际环境、打造局部的优良社会风气尽一臂之力。

人们却这样议论平安俊:

"你这么抠很好,多少领导倒台,谁也不会找你。"

"最成功的企业家就是平安俊,哪个贪官落马也连累不着人家。"

"常在河边转,保持不湿鞋,这才是本事。"

"钱挣得干净,腰杆才挺得直。"

在官场,有人请客以菜肴剩得越多越有面子,餐后大笔一挥签字,或者以请客人查看菜单为耻,结算时人家要多少给多少。平安俊偶尔请客,回要看菜单。当那些风云人物、很讲排场的这个长那个主任鱼贯而出,平安俊没有颠儿颠儿去送客人,而是在吧台一道菜一道菜核对菜价。有人瞧不起地指指点点,有人悄悄向身边人"挤眼",有人说平安俊"太抠"……

一位老板在飞机上看见平安俊坐经济舱很吃惊,怎么回事?没钱了?他不知道,平安俊自己出差向来坐经济舱,如果有客人,必坐头等舱。

这天早晨,平安俊和爱人刘经路陪清华大学社会科学院院长彭凯平吃饭,夫妇二人穿那么朴素的衣裳,刚吃完饭刘经路就忙着打包。时任平安俊秘书的沈浩南看得都不好意思:"平总真节俭啊!"下午,平安俊看完信息化建议预算,大笔一挥、毫不迟疑地批了400万元。沈浩南大为吃惊:信息化最烧钱,一个民营企业出手这样大方,这得烧多少钱哪!

先进的现代化智能管理手段，也是幸福企业的一部分。

"钱要花在刀刃上，"平安俊说，"我们要有自己的信息库，必须重视大数据建设。信息库里要有自己的东西，也要有外边的东西。好的坏的，要用数据说话。失败了也知道数据在哪？哪里走偏了？鞍山哪些楼盘卖得好？好在哪？差在哪？我们要用数据分析找出关键症结，制定一对一的对策，用智能化精准对位管理企业。"

"物业管理琐事最多。只有智能化平台才会'滴水不漏'。比如一个投诉电话打进来，前台没有记录，怎么证明打还是没打？接没接到电话？谁接的？说不清楚。如果有线上平台功能，就不会出现这种偏差。"

职工幸福指数来自公平。员工实行绩效考核，发70%岗位工资，30%绩效工资。70%工资固定开。这30%每月考核，开多少依任务完成情况定。平安俊问物业经理沈浩南："物业费收缴，有没有这个月没缴上来，下个月缴的？""有。""还要有这样的政策：之前指标没完成，之后收缴上来，以前扣的钱要补回来。"

平安俊从全局角度思考这个切入点："这些人背着指标，被扣钱，有的还扣不少。那些没背指标的却不扣。背指标的有压力，要多挣，要调动收入分配积极性。"

物业因此改动：在按月考核的基础上，增加了按季度平衡的办法。当时该收没有收上来，在两个月内收回来，把扣的钱按全额补回去。若年底才收上来，所收数额打七折。这种正向激励的办法，兼顾了快速收缴和完成指标与否的分配关系。

还要让幸福指数的光芒照亮客户。大德御庭车辆出入自动抬杆大门，有出租车位、租借蓝牙卡的业主提出退款。

沈浩南查了财务账，票据记载的不一样。

平安俊说："这钱一定要退，我们要讲诚信。属实我们在票据上写了押金，不管谁的错，哪怕财务写错了，我们也要退钱。"

"有的写押金有的没写，数目不小啊，怎么办？"

"不管写没写押金，都要退钱。"

一枝一叶总关情。不少员工庆幸遇上"百年大德"企业，相互鼓励干一辈子，似乎在诉说着某种幸福；一些员工离开几年又重回大德，似乎在诉说着某种幸福；业主们送来一面面锦旗，似乎在诉说着某种幸福；客户们争相购买大德的产品，似乎在诉说着某种幸福；合作单位日益增多，似乎在诉说着某种幸福……

平安俊领衔的大德公司，只是一家小小的民营企业，综上事例既没向他人介绍过经验，也没上过任何媒体。谁都清楚，评价一个好的社会不是出了多少名企，而是老百姓的物质和精神待遇"双丰收"；衡量一个官员的好坏不是出了多少不切实际、劳民伤财的政绩，而是让老百姓满意；左右整个人体生态健康的绝不是什么职级、财富和影响力，而是从不出头露面的微小的基因和细胞……

据统计，中国共有民营企业2100多万家，其中中小企业占99%，员工多达3亿多人。民营企业在安排就业人口和社会效益方面做出突出贡献，若算上拖家带口，则影响六七亿人。这还不算在GDP和税收方面对社会所做的巨大贡献。如果民营企业都像大德公司这样，中国人的幸福指数将大幅度提升。

大德企业文化升级建设持续走高，平安俊提出："创立和建设正向大德文化，捍卫先进正向的文化观念，与落后的负向企业文化展开针锋相对的较量。"要"以德服人，以理带人，以善育人"。

学习像一条延长线，永无止境。找到适应市场瞬息万变动势的泳姿，永远是平安俊不懈的追求。

学养是一个人的精神世界，也是一个人的袖中乾坤。

2013年，当国家经济步子放缓，平安俊再一次提出具有导向性的观点指点迷津："企业不在于做大，而在于做精、做强"。

晚风不请自来，晓日未邀而至。

当房地产形势隐现拐点，平安俊主持召开大德公司第四次战略研讨会，挑开面纱，提出前瞻性预判："红利时代已经过去了，黄金没了，我们只能奔银子去。白银时代含金量不足，利润很薄。总之，容易挣钱的时代过去了，肉吃没了，只剩下骨头了。怎么啃骨头？怎么适应瞬息万变的市场？我们要以变应变，研究企业新的商业模式。其中最重要的一点就是：提高企业的核心竞争力。"

平安俊分析道："政治环境、市场环境的变化，对房子'只住不炒'的宣传和不断出现的国家调控政策，让大户型产品的市场需求大幅度降低。我们也要针对市场变化，把眼光放长远，研判市场，制定新的对策。"

平安俊一个企业一个企业调查，向负责人叫板："你的企业核心竞争力在哪？你从哪里入手？有哪些具体举措？"

大德麾下的装修公司大踏步迈向市场，承揽公装、家装工程，探索上海市场，成为提高企业核心竞争力理论的出色践行者。

平安俊把这种理念糅合在实业创新的宏观规划的具象举措中，让绚烂的理想彩虹生彩有根，花开有果。

早在七八年前，面对未来中国的新房越来越少、二手房市场永远有、换房就装修的趋势，平安俊就超前布局，倡导大德装饰大举向二手房进军。

不仅如此，结合多年的装修经验，平安俊还指导大德装饰推出"服务式精装""私装公装化"等理念。

私装公装化，就是通过集成化采购，降低成本。在家装建材采购时引入公装建材采购的概念，将多户建材零星采购转变为类公装集成化采购，缩减成本。面对家装多户同时施工的情况，将各工种合理安排，穿插施工，避免工序衔接时出现空白期，缩短施工工期，提升效率。

我写此文时，大德建筑装饰集团又打出响亮一枪，承揽约 2700 万元的装修工程。

不是大水漫灌，而是对位发力。

2018 年，平安俊提出深化改革，从人事制度开刀：精简人员，实行一专多能，重要岗位实行竞聘上岗。一大批懂专业、爱岗位、意气风发的中层领导者上位。2020 年，平安俊又将"系统化"增加到集团"标准化、规范化、专业化、精细化、职业化"等"五化"管理标准，通过"六化"并举，使企业管理能力得到切实的提升，进而不断增强企业核心竞争能力。

2021年蝶舞蜂飞的春天，平安俊力推"无边界管理"浮出水面。此概念要求在企业管理中要打破部门和级别的界限，以市场为导向，将静态管理变为动态管理。换句话说就是打破原来企业中森严的等级以及沟通与交流的各种边界，让扁平化的组织模式和无边界的沟通方式阔步前行，踏上灵活主动、以变应变、不拘一格的发展之路。

集团实施总经理负责制，减少管理层级，提升管理效率。集团总部只设总裁不设副总裁，总裁直接对各分公司、集团机关部门一把手，责任区间明确，杜绝互相推诿扯皮；各分公司和各部门也一样，取消副职，减少管理层次。这种全国少见的管理方式，优化责权利，节约企业成本，放大人才价值。

平安俊超越时间和时空提前布局，在2021年提出鞍山、上海"双总部"的企业发展战略，发挥各自的区位优势。

2021年红叶尽染的美秋，平安俊着手组建"那片阳光艺术团"，把大德文化向社会输出。企业文化是亚文化，社会文化是主文化。把亚文化输出到社会文化，丰富社会的主文化，扩大幸福指数人群。

主动承担社会责任，以灵活多样的讲座、演讲、音乐等形式普及积极心理学，提升大众健康水准。

平安俊旋风突起般的前瞻性改革，总是令同事吃惊，令执行人措手不及，"跟紧平安俊的步伐真累"。但每个当事人都心怀感激："凡是在大德集团工作的人，'身价已经增值'。即便离开，到别的单位个个都是有用之才。"

让这个团队成为燃点和发光体，聚是一团火，散是满天星。

三十二

2017年6月29日，平安俊清华大学博士毕业论文开题报告答辩在清华大学拉开序幕。

评议开题报告时，其中一位清华大学的评委因为路上塞车，无可奈何地迟到了几分钟。她进来时，评议现场刚好在播放平安俊的作品《那片阳光》……

音乐光芒涤荡掉阴暗，似扫帚清除污尘，宛若一股暖流缓缓流进心田、打开心扉。奇迹出现了！似乎解开绳扣、关闭的笼子突然打开，一双翅膀兴奋地飞扑出去、展翅向天，飞升、飞升……

评议时女教授激动地道出心声："本来这几天校园里修路，路面砸坏后太难走。越着急越堵车，刚才我的情绪特别不好，紧赶慢赶还迟到五分钟。我来后听了这段音乐觉得很有代入感，心情一下就变了，首先把我的坏心情调整过来，亮堂多了，这就是阳光音乐的特殊魅力。所以我觉得您这个答辩将来会特别成功的，因为评委们的积极情绪也会被带动起来。"

这种有理有据形象充实的现身说法，对确定平安俊开题报告的立意根基有着积极的导向作用，也表达了所有听者的心声。

结果正如这位女教授所预测，五位评委毫不迟疑，齐刷刷投了赞成票。

开题报告答辩很严格，导师要审定开题报告中间的内容跑题没有，理论论据是否站得住脚，事实论据是否充实、扎实，论文实验设计是否合理有效。用什么来更好地证明开题报告的论点正确？

"安俊哪"，导师彭凯平提出建议，"你必须运用头皮脑电技术，没有头皮脑电技术，怎么证明你的东西？"

头皮脑电技术（脑电图）是一项在心理学研究中大量使用的成熟检测技术。脑电测试设备一套价值四十万元左右，清华大学有专门的脑电实验室和脑电测试设备。为了更好地进行研究，平安俊接受了导师彭凯平的建议，在原有实验的基础上，又增加、设计了两个脑电实验，采用头皮脑电生理测量技术对音乐的积极心理效应机制及认知神经机制开展研究。

平安俊在清华大学心理学系借了脑电测试设备，请清华大学两位博士来到鞍山搭建实验室，指导实验。研究人员为了让脑电信号传感器（电极）能与头皮接触良好，在进行脑电测试前需要在受试者的头皮上涂抹一种胶状的导电物质（导电膏）。受试者在实验过程中，要全程佩戴脑电测试设备。

在严格、严谨的操控下，累计三十余组受试者进行了脑电实验。实验结果表明，阳光音乐和灰暗音乐确实诱发了相应的情绪，被试者对不同音乐所诱发情绪的主观报告确实包含了情绪的成分，而不仅仅只是对音乐所要表达情绪的认知。正因为阳光音乐确实能诱发积极情绪，所以阳光音乐干预才能提升人们的积极心理特质，包括幸福感。

平安俊将博士论文研究的重点放在了音乐对希望、乐观等积极认知和幸福感的影响。课题通过3个研究共6个实验考察了阳光音乐和灰暗音乐对人们的希望、乐观和幸福感等积极心理的影响和机制。

研究1通过两个实验考察了音乐的积极心理效应及其背后的神经机制。实验1发现阳光音乐在引起的状态性希望和乐观水平上显著高于灰暗音乐，并且无论在被试聆听阳光音乐还是灰暗音乐时，积极情绪与希望和乐观都呈显著正相关。

实验2发现，阳光音乐诱发的状态性希望显著高于灰暗音乐，但是在状态性乐观上则没有显著差异。脑电测试结果则进一步发现，音乐诱发的积极情绪与状态性希望与前人研究发现与积极情绪密切相关的脑区呈显著正相关，而消极情绪则与这些脑区呈显著负相关。

研究2则通过三个实验考察了音乐调节应激反应的积极心理状态效应及其背后的神经机制。

实验3发现，在被试回忆挫折经历后阳光音乐比灰暗音乐更显著地提升了积极情绪，降低了消极情绪，边缘显著地提升了希望，并且积极情绪在音乐类型和希望之间起中介作用。

实验4发现，在被试回忆挫折后，阳光音乐比灰暗音乐诱发了更强的积极情绪和状态性希望的效应，是由于阳光音乐的提升作用和灰暗音乐的维持作用共同造成的，而对消极情绪的降低作用则是阳光音乐的降低效应单独造成的。

实验5的行为结果复制了实验3和4的发现，脑电结果发现被试者在聆听阳光音乐状态下与情绪效价有关的脑电指标持续提升，静息状态表现出先提升后下降的趋势，而聆听灰暗音乐时则表现出了先下降后提升的趋势。

实验 6 发现，阳光音乐干预显著提升了被试者的积极情感特质、生活满意度、社会/心理幸福感及希望/乐观特质，并降低了消极情感特质。此外，积极情感特质的变化在干预条件和生活满意度的变化之间起中介作用，希望特质的变化在干预条件和社会幸福感的变化之间起中介作用，希望和乐观特质的变化在干预条件和心理幸福感的变化之间的中介作用都显著。

这些研究表明，在状态层面上，无论在一般情况还是在应激情况下，阳光音乐都确实提升了积极情绪并降低消极情绪，并通过积极情绪提升了希望。在特质层面上，阳光音乐干预有效提升了积极情感特质、希望特质、乐观特质和幸福感等积极心理特质，并降低了消极情感特质。

平安俊重点研究了阳光音乐和灰暗音乐的积极心理效应和机制。他设计了阳光音乐和灰暗音乐曲库，进行多轮实验分析。阳光音乐部分，他准备了交响诗《那片阳光》，第四乐章《新年组曲》以及《最初的梦想》《怒放的生命》等近 40 首乐曲。

灰暗音乐有小提琴协奏曲《那片阳光》截取坎坷、阴云密布的灰暗部分。还有器乐曲《江和水》、莫扎特的《安魂曲》、声乐《小白菜》《画心》《一生所爱》等近 40 首乐曲。

从开题报告到毕业答辩，近一年的时间里，平安俊共进行了 8 轮共 70 场实验，参与实验的受试者达 379 人次，其中包括多位辽宁科技大学的大学生和大德集团的青年员工，共收集分析了 2642 份问卷。

开题报告答辩，导师彭凯平高度认同，五位评委一次通过。

中期答辩顺利通过。

预答辩心理学系没权干预，清华大学的老师要回避。由研究生院专项管理，请两位外校（非清华大学教师）老师盲评后，由五位评委现场打分。毫无悬念，平安俊的论文再次一次顺利通过。

2018 年 6 月 7 日，清华大学伟清楼 507 室如绿叶中央簇拥的一朵花格外引人注目。昨天，它还是一间普通的屋子、一片平凡的海滩，今天，它则是白浪翻花、鸥鸟盘旋的大漩涡。这是人生赛道上一个至关重要的阶段性冲刺：心理学博士学位论文答辩会在此拉开帷幕，人们翘首瞩目的答辩结果即将揭晓。

　　这是激动而紧张的时刻，穿越苦读四年的奋斗时光，能不能拿到博士学位，在此一搏。我在前边说过，清华大学在读博士时间最长的，历时九年。亦有人实在攻不下山头，半道自动退学。答辩对文字要求极严、不能雷同，查重率控制在 2% 以内。这一点，平安俊心里有底，因为他的论文是中国首创的选题，他的论文查重率仅为 1%。

　　平安俊将在答辩会上宣读论文《音乐的积极心理效应及机制研究》，将接受五位中国心理学顶尖教授的检验，并分别投票决出结果。

　　彭凯平教授身为平安俊的导师回避此次答辩评价，可以参加旁听，但没有打分权。

　　谁也没有想到，平安俊这次"例行的"博士学位论文答辩，竟引发评委们热情的赞许与激情的评论，因为平安俊的论题太新鲜了，若茫茫戈壁滩上出现绿茵，浩浩雪原上开出鲜花，几乎闻所未闻、见所未见！音乐学与积极心理学联姻，在清华大学的历史上，可以说是首开先河！

　　平安俊的论文长达 62464 字、101 页。因为论点新鲜、分论点新鲜，理论论据新鲜、事实论据新鲜、脑电实验论据也新鲜，尽管演讲耗时 35 分钟，在座的评委、老师和旁听的同学们听得津津有味、兴致盎然，似乎沉浸在情节密集、故事怦然心动、人物鲜活的剧情里，谁都没觉得时间长。

　　各位教授的问话独到，平安俊要做一对一的准确回答。

　　博士答辩辩论现场激情翻腾，如哗哗涨潮的大海。早就被平安俊点燃的五位评委个个兴致浓郁、憋了一肚子话，若口含花粉急着一吐为快的蜜蜂那样争相阐述见解。

　　中央音乐学院音乐治疗专业创始人、我国国内著名音乐治疗领域顶级专家、美国音乐治疗师高天教授，北京理工大学张建卫教授，清华大学心理系孙沛教授，清华大学心理学系张丹副教授，尽管他们来自不同方向，评价的角度、兴趣点和见解各不相同，但，在赞同与否决的关键环节上出奇地一致：这是一篇独到而出色的论文！

当答辩接近尾声、答辩成绩即将揭晓，现场出现短暂的骚动，人们交头接耳、左顾右盼，迎来最激动的时刻，清华大学心理学系副主任、教授、博士生导师樊富珉，郑重地宣读了答辩决议：

平安俊同学的论文探讨了音乐的积极心理效应及机制研究，从积极心理学的视角，探究了阳光音乐和灰暗音乐对个体的希望感、乐观感和主观幸福感的影响，以及内在的心理机制。选题具有重要的理论与实践意义。

该论文通过三点研究和六个实验，运用了问卷调查、认知神经、行为实验和干预实验多种方法，综合考察了阳光音乐对状态性与特质性的希望、乐观和幸福的提升作用。研究一通过两个实验，发现了阳光音乐比灰暗音乐更能提升人们的状态性、希望感和乐观感。研究二则通过三个实验，考察了音乐调节应激反应的积极心理状态效应及其神经机制。研究三通过阳光音乐干预的方法手段，发现该干预显著提升了被试的积极情感、幸福感及希望、乐观，并降低了消极情绪。

从理论方面，该课题探索了阳光音乐和灰暗音乐与希望、乐观与幸福感之间的相关关系，拓宽了已有研究关于不同音乐类型如何影响人类积极心理过程的实证发现，同时验证了积极情绪在阳光音乐和状态性希望之间的中介作用，也为阳光音乐是否能够有效提升人们希望和乐观特质以及主观幸福感提供了实证数据。在实践方面，该研究为心理健康教育、积极心理干预等提供了重要参考。

论文选题新颖，文献综述全面，实验设计合理，证据翔实，讨论清晰，写作规范。平安俊同学在答辩过程中陈述清楚，回答问题准确。答辩委员会五人经讨论和无记名投票，一致同意通过平安俊的博士学位论文答辩，并建议授予其博士学位。

评委们一致认定：平安俊的博士论文选题独到、研究方向国际领先。

平安俊又一次迎来人生的"高光时刻"，老师、同学、校友和评委们都为他高兴，庆贺的掌声刚刚落潮，该他致答谢辞了，平安俊乐得像个孩子，羞涩地笑了笑，还舔了一下嘴唇，下意识地按抚一下胸口，仿佛把就要跳出来的心轻轻"劝"回去，激动而温和地说："一晃四年过去了，我感觉在我这个年龄，还能做很多事情。原来我在清华念的硕士，以后持续地一直在清华没有间断学习。后来碰到一次机会，我有幸听到彭老师的报告一下子我就感动了，就觉得音乐的这种情感和心理学有内在联系，所以就希望在这方面有一个全面的学习和深造，为社会做更大的贡献。

"我发现，经过学习之后，我的创作和表达情感方面比过去有深度了。在座的听过我《水木情缘》作品的可能都知道，清华老校长还流下了眼泪，挺感人。这些都来源于我学的心理学，这个作用挺大，所以我觉得对我是很大的鼓舞。我在清华学习这么长时间，学习和创作，包括这次我和彭老师、韩老师创作的《今天和明天》，是全国推荐校园歌曲八首之一，内部投票中还获得了第一名，央视专门采访我，在清华大学召开发布会。这都得益于我与清华之间的水木情缘，我很激动。另外，我与今天在座的老师们都有很深的感情。在实验和学习当中，老师们都对我非常关心，而且给我提出了非常好的意见。我跟我的同事也讲过，一定要听老师们的意见，因为这是提升自己的机会，然后再开始动脑筋去做。否则如果觉得差不多了，没什么需要改进的了，这就不行。开始的时候我不懂机电装置，后来也突破了，所以真的是学知识永无止境。

"我感恩清华，感恩诸位教授老师给予我的知识，同时我向老师也表态，我会继续学习，包括今天听到这么多宝贵意见，我还要带着这些问题去实践。理论一直在陡增，一直在发展，所以只有不断地研究、不断去创新，才能持续

平安俊清华大学博士学位论文答辩现场视频

平安俊高分通过清华大学博士学位论文答辩，并与现场答辩老师合影（左四为平安俊）

提升。我会继续努力，不辜负老师们和学校对我的期望。"

答辩刚一结束，平安俊迫不及待地拿过事先准备好的鲜花，几大步跨向前，把鲜花送给恩师彭凯平，师生二人紧紧拥抱……

"不错啊，安俊，"彭凯平说，"一般拿下博士学位要五年时间，你四年就毕业了。"

彭凯平又兴奋地说："安俊，你创造了好几个第一呢！你是获得清华大学博士学位年龄最大的人，你还是清华大学音乐心理学第一人。"

又一个消息让平安俊惊喜交加：平安俊刚刚博士毕业，教育部又发文件：取消45岁以上年龄读博士的规定，从2014年起执行。

平安俊兴奋地对我说："掐头去尾留中间，这政策似乎专门为我量身定制的，早一点或晚一点，我都没有机会读博士，我太幸运了！"

2020年11月10日上午九点，首都北京艳阳高照，彩云飘飞。彭凯平教授的脸仿佛也抹上淡淡的霞光，荡漾着浅粉色的宁静与祥和。

温润的霞光从高大锃亮的落地窗射进咖啡厅，所有目及之物都勾勒半圈高光，使这位有着国际范儿的积极心理学专家格外精神。因为我俩头天晚上见过面，彭凯平落座后、未及我开口便侃侃而谈："安俊从鞍山钢城来，有钢铁般的精神，坚韧、坚强、执着、抗打击力极强。他就像'砂石'一样，英文翻译过来叫'马路上的垫脚石'。是踩不垮、压不碎、踏不烂的。这种坚强的意志，坚硬、抗压、不屈不挠的品质，所有人都需要，所有单位都需要。安俊要干一件事，不在乎别人怎么说、怎么想、怎么看，做要就做成。他能成为企业家是偶然，他的成功不只是他盖房子怎么好、销售能力多么强，而是他坚强的意志力，任何风吹浪打都击不垮他。在同学中，他是'异类'，又是一个榜样。

"平安俊上学特别能吃苦，最大的困难是时空，从鞍山到北京来回跑。一周见一两次面，安俊不管多忙、有多大的困难，一周一次交作业都有效果，每周见了我都有准备。上次指导的课程已经改了，每次都有变化。有的学生几个月甚至半年没有动静。指导安俊我特别放心，他内心动力特别强。他心理学基础薄弱，没经过科班训练。清华大学有规定，必须要补课。他补了四门课，科科成绩不错，基础就上来了。他固执又坚强，认准的事一定要坚守。做不出来他承认错误，再重新开始。'我不在乎别人怎么说我，我只在乎我所做的事'。在我的学生中，平安俊不是最优秀的一个，但却是最有特点的一个，年龄最大，学习最刻苦。安俊的主动精神特别强，走路都挺急，总是风风火火的样子。与大学多数人稳重、不紧不慢形成鲜明对比。他总是第一个进教室，坐在第一排，第一个发言，第一个交作业，从没缺过课。

"从他身上，我认定一个观点：不管年龄多大，不管基础多差，只要努力，就会学好、做好。

"'一招鲜吃遍天下'的时代过去了，我特别欣赏平安俊的'跨界'。跨界很难得，要勇敢地跨到不熟悉的领域。但，这是时代的需要，也是新时代的努力方向，因为新时代需要跨界人才。有人说跨界是不务正业，他们不知道，跨界就是正业。跨界才有多样性、多姿多彩，避开旧的东西。中国要创新，一定要跨界。几乎每个行业已到极致、到顶峰，许多事情不跨界就做不了。众所周知，现在研究某个科研项目，科研团队往往需要几十人、上百人、几百人，为什么？就是把各自的专业结合起来，而且，每个人还需要尽可能多的跨界，至少也要知道上半区和下半区，才能做好科技衔接。安俊音乐上很成功，现在再搞音乐心理学，这很厉害。对于平安俊来说，不是他现在有了多么重要的身份，而是看他留下了什么作品。作品是留给未来的，不是留给安俊的。

"我们培养了合格的博士，开创了积极心理研究室，培养了跨界人才。音乐家做心理学太少了，这在中国和世界都是少见的。"

中央候补委员、清华大学党委书记陈旭教授为平安俊博士拨穗

第八章

别有深情一万重

——花与根是命运共同体

根是地下的枝，枝是空中的根。

我们看不见根怎样生长，在多么恶劣的条件下生存，可枝和花的"面相"，则是根的述职报告。

我不想罗列更多的花，世界上有 45 万种花，也不知从哪种说起。但，我却不能不说"太阳花"，它是世界上最美的花，也是所有花的根。因为，在地球上，如果没有太阳，所有生命都化为乌有，哪还会有花？而让花和各种生命直接受益的便是"那片阳光"……

三十三

如果你看到前边的阴影，别怕，那是因为你背后有阳光。

2017 年 2 月 28 日下午，在以色列海法国际机场安检出口，平安俊和平凡父子被安检人员拦住、不予放行。

一位面庞白皙的女性安检人员说着希伯来语、比比画画，问二人干什么的？哪天来的以色列？去了什么地方？要到哪里去？平家父子一句也听不懂。

平凡灵机一动、用英语与她说几句，转头告诉父亲把音乐会演出的"节目单"拿出来，让安检人员看看。平安俊虽然莫名其妙，只好从包里翻出节目单递过去。几位安检人员的头碰在一起，见演出单上的照片就是眼前的平安俊，如同黑沉沉的夜幕里突然闪出一弯月亮，安检人员原本紧绷的脸刹那间眉开眼笑，把父子二人当成上宾，同时用弯腰鞠躬的体态语言表达对二人的尊敬，胳膊向前一伸，做出"放行"的手势。

安全检查与"节目单"何干？

怎么仅凭节目单就对两个外国人恭敬放行？

这情形发生在以色列，堪称合情合理。

众所周知，以色列以科学、经济、思想等领域的卓越成就著称于世。领袖、顶尖名人群星灿烂，至今流行："世界上的钱都装在犹太人的口袋里"。

以色列人尤其推崇文化，是世界上唯一一个亡国两千多年，因为文脉没断又神奇地"建国"的国家……

许多人认同：以色列的艺术家过剩。走在海法大街上，张贴着许多乐团、剧场演出的醒目广告。以色列流传一则笑话："如果走下飞机的以色列人腋下没有夹着小提琴盒，那个人一定是弹钢琴的。"这个不足七百万人口的国家，每天从早上十点到晚上十一二点，都有不计其数的文艺演出在不同的地方上演，演出前剧场前排起蜿蜒的长龙队购票、令人叹为观止，而且，几乎场场演出爆满！

在以色列，观看演出者几乎遍及各个年龄层，从年轻的学生到中年人再到白发苍苍的老人，都是"戏迷"。文化艺术广泛普及，渗入每个家庭、每个人的血液，可谓浸透骨髓的热爱和痴迷。人们说，很难统计以色列到底有多少剧场，每个城市都有无数大大小小的剧场。所有以色列人，从小学六年起就接受舞蹈、音乐、绘画、戏剧、文博教育，而且都在剧场、美术馆和博物馆进行。以色列文艺文化的前卫探索和全民普及程度、活跃程度及欣赏水准，在全球堪称首屈一指。

因此，在以色列机场出现上述一幕不足为奇。

2017年，恰逢中以建交25周年，以色列国家音乐季在海滨城市海法隆重举行。

交响乐只演出两部作品，一部是杰出的犹太裔奥地利作曲家马勒的作品。另一部为中国交响乐作品。平安俊的交响诗《那片阳光》为中国五部备选作品之一。

2016 年秋末，平安俊突然接到来自以色列的邀请函，《那片阳光》经历五选二、二选一的挑剔式"激烈比拼"拔取头筹，成为中国交响乐作品的唯一入选作品，请他光临在海法市举办的"国家音乐季"交响乐演出。

世界著名指挥家许忠大师，将指挥世界顶级交响乐团以色列爱乐乐团和海法乐团联袂出演。众所周知，在世界范围内，以"爱乐"命名的乐团基本上都是国际级的顶尖交响乐团，两个交响乐团同台合作、200 多名演奏员激情联手，阵容空前强大。

2017 年 2 月 26 日下午，演出在海法隆重推出。

中国驻以色列大使詹永新，中国驻以色列文化专员万铤以及以色列海法市政府的主要官员盛装出席。

第一个节目首推《那片阳光》。

各个乐件都怀揣中国心思，激荡中国情怀，在西亚，在以色列，在世界上文艺最活跃的族群，大放异彩！

当 200 多个不同品类和声线的乐器同时助力、激昂有节舒婉有度的《那片阳光》旋律隆重响起，整个剧场已经是个硕大天穹，足够盛放整个世界。伴随许忠的指挥棒激情飞舞，朝阳徐升、正阳怒放、斜阳飞舞、夕阳缱绻。阳光滋养万物——声音上的哼唱、浅吟、雄强；动作上的雄健、豪放、轻盈；意念上的抚慰、

扫码欣赏交响诗《那片阳光》以色列国家音乐季演出现场视频

启迪、联想；感受里的味觉、知觉、触觉；兴奋中的激动、感动、触动；色彩感觉上的焦重浓淡清……

野蜂飞舞、蝶翅扇动、溪水潺潺、鸟儿对唱、风儿互答、草骨抻腰、竹子拔节、夏风轻拂、暴雨倾盆、狂浪奔腾、风和日丽……粗犷若黄河壶口瀑布轰鸣而下，细致得像护士敲击病人手腕找寻皮下注射的血管，只要你有足够的想象，世间万物，皆在此刻、此地！因为，她们都是阳光的宠儿。

阳光之下，每一丝微弱或强悍的孔里飞音、弦上弹跃和键起风雷，都展现独树一帜或百媚千娇，一生二，二生三，三生万物……

当千条江河向大海，"万物归一"，最后一个音符戛然而止，像最后一秒钟投进扭转战局的压哨球一样震撼，引起惊诧，掌声风暴席卷了整个剧场，经久不息……

胖胖的海法乐团团长 Motti Eines 满脸喜悦地走到座位，躬身施礼，把平安俊从剧场的观众席请上舞台，用希伯来语热情地向观众介绍道："这是来自中国的著名作曲家平安俊先生，他的交响乐《那片阳光》堪称经典作品。在中以建交 25 周年之际，为了增进以中友谊，我们演奏这首乐曲。借此机会，我们向平安俊先生致以敬意！"

掌声潮汐刚刚落下，平安俊用现学的希伯来语问候大家："海法你好，谢谢！"

观众轰地笑了起来，平安俊跟导游现学的希伯来语说得似是而非，居然激起一波波喜剧浪花。

2017 年 2 月 26 日、27 日，中以建交 25 周年之际，平安俊创作的交响诗《那片阳光》在以色列国家音乐季公演，平安俊受邀走上舞台与观众见面并致谢

接下来演奏马勒的交响乐《大地之歌》。

演出结束，许多观众没有离去，而是分四伙，很有秩序地排队，依次等待与平安俊交流。

以色列不愧有"艺术家过剩"称谓，观众个个都懂音乐，知晓交响乐"内质机理"，似乎在作曲、乐器、交响、欣赏、评论、表达内容等方面都有专业造诣。他们没人要签名，也不邀请合影留念，而是一个一个和平安俊对话、探讨各自关心的话题——

海法交响乐团团长的姑娘边比画边说："您的《那片阳光》非常好，刚开始就很好。音乐一出来，我的心情非常好，特别向上。跟马勒的作品区别非常大，马勒的作品很悲伤，听了压抑、沉闷。听到最后结束才走出来……"

一位披肩卷发、大眼睛女人道："一开始我就听懂了，音乐旋律很好听，有着鲜明的东方色彩，跟我以前听到的音乐不一样。"

那位大高个、尖长鼻子、手拿一部厚书的男人则说："您的乐曲有强悍的地方，也有柔媚的地方，二者间的转折有时自然温婉，有时急转直下，高低音和过渡音非常恰当，我很喜欢。"

一位白发苍苍的老太太，深情而率真地对平安俊说："这部作品很感人，我听出感恩的成分。我想到我的母亲和我的女儿……"

也有观众在音符细节、旋律转换和音乐节奏上提出自己疑问和看法，所有人都那样有耐心，按排序等待交流。

在翻译的配合下，平安俊一一回答热心观众的提问。

晚上，海法乐团团长和声部长齐聚一起，宴请平安俊和平凡。

乐手们对《那片阳光》反响强烈，争相以更加专业和精深具体的细节探讨，盛赞这部作品。

胖团长 Motti Eines 说："我们乐团演奏过两个中国乐曲，第一个是《梁祝》，第二个就是《那片阳光》。"

就餐的大圆桌呈太阳形，周边的朋友则是太阳的光芒。离平安俊远些的乐手，纷纷用灿烂的表情和肢体动态表达溢美之情，低首撞杯、颔首微笑、昂首祝贺，赞扬和祝福声此起彼伏，酒杯叮当响……

2月27日，几乎复制了前一天的所有环节。

短暂的演出结束，平安俊身披异国的浪漫和友情很快回到祖国。但，他的"那片阳光"仍在以色列、在海法、在观众的心中闪耀……

三十四

日子是过以后，不是过以前。试着让一天多几个目的地，就不会让坏情绪抓住你。

2009年春天，在鞍山市立山区双山路与园林大道交汇处有块地，市政府高调举办专场拍卖会，效果却降至低点：拍卖地块流拍。流拍的重要原因便是政府要求房地产商在此建8000平方米的商业网点。在商业市场并不发达的、住户相对贫困的地方建商业网点出手慢，没有住宅出手快，谁也不愿意做。

立山区没有商业中心，这个地方原叫深沟寺，全是鞍钢职工的老住宅。

这个地方"很老"，房子"资历老"，居民年龄也"资历老"，连人们的观念也似乎"资历很老"，总之，这是相对落后的老生活区，跟时尚不搭边。在这样的地方建商业网点，商人们第一个想到的便是：商业网点不好出手。

人生最清晰的脚印，往往印在最泥泞的路上。如果你想拥有从未有过的东西，那你必须去做从未做过的事情。

平安俊从悖向的角度看这块地：任何新都脱胎于旧，目前这些最不利的地方，很可能也是最有利的地方。如果这里建一座商业广场，把亲民的超市购物和游玩娱乐饮食商场成龙配套，建条商业街，或许能改变附近的人气格局，成为又一个生龙活虎、闻名遐迩的"中心地带"呢！

政府有建商业网点的规划，也预示着此地未来的广阔前景。

这世界从来不缺想法，不缺梦想，也不缺计划，而是缺少行动。

2009年夏天再次拍卖此地，因为多数房地产开发商对此不屑一顾，平安俊花了 5200 万元，没费劲就把这块地拿到手。

这块姥姥不亲舅舅不爱的烂地终于有人接盘，立山市政府领导非常高兴，责成土地局负责人当即向平安俊承诺：政府将加大动迁力度，在年底之前一定把地倒出来。

平安俊安排部下："大家各就各位，各负其责，提前做好准备，明年一开春马上开工。"

2010 年新年钟声当当当响起来，六栋旧楼还在"鸠占鹊巢"，在那里纹丝不动、挺直腰杆。平安俊急了：压了这么多钱上不了手，每天每时每刻都有经济损失啊！

平安俊赶紧去找区领导，区领导态度不错，新、老领导都承诺"马上办"，平安俊和部下无数次找，腿都跑细了，报告交了无数次，事情仍原地踏步。

立山区拖起来没完，领导一次又一次口头答应、一步不迈。

平安俊去找时任市委书记谷春立："压这么多钱干不上活，光利息就不是小数。你再不倒地，我就退地！"

"放心吧，"谷春立说，"我尽快办。"

时间很快过去，平安俊又去找市长王阳。王阳说："行，这件事我一定当回事，你等着吧，我跟他们说。"

既然无法逃避，就努力把一手烂牌打成好牌。

2013 年 2 月，新任市长吴忠琼到任，平安俊立刻登门拜访。四年多时间匆匆而逝，这么多钱压着，小公司早就压黄铺了！平安俊如鲠在喉，吃不下又吐不出，天天都在拿利息！

平安俊要求吴市长主持公道：第一，退地。第二，包赔损失。实在不行就打官司，起诉鞍山市政府。大德公司与鞍山市土地局签订的合同，按照合同规定，规定时间没有交地，当时违约方要包赔大德公司利息、滞纳金等损失 7000 多万元。

"这么多钱？"吴忠琼说，"你也知道市政府也没钱。我尽快让他们动迁，把地交给你。你别退地，你也别打官司。我有个想法，这个地方太缺商业了，你把商业面积扩大点，我给你政策。我给你把政府

'大配套费'1200万元免了。"

"可以啊。"平安俊当即同意。

大配套费是指为城市公共基础设施建设所收取的费用。包括城市基础设施配套费、白蚁预防工程费、人防工程易地建设费等。

吴忠琼要求平安俊尽快做个方案。

平安俊立刻行动，请最好的专家很快把建设规划做出来，增加了商业面积，还做了高质量的效果图。

市长吴忠琼看了平安俊递交的规划方案和效果图很高兴，称赞平安俊工作效率高、方案做得水准很高。

吴忠琼极力推动此项目："这件事，你具体找立山区A区长，我已经跟他打了招呼。"

第二天，没等平安俊找立山区政府，A区长打电话找平安俊。拖了四年的项目，这是立山区领导第一次主动找平安俊。

A区长（下文中，从平安俊拿此项目开始为"第一任A区长"，此后该区区长排号依此顺序类推）告诉平安俊给立山区政府打个报告。平安俊递上报告，A区长在报告上写清楚经过，建议该项目为大德房地产公司减免大配套费，报给市政府审批。

2013年11月12日，市长吴忠琼签批："请余富副市长阅处。建委要积极支持，大德在鞍山房地产开发品质高，信誉好，建议积极支持其拓展商业领域。"

时隔两个半月，2014年1月29日，副市长赵余富在报告上签批："同意忠琼市长意见，请建委支持。"

平安俊长长呼出一口气，努力这么多年，市长、副市长、建委主任"一条龙"同意此事，事情总算"透亮"啦，剩下的只是时间问题。

人最大的幸福是有人可以依赖，但人最大的不幸则是过分依赖别人。

平安俊哪里会想到？期待像夜晚卡车的灯光，亮了一下，又被巨大的昏暗吞没。领导不在文件上签批同意，项目永远动不了。但，即使领导签字同意、曙光乍现，项目仍然寸步难行，不知道夜幕究竟有多厚。

平安俊再去找吴忠琼市长，吴市长说正在推进，她再次向赵余富交代："大德公司的项目，要支持一下。"

现在，文件虽然层层签批，还有三栋楼住户没有完全动迁，施工队进不了场。当时在大德公司负责营销工作的张衡带两个人去现场调研，刚凑上前，就被眼前的情景惊呆了：20多名老百姓拿了家伙疯扑过来……

哪来那么多的愤怒、那么大的仇？所有的眼睛都在喷火，所有的嘴都在谩骂，所有的肢体都成备用武器，似乎张衡就是欠钱不还的债主，就是久寻才见的宿敌？

眼见武斗一触即发，几个人吓坏了，撒腿就跑。

"别再去冒险，"平安俊对张衡说，"咱们就找立山区政府，咱不跟老百姓打交道。"

老百姓有的说："给钱就走人！"

有的却态度坚决："给多少钱也不走！"

这些人要房子。可政府给的房子地理位置偏远，他们不同意。

知道平安俊干着急伸不上手，立山区政府领导提出向平安俊借钱，他们也好加快动迁速度，平安俊拒绝了。此前立山区政府已经向平安俊借过400万元，至今未还，怎么还能再借？

平安俊着急推动动迁进程，便主动找到市开发办主任和建委主任、市长助理，提出在立山区双山医院附近有一批市里管辖的房源，位置很好，比现在深沟寺的房子好多了。如果市里同意，把这批房子拨给立山区一些，能解决一部分动迁户的需求。但有个难题，这批房子不归立山区管，归鞍山市管。如果市委书记不点头同意，谁也动不了。

市开发办主任当即表态："不行，这房子肯定不能给立山区。"

鞍山市一共有四个区，市里凭什么把房子给立山区？

在平安俊的推动下，市建委主任、市长助理对市开发办主任说："这事你别说了，谷书记的事我负责。"

两个月后，市里给立山区划拨 22 套房子，一批动迁户搬走。

现鞍山市住建局局长、时任立山区 A 区长对平安俊说："你是名人面子大啊，你不出头，这房子我们立山区是要不来的。"

剩下的"钉子户"仍然死守阵地，拆迁没有完，烂尾楼规模小了点仍然还是烂尾楼。上级纪律巡视组来视察，看到烂尾楼要调查政府的信誉，这块地什么时候拍卖的？什么原因晚交地？区委、区政府领导怕担责任，委托立山区城建局长曹春雷找到平安俊："有个事你帮帮忙，巡视组要追查为什么晚交地的责任。同时也追究政府支持不支持民营企业的责任。你也知道情况，我们也挺努力，差在钱上，钉子户不倒房子。你高抬贵手，把责任揽过去，别说政府有责任，事情正在进行。你的项目在区里，有啥困难咱帮你。"

"可以啊。"平安俊一点都没犹豫，项目在立山区，今后跟政府合作的事多着呢，不妨送个顺水人情。平安俊甚至都没有仔细看，若指挥时在打开的曲谱上快速扫一眼，便在立山区政府起草的大德项目同意晚交地的材料上，认真地签上"同意"二字。

签上几个字很容易，却不知道这等于给自己"下个套"，每个字，都是一座难以翻越的大山、难以跨越的沼泽。

平安俊之所以接受"推功揽过"，很痛快地签署协议还有另一个担忧，有人提醒平安俊，跟政府打官司就一个结果：一把赢、把把输。

平安俊不相信坏事增量一再上扬，希望的存量总是与日缩减。

可是，拿地后的第七年，2016 年 5 月 20 日，"大德广场"破土动工。但，从吴忠琼市长开始并未把承诺给平安俊 1200 万元配套费签在文件上，鞍山市市长和立山区区长"过电影一样"换了八九位，2021 年 5 月，至我写此文的十多年后，兑现大配套费这笔钱仍是"一桩悬案"！

时间，是我们触碰不到又无法改变的，但它却可以在无形中改变世间的所有。

三十五

方向是解决对与错的问题，方法是解决快与慢的问题。找不到正确方向，一切都无从谈起。

交响乐《那片阳光》走上国际舞台、与大师的作品比肩而立，出乎意外地在以色列大放异彩，受到赞扬和追捧，如何突然就创造了奇迹？

像叶片结在枝头，河流结于泉，泪滴结在情感上一样，这部曲乐结在伟大的母爱上……

2009 年 12 月 27 日下午，93 岁的母亲因摔了一跤突然离世，平安俊心中的阳光猝然熄灭，仿佛一下坠落情绪谷底，久久缓不过来。

忙碌时，压不住、阻不断的疼痛间或扎一针，再扎一针。稍有闲暇，疼痛的大片刀便狠狠砍过来、撕心裂肺……

最难的漫漫长夜，平安俊连续彻夜失眠，每一秒都无限拉长，每一分都有母亲的各种图像、各种表情、各种动作，母亲头顶烈日推着自行车走（不会骑）在街上卖冰棍，母亲向邻居求救借粮救活孩子，母亲让平安俊给厂长送豆油只求别辞掉她做临时工……

世界上有多少这样伟大的母亲？生十个孩子、夭折两个，丈夫被歧视把她推向生活的"最前沿"，在漫长的受苦受难中坚韧跋涉，终于把八个孩子抚养成人！竟然因为摔倒而卧病不起，"都怪我啊！妈妈，六儿子不孝啊！"

不要借口工作忙，只是每天晚上陪母亲坐一两个小时，算什么孝顺！

母亲小脑萎缩忘东忘西却仍牵挂着六儿子，担心影响平安俊工作，强行给自己定下规矩：尽量不去打扰他，有事给六儿媳刘经路打电话。

平安俊把母亲从立山区大德·阳光明居接到大德·翠韵华庭小区第三天，母亲就摔倒了！

12 月 27 日，平安俊开车去大连出差，中午吃饭时突然接到妻子刘经路的电话："赶紧回来，妈妈不行了，昏迷不醒、正抢救呢！"

母亲身体多好啊，82岁跟刘经路一块登长城，儿媳居然跟不上她！相信这次老人一定能渡过难关！

汽车在高速公路上奔驰，路边树和村庄一闪而过、迅速后退，平安俊还嫌慢，恨不能立刻回到鞍山、回到母亲身边。闭上眼睛，一段段往事在眼前映现——

闪回一："安俊你快下来，你不能上！"

平安俊陪同母亲去泰国，在快艇上放飞伞的项目新鲜又好玩。把自己先绑伞底下，驾驶员猛地加大油门，快艇拉起大伞在水面上飞，大伞随即飞上高天，越飞越高，惊险而刺激。平安俊把自己绑好，刚要飞，85岁的母亲拉着儿子不松手："安俊你别上，这不行！你不能上！"

母亲的目光太热烈，若火焰穿过柴堆。

平安俊见母亲这样心疼儿子，怕母亲担心，赶紧给自己解下绳索，下来了。母亲高兴得像个孩子："我上！"

平安俊与爱人刘经路陪母亲杨月轩女士到西湖旅游

闪回二："跟上我，别在后头磨蹭！"

泰国的天"孩儿脸"。天上晴空万里，海面上微波荡漾。游船刚到岛上，天气突然开起恶作剧玩笑：大风暴跳如雷哑着嗓子拼命嘶吼、黑云密布，温柔的海浪突然张开大浪翅膀、站立起来，在海面上一跳一跳，似乎随时扑上小岛，追上游人。

导游通知大家：来时的路不能走了，大家只能翻过眼前这座山，到山那边再上船。儿媳刘经路从兜里拿出事先备好的布鞋，帮婆婆穿上。母亲嗵嗵嗵一溜小跑，平安俊和儿媳被落在后头。母亲催促道："跟上我，别在后头磨蹭！"

翻过小山坐上十几个人的快艇，大风疯狂地扇动巨大的水翅膀连续扑打过来，快艇唰地跳起来悬在空中飞行一阵，唰地落下一头扎进浪谷，人们顾不上衣裳全都湿透，只担心一个浪头把艇掀翻……

平安俊把妈妈扑在船底，用自己的身体挡护母亲……

闪回三："我知道这事，死也闭眼了。"

虽然早就摆脱十口人挤在小平房里的困境，房子，仍是老人的牵挂。

鞍山第一批房屋改革，母亲悄悄去房屋改革办公室，把所住楼房改成自己的名字。闻听人家要两万块钱，立刻给六儿媳打电话："经路你过来，我有点事。"

按婆婆要求，刘经路送来钱，帮婆婆把房子更了名。

闻听六儿子平安俊召开了家庭会议，给"两边"（平安俊兄妹八户，刘经路兄妹四户）亲戚都赠送住宅，一家按 45 万元标准，各领一套住房，平安俊四哥三个孩子、妹妹平颖腿有残疾、妻妹家人多，另外添钱或增加房屋面积，平安俊母亲喜出望外："我知道这事，死也闭眼了。"

平安俊牵挂母亲，因为母亲是拴牢他生命之船的岸桩；母亲牵挂平安俊，因为六儿子是她的精神支柱。

谁家有困难，母亲会对身边的平颖说：

"没事，有你六哥呢。"

"快去找你六哥。"

"不怕哦，实在不行，就找你六哥呗！"

母亲喜欢宽阔敞亮的大墓地，平安俊和爱人刘经路陪她上山去找，母亲下不来山，平安俊背起母亲一步一步下来……

汽车风驰电掣、把公路一截一截吞短，母亲的身影频频闪现：母亲摔倒后腿脚不灵便，却不让任何人扶她上厕所。平安俊爱人担心母亲在厕所里摔倒，把保姆推进去，老人再把保姆推出来……平安俊脑袋里只有一个念头：母亲一定会没事的……

在鞍山市中心医院，母亲被推进急救病房，她强忍疼痛迟滞地转了转眼球，女儿平颖便猜测出母亲的心思：她在找六儿子。

平颖告诉母亲："我六哥一会儿就来。"

母亲的眼睛悄悄闭了一下，平颖已经知道母亲的意思：你六哥忙啊，别打扰。

母亲来平安俊家住一阵子，总是担心会影响六儿子工作，急三火四地给平颖打电话："快点过来老丫头，赶紧把我接回家。我一来，你六哥哥天天陪我唠嗑，他这么忙，多耽误事啊！"

母亲摔倒后在家休养，专门提醒身边的平颖："老丫头，你六哥事情太多，别让他惦记，你告诉他，我没事。"

按照母亲的嘱咐，早上平颖还给平安俊打电话："妈挺好的，渐强，六哥你该出门出门吧。"

生命夕阳一样越走越远、越缩越矮、越来越淡，一步一步靠近地平线……

母亲闭上眼睛，眼角滚落点点泪滴。

平颖读懂了母亲的表情：在生命的最后时刻，母亲仍怕给六儿子添负担，尽量别拖累六儿子。

下午三点半左右，母亲突然喷出一口血来，这才掏出一忍再忍的心里话："老丫头，我这回可不行了，快让你六哥回来吧！"

平颖连忙拨通了六哥的手机:"六哥你快回来吧,妈这回够呛了!"

脸上插着氧气管、身上别着呼吸机,透明塑料管里的点滴流速越来越慢,平颖摸摸母亲的手腕,脉搏都没了!

只剩下一口气了,这位坚强的母亲仍等待她的六儿子。

抢救机屏幕上的反射波几乎不动、几近拉平。

四点半,平安俊匆匆回来一进病房,立刻趴在母亲身边:"妈,我回来了!我是老六,我是安俊哪!"

奇迹出现了!屏幕上的心跳反射波群线腾地上去、下来,再腾地上去,平颖大喊:"妈!我六哥回来救你了!"

母亲感知到精神支柱就在身边,再次努力,反射波腾地又上去、半道滑落下来,屏幕上的波线再也无力上弹,平直、平直……

平安俊扑在母亲身上失声大哭、声声唤,他相信母亲不会走,又抢救了三天。

妈妈,没有了你,这空洞的呼唤就像多余的阑尾。那一刻,他身体里所有光芒都被拿走。后悔啊,如同哑了嗓子才想起来唱歌。

雷霆藏在胃里持续咆哮,消化不了,也出不来。他只好像农民种田那样在音符里埋头劳动,哪怕颗粒无收。

历尽坎坷苦难的母亲,被泥土请进怀里。

妈妈离开了,也是一团不睡的火焰!

平安俊陷进悲痛里出不来,出去走走,到处都是忧伤:树叶睡醒了,都走了,只剩下瘦枯树厮守着故乡;大地冻醒了,实在扛不住,拉一下雪被盖在身上;一只孤鸟在天空中凄厉鸣叫,也在呼唤它逝去的母亲吗?

月亮瘫痪在一堆云的烂棉花套子里,一病不起。

不知谁家的一只断线风筝,趴在枝头回忆天上的欢腾。

冷风打着旋儿拼命吼叫,告诉他回家的路,他听不懂……

多年后站在墓前,平安俊仍在心中呼唤:妈妈,这里不是你的归宿,真正葬你的墓穴永远是我的心房。只要妈妈高兴,我愿让你到我的身体里踏青啊!

妈妈，让我守望着你睡觉吧，当年你就是这样坐在我的摇篮边，平息我的哭闹，一点儿一点儿把我引向成年。和妈妈在一起，就像一滴水回到大海，就是走失的星星回到月亮身边。天上的繁星是母亲写的遗嘱，思念时就读一读。

母亲曾是一部吸睛养心的册页，而今散落，再也不能聚集。思念就像头上兜不住液体的积云，装着满满的泪水，平安俊怎么也翻爬不过悲伤这道大坎！

平安俊一次又一次自责：年迈的母亲啊，多像树上的鸟窝，雏鸟长大飞走了，只剩下一个灌满风雪的老巢，迎风流泪。母亲是独自一人在家摔坏了啊！如果我在家？如果不让母亲搬到翠韵华庭？如果……千万个如果都指向同一个目标："都怨我啊！"

好友韩景连安慰他尽快走出悲伤，平安俊说："景连哪，你能不能给母亲写首歌？"

"好哇，"韩景连母亲的形象也映现在脑海，"我和你心情一样，我母亲也是摔了一跤，不到两个月就去世了。我很想念她。"

两位默契合作了三四十年、共同创作了上百首歌的好友，突然在思念母亲的悲伤中点燃一道亮闪，创作一首好歌就是对母亲、对天下母亲的最好纪念。

韩景连很快写出歌词："你说你总有一天要离开，""有妈真好，又推开家门，又见到白发苍苍的老母亲"连续写了三首歌词，平安俊都不满意："你这歌词太直接、太直白了！""你这东西太陈旧了！"

平安俊找来老搭档，两人几次深谈、研讨至半夜，韩景连心里很抵触、没有思路。几十年来，两位词曲家不知在一起争执、吵成半红脸多少次，数这一次碰撞得激烈，像一个棉团碰在另一个棉团上，怎么也碰撞不出火花。

"景连哪，现在的歌词差很多，先放放吧。"

"好吧，先放放。"

如果选错了方向，停止就是进步。

韩景连多次对我说："他对歌词没感觉，就不出调。"

平安俊与著名词作家韩景连教授研究新作品

数这次创作卡在瓶颈时间最长，一年半匆匆过去还是"不出调"！

我在前边讲述过，平安俊在清华大学硕士毕业、考博士之前，又一头扑在国学上，倾情研学一年。

浅水喧哗，深水无波。没有可怕的深度，就没有美丽的水面。

2011年秋天，北大哲学博士、国学大师张其成在五台山讲学时，讲个拨动心弦的故事：日本有一位老居士，一辈子做善事。她的助手、学生侍候老居士一辈子，二人感情很深。老居士死后这位助手失魂落魄想不开，陷在痛苦的沼泽里不能自拔。她一直觉得老居士没走，半年没出过屋。半年后，有一天她推开房门，一股清风嗖地吹了进来，这位助手突然顿悟：先生走了。

一位日本作曲家闻之感动，创作了歌曲《你是一缕轻风》，一下风靡整个日本。这是一首感恩的不忘恩情的歌。

美好的事物，来得多晚，都值得原谅。

平安俊的心里激流奔涌、掀起一片狂潮，韩景连的心里也掀起一片狂潮，他俩掀起的狂潮在同一片海域。

放下电话，韩景连也热血沸腾、突然开悟：从"一缕轻风"蹦出"那片阳光"，把原来直写"推开门见到妈妈"，写成隐喻"那片阳光让我的生命唱响，那片阳光，把我的世界照亮……"

激情和感动潮翻浪涌，《那片阳光》惊涛拍岸、从天而降：

那片阳光，让我的生命唱响
那片阳光，把我的世界照亮

给我永远温暖的力量

给我一生做人的方向

阳光下，感恩的花年年开放

阳光下，生命的歌代代传扬

那片阳光，春夏秋冬在我心上

那片阳光，伴我走过山高水长

为我守护家的兴旺

让我沐浴美德的光芒

阳光下，感恩的花年年开放

阳光下，生命的歌代代传扬

三十六

改变的秘密，是把所有的经历放在建造新东西上，而非与过去抗衡。

2015 年，深沟寺的烂尾楼虽然搬走 22 户，仍有钉子户死死"坚守阵地"，平安俊仍旧伸不上手。因利益诱惑而失控的人，如机器令人惊骇地突然反转起来，现在，这群人个个都在疯狂"反转"……

吴忠琼市长答应的 1200 万元配套费毫无消息。

立山区领导换了，A 区长另有高就，"第二任"立山区 B 区长走马上任。

这天中午，平安俊总算堵住新任 B 区长，再次复述那个老掉牙的故事。

B 区长说："这件事我知道了，请放心，我全力支持你。这样，你写个材料，我领你去找吴忠琼市长。"

B 区长又说："前任区长借 400 万元，没拆出来。我刚上任，区政府没钱，要不，你再支持区政府一下，借我 400 万元？"

B 区长已经把话挑明了，区政府没钱导致拆迁进行不下去，大德公司借给区政府钱，区政府用于烂尾楼拆迁，此事一举两得。

平安俊心里很不舒服，拍地钱交上去六七年区政府倒不出地，吴忠琼答应免配套费兑现不了，已经借给区政府400万元了，怎么还要借？可是，新任区长提出要求又不好得罪，很是为难。

B区长道："平总你不够意思啊，你借给前任区长400万元，到我这就不借了？"

平安俊只好退而求其次，答应借给区政府100万元。

B区长见平安俊不积极、情绪低落，再说答应借的钱也太少，便没有再开口。

B区长知道此事再拖也太说不过去，市里逼得又紧，便同平安俊一块去找吴忠琼市长，共同推动一下。

当着平安俊的面，市长、区长双双答应"马上办"，平安俊急得火上房，除了等待也别无选择。

拆迁在进行，新的问题又抛了出来：按照规定，拆迁过程中开发商要上交配套费，否则，不予办理销售许可证。

免配套费的事还没影呢，交配套费的事又冒了出来，"一枪两眼"都要大德公司负责，天下还有没有公理？

这一，市长已经答应免交大配套费，这二，动迁户始终没搬利落，也不具备交大配套费的条件啊！

平安俊的火"腾"地上来，再去找市、区领导。

可是，平安俊的火已经无处可发：吴忠琼调离鞍山另有重用，B区长被免去立山区区长职务。

上火毫无用处，熬，也是一种坚持，是一种考验，更是一种升华。在人生道路上，熬得住，你就出彩；熬不住，你就出局。平安俊只能自己安慰自己：铁打的衙门流水的官，毕竟在跟政府办事，政府一把手不会空缺太久。现在，唯一的办法便是：等待"新官上任"。

很快，"第三任"立山区C区长上任。

平安俊再次向新任区长讲述他的"老故事"，C区长深表同情，并表示一定大力支持平安俊，但有个问题，大配套费的事"区里说了不算"。

2015年12月，赵爱军任鞍山市代市长没几天，平安俊就火急火燎地找上门，赵爱军了解实情后，没接平安俊的话继续深谈，话锋一转，又出其不意地抛出一个"新难题"："你这个事现在办不了。当年批也就批了，当年没批，现在谁也不敢批，政策红线卡在2015年。2013年以前，直接能免大配套费。2015年以后，中央有文件，不准免大配套费。"

事件是碗，真实是水。人们只能看到碗，看不到碗里的水。

平安俊再三强调"前因"，赵爱军只在意"后果"。

一方面，平安俊理解赵爱军，作为一市之长，怎么可能跨越中央文件划定的法律红线？另一方面，平安俊觉得特别冤枉，市里区里拖了这么多年，现在，麻烦越来越多越来越复杂！世上纵有路千条，平安俊只剩下一条小胡同可走：起诉政府，区政府市政府一起起诉！

赵爱军和气地劝平安俊一阵，承诺马上召开市长办公会专门研究此事。平安俊只有等待。官司打起来，什么时候"透亮"？一年、几年，还是十几年？除非万不得已，谁都不愿意走这条路。

在市长办公会上亮出中央文件后，大家意见一致：谁敢违背政策？

赵爱军找来市法制办主任，研究2013年11月12日市长吴忠琼的批示："请余富副市长阅处。建委要积极支持，大德在鞍山房地产开发品质高，信誉好，建议积极支持其拓展商业领域。"

再仔细研究2014年1月29日，副市长赵余富在报告上签批："同意忠琼市长意见，请建委支持。"

赵爱军征求市法制办主任的意见："你看看应该怎么办？"

法制办主任说："看这个批示，不符合现行政策。"

大家一个字一个字抠，最后一致认定：领导批示不明确。批示只说了"支持"，没说免大配套费。

再大的烙饼也大不过烙它的锅。上级领导这样解读当年的领导批示，平安俊还有什么话可说？

此时谁也不在意当年平安俊写给市长的请示：《关于"大德金鼎广场（现名大德广场）"项目免交大配套费的请示》。

请示标题明明有"免交大配套费"字样，吴忠琼市长和主管副市长赵余富等领导就在此请示文件首页上签的批示，现在市政府领导和法制办主任却"集体认定"，当年签批领导的批示文字中没有出现"免大配套费"字样，天下还有这么荒唐的事吗？

如果如此认定，中国行政审批文件已经存档和正在执行的各级政府、各级领导的签批文件中，有几件不作废的？换言之，那些领导没有在批示中明确"点题"的文件，还算数吗？

对于那些领导们常常在文件审批件上一个字都不写，只在自己名字上画个圈，人所共知的通用理解便是，"已圈阅"、表示同意。如果按鞍山市政府当事领导的处理方法可以这样理解：第一，领导没有亲自签上自己的名字、只画个圈，不算数；第二，领导签上自己的名字，但由于没有写文件内容或文件关键词，也不算数；第三，领导在A文件上表示同意、支持的事，指的是B文件。

延续这样的思路，能不出冤假错案？多少平头百姓能扛得住重于泰山的"政府"二字的压力？这难道不是点燃社会上"极端事件"的火花？

日子在一条河里流着，只把信誉留在岸上，长成互不认识的草。

平安俊据理力争："我当年的报告写得清清楚楚，吴忠琼市长表示支持，这个'支持'，指的就是大配套费。"

市长赵爱军说："专家说了，我也没招哇。"

市长的态度非常明确，此事没有再商量的余地。

平安俊一肚子话鲠在喉头，一个字都吐不出来。天下怎么会有这样的道理？一份关于市政府专题减免大配套费的报告写得明明白白，时间、地点、数额、前因、后果、诉求，句句都围绕免掉大德公司在立山区深沟寺项目大配套费一件事，或者说，为了减免大配套费才有了这个报告，再或者，大配套费才是主干，其他所有语言与批示都是枝枝叶叶，"升华"点说，文件首页领导传阅、批示的文字，只是结在主干上的果实，现在，怎么把果实与树干同宗同源同根同体的基因关系和内在逻辑联系，完全割裂开来？

虽然这样硬性确定水跟泉没关系、导向轮与方向盘没关系、花朵跟枝叶没关系一样荒唐，在中国，一旦类似的问题被当事官员们"集体认定"，便是谁也解不开或后人很难"翻案"的死结。正如当年网络所疯传，主事官员一句"如何证明你妈是你妈？"当事人即便跑断腿，哪怕你从天南地北回来办事，也只能悲从天降、仰天长叹：与亲生母亲相关的一切资产、房屋、证券、存款及遗嘱，突然被一个天上掉下来的问号斩断、远隔天涯海角……

我们不说欲加之罪何患无辞，我们也不认为这些官员们联合起来整治平安俊，也不必强调马克思主义者都是唯物主义者，认为"对立统一规律，是唯物辩证法的实质和核心"，仅就唯物辩证法"反对以片面或孤立的观点看问题"上说，这是怎样的政策水准和文明认知？

真话像压了多年的诉讼状，不知道什么时候见天日。真理像早晨的公鸡伸长了脖颈，声音却卡在了喉咙里。

公平和公正，就这样被打着为公和执行政策的旗号，在断章取义中被割裂、移位，导致黑白颠倒、削弱乃至丧失政府信誉。即便我们放弃探讨用 2015 年的政策尺子衡量 2013 年之事对与错，或者说执行令行禁止政策无可厚非，那么，挑同一文件中标题和内容指向准确的领导批示为"不明确"，又是怎么回事？

哪怕期待像火焰一般燃烧，现在，也只能从灰烬里翻找火星，平安俊又去找市长赵爱军：即使有中央文件规定，责任也在政府。政府效率低，怎么怪得了大德公司？企业一再吃亏，替政府担责，事已至此，政府不应该一推了之，而应是实事求是对待此事，再想想办法。

赵爱军知道大德公司吃亏，这样办事太不公道，但无论什么理由，都不能背离中央划定的政策红线，表态道："这样，我们想办法变通一下，财政设法把这钱给你。别提大配套费的事，让财政局研究研究，另想办法。"

平安俊虽然很少参与交际圈，除了建房就是作曲，但许多官员都知道平安俊。除了传统上的文艺界名人，"大德之声"音乐会、"大德讲坛"、"那片阳光——平安俊作品音乐会"等文化活动，也强化了名人效应和文化软实力。

这一头，不喜欢公关的平安俊几乎天天公关，跑区里跑市里跑各个职能部门，找各级领导；那一头，大德广场项目正在如火如荼地进行，大配套费不交，就办不了销售许可证。众所周知，中国房地产实行期房销售，没有销售许可证、卖不了房，资金压力每天都在加大……

想说的话找不到耳朵，想听的耳朵又找不到声音。

再三找"第三任"立山区C区长，C区长既不敢跨越政策红线，也觉得平安俊"亏大了！"左思右想憋出个"新招"："这样，你先把大配套费钱交了，两个月内我给你返还。"

平安俊心有不甘：市里承诺的大配套费没给，现在再掏出一笔大配套费，岂不又一枪俩眼？如果C区长不兑现承诺怎么办？可是，已经来不及想那么多了，项目每天都大口大口吞钱，只出不进，压力实在太大了！又一想，项目在立山区，一把手区长如此许愿，也只好如此。

有些承诺背后是紧咬牙关的灵魂。

平安俊交了1200万元大配套费钱，火烧眉毛的是——赶紧办理销售许可证，允许房子销售，资金链才不会断。

"企业生存太不容易了！"平安俊向我慨叹，"企业生存有很多坎，有的被绊住、倒下了。一些企业看起来表面挺风光，不知道绊倒了多少次。绊倒了爬起来，继续前进。再绊倒，再爬起来，再前进。我们看到的只是少数，很多人，倒地上后再也没有爬起来。"

一切美好的事物都是曲折地接近自己的目标，所有真理都是拐弯的，时间本身就是一个圆圈。真正想做成一件事，不取决于你有多少热情，而是看你能否有足够的耐力和坚持。

吞下了委屈，喂大了格局。平安俊对公司高管说："'大德广场'虽然遇到很多波折，但多数市领导区领导还是很重视的。中央政策有变化，新任市长还提出'变通变通'，新任区长答应两个月内退回大配套费。我们也想想政府的难处，应该知足。"

两个月很快到了，还没等平安俊去催"返回"大配套费的事，立山区 C 区长调走了！

再次身陷低谷，平安俊没有泄气，因为，低谷才能构成对新高峰的向往。

2017 年 7 月，"第四任"立山区代区长上任，同年 8 月任区长。

平安俊责成张衡去找新任 D 区长接茬，汇报遗留的"老故事"，怎么也找不到。平安俊发火了："你找的谁，用什么方法，我不管。这么些天过去连人都见不着怎么行？明天早上，你必须见到他！"

"我约了好几次，约不到啊。"

"你总约什么？直接去区政府堵他！"

第二天，平安俊同张衡一道闯进立山区政府 D 区长的办公室。D 区长推说他马上要开会，平安俊话很冲："我就几句话，不耽误你开会。"

伴随时间的延续，"老故事"越来越长，平安俊足足说了半个小时。

D 区长坚持一条：违背中央政策的事不能办。

2013 年因为政府的原因地没倒出来，办不了减免大配套费手续，才拖到 2015 年，国家政策有变。明明是政府工作拖拉所致，跟大德公司说得上吗？

平安俊找立山区区委书记郭志强，郭强调经济工作还是政府来抓。

再次找 D 区长，无论平安俊怎么解释，D 区长仍然坚持说办不了，并对当年吴忠琼市长和赵余富副市长的批示说："这事不好办，文件上的批示也不明确。"

平安俊再也压不住火，呼地站起来，把公理、委屈、损失，一再损失的事和盘托出。

D 区长说："平总你别激动，我也不是不想办法，你得给我点时间。"

平安俊又找 D 区长五六次，D 区长一直没有找到解决办法。

平安俊催得太紧，D 区长出主意道："我看不如这样，你到法院起诉立山区政府，如果判立山区政府输了，我立刻给你钱。"

D区长的话一下激在平安俊的"痛点"上：我在前边说过，第一次不起诉政府，因为市长吴忠琼的劝止，并用市政府承诺免大配套费作补偿；第二次不起诉政府，因为纪律巡视组来立山区视察之前，区领导做平安俊工作，并与立山区签署的协议，不追究立山区政府"晚倒地"造成多年烂尾楼现状的责任。事已至此，立山区D区长不认旧账、分文不出，却出主意让平安俊上告区政府……

市长承诺免大配套费1200万元早就成了镜花水月，平安俊又"一枪双孔"：上缴立山区政府1200万元（当任区长承诺两个月退回）换取销售许可证，截至2018年，平安俊努力了九年，离目标越来越远。

至此，平安俊讨要大配套费更加渺茫，除了客观上"历史悠久"、市区领导频频更换、麻烦越积越多，平安俊也给自己"下了套"：当年跟立山区政府签署的协议，第一，大德公司同意"晚交地"，第二，同意不起诉政府。掉过来说，烂尾楼放了多年、迟迟不开工，责任在平安俊方。

胸腹里装了很多熟透的豆荚要爆裂，理性却强迫自己制止起义，每一次镇压和反抗，都是对肉体的损伤。但，今天的忍耐，恰是为了明日的花开。

实在无路可走，2018年2月8日，一直在回避上告政府的平安俊上交14万元诉讼费，一纸诉状将立山区政府告上法院。

大德公司的律师跟立山区法院沟通后，决定撤回诉状。2012年平安俊与立山区政府签订的协议上写得明明白白，大德公司平安俊已经签字"同意延期拆迁"，这等于自己给自己下了绊子。有此前提再起诉立山区政府，结果就一个：大德公司败诉。

起诉方撤诉，已经上交的起诉费只能退回一半。

明明有理有据，资金损失这么大，现在却越加希望渺茫，憋气又窝火，几位法律专家也愤愤不平，决定把原来的一个起诉主体立山区人民政府，再加上立山区土地局，补充了一些证据，法院仍然不认可：不管什么原因，也不管政府当时领导怎么说，你们已经跟立山区政府达成协议，同意人家晚交地。如果判决，大德公司败诉的面很大。

平安俊咽不下这口气，又分别找鞍山市中级人民法院领导和主管副市长，复述缘由后，副市长说："算了吧。这个官司你没法打。你们大德公司已经同意立山区政府的要求，并且签了字，起诉也是败诉。"

平安俊再次扔出一半起诉费、撤诉。

追讨大配套费的路真长啊，像打开的磁带延长、延长，卷在轮胎上。平安俊深知在迷宫千万条道路中总有一条是走得通的，但在时间和权力的左右下，他被许多指向错误的道路围困，不能把那条正确的路拣出来。

平安俊再次找D区长："我们为政府扛事，你们当年怕巡视组批评，落下不支持民营企业的名声，主动找我帮忙。结果事情办到这个地步，你们政府办事得讲究点啊？"

D区长张开两手、摇摇头，用一个笑容作答。

人生用年龄搓一条接头儿很多的绳子，捆了一堆不甘束手就擒的白天和黑夜。

平安俊仍然没有气馁，他坚定地认为：好东西在远方，远方如果没有你要找的东西，那一定在更远的远方。

三十七

天空为什么那样诱人？因为有翅膀飞过；花儿为什么如此娇艳？因为有色彩撑腰；水儿为什么起舞？因为有风儿经过……

2011年6月6日似乎与往日没什么两样，但对于韩景连和平安俊来说，因为是《那片阳光》的诞生日而显得与众不同！上午，韩景连沉浸在创作中，中午11点，便迫不及待地把歌词发给平安俊。可惜，在万米高空，平安俊的手机已调至"飞行模式"。晚上五点，被旅途吹裂的嘴唇，到家就山清水秀。平安俊有些莫明兴奋，匆匆赶回鞍山大德·翠韵华庭小区，路过伯牙钟子期雕像，偶然翻看手机，搭档的歌词短信"蹦了出来"，叫"那片阳光"，歌名都出来了！往下一看，一字一撞燃、一句一火焰，字字句句引燃了情感，烧成熊熊烈火！平安俊万般激动、浑身灼热、冒火，几近失控。

懒洋洋的夕阳急着收工，潦草地做着收尾工作，从树叶缝隙筛下来。平安俊的艺术激情却刚刚点燃，若朝晖喷薄而射！灵感像胀破皮肤的果实不能自控，他嗵嗵嗵疯跑着钻进楼洞口，直接上了九楼。

妻子刘经路见了说："回来得正好，马上吃饭。"

"你们谁也不要打扰我，我马上作曲！"

他迅速将自己缩在旋律里，像它的附件。

久渴、裂缝的唇猛然喝到甘泉，沙漠上的细藤秧一下子找到水源，"底朝天"的旱水库突然张开臂膀热情拥抱哗哗奔腾的潮水……

每个音符都跳荡着火花，每个节拍都似戈壁滩上的一蓬绿草，每个旋律都激荡着爱的狂潮……

让走失的种子，回到血管里发芽。在母亲的一颗纽扣上，找到故乡……

顺沿歌词的长青枝，乐谱从地面爬上高天，又逶迤而行，把爱送到需要爱的地方。这对情侣翩翩起舞，把爱照进每一个地方、每一个角落，让世界没有阴影。感恩父母、感恩老师、感恩长辈、感恩祖国，爱人类、爱生命、爱万物……回报所有爱，一代一代接力传递，让感恩山高水长……

因为爱，能战胜任何艰难险阻，让脚成为最长的路，抵达所有要抵达的去处；让爱成为最长的线，能拴住地球，也能拴住人心……

因为爱，壳将种子搂进深怀，芽儿破土而出，草尖举起露珠，叶儿捧起花朵，大地敞开胸怀让所有的根饱吸乳汁……

任海潮在胸中咆哮，让细胞们个个活跃、喜出望外，所有僵眠的神经都被春风唤醒，"不知有汉，无论魏晋"，仅仅一个半小时，平安俊就谱好曲子。哪还顾得上吃饭？外边，最后一缕阳光已被黑夜搂进深怀，平安俊的心里却刚刚升起第一缕晨曦。他把在高天飞翔的"那片阳光"摘下来、种进乐曲，现在，他要让乐曲里的阳光"飞出来"……

平安俊身上所有的器官都进入了高速运转的状态之中，像陀螺一样飞快地旋转。被唤醒的音符们憋在水塘里太久太久，一打开闸门，它们像欢快的银鱼一样飞泻入河……

　　当最后一个音符豪迈入列，平安俊本人则成为快节奏旋律，他火急火燎地招呼妻子："经路，你过来听听，我刚写出来一首歌。"

　　平安俊边弹边唱，走心的旋律与歌词肩并肩手挽手走过来，一同拨响心弦："那片阳光，让我的生命唱响，那片阳光，把我的世界照亮……那片阳光，春夏秋冬在我心上，那片阳光，伴我走过山高水长……"

　　好的音乐，你说不出她是什么，心儿却跟着她的脉搏跳动。你看不见她表达了什么，却被她"附体"一样掀起情感波澜，领进感动的深水区……

　　平安俊唱完了，感觉出奇地静，怎么一点动静都没有？

　　平安俊抬头一看，妻子已经泪流满面。

　　刘经路边擦眼泪边说："你唱到第二句'那片阳光，把我的生命唱响'，我就止不住泪水了。我想到婆婆在我身边走来走去，我也想起我妈妈的样子，'把我的生命唱响'，这首歌太好了！"

　　平安俊把第一段设计为女声齐唱，第二段为少儿齐唱。"既要感恩，同时也要为社会做贡献，还要创造新世界，把感恩延续下去，'阳光伴我山高水长'……"

　　第二天，平安俊突然接到曲畅的电话："平叔叔，我回来了。我晚上要去看看你。"

　　早在上世纪八十年代，曲畅就参加平安俊办的音乐培训班学习。她从中央音乐学院附中毕业后，又以全国第一名的成绩被中央音乐学院管弦系录取，同年美国茱莉叶音乐学院音乐系也向她投来橄榄枝，现为美国洛杉矶歌剧院首席小提琴演奏家。

　　曲畅有个习惯，无论走到哪都随身背着小提琴。这把小提琴价值连城并有着传奇故事：她在美国洛杉矶学习音乐租房子时，一辈子没儿没女的房东老太太特别欣赏曲畅的才华，便把有着几百年历史的意大利小提琴送给她。

曲畅一进屋，平安俊就说："你来了正好，我昨天谱了个曲子，我弹给你听听。"

深情的乐曲从钢琴胸腹一传导出来，立刻抓住了曲畅！

平安俊弹完最后一个音符，曲畅还没从激动和沉醉中"清醒"，老半天她才"复苏"过来，急迫地说："平叔，我拉一下。"

二人把钢琴与小提琴对好音，曲畅一上手便把平安俊震撼了：世界上顶尖小提琴家果然出手不凡，专注、抒情、悠扬，声声唤、弦弦惊、一波又一波，拨动心弦……

曲毕仍意犹未尽："这个太适合小提琴了！平叔，能不能改编成小提琴曲？"

"好，我答应你。"

"曲畅啊，"平安俊又说，"我明天就找人录音，你再来一趟。"

当晚平安俊把曲子改成小提琴独奏曲，6月9号，平安俊在家里录了曲畅演奏的小提琴独奏曲《那片阳光》。

一朵花开，周边所有的花全都开了！

在此之前，好几件事卡憋在一起无法解开：父母合葬祭奠日选定在本月16号，用什么背景音乐？即将筹备的个人音乐会用什么主题？这么多年，这么多作品，用什么主线串起来？《那片阳光》这把钥匙，全给打开了！

离祭奠日只剩下四五天时间，去北京配器、录音、制作带歌词的背景音乐已经来不及，鞍山歌舞团队伍早就散伙了，有着丰富经验的平安俊只好"现抓"，找来30多人的业余合唱团。在歌舞团搭个简单的录音棚，平安俊亲自辅导、指挥，讲解《那片阳光》的内涵，要求合唱队员进入角色，把感情沉进歌词和旋律里。队员们很快学会这首歌，立刻正式录音。

唱到感情爆发点："那片阳光，让我的生命唱响，那片阳光，把我的世界照亮……"

好几位合唱队员泪流满面……

刚录完，一位队员问："平老师，这歌往哪用啊？"

"用于我父母的合葬仪式。"

队员又跟一句："平老师，我祭奠父亲，也用这个音乐，行吗？"

"用吧，没问题。"

6月16号上午，鞍山千秋公墓举办了一场令人耳目一新的祭奠，墓碑没有逝者生平简介，而是刻上《那片阳光》的歌词，落款也非常简洁：儿女敬立。

70多位逝者儿女和亲友敬立墓前，《那片阳光》前奏舒缓地响起，若千万道温暖的情感阳光泼洒下来，营造了浓郁氛围。当走心的歌词随旋律缓缓萦绕耳畔，清丽而深情的女声合唱一波接一波袭来、一下又一下拨动心弦，所有人都陷进感恩旋涡，张张面孔湿润，颗颗心随之颤抖……

扫码欣赏国家交响乐团合唱团和中央少年广播合唱团演唱合唱《那片阳光》

局部环境感染了人们的感觉：仿佛一缕轻风、一声鸟啼，都成为唱词和旋律的一部分……

公墓管理人忍不住慨叹："有公墓以来，第一次有这么感人、这么高雅的祭奠仪式。"

大半年时间，平安俊要筹办的音乐会主题，如《那片阳光》歌曲一样搁浅，在这感人时刻，平安俊突然来了灵感：音乐会命名一直悬着，这下确定了，就叫"那片阳光——平安俊作品音乐会"！

这样的主题才深刻、有着广博的思想内涵。

这件事困扰平安俊好久好久。

早在2010年，平安俊就开始策划个人音乐会。到底起个什么名呢？多数音乐家会用自己的代表作为音乐会命名。平安俊翻找自己影响力大的作品发现，《五月千山梨花开》唱了几十年，现在公园、广场天天在唱，可这是"地方粮票"，代表性不行；《我爱熔炉我爱钢》为单纯的工业题材，统不起来；《童心是小鸟》是儿童歌曲，不适合作标题……

纠结了二年找不到出口的"暗角",一下子被《那片阳光》照亮……

三十八

想走必须走的路,才能走要走的路。

做了这么多努力、耗时耗力太多,大配套费的事毫无着落。偶尔,平安俊也会有种茫茫无际的感觉,像黄昏时出海,路不熟,又远。

这感觉一闪而逝,平安俊相信:落红不是无情物,化作春泥更护花。像翻过旧岁一样翻过沮丧,再一次挥臂前进,以饱满的激情投身"大德广场"项目建设。

做一块闭嘴但热心肠的石头,甘愿压在大棚塑料布上防风,甘愿被砌在墙里护城。

注视位于鞍山市立山区双山路与园林大道交汇处的新项目,站在一片废墟的最高处,平安俊成竹在胸:"必须做出深沟寺地区最好的地标性建筑!"

不要对抗人生的不确定因素,把心安顿在当下。

从打出的"第一拳"设计和规划起,平安俊就用足了劲:用盲评大竞赛的方式,挑选最优的设计方案!请沈阳的东北设计研究院和尹韧先生牵头的大德设计团队背靠背拿出各自的方案,报酬已经退居其次,大家都在为荣誉而战!

"第二拳"砸在出类拔萃的户型上。反复"拉锯式"探讨了数十次,必须达到平安俊的要求:尽量多的户型要全线通透,一半以上达到全明户型。凡是有屋就有窗户。每个开间能大则大,原三米的开间做到三米三,客厅开间原做三米九,改到四米,老百姓买一回房子不容易,必须减少无用面积。消防的严格要求限制户型设计,干脆把消防通道放在楼外。

平安俊幕后掌舵,张衡全线操作。

先进技术理念精雕建筑,以匠人精神打造大德广场的理念超凡脱俗，格外"吸睛"：楼盘"先声夺人"，约50米超大楼间距，art deco建筑风格搭配液态花岗岩向天而立，在四周低矮老旧房屋的衬托下，若众星捧月；楼质和功能出类拔萃，热效率高、稳定性好的地热供暖，隔冷、隔热、隔噪音的三层玻璃窗；鞍山历史上"最沉寂"的地方，一下子成为"热点区域"，以大型商超为核心，打造现代人文、宜居大社区型商业聚群，电影院和休闲购物应有尽有，并辐射周边。

目标就像蝴蝶，你去追它的时候总是很辛苦，其实你只要种下很多花，蝴蝶便会自己飞过来。

2016年春天，"五月千山梨花开"时正式施工，2018年8月30日，鞍山遍野稻谷香时圆满收官。

深秋季节，人们的购房热情却营造一个万物萌发的春天。

许多购房人提前深度参与"准业主质量监督团"，如庖丁解牛，熟悉牛体的所有结构和大大小小的局部一样熟悉这里的每一栋楼，甚至熟悉每一道建造工序和各式各样的原材料。有人从打第一根地桩开始，一直到噼噼啪啪响起大楼封顶的庆祝炮仗声，寸步不离地全程"盯守"。越看越兴奋哪！平安俊的建楼理念和质量早就"润物细无

大德·翠韵华庭准业主质量监督团成立

声"一样深入人心，每一个目睹施工的人都是一个"小喇叭"，十几个、几十个、上百个小喇叭整天广播，带动更多的小喇叭"响起来"，不绝如缕的赞扬声早就在民间热情传播……

听说第二天正式开盘，为了买到可心的房子，老百姓头天晚上就排起长长的队。有人吃起嚼面包、喝矿泉水的晚餐，有人坐在自带的凳子上打盹，有人带上毛毯准备打持久战。太阳矮了，蹲在楼后头，乌鸦呱呱叫着归巢，队在延长；夜晚收割了最后一缕阳光，路灯一个一个亮起来，队在延长；一弯钩月悄悄露出瘦脸、星光满天，队还在延长……

有人上厕所或离开前，在凳子上放件衣裳占位。有一对老年夫妇换着班站队。旁边的人劝他们回去，大家给他们看着位置，老太太说："老人觉少，心里惦记着房子，回去也睡不着。"

有人猜测"大德广场"的房子便宜，不然不会这么多人来"凑热闹"，打听后惊讶得伸长舌头、吸溜吸溜吸凉气：周边的房子每平方米均价三千多元，这里每平方米均价四千多元！

有人猜测这是营销策略，所有来站队的人都是"托"。

有人叨咕肯定"有赠送"，比如赠送多少平方米房子，比如赠送家用电器，比如一楼赠送一块地……

一位胖乎乎的"国字脸"好奇地一问，现场站队的人争相做起免费广告，纷纷夸起这里的房子如何如何好，"国字脸"半信半疑地叨咕："你们被洗脑了吧？"

"你才被洗脑了呢！"一位高个老人像自己被骂了一样愤怒，他呼地举起小板凳，吓得"国字脸"掉头就跑。

大德广场建设接连遭受重拳击打，出现这么火的销售局面，谁都没想到。

头一个重拳是遭遇拆迁梗阻，一个团队左等右等，六七年还上不了手。第二个重拳遭遇市场变故。第一次设计学习万达模式，临街建商业网点，住宅下边做商铺。将整个项目分为东西两部分，东边一大块，西边一大块，中间设内街。眼见实体经济被电商冲击，这种模式肯定不行。于是改了规划，整个盘为一大块，南部为商铺，北部为住宅，设少许商铺。第三个重拳为再次更改，施工半截，又增设电影院。

我以三次重拳概括此项目，纯粹为节省语言。如果把实情掰开说，数万字都讲不清楚。

然而，所有这些，都不能阻止购房者"超级喜欢"的脚步。

第二天开盘时，场面几乎控制不住，前边的人"呼啦"一下拥上来，后边的购房者越聚越多。

"请大家不要挤，"现场销售经理连忙大喊，"请大家按照号码排队的先后顺序来，没有号码是不可以选房的！"

购房者互相监督，人们立即归队排号等候。

现场购房的人太多，担心进去看房的人不方便，张衡临时决定：每次只允许进10个人，在屋内停留10分钟，价格（个性化户型一户一样）进屋再公布。没进屋的人，不知道自己能不能买到房子，也不知道房价多少。如果10分钟内没想好，还要重新排队才能再次进屋看房。

每位成交的客户当场公布出来，所有人都热烈鼓掌祝贺。

大德广场共计621户，开盘的第一天下午，就成交98户！

张衡和同事们兴奋了，人们像不花钱一样抢购，创造了鞍山市楼市开盘的奇迹！夕阳西下，张衡却感觉朝阳初升，他鼓动伙伴们："我们能不能卖到100户？"大家齐心协力，现场宣传与打电话联手，傍晚时分又卖出去一户！

"大家再加把劲，"张衡说，"什么时候卖到100户，什么时候下班！"

那是一个终生难忘的日子，2016年9月28日10：30，张衡团队又售出去一户，创造了开盘当日销售100户的奇迹！

我在前边说过，大德广场的房子户型设计精到，几乎"一房一品"，面积和设置各有区别，无法统一定价，多数房源一房一价。房子卖得这样火，张衡却上起火来，是不是卖便宜了？心里惦记此事令他辗转反侧、一夜未眠。"一手托两家"的活不好干，群众满意，在鞍山市房子普遍滞销时这里的房子畅销、遭遇抢购，很令人振奋，可如果老板不满意，怎么交代呢？

第二天早上，张衡惴惴不安、怀揣脱兔一样叩开平安俊办公室的门，汇报销售情况只是例行公事，试探老板满不满意才是真。

"客户高度认同所有户型，不容易啊！"平安俊话锋一转，"这次销售工作做得不错，这说明你们营销工作没有失误，措施很好！"

坚持做一件事情，不是因为这样做会有效果，而是证明这样做是对的。即使身处困顿，也不忘抬头看看柳梢的月，檐角的星。

"大德广场"项目落地，若一片牡丹园在蒿草丛生的荒野中心盛开，比当红明星还要耀眼！老旧的深沟寺地区摇身一变成了鞍山市的新地标！因为商业和文化设施齐全，建筑理念和风格实用、前卫，人气旺了、房价涨了、商人多了，居然带火了这个曾经姥姥不亲舅舅不爱的地方！

民间高度认同，官方也大加赞赏：继2017年荣获"辽宁省建设工程优质结构"称号，2018年夏天，大德广场一次性通过了史上最严"国检"，也是2018年，大德广场又摘得"辽厦杯"大奖，2018年年底，再次荣膺全国房地产业最高奖——"广厦奖"！

博得一片叫好声，大德再一次声名鹊起，谁能想到？这却是个赔钱项目。从2009年拿地起，因为倒不出地，大德公司整整等了七年！

这七年里无数个今天盼明天、明天盼后天连接在一起，即使急红了眼，天天有费用，团队也不能散。建筑公司的一些设备使用寿命也就六七年，眼巴巴在等待中报废……

高额利息每天都大口大口吞咬项目的纯利，减免"大配套费"仍然雷声大雨点稀，最闷的时候，连渺茫的希望都没了……

然而，平安俊仍然对未来充满期待。

生命是一部结构精巧、跌宕起伏的传奇，有时一个念头就能改变它的走向。若不是心宽似海，哪来的风平浪静？

三十九

盛夏的首都北京鲜花盛开，万物葱茏，活力勃发。

新中国诞生以来，这座沉淀着五朝古都历史的城市，一直是中国乃至世界文化精英们聚会、展演的大竞技场。传统作品在此打擂，创新作品在此亮相，外国作品在此展演，精艺绝技在此比拼，各路高手纷纷来抢占制高点，后起之秀以在此登台表演一个节目、半首歌，甚至露个脸、挂个名为荣。

表演和表演不一样。从古到今，表演种类和流派灿若繁星，非业内高手学者，很难厘清分野高下。但，人们普遍认同"两大块"：主流与非主流。

毋庸置疑，被权威认可、政府赞同、万人同挤独木桥、正面同抢一个主峰的大较量，多数人称其为主流。

因为万人瞩目、正面强攻，难度不言而喻。

但难度决定高度，艺术家们前赴后继、奋勇争先，纷纷从四面八方拥来……

2012 年 5 月 5 日，若宇宙多一颗小星，高天多一丝彩霞，花海多一个蓓蕾，北京古城的文化瀚海上，又多了一朵跳跃的浪花。

晚上 7：30 分，一轮圆月悬在天穹，万家灯火点亮街巷，北京东直门南大街 14 号保利大剧院，迎来一场格外引人注目的音乐会，由中国音乐家协会主办，辽宁省文学艺术界联合会和鞍山市人民政府协办，辽宁大德实业集团有限公司承办的"那片阳光——平安俊作品音乐会"在这里隆重举行。

那片阳光——平安俊作品音乐会幕前电视短片

大幕缓缓升起，音乐会由歌曲《同一个世界，同一个梦想》大格局震撼开场，牢牢吸引每一双眼睛、每一个耳蜗。此后好戏连台，戴玉强、吕继宏、张建一、黄越峰、王燕、吕薇、姚贝娜、曹芙嘉等众多明星大腕各施绝技、争相献艺。

2012 年 5 月 5 日，"那片阳光——平安俊作品音乐会"在北京保利剧院恢弘奏响

中国国家交响乐团、中国国家交响乐团合唱团、著名指挥家陈燮阳及美籍华裔著名小提琴家曲畅现场演唱、演奏了著名作曲家平安俊创作的经典歌曲以及交响组曲、小提琴协奏曲等音乐作品。

偌大的剧场座无虚席，来自国内外的 1000 余名观众，在这里聆听一场美妙高雅的音乐盛会，享受一场美轮美奂的视听盛宴。观众们惊叹："来自辽宁的作曲家登上首都的音乐舞台，创作了这么多的名曲名作！"

登上这个"高台"绝非易事。

作曲家、中国音协副秘书长田晓耕热心音乐工作，热心支持、扶持有才华的同行。田晓耕作曲的《故乡情》系列作品脍炙人口，父亲田光作曲的《北京颂歌》至今仍在广泛流传。

田晓耕找到中国音协党组书记、驻会副主席、以《我热恋的故乡》《篱笆墙的影子》《亚洲雄风》《大地飞歌》等名扬海内外的著名作曲家徐沛东，协调平安俊的音乐会由中国音乐家协会主办，徐沛东感到十分为难："以前没这个先例啊，他毕竟不是专业院团的。"

徐沛东没有直接表现出潜在的疑虑：企业家办音乐会，靠谱吗？

田晓耕不便多说，只好请徐沛东先看看平安俊的作品。

徐沛东越看越高兴，工人题材、农村题材、儿童题材，各种晚会，交响乐、独奏、重奏、合唱、独唱、童声、美声、民族、通俗，几乎洞悉音乐的所有门类，驾驭各种风格、类型和题材，创作了几百首作品。作曲数量这么大、获奖很多，很多名家都在演唱平安俊的作品。徐沛东深深被平安俊的作品打动，将这个"无先例"的话题热情洋溢地端到党组会上果然没有任何异议，中国音协党组会议决定：由中国音乐家协会主办这场音乐会。

这是中国音乐家最高规格的音乐会。新中国成立以来，由中国音乐家协会主办音乐会的音乐家，向来都是中国音协副主席职务以上的音乐家，非此职务作曲家、歌唱家的个人音乐会由中国音协主办，平安俊为破天荒的第一位。

这么高规格的音乐会，演奏单位非中国国家交响乐团莫属。

中国音协副秘书长田晓耕受中国音协党组书记徐沛东的委托，前去国家交响乐团协调此事，却碰了一鼻子灰：关峡团长坚决不同意。

理由就一条：企业家办音乐会，中国国家交响乐团不可能参加。

此前不久，该团因为为某行长举办音乐会受到上级批评、写过检讨。

关峡也是一位优秀的作曲家，曾为电影《围城》、电视剧《激情

平安俊与著名作曲家、中国文联副主席、音协分党组书记、常务副主席徐沛东合影

燃烧的岁月》《士兵突击》等作品谱曲。

田晓耕力荐平安俊为沈阳音乐学院作曲系科班出身、作品出色，关团长不好搬田晓耕面子，才不太情愿地说："你把作品拿来，我看看再说。"

好的音乐是一条河，每滴水都是新的。

关峡一看，立刻改变了态度："作品真不错。但，这事我自己定不了。我们交响乐团领导班子要一起审查作品。"

中国国家交响乐团的演出档期很紧，请他们出场，众多单位提前半年还不一定能排上号。另外，担心沾染铜臭味儿，担心企业家出来"玩票"，上级主管单位有明确指示：交响乐团一定要演高精尖的作品，"没钱你可以打报告，国家院团给钱就干，不是给国家丢脸吗？"

优美的音乐旋律像一组同步运转的齿轮，和欣赏者的情绪刚好互嵌，严丝合缝，同步旋转。

这天，田晓耕通知平安俊："你尽快来北京一趟，把作品带上，国家交响乐团要审节目。"

平安俊没想到如此重视，团长关峡带两位副团长和一位业务科长，一起审查平安俊的作品。

曲畅演奏的《那片阳光》一开场，磁石一样吸引领导与专家，表情和肢体语言伴随不同的旋律而变化，最先暴露各自的内心，无声的表态……

现任中国民族管弦乐学会会长、以《我爱你塞北的雪》红遍全国的副团长刘锡津当即表示："我早就知道你，当年的《我爱熔炉我爱钢》多经典啊。没有想到，你创作了这么多好作品。"

伴随多种风格节目的亮相，现场情绪由严肃变轻松，由古板变活泼，一本正经的节目审查变成快乐的音乐赏析，专家们以交口称赞收场。

中央电视台高级编导、小提琴家董长武担任音乐会总导演，以其丰富的执导经验和整体把控能力，力推音乐会水准扶摇直上。

音乐会上，中央电视台著名主持人朱军以庄重典雅为基调，还拼力调动"文艺范儿"，为音乐会增光添彩。

当背景大屏幕出现钢花四溅的火热场面，著名歌唱家张建一以雄强、激昂的歌声，还原了"现场氛围"，推出带有火红时代激情的《我爱熔炉我爱钢》，再次感染了观众，剧场里掌声雷动……

扫码欣赏张建一演唱的歌曲《我爱熔炉我爱钢》

我在前边讲过，平安俊当年深入火热的鞍钢，当一线炉前工、三班倒，一次正在炉下清炉渣，炼钢炉膛突然"开锅"、翻花，平安俊拼命飞跑，差几秒钟就搭上性命，被数百吨钢水埋压换来的歌曲，竟成为"常青树"，几十年来，一直在钢铁工人中广泛传唱。

在著名指挥家陈燮阳先生的指挥棒下，众多不同声线的管弦键同时发力，《新年组曲》的第四乐章《新年进行曲》时而悬瀑垂砸、激流奔腾、万马齐奔，时而溪流浅唱、轻风徐徐、暖阳抚照，时而萌芽欲出、万物蓬勃、鸟语花香，激昂与热烈、舒缓与平和，风收与潮起，音乐带给人无穷无尽的想象，仿佛把美好的祝福送给现场的每一个人，观众们报以经久不息的热烈掌声……

音乐会全方位地展示了平安俊各个不同时期的音乐精品，《我爱熔炉我爱钢》《五月千山梨花开》《国旗和太阳一同升起》《同一个世界，同一个梦想》《童心是小鸟》《种下一棵爱情树》《大德行天下》《大爱无疆》，合唱《新年祝福》《那片阳光》《水木情缘》《为我领航》《走向辉煌》等经典曲目掀起了一个又一个高潮。

中国文联副主席、中国音乐家协会分党组书记、驻会副主席、著名作曲家徐沛东温文尔雅，毫不掩饰地直抒胸臆："我非常羡慕他，

扫码欣赏吕继宏演唱的歌曲《五月千山梨花开》

扫码欣赏戴玉强演唱的歌曲《国旗和太阳一同升起》

扫码欣赏曹芙嘉演唱的歌曲《大德行天下》

无论是做艺术，还是当团长，不管从商还是作曲，他都非常敬业，非常成功。他的音乐很全面，从声乐到器乐，从合唱到独唱，从民族到西洋，他都涉猎，功力也非常强。《大德行天下》就是他从商的理念，值得我们敬佩。他还经常为家乡做很多慈善事业，每年为家乡的文化事业做出了很多很多的努力。他在从商这二十几年里，始终没有忘记作曲这个行当，他酷爱音乐，他的作品也屡屡在全国获奖，作为同行我特别自豪。在这个时代，他是我们的榜样。"

扫码观看视频：名人眼中的平安俊之徐沛东

扫码观看视频：名人眼中的平安俊之钱颖一

美国哈佛大学经济管理博士、清华大学经济管理学院院长钱颖一自豪地说："2005 的时候，他来到清华大学经济管理学院攻读 EMBA 的学位，我给他们班上了第一堂课。他是我们经管学院一位比较特殊的学生，因为他是集音乐家和企业家为一身。平安俊非常有艺术的创造力、鉴赏力和敏感度，同时又是一个非常优秀的企业家，集这两者为一身的在我们学院并不多，有这样的学生是老师最大的骄傲。相隔六年，平安俊的儿子平凡也进入我们清华 EMBA 的项目，我也教了他，上了第一堂课。我作

平安俊和儿子平凡与国务院参事、著名经济学家、清华大学经管学院院长钱颖一教授合影

为教师，先教了父亲又教了儿子，这个经历非常有意思，恐怕我这一生也很少见。"

辽宁省音乐家协会主席、沈阳音乐学院院长、著名男高音歌唱家刘辉感慨道："早在70年代，平安俊老大哥创作的歌曲就家喻户晓，广为传唱。刚才演唱的《我爱熔炉我爱钢》，那时候已经唱响全国，他是很有影响力的一位作曲家，我念书的时候，我们专业课上都唱这首歌。刚才唱到的《五月千山梨花开》，也在鞍山市家喻户晓。他的作品贴近时代，深入工厂、企业、学校去体验生活，创作出来的作品也具有浓郁的民族风格和有着浓厚的生活气息，他是我们毕业生当中优秀的杰出的作曲家代表。作为母校的现任校长，我为有这样的校友感到非常的骄傲和自豪，同时也祝愿他在今后音乐创作的道路上，笔耕不辍，继续创作出大量的优秀作品，同时也祝愿他的企业越办越好。"

扫码观看视频：名人眼中的平安俊之刘辉

扫码观看视频：名人眼中的平安俊之王健林

著名企业家、大连万达集团董事长王健林深有感触地说："我个人看法，做人要讲人品，经商要讲商德，特别是作为民营企业家，更应该

平安俊与著名企业家、万达集团董事长王健林合影

懂得感恩，回馈社会。我认为平总做到了这一点，他的公司名字叫'大德集团'，我感觉人如其名。他的德行和公司名字是非常相符的。我觉得他的企业为社会提供优质的产品，还为社会提供了精神食粮，为我们国家和社会做出贡献。我祝愿平总的音乐作品越来越好，也希望他的企业越做越大，特别祝他今天的音乐会取得圆满的成功。"

扫码观看视频：央视主持人朱军采访平安俊、同学及家人

著名指挥家陈燮阳赞叹："他对国家、对人民有很深的感情，有感而发写的这些作品"。

著名男高音歌唱家戴玉强说："他这么多年了一直是笔耕不辍，一直有很高的创作热情，我觉得非常让人敬佩"。

平安俊激动地表达了感恩之情："在音乐和建筑的两个王国里，我将与时俱进，不断前行。我要用精美的音乐，精品的建筑，回报祖国和人民，回报伟大的时代。"

四十

人与人的区别不在于是否失败，而在于如何应对失败。别让一个小插曲，坏了你的圆舞曲。

"大配套费"的故事仍以看不到结尾的方式延续。每走一步都像在过机关暗道。所闻之人无不同情、支持平安俊，却怎么也走不出尴尬境地。在整个社会巨大的惯性作用面前，个人的一点有限努力很快会被无情地消解掉。平安俊仍然积极应对：这扇窗打不开，何不再推开一扇窗？

鞍山市委原副秘书长、《鞍山日报》原社长刘耀业，为平安俊为数不多、不时聚会的文化圈内好友。当年资助贫困学生的"鞍山日报社红十字分会大德爱心基金"，就由刘耀业操持，他还参与"大德之声"和大型交响组歌《水木情缘》的宣传策划。

刘耀业脱口而出："平安俊首先是艺术家，以仁德之心做经营，以艺术家的思维办企业，从不以利益最大化为追求，而是把地产项目当成艺术品来作。最可敬的是，平安俊把'德'字体现在建筑中，体现在施工的每一道工序过程中，体现在老百姓的口碑中，他一直在做良心工程。作为企业家他的短板是不请客送礼、不会拉关系，套近乎他都不做，也不会做。更不会八面玲珑、见什么人说什么话。他缺少这种思维，不会这样做也绝不这样做。"

2018 年秋天，平安俊征求刘耀业意见，要把大配套费的事向新上任的鞍山市委书记、市长反映一下，这信写给政府还是写给市委？

刘耀业建议这信还是写给市委书记的好。按说这事当然归政府管，市长新来的不了解情况，需要核实。会经过政府信访办，找立山区政府核实。这样走一圈，证明平安俊反映的情况属实。"如果信直接写给市政府，担心人家不同意、一下子顶死。建议你以个人名义将信写给市委书记。这是正常反映情况，我负责交到市委书记手上。你以公文的形式打印、盖上公章。办公室主任写上文件笺，主任、秘书长、副书记层层签字走程序，公事公办。"

平安俊沉闷的心里又亮出一条细缝：如果市委书记签批了意见，事情很可能出现转机。

夜晚，月亮像一根金黄色的香蕉吊在大德·伴山溪谷的上空。风儿轻轻掀起衣角，溪流沉醉地哼唱。平安俊的情绪却突然步入低音区：希望像落在枝头的鸟，可去可留，随时都可能飞走；像泥鳅鱼钻进稀泥里，没人知道它钻多深，在什么地方。在手执重权的官员面前，自己渺小如一滴水。可他旋即就兴奋起来：哪怕是深夜，溪水也怀揣梦想，用黑缎子把这些梦包裹起来奔腾向前。溪流衣兜里揣着星辰，边晃边亮。水什么都不怕，它既分散又聚拢，谁都分不开水，水剩到最后一滴也抱成团。

新任市委书记韩玉起接到信后，并没有在信上签批意见，而是嘱咐秘书处转给市政府。

立山区区长对平安俊说："这封信是余功斌市长在一次招商会上给我的。余市长对我说：'韩玉起书记一个字也没在信上批。关于大德公司的事，韩书记说了两句话：'互让互谅，协调解决'。"

平安俊平静地说："我已经做到'互让互谅'。大德广场已经开业，按政府要求增加了容积率，又增加了填补立山区深沟寺空白的商业区。该做的我已经做完了，该政府的了。"

四十一

真正的赞美会从心底蒸腾而起，明亮得就像海面上的水汽。

音乐会精彩落幕，影响却刚刚启幕，许多名震中国歌坛的权威人物频频发声，现选两篇文章：

原沈阳音乐学院院长、辽宁省音乐家协会主席、以《我和我的祖国》《我为祖国献石油》名震海内外的著名作家曲秦咏诚，为平安俊的一部又一部横空出世的佳作而兴奋，更为自己有这样的学生而自豪，他曾在年迈之际欣然命笔，力掀三波推出平安俊的作品。第一波，2009年为《平安俊歌曲选》热情作序；第二波，2012年4月27日，在《文艺报》发表了文章《讴歌时代的平安俊》；第三波，此次音乐会后，八旬高龄的秦咏诚备受感动、再次推出《讴歌生活与阳光的作曲家——平安俊作品音乐会听后》。

平安俊与著名作曲家、原辽宁省音协主席、沈阳音乐学院院长秦咏诚合影

秦咏诚从人格、生活、动情点、艺术特色、曲乐的独到之处多元、多方位地推出平安俊，并深情地称赞道："平安俊是讴歌生活与阳光的作曲家，他对祖国、对党、对人民、对父母的爱和感恩的心情，透过一曲曲动人的旋律得到了完美的展示。音乐会既是他四十余年作曲生涯的历史总结，也是他讴歌生活与阳光、讴歌祖国与人民的心血结晶，我向他表示诚挚的祝贺与美好的祝福！"

无独有偶。

2012 年《歌曲》杂志在第 7 期和第 8 期重力推出平安俊的经典作品：《国旗和太阳一同升起》《我爱熔炉我爱钢》《母亲——中国》《五月千山梨花开》《我没有带回我的心》《西湖夜歌》《小雨沙沙沙》《种下一棵爱情树》《夜晚从山上走下来》。

2012 年《歌曲》杂志第 7 期，又在显著位置刊发曾以《前门情思大碗茶》《故乡是北京》《唱脸谱》等轰动歌坛、在全国广为传唱的著名作曲家姚明的文章——《来自钢城的那片阳光——观摩"平安俊作品音乐会"有感》。

姚明以沈阳音乐学院老同学的身份回忆："同窗数载，我与平安俊结下了深厚的情谊。平安俊学习十分刻苦，记得那时，我同他住一个宿舍，每天晚上我们都已经上床熄灯休息了，可是，平安俊却迟迟未归，等到大家都快睡着了，平安俊怀里揣着乐谱，才从琴房温习功课回来，悄悄推开房门，上床入睡。"

姚明惊叹平安俊"华丽大转身""两条腿走路"，经商和音乐创作都做得有声有色。如此双料人才、凤毛麟角、少而又少，"自愧弗如！"

"翻开他那厚厚的一本《平安俊歌曲集》，那些充满智慧、浸透汗水的作品，令我目不暇接，击掌赞叹。"

四十二

成长就是要穿越坚持与妥协的两难境地。

市委书记韩玉起虽然没在信上签一个字，却重新启动了已经僵死的"大配套费"遗留问题。换言之，这么多年，市区政府和当任领导不但没有解决问题，反而一步一步牵着平安俊的鼻子走，让大德公司更加被动，一头跌进连起诉的资格都丧失殆尽的陷阱。时间呼呼迈进，十多年转瞬而逝，而今层层口头传达的"互让互谅、协调解决"八个字，与当年立山区"第一任Ａ区长"上报市政府的专题行文、市长和副市长在行文上亲自签批的力度显然不在一个"量级"上，但，毕竟给了一步"缓棋"的机会，下步棋子朝哪落、怎么走？能不能绝处逢生？如同落水者突然发现一根稻草，能不能救命也都要抓在手里！

承担一定的忧愁、痛苦或烦恼，也是人生的"必需品"。一艘船如果没有压舱物，便不会稳定，不能朝着目的地一直前进。

平安俊先后找了分管土地和法院工作的常务副市长、市人大主任等领导，大家都很同情平安俊。市建委主任、立山区原"第一任区长"豪爽地表态："平总你放心，我一定说公道话。"

领导们答应出面研究，平安俊又无数次打电话催促。

领导们凑齐了深入商讨，大家各抒己见达成共识：绝不能让政府失去信义，更不能让替政府担担子、为改善老百姓生活环境的企业吃亏。在不违背法律政策的前提下，要推动这个遗留问题尽快解决。

市人大主任王军表态：责成立山区政府向市政府打报告，市里研究解决。

立山区政府将报告递交市政府。

在区政府的要求下，平安俊要挨个找当年的当事领导出证明。

河床不变，貌似同样的水已不是从前的水。

"第三任C区长"已经调到鞍山市科协工作。闻听此事，C区长以自己工作调动不管此事推脱。

平安俊说："你虽然调任市科协，不主管这项工作，可你当时主管此事、知道实情。请你实事求是出个证明。"

见C区长仍在犹豫，平安俊简单复述了事情经过，重点提及C区长当时答应大德公司"先把1200万元大配套费交了，两个月内再返还"的事。平安俊怎么也想不到，C区长随口一句"我记不得了"，又补充道："我没说啊？什么时候有这事呢？"

原来记忆也是推脱责任的选择题，有些记忆即便还在，也要假装记不起。

平安俊强压怒火，启发道："你再想想，你哪怕客观地说说也行。当时我们公司的冯总，冯贵申办理的，你对冯总说：'你先交钱，我两个月内返回。'"

结果不言自明。连市长和副市长当年亲自签字的文件都不算数，多年前的一句话，既没有文字记载，也没有声音资料留存，只在空气中微微颤动了一下、瞬息而过，不承认又能怎样？

尽管失望大于希望，平安俊还是硬着头皮去找立山区原建委主任、现鞍山市应急办主任曹春雷。平安俊再次复述大配套费的"老故事"，曹春雷愣了一下，平安俊心想：又完了！

对于曹春雷来说，当年只是受立山区领导委托例行办一件"公事"，办完也就完了。时间，早就把这片轻轻的"羽毛"吹跑了。可对于平安俊来说，那可是沉甸甸的千余万元巨款啊！

假话如同台词，常常是背熟了再说；真话如同咳嗽，多数是压抑不住的时候喷涌而出。

平安俊内心装满了惆怅和失望："你看看，"像站在指挥台为某位演奏员纠正错音一样，右手向前一指，"春雷，当时你拉着我给立山区政府出证，说巡视组马上要处理区政府。我相信你，这才出了证、签了协议，让大德公司承诺同意晚交地，出现烂尾楼、晚交地不是政府的责任。当年可是你找的我啊！"

平安俊的声音和表情若轰隆隆的脆雷把厚厚的黑云炸开一道缝，久远的记忆闪电般从缝里钻出来，曹春雷说："确实有这事，这是事实。我出证！"

曹春雷在材料上庄重而果断地签上自己的名字，每一个字都是一声惊雷，接连炸响在平安俊耳畔，让平安俊血流加快、激动不已，他久久握着曹春雷的手连声道谢……

面对同一件事，有人不认账，有人踢皮球，没想到曹春雷如此坚持正义、主持公道！

立山区政府的报告递交市里两个多月没有消息，报告到哪个部门了？现在压在谁手？有没有人催办？都不知道。

2019年年底，平安俊又去找市政府办公厅，秘书处回复道：市长余功斌在报告上签字了，主管土地工作的副市长也签了字。

两个月后，平安俊再去找，秘书处回答：市财政局、市建委、市土地局三方提出意见，现在定不了，还要再上会研究。

2020年3月17日，新冠肺炎疫情在中国肆虐稍有好转，全国多数城市上班族或隔离，或在家办公，中央决定，各级党委和政府要抓紧抓实，把企业复产复工当成头等大事。鞍山市各单位第一天上班，鞍山市委书记韩玉起到大德集团视察。走访了"大德家世界"和"大德御庭"项目后，最后到大德集团公司总部。韩玉起开宗明义：疫情好转，党中央号召重启经济，鞍山市刚刚开头。他夸赞大德的家世界和大德御庭项目很好，没想到鞍山还有这么好的家具商店、这么精优的楼盘……

家世界的明清风格、北欧风格、美式风格、老上海风格、当代风格，以及德国百利厨具、西班牙乐家洁具等各领风骚、各具风采，令人吃惊、赞叹。

韩玉起书记哪里知道，因为区政府承诺后又变卦，家世界经历了很多波折。

我在前边讲过，平安俊摘牌鞍山钢铁学院地块后，市长张杰辉承诺近年不再开发铁东区，两个月就变卦大量卖地、建住宅，迫不得已，平安俊才把原本要建筑住宅的地方，改建成家世界商业区。因为附近有个卖低端家居物品的露天老市场，平安俊责成副总戈克俭做市场调研后，拟定建"大德家世界"。

彼时的铁东区区委书记闻知特别赞成："这是好事啊。一听就非常开心，给铁东区市场升级，造福铁东区，我们还能增加税收。"

区长的表态更干脆："太好了！你这家世界一建成，我们就把老市场取消了！"

露天老市场太破不说，偏房棚子乱搭，道两边全是小摊，一旦出现火灾消防车别想进来……

平安俊担心老市场一时半会儿不会歇业，亲自将家世界定位为："经营中高端产品的现代化市场"。这样，既可提升鞍山市家居市场品格，也不与老市场争生意。

大德家世界建成后，戈克俭副总裁招聘经营人才，却接连出现"怪事"：有人签订招聘合同后突然爽约，有的员工上一天班就"无故"辞职。原来，有人暗中捣鬼：在对面老市场承包不少摊位的老板火了，领一伙人公开威胁："谁敢去大德，我打折他的腿！"

采用跟踪、半路堵截、到家里威胁等恶劣手段拆台，许多人被他吓住不敢来大德家世界。

戈克俭去找区领导商谈，领导的态度与前"判若两人"："这一，人家在铁东区也安置不少人员，不好出面赶他。这二，我们铁东区有不少陈债，也拿不出钱动迁老市场。"

世界以痛吻我，要我报之以歌。

平安俊没有向韩玉起书记叫苦，更没有提当年建家世界的波折。而是推动复工复产，在国家危难的关键时刻民营企业要站出来，承担社会责任。

彼时东北笼罩在疫情创伤里，饭店、商场关门，多数工厂停产，工业园区一片萧条，原本热闹的商业街空无一人。街边的小商小户多数停业，个别开门的也整天不见客人，租金压力沉重……

抵抗黑暗最好的办法，就是让自己光明起来。

春节刚过，平安俊召开的头一个会，便制定了为家世界客户减免一个半月租金的优惠政策，一把就减免160万元，缓解客户压力。

新冠肺炎疫情期间，很多企业都在裁员，大德集团没有裁掉一个员工。

韩玉起闻之很兴奋："好哇！好哇！疫情之下，民营企业为老百姓分忧，大德带了个好头。"

原定在大德集团开个简短的座谈会，十一点钟韩书记一行到第二家企业。秘书频频接电话，另一家企业在等候。韩玉起告诉秘书上午就在大德集团，关心地问询企业现在需要解决的问题。平安俊提出乱停车的隐患："大德御庭"地下室有近1000个车位，老百姓在外边马路上随便一停，钥匙一拔，走了。有的汽车回来进不去车库，有的汽车出不来车库。沈阳和广州出现过类似情况：失火后眼看着火势越烧越大，消防车进不去。

韩玉起立刻给市人大主任王军打电话，建议人大立法，解决汽车乱停的问题。平安俊借此机会说了"大配套费"的事，韩玉起表态道："我跟区委书记说一下，督促他们加快办理。"

第二天，平安俊找立山区政府领导问询此事，回答说：区里正在办理，走程序呢。

两个月匆匆而逝，平安俊托人问询市政府办公厅，秘书长回答："我已经批下去了，不可能不办。我再查查。"

这天，平安俊突然接到韩玉起的电话："安俊哪，我在和平办事处呢，有点事请你帮帮忙。"

"韩书记别客气，有事请直说。"

韩玉起直言立山区和平办事处的环境太糟糕，黄土堆积、光秃秃的没有树木、更没有绿化，请平安俊支持支持。

平安俊当即安排大德集团总裁张衡找社区书记对接此事，派高手设计师按一流标准设计，并作了工程预算。

对于乐善好施的平安俊来说，这点举手之劳的小事不算什么。每有发生地震、水灾和需要支持的公益事业，平安俊回回自掏腰包热心捐助。况且，韩玉起也在推动落实大配套费的事。

真正的美丽，是经历漫长艰苦的岁月，依旧乐观向上、生机勃勃的人生态度。

乐观的人在每个危机里看到机会，悲观的人在每个机会里看见危机。

2020 年 4 月 8 日，鞍山市立山区曙光路有块 14000 平方米的土地即将拍卖。因为新冠肺炎疫情制约，此次拍卖在线上举办。

下午两点，大德总裁张衡坐在办公桌前，像百米决赛选手站在起跑线上，焦急而紧张地等待发令枪响。

担心失误，他准备了两台电脑，一台电脑算账，另一台电脑拍卖。

集团财务经理和开发部长保镖一样站在张衡身后，随时准备算账、核验数据递上随时可能用上的"智慧炮弹"。

张衡热血沸腾、心跳加快，一再提醒自己"千万别按错了啊！"一旦按错键，保证金 2100 万元就打水漂啦！

此前线上拍卖闹过笑话，竞拍方要加 5000 万元，一紧张按错键加了五个亿，造成流拍。

平安俊向张衡交个实底：一个是两道价格底线，另一个很霸气而"豪横"："只要有人加价超过你，你就加，不用考虑。"

起拍价 2145 万元，每次加价至少 10 万元。

张衡算了算账，觉得这块地起步价格太高，九家企业参与竞价，地价还要更高、恐怕不上算。

平安俊果断地说："别管挣钱赔钱，先把地拿过来再说。"

张衡没想到竞拍如此激烈，你加价，我加价，他再加价，竞争直线上扬、持续走高，谁都不想歇手。已经拍了三个多小时，仍有四家在激烈竞争。已经超过第一道预定的底线数额，张衡"顶不住了"赶紧叫财务经理去找平安俊，平安俊过来扫一眼屏幕就走，扔下三个字："接着拍"。

张衡又加了两次500万元，已经过了第二道预设底线，还拍不拍？

平安俊过来见张衡额角出汗、脸上写满了紧张："才两三千万元你就哆嗦了，当年我拍几个亿也没这样。"

"第二道底线都超过了，拍到什么时候是个头？"

"我不让你停，你就拍。"

拍卖时间过去三个小时五十九分钟，一分钟后将结束竞价，此刻，还剩下最后两家在竞争。张衡事后说："太折磨人了！我再次加价后，剩下最后一秒，对方又加价……"

张衡也杀红眼了，下意识地一敲键盘赶紧追加20万元，屏幕上开始倒计时：读秒五、四、三、二……

因为"大配套费"的事，同行们疯传："大德集团肯定不会再在立山区拿项目了。"

"这次平安俊参加竞拍，也就是做做样子，给立山区政府看。"

"起价那么高，平安俊不会使真劲。"

还有人说，平安俊的新项目在省城沈阳，不在鞍山干了。

一些建筑公司也在关注，跟大德合作这么多年，他们已经是大德的一部分。

在大德集团内部，这次拍卖也受到员工的特别关注。许多员工上线"围观"激烈的竞拍场面，目不转睛地盯着屏幕，大气都不敢出，精神紧张、心律随现场竞争的跌宕起伏而起伏——自己的生存早就跟大德同呼吸、共命运……

受新冠肺炎疫情的影响，企业生存和银行资金环境普遍遭受波及，大德集团还在鞍山干项目吗？能不能裁员？

当最后一秒读秒结束，屏幕上再现大德集团竞拍胜利那一刻，"噢——！"张衡和战友们跳了起来、举臂向天、紧紧拥抱，欢呼这场来之不易的胜利！

手机频频响起来，人们纷纷祝贺大德夺标成功！

立山区的一位副区长打来电话："听说你们又拿地了，挺贵啊！"

一位同行关心地问："价拍得这么高，算过账吗？能挣钱吗？"

张衡像被兜头浇盆凉水，赢拍的兴奋一下子掉到谷底："这么高的价能行吗？"

平安俊安慰张衡说："你别有顾虑。现在经济环境不太好，即使我们不赚钱，也必须拿下这个项目。大德在鞍山干了这么多年，我们这个三四百人的团队很有激情，我不能让他们失望。为了养活这个团队，需要这个项目。"

有的人认为坚持会让我们变得更强大，但有时候放手也会。

平安俊向来有自己的主见：信任少数人，爱所有人，不负任何人。与其拳来拳往、斤斤计较，不如韬光养晦。不为模糊不清的未来过分担忧，只为清清楚楚的现在奋发图强。一花凋零荒芜不了整个春天，一次挫折也荒废不了整个人生。生活总会给你另一个机会，这个机会叫明天。

四十三

《那片阳光》的创作持续深入、影响越来越大，一跃成为国内外同行交口称赞的系列品牌作品，还有很多故事。即便我抽筋拔骨简要概括，略去平安俊回报鞍山父老乡亲的汇报演出，略去别具一格的小提琴协奏曲的创作过程，略去诸多媒体和同道的文章，却不能不蜻蜓点水地提一提如下两次演出——

2013 年 4 月 12 日晚七点半，中国国家交响乐团石一岑和平安俊联手，改编了弦乐钢琴五重奏《那片阳光》，在首都国家大剧院隆重

2013 年 4 月 12 日，平安俊作品钢琴弦乐五重奏《那片阳光》在国家大剧院音乐厅上演，平安俊与中国国家交响乐团弦乐首席重奏组合影（左四为平安俊）

推出。演奏家各扬其长，用五重奏方式生动诠释了不一样的《那片阳光》。这一边，弹钢琴的女演奏家李玥边按着琴键边用"啊"音哼唱此歌曲调，韵味深长；那一边，第一小提琴赵坤宇、大提琴许玉莲、中提琴王建民、低音提琴张学杰、第二小提琴刘志勇分别以各自不同的演奏深情地表达同一个悠扬的旋律，深深感染了现场的每一位观众，剧场里鸦雀无声。如此形式新颖、吸睛而抒情的表演，引起深度共鸣，当乐曲的最后一个音符刚刚落下，剧场里立刻刮起暴风雨般的掌声……

扫码欣赏国家交响乐团弦乐首席重奏组演奏钢琴弦乐五重奏《那片阳光》

那片阳光——平安俊作品音乐会幕前电视短片

整场音乐会以外国顶级音乐大师舒伯特、莫扎特、贝多芬、柴可夫斯基等人的经典作品为主，中国作品只有《那片阳光》和《情深意长》。

2015 年 7 月 4 日晚七点，第三届中国国际积极心理学大会主题

2015 年 7 月 4 日，"那片阳光——平安俊作品音乐会"在清华大学新清华学堂恢弘奏响

音乐会"那片阳光——平安俊作品音乐会"，在清华大学新清华学堂举行。

　　著名企业家、万达集团董事长王健林，国际标准化组织主席张晓刚，中国音乐家协会分党组书记、驻会副主席韩新安，以及国内外各界著名专家、学者、来宾等近两千位观众亲临现场，欣赏这场独特的音乐会。

　　音乐会开始前，王健林登台致词：

　　女士们，先生们，朋友们：

　　　晚上好！

　　　首先，我祝贺第三届中国国际积极心理学大会隆重召开！祝贺主题音乐会"那片阳光——平安俊作品音乐会"隆重举行！

　　　每一个有梦想的人都值得尊敬，每一个有梦想的企业都值得尊敬！前不久，我和平总有过一次谈话，他又一次提到多年来坚守的梦想，那就是企业梦和音乐梦。作为优秀企业家，他为社会创造宝贵的物质财富，23年执着坚持，连续荣获广厦奖，大德品牌广泛传播，社会影响力不断提升；作为著名作曲家，他40多年呕心沥血，一直坚持创作了几百首优秀音乐作品，为社会创造宝贵的精神财富，影响了几代人。经过不断努力奋斗，他的企业越做越好，正走在幸福企业的路上；他的音乐越做越精，正在创造最幸福的音乐。这样一位老大哥，还在攻读清华大学心理学博士学位，一直没有停止追梦，非常了不起，是活到老、学到老的榜样。作为朋友，我祝福他创作更多的音乐精品，祝福大德企业实现可持续发展，也祝福他学业有成。

最后，预祝音乐会圆满成功！

谢谢！

深情、舒缓的前奏响起，合唱《那片阳光》拉开音乐会的帷幕，"那片阳光，让我的生命唱响；那片阳光，把我的世界照亮。阳光下，感恩的花年年开放；阳光下，生命的歌代代传扬……"

中国国家交响乐团合唱团、中国儿童艺术团合唱团高水准的演唱，叩击着观众的心灵，带来久违的感动。

扫码欣赏平安俊指挥北京交响乐团演奏交响诗《那片阳光》

《那片阳光》系列作品"交响诗"（相当于中篇小说）首演。北京交响乐团担任演奏，中国国家交响乐团合唱团担任合唱，著名指挥家谭利华担任指挥。音乐会分"阳光·梦想"、"阳光·幸福"、"阳光·美丽"和"阳光·大爱"四个部分。

扫码观看视频：央视主持人孟盛楠采访平安俊博士和彭凯平教授

音乐会群星闪烁、名家荟萃。著名歌唱家及歌手丁毅、王丽达、王莉、汤子星、冯瑞丽、黄丽芬、田毅、夏阳、陈永峰、徐森、虞霞、

央视著名主持人孟盛楠现场采访平安俊和国际著名心理学家彭凯平教授

周澎、张莉莉、汤非、张继心等激情献歌。

清华大学社会科学院院长彭凯平再一次作了演讲：

"今年的 3 月 20 日，受联合国新闻部的邀请，我再次参加'国际幸福日'的纪念活动，并与其他特邀嘉宾作了大会发言。

"大会结束后，联合国秘书长潘基文（Ban Ki-moon）先生致信感谢我们的参与，并谈到他正在推动的一个活动，呼吁全世界的音乐家来创造'幸福的音乐'，用音乐来传递正能量，凝聚人心，弘扬幸福；还强调说：'这是今年国际幸福日的一个重要活动'。他特别得意这次活动的名称——幸福的声音（Happy Sounds Like），因为它巧妙地表达了两层意思，一个是'幸福的声音像什么？'第二个是'我们喜欢幸福的声音'！我当时就指出，我们即将举行的第三届国际积极心理学大会上，也会有幸福的声音，是由我的学生——著名作曲家平安俊所创造的一系列为积极心理学大会谱曲的歌曲。在这一点上，我可以毫不夸张地说，我们安俊已经走在了世界前列。"

············

中国音乐家协会特别重视此次国际盛会，专门致函：

关于祝贺第三届中国国际积极心理学大会主题音乐会
"那片阳光——平安俊作品音乐会"即将举办的函

　　2012年5月、7月，由中国音乐家协会主办，辽宁省文学艺术界联合会、鞍山市人民政府协办，辽宁大德实业集团有限公司承办的"那片阳光——平安俊作品音乐会"在北京、鞍山两地成功举行。时隔三年，悉知第三届中国国际积极心理学大会主题音乐会"那片阳光——平安俊作品音乐会"即将在北京清华大学再次唱响，为此，中国音乐家协会特致函表示热烈的祝贺。

　　平安俊是一位富有传奇色彩的专业作曲家，是新时代出现的一个具有代表性的人物。他毕业于沈阳音乐学院作曲系，曾担任鞍山市歌舞团团长职务12年，现为中国音乐家协会会员，中国音乐著作权协会会员，国家一级作曲，辽宁大德实业集团有限公司董事长。他作为作曲家进入商界，成为企业家，成功地拼搏了二十余年，成就卓著。他始终坚持音乐创作和社会音乐文化活动，在四十余年的音乐创作生涯中，创作了几百首（部）题材、体裁、风格多样的歌曲、交响组曲、交响诗、小提琴协奏曲、歌剧、组歌、轻音乐、舞蹈音乐、民族器乐曲等音乐作品，很多作品在中央电视台播出，在《光明日报》《歌曲》《音乐生活》等报刊杂志发表，被收进各种教材、书籍、光碟出版发行。他的代表作有《我爱熔炉我爱钢》《童心是小鸟》，交响组曲《新年组曲》，交响诗《那片阳光》等，他创作的《热带天堂》《飞越》《多听听老百姓的声音》《守望我的家园》等歌曲多次荣获"美丽中国""中国梦""唱响海南"等国家级奖项，这些作品在群众中广为传唱，有着深远的影响。《人

扫码欣赏吴娜演唱的歌曲《多听听老百姓的声音》

扫码欣赏周澎演唱的歌曲《守望我的家园》　扫码欣赏王莉演唱的歌曲《幸福是一条河流》　扫码欣赏周澎演唱的歌曲《再走丝绸之路》

民日报》《歌曲》《北京音乐报》《音乐生活》等媒体都多次对他进行专题报道。

平安俊从没忘记自己肩负的社会责任，他不仅坚持音乐创作，而且积极投身城市音乐文化建设。大德集团投资举办的"大德之声"新年音乐会已经连续举办了十三届，分别邀请了德国、美国、加拿大、西班牙、波兰等世界优秀交响乐团来鞍山演出。而且平安俊亲自登台指挥他创作的《新年进行曲》，受到了社会的普遍赞誉。

平安俊以充沛的激情，丰富的想象，生动的笔触，创作出了更多、更好的音乐艺术精品。他将自己在积极心理学领域的学习经历，转化为一首首传播积极心理学，传递正能量的新作，满足人民群众日益增长的正向音乐文化需求，推动音乐事业向着积极、健康的方向发展。

最后，预祝第三届中国国际积极心理学大会主题音乐会"那片阳光——平安俊作品音乐会"取得圆满成功。

中国音乐家协会

2015 年 6 月 18 日

四十四

再温柔和宁静的落雨，也有把人浸透的能量。

平安俊为社区建设尽义务，抓拍了立山区的新项目，客观上，也从"润物细无声"入手，为推进"大配套费"老问题的解决赢得机会。

如果开始，就要挖到水出为止。

这天，和平街道办事处整修工程挖土开工，鞍山市市委书记韩玉起亲临开工现场，并责成和平办事处党委书记约请平安俊。

韩玉起一再感谢平安俊为社区环境建设伸出援手，平安俊再次提了"大配套费"的事："上次你推动了，到现在一直没动静。"

"安俊哪，现在政府拿不出钱，你说这情况怎么办？"

"我知道政府没钱，"平安俊说了个韩玉起不知道的事，"我刚刚花 3695 万元在立山区买块地，当时九家竞拍这块地，为了大配套的事我举牌多花了 1550 万元。大配套费 1200 万元，区政府还向我借了 400 万元。"

韩玉起显然很激动，他连声赞扬平安俊这么办很好，平安俊继续说大配套费的话题："请韩书记跟市长说说，现在批到什么程度？差在哪里？"

韩玉起说："好。我再推动一下。"

几天后，韩玉起给平安俊打来电话："我与余功斌市长说了，他能重视的。但有一点，不能违反政策。"

余功斌责成金秘书长查件得知：市土地局和市建委同意。市财政局建议通过其他方式解决合理诉求，将文件批给立山区。

上缴的大配套费区市两级政府受益，80% 给区里，20% 上缴市财政。区里占大头。

平安俊在立山区投资"被套"的事，鞍山的同行们几乎尽人皆知。闻知平安俊又在立山区生产街南、曙光路东买地格外吃惊：他脑子进水了吗？

那么，为什么花高价非要买这块地？艺术家平安俊的想法就是另类："别以为市里批了返还大配套费的文件，平安俊就再也不来立山区投资了。"

信誉就像一件穿在身上的白衬衫，光自己整洁还不够，还要珍爱所处的环境，还要尽力为整洁环境出力献策——因为，环境是干净的"上游"，也是自身整洁的一部分。

成功就是从失败到失败，也依然不改热情。

平安俊正是以这种艺术家的另类眼光，赢得一座又一座优秀建筑，也赢得了父老乡亲的口碑。

事实也很另类：在焦急的等待中又耗去几个月，立山区又"没了下文"。

平安俊又去立山区请D区长返还大配套费款项，D区长说："区里现在没钱。"

平安俊直言市里很重视，已经下了批文。

D区长说："市里那个批文，写得也不明确啊！"

"怎么不明确？"刹那间，平安俊想起当年吴忠琼市长和副市长赵余富签署专题文件的批示被继任领导硬说成"不明确"而否决，心里的火"腾"地上来，难道又要故技重演？但他没有发火，他像作曲时在某个音节"安插"个休止符一样，平心静气地说，"有啥不明确的？第一，市委书记韩玉起有指示：互让互谅，协调解决；第二，立山区已经向市里打了关于大配套费的专题报告，市长、副市长以及土地局、建委、财政局领导层层签批同意；第三，余功斌市长再三强调要解决这个遗留问题，并口头传达：要变通解决。"

D区长说："第一，我没钱。第二，用什么方式我还没有想好，我不能因为这事犯错误。"

平安俊提出他刚刚摘牌在立山区曙光路买地，区里现在怎么会没钱？

平安俊没有想到，D区长"变通"得很快："你摘牌的那块地旁边，区政府想规划得漂亮些，这对你卖房子有好处。我在你楼盘旁边搞建设，就等于给你钱了。"

平安俊新拿地块附近有一处绿化公园的规划，D区长指把原本就需要市里出资兴建的绿化公园，"变通"成偿还大德的"大配套费"。

"我不用你建设，"平安俊驳斥道，"给那边楼盘美化环境，跟我没关系。如果那块地我建成房子，我同意。"

D区长当即否定："建房不行，那地方只能绿化。"

平安俊语言平和地表达自己的主张，如同作曲时的"过渡音阶"，D区长却听出明显的排斥情绪和绵里藏针的坚韧，也意识到自己刚才的"变通"说不过去，便提出新的"变通"方案："要不这样，你园区里煤气、自来水、电业这些配套设施，我给你拿钱。"

平安俊责成张衡算算账，论证一下这么变通能不能走得通？

平安俊召集公司高层及法律顾问、行业专家共商此事，最后达成一致：区里拿钱，给开发商的房地产项目做配套工程，财政和舆情都说不过去，基本没有可能。

果然，仅财政政策这一道高墙，就拦住了去路。

政府机构永固，但主持政府工作的人千差万别。2009年拿这个项目至今，已经整整11年。现在看，仍是一笔"烂头账"。市委书记韩玉起2018年调到鞍山，"第四任D区长"2017年7月来立山区，从以往干部在一地任职的时间上来看，不定哪天就"双双调走"。再换市主要领导，"第五任区长"来立山区主政，谁能预知又面临怎样的局面？

2021年5月，市委书记韩玉起调走，余功斌上任。

立山区"第五任E区长"上任。

面对变数，平安俊仍然轻松笑对："迈开大步朝前走，忘掉所有不快乐的过去，明天就是来世。"

能不感叹？世上只有一种英雄主义，就是在认清生活真相之后依然热爱生活。

第九章

莫愁前路无知己

—— 让人生光芒照亮暗角

我们每个人都是这个世界的微小分子。可是，滴水聚多成汪洋，叶子聚多成草原，沙粒聚多成大漠，从这个角度上看，每个微小的分子又都那样的举足轻重、不可或缺。那么，怎样做一个健康的微分子？

平安俊认为："人生要自带光芒，而不是被动吸光。"

作为个体，自带光芒可以"自给自足"；生活在群体中，这光芒又可以照亮别人。

四十五

最好的情商，不是熟练的套路和心机，而是处处为人着想的善意。

2008年12月24日、平安夜那天，鞍山市委宣传部会议室一点都不平静，甚或"波翻浪涌"。

鞍山市音乐家协会即将换届，会前商议候选人，文联主席郭庆雪公布了拟任文联副主席和音协主席、副主席提名人选的名单，瓜子脸一听提名平安俊为鞍山市文联副主席、音乐家协会主席，眼睛瞪得像一对儿拳头，头一个表态道："我坚决反对平安俊当文联副主席和音协主席，他搞企业去了，跟这有什么关系？"

嫉妒就像一块冰冷的大石头，无论是哪路神仙、多么漫长的时间，都无法将其焐热。

郭庆雪强调："平安俊一直在写作品，别说在鞍山啦，在全国的影响力也很大。归根结底一句话：平安俊不当音协主席，别人上来也不服众。"

瓜子脸的话像一排食品过期的文字，令人敬而远之。可他仍然死咬自己的观点，每句话都射出杀伤力很强的子弹，二人互不让步、争执不下，声音越吵越高。关键时刻，中共鞍山市委常委、市委宣传部部长杨景芳一锤定音："我认为没人比得上平安俊的代表性，在鞍山，无论在作曲和音乐方面，谁也比不上他。"

瓜子脸不敢与杨部长叫板，自己清楚，无论心中有多少抱怨和不甘也无力翻盘，只好退而求其次，掉转击打方向："如果他当音协主席，让他拿20万元！"

"这样不好。"杨景芳直言不讳地说，"平安俊的行业影响力很大，人家是凭作品上来的，你让人家拿钱不好。这样做，也对人家不尊重。如果平安俊上来，愿意为音乐事业做贡献，那是另一回事。"

瓜子脸和平安俊两个人，如鲸向海似鸟投林，无可避免退无可退。

当时鞍山音协几乎"安乐死"，许多会员不知道音协主席是谁，这个组织黄没黄？不依法年检，也不缴管理费，一条腿已经陷进被取缔的沼泽。

这天，文联主席郭庆雪对平安俊说："希望你支持一下音协工作，别再推辞了。你要为鞍山音协的发展，接下这个乱摊子。"

把烦恼事丢掉，腾出地方装鲜花。

要么不干，干就要出彩，已成为平安俊的人生准则。

平安俊一上任，就抛出令人耳目一新的理念：用实事说话，"音乐让生活更美好""用企业反哺音乐，用音乐反哺社会。"

2009年，为庆祝建国60周年，平安俊隆重举办了"大德杯"青年歌手大赛，秦咏诚、铁源、晓丹等著名作曲家出任评委。在决赛现场，平安俊脸色铁青、豆大的汗珠扑簌簌滴落，肚子疼得越来越厉害，一直坚持到吃晚饭，实在扛不了，他对身边的音协副主席韩景连说："你照顾一下，我肚子疼，实在挺不住了。"第二天做手术时医生说："你也太能挺了，阑尾马上就要穿孔，太危险了！"

平安俊既是音协的领军人，音乐创作的领跑者，也是经济上的坚强后盾。

协会每年主办会刊；组织会员采风、创作；评选、表彰优秀会员；办钢琴等乐器大赛；推荐各类人才参加音乐大赛。请名家秦咏诚、铁源和词作家邬大为、崔凯、潘兆和等来鞍山讲学，音协出资送三名青年人去中国音协举办的培训班学习。

面对选择勇敢上路，高质量做好每一件事，就是生命的丰盈。

年初有计划，年中有检查，年底有总结，民间组织音乐家协会办得风生水起，影响力辐射省城及全国，平安俊当一届五年音协会长，共举办各种专业活动六七十次，有100多人次获得国家和省市各类音乐、演唱大赛大奖。

我们倾力付出，不是为了获得别人的赞许，而是为了拓宽自己眼界的广度、心灵的宽度和见识的深度。

时间呼呼迈进，当年音协风采和兴盛历历在目却恍若隔世。但，鞍山音乐界同人至今念念不忘："平安俊当音协主席，是鞍山音乐界

辽宁省主旋律歌曲创作理论研讨会合影留念（前排右一为平安俊）

最辉煌的时期！"

有人总结道："干好这活有两条最重要，头一条是肯奉献，第二条是重情重义。在鞍山文人堆里挨个扒拉，谁具备这些？"

时间以同样的方式流经每个人，而每个人却以不同的方式度过时间。

1997年春节将至，平安俊一边忙着歌舞团节日期间繁忙的演出，一边亲自跑印刷厂，为一本诗集的快速出版而争分夺秒。

诗集作者、老局长张未然重病缠身，靠每隔一天就透析一次来维持即将熄灭的生命。还有两三个月就过春节，对她来说，这两三个月就是一座难以翻越的大山……

平安俊感激尊重这位老领导，两袖清风干一辈子，对部下就一个标准："谁工作拔尖就支持谁。"当年力排众议，"带笼头"分给平安俊一套两居室住房，力荐平安俊当文化局副局长，平安俊终生感激。工作时两人没有任何私人交往，1983年老局长离休后，平安俊每年春节前都去看望她。

春节前，平安俊一见老领导分外忧伤：张未然和老红军爱人双双重病，已经走到生命的尽头。老两口各躺一张床，如两片褪尽生命气息的枯叶。

看到平安俊，张未然的身体似乎被风掀动了一下、有了些许生机。她把全身的力气都调动起来聚集在喉头："小平啊，我想跟你说一说……"后边的话像水桶一下子掉进深井，她憋住力气使劲"向上提"，才把后边的话捞上来，"我几天一透析，活不长了。还有两三个月过春节，这春节我也不一定能过去。我这辈子，从革命到现在，积累了不少诗。这些诗啊，都在耍单篇。我想求助文化局，把它打成字、订上皮，就行了。我拿给文化局找瓜子脸，他管办公室，唉！我没想到啊，他说文化局没有纸！小平你看，我也没得罪他，他怎么对我这样？后来我拿给宣传部，宣传部给我打印了。"

"早跟我说啊，找他干啥？"平安俊接过诗一看，"这太简单了，打印的东西也留不下来。这样，我想法给您正式出版。"

张未然惊异地看着平安俊，一肚子话说不出来。但她知道，正式出版，可不是简单的事。

平安俊说："这件事就交给我办，您整理一下诗稿就行，费用和印刷这些事，您不用管。"

平安俊赶紧去找好友董俊生："我个人拿钱出本诗集，你一定要帮这个忙，要正式出版。"闻听出一本书要好几个月，平安俊催促道："要快，时间要往前抢，作者身体很不好，不定哪天就没了。春节前一定要出来，争取让她看到书。"

董俊生要联系出版社，出版社还要审稿，还要找印刷厂，印刷厂年前活太忙，平安俊天天催促。印刷厂工人着急回家过年，平安俊告诉董俊生："宁可多给工人加班费，一定要在年前抢出来！"

时间以小时计、以分钟计，工人们歇人不歇机器，分秒必争！

2月6号大年三十上午，平安俊跑到印刷厂，帮着工人们干活、打包装、当搬运工。

中午12点刚过，当平安俊开着面包车把诗集从印刷厂送到"红军楼"，老人家看到散发着油墨香的诗集《雪泥记》眼睛锃亮："小平啊，我怎么感谢你啊！"

张未然的儿子感激地说："我妈身体好多了！她就等这本书呢，这本书让她多活了！"

兴奋迅速调动血液上涌，张未然脸上少有地出现红光，激动得手直抖："小平我太感谢你了，大年三十来送书，我太高兴了，这个年多么有意义啊！小平啊，我也没对你怎么样，你对我这么好……"两行热泪奔涌而出……

平安俊有感而发："您纯粹、正直、做事公平，一门心思扑在工作上，有火一样的热情和革命精神，特别可贵。"

平安俊说："您别着急，节后我给您办个新闻发布会。您什么都不用管，准备好了我通知您。您想请谁，告诉我一声就行。"

1997年2月19日，农历正月十三，鞍山宾馆最大的会议室拉起醒目的大红横幅：祝贺张老《雪泥记》出版新闻发布会。

鞍山市委原书记鲁森，鞍钢原党委书记谷正荣，市委宣传部长刘树林，市委宣传部原副部长王廷风以及著名人士、张未然好友三十多人，纷纷前来助阵。

平安俊接来张未然，在两人的搀扶下，她身着一身红装、神采奕奕地步入会场，人们纷纷向她问好、祝福。张未然热泪盈眶地感谢各位领导老朋友，紧紧拉着平安俊的手不松开……

王廷风说："咱这些退休的人，谁搭理你啊？满城找，有几个平安俊这样的？"他拉着平安俊的手，"小平啊，你做得好啊，很感人啊！你不仅搭理我们这些没用的人，还出资出版这部诗集，感动啊！"

在座的都是张未然的老朋友、老同事，大家都摘下以往在公共场合所戴的面具，褪去官话大话空话，每个人的讲话都走心、入情，每句话都带着电、带着光、带着温暖。张未然激动地说："小平太令我感动啦，我都离休十四年了，年啦节啊小平两口子年年去看我，回回不空手，一年都不落！"

这位口才很好的老领导说不下去了，仰着脸面对大家、满面笑容，任热泪汩汩而流……

有人轻声慨叹，有人眼泪汪汪，有人悄悄擦着眼窝儿。不知谁拍一下巴掌，立刻引爆整个现场……

张未然四下环顾，有人心领神会："找平团长吧？"

张未然将目光定格在平安俊身上，伸出手："来，小平，咱俩照个相。"

平安俊走过去，扶着老人，二人并排站在一起，现场再次爆响热烈的掌声！

发布会刚一收场，在热烈火爆的音乐声中，鞍山歌舞团的青年演员们喜气洋洋地登上舞台，跳起欢快的舞蹈……

表演把发布会推向又一个高潮，每个欢快的节目都是一束光，照亮现场，照亮今天，也照亮未来。

这部书给了老人以无限的精神力量，仿佛病体也得到修复。透析似乎也不那么痛苦，张未然重新振作起来，一次又一次为自己鼓劲、加油，将熄的生命又延续了四年。

四十六

2012 年 8 月 18 日，首都北京晴空万里，艳阳高照。北京钓鱼台国宾馆绿树成荫、花团锦簇，处处彰显着贵气与豪华。

中外贵宾、领导和获奖者在餐桌前就位，一场工作招待宴即将开始。

平安俊刚刚找到自己的位置坐下，国家建设部娄处长过来指了指主宾席说："平总，刘部长请你过去。"

平安俊为难地说："我过去不好吧，那桌都是领导啊。"

上午，"创新风暴·2012 中国居住创新典范品牌推介活动"，在北京钓鱼台国宾馆隆重举行颁奖典礼。经过三轮严格评审，全国 20 多个省、市、自治区数千家申报的房地产项目踊跃参赛，40 个单位获奖。平安俊再次成为"热点人物"，他麾下的大德御庭项目，摘得"中国

平安俊在"创新风暴·2012 中国居住创新典范品牌推介活动"上，作题为《"德"文化是品质创新的原动力》的主题发言

品质创新示范楼盘"综合大奖。

在热烈的掌声中，平安俊上台领奖并代表获奖单位讲话。谁也没想到，平安俊的讲话很另类，没提企业管理和经营之道，竟然大力倡导"德文化"。重点指出"德"文化是品质创新的原动力。强调"以德打造品牌，以德创造顾客，以德塑造员工，以德回报社会"的核心价值观。

见平安俊犹豫，娄处长再次向前一指："别客气了，刘部长特意让我请你过去。"

平安俊近前，组委会主席、中国房地产业协会会长刘志峰向平安俊友好地微笑、点头示意。

刘志峰专门向各位领导介绍道："这是辽宁鞍山大德集团的董事长平安俊，他还是一位音乐家。"

刘志峰又说："你今天的发言标题叫什么？"

"《"德"文化是品质创新的原动力》，"平安俊说。

"讲得好，"刘志峰说，"企业就应该这样，把德文化当成原动力，这很好。"

建设部谭副部长说："你是做产品的，德文化跟企业有啥关系？"

另一位副部长反击道："老谭，这可不对。他说得很好，我认为把'德'字放在前边，说明这企业很有文化。"

这桌都是副部级以上领导，连国际支持机构负责人、国际房地产促进会主席路易斯·阿博特也在此桌，平安俊中途想换个桌，刘志峰主席阻拦道："别别别，你别走。"

刘秘书长热情地向平安俊敬酒，十分赞同"德"文化学说。

与众不同的经历，造就与众不同的未来。这些话引起平安俊的反思——

在鞍山，不少人提出异议："平安俊办那么多场音乐会，钱往文化上花有什么用？"

"其实我赚了。"平安俊推心置腹地说，"当初我办这些公益文化活动，只是觉得我应该这样做，多为家乡做些善事。可反过来一想，

平安俊代表大德集团向大德爱心基金首批捐赠三十万元（左一为鞍山市委副秘书长、《鞍山日报》社长刘耀业）

这么多年，我花了很少的钱做文化，宣传了企业、企业文化和产品。植入广告太生硬、太直接、太功利，人们不爱接受。现在，那么多大企业、央企做房地产，在品牌上，人们挂在嘴边的就是'大德、万科'、'万科、大德'。论企业规模，大德是小企业。论名声，大德是大品牌、很响亮，是老百姓放心的房子。"

为了回报社会，平安俊在"德文化"上开疆扩土。

2012年，大德公司组建了"鞍山日报社红十字分会大德爱心基金"，设立了大德讲坛。大德爱心基金首批投放了30万元资金，由红十字分会统一管理，资助困难人群。

爱的种子埋在心里，随时随地都能发芽。

这天，《千山晚报》一条带照片的新闻拨动了平安俊的心弦：贫穷山区的孩子们表情庄重地唱国歌、升国旗。没有旗杆，他们用一根带丫巴儿的棍子举起国旗，没有放大音响，孩子们边叽叽咕咕哼唱国歌，边向国旗庄严地敬礼！

平安俊吃惊又震撼：这么困难的学校，孩子们如此热爱祖国，还哼唱国歌、向国旗敬礼，很可怜、很感人！

用善良做桥，接他们上岸。

平安俊立刻把公司副总裁戈克俭请到办公室，责成他亲自去小学一趟，看看还缺什么少什么，把他们的所有困难"一锅端"。

2011年9月14日早晨5时30分，天若有情，每一朵云都泪波闪闪，用淅淅沥沥的小雨伴行这些送爱心的人。平安俊委托大德集团副总裁戈克俭与企业文化顾问韩景连、企业文化部部长张衡、办公室副主任马群及辽沈晚报记者崔治等一行十几人，驱车赶往岫岩满族自治县，为偏隅山区的朝阳镇大河南小学送去功放、音箱、无线话筒等全套音响，还送去定制的校服和一些玩具、食品。

行程近四个小时，一行人在孩子们热情的欢迎声中进了校园。大德集团副总裁戈克俭当即安排工作人员安装调试好音响，孩子们也都穿上了整齐崭新的校服。集合哨声响起，兴高采烈的学生们跑向操场整齐列队，等待那激动人心的升旗时刻。孩子们稚嫩的小脸红扑扑的，却个个庄严、自豪，表情中洋溢着梦圆的喜悦和幸福。

当鲜艳的五星红旗从耸立蓝天的电镀旗杆上徐徐上升，直奔彩霞和蓝天，国歌前奏激昂、雄壮地响起，场面震撼、每个人都热血沸

平安俊创立的大德集团给岫岩大河南小学送去了音响、校服、教具、食品等，为师生送上一份爱心

腾、心潮起伏，师生们昂首挺胸，情不自禁地歌唱起来，他们的歌声与音响"大会师"，嘹亮的国歌响彻校园、响彻大山，在大山谷里久久回响……

得知岫岩满族自治县郭明义小学吃水困难，师生们要从家里往学校挑水。平安俊安排人给学校打了一眼水井。发现教室房顶瓦坏了、漏雨，立刻派施工队重新做了防水，换上新瓦，"顺带"把校门口雨后非常泥泞、坑坑洼洼的土道，修上平整光洁的石板路。还给两个学校的孩子们买了书包、校服、水杯、饭盒、运动器材等。

你一天的爱心，可能给别人带来一生的幸福。

善良糅在时间里形成包浆，在幽暗中发出老旧而生动的光泽。

四十七

人生如桥，两头都是路。

有人利益至上，把公家的企业做成"私家的"，平安俊领衔的私家企业却有着鲜明的"公家色彩。"

刘经路从工人做起管理工厂多年，对企业管理有很高的天赋。当年大德·翠韵华庭差三天贷款到期，刘经路提议集资，花 2.2 分高利集资千余万元，渡过了危机。

刘经路发现了问题：一个亲戚在大德公司负责物资采购，进料价格很离谱，同样的一块瓷砖要高出市场三块多钱，一栋大楼他要贪多少钱？况且，哪是一两栋楼的事？可这种与厂家深度勾结、双方互利同盟的事怎么查？刘经路偏不信这个邪，以购买瓷砖为由跑到大连生产瓷砖的厂家，经过多轮周旋，在砍价对比中打开缺口，同规格同质量的瓷砖，价钱为什么比大德购买的瓷砖便宜一大块？最后查明真相，将在大德吃里爬外多年的蛀虫挖了出来。

刘经路看不下去管理上的跑冒滴漏，从工商局退休后，她提出到大德公司管财务。平安俊当即拒绝："这不行。你这么做企业就乱套了，大德要做现代企业管理，你不能来。你一来别人没法干了，要是这么整，我们不成夫妻店了？"

平安俊感激妻子，当初两家的条件天壤之别，颜值高、家境好的刘经路尽显优势随便挑对象，最后竟挑个穷小子平安俊……

当年在鞍山市，平安俊和刘经路的家庭条件相差太悬殊了，近乎"两极"。但，有情人终成眷属，上苍的手轻轻一挥，便抹掉凡世俗见，奇迹般地让两人牵手。而第一个为靓女帅哥拴上红线的，便是李春澍老师。

刘经路家住干部楼的二楼，李春澍家住一楼，两家人处得有多近，恰好应了那句样板戏的台词：拆了墙（楼板）就是一家人。

读者朋友已经知道，李春澍为平安俊的初中班主任，师生二人近乎"惺惺相惜"。

李春澍有两个孩子，忙不过来，刘经路姐妹三天两头下楼帮忙照看，帮着干家务。俩孩子有病，平安俊去照看，刘经路也去照看。李春澍心中窃喜："'郎才女貌'一词指的就是他们俩吧？"

1972 年年底，李春澍的家即将搬到沈阳，临走对平安俊说："安俊哪，老刘家对我有恩，常年照顾我的孩子。以后有机会，你替我多照看照看。"李春澍把平安俊带上二楼，向刘经路妈妈介绍，"这是我学生，学习好、勤快、懂事，笛子吹得特别好，在全市都有名。"接着直奔主题介绍刘经路，"刘家四五个孩子，经路是老大。人漂亮，学习好，在学校当班长，在工厂当劳模。"

父亲当区长，家庭条件优越，抢眼的精致五官，颜值超众，惊艳的准沙漏身材，一次次引爆回头率。"换算"成现在话说，就是"白富美"。平安俊跟刘经路相比，简直就是一个天上、一个地下。

李春澍离开鞍山前，特意上二楼找到经路妈："大嫂，我跟你说个事。我有个学生叫平安俊，你知道吧？""知道，那天不是来了嘛，挺好的。""我看他跟经路挺合适的……"没等经路妈说话，刘经路一下抢了话茬："我不同意！"

李春澍说："经路你咋不同意呢？我看你俩挺般配的。"

"我要找大学生。"刘经路说，"我从小就想上大学，自己上不了，找个大学生对象也行。"

李春澍说："大学生比你大十来岁呢。"

"那可不行，"经路妈抢过话说，"大十多岁肯定不行，你找对象，顶多大四岁。"

母亲的话给刘经路泼了一盆冷水。当年刘经路二十一岁，最听妈妈的话。

李春澍趁热打铁："经路，你妈不同意找那么大岁数的，我这学生我了解，他的数学特别好。卷子 100 分，他就答 100 分；卷子 120 分，他就考 120 分；加题的卷子 150 分，他准保答出 150 分。找个学习好的，不也挺好吗？"

后几句话撬动了少女的心：妈不让找大学生，找个学习好的也不错。

人称刘经路是鞍山第一机床厂"厂花"。这张面孔美到摄魂，既野蛮又无辜。按现在流行的话说，原本可以靠颜值吃饭，她却偏偏选了一条艰苦卓绝的路：下力气成为一名脏活累活抢着干、技术拔尖的优秀车工。车床是她的浪漫责任田，种进一块铁，开出一串串卷曲的俏丽白花，结出"生产标兵"和"鞍山市先进生产者"果实。辽宁省组织各地的同行来参观学习，漂亮姑娘刘经路明星一样在车床上"表演"，操作精准、动作洒脱，活干得干净利落。她很有大家闺秀的范儿，围看的人越多，她越能沉下心来，每次都赢来阵阵喝彩。后来她一路高歌猛进，被评为鞍山市先进工作者，升为厂"革委会"副主任……

人家给她介绍有中专学历的对象，她连看都不看。现在，她只好退而求其次，跟"学习好的"处对象……

受老革命父母的影响，刘经路向来高调做事、低调为人。家住消防队的干部楼，有区长、副区长、转业军官和局长们，小孩子打架"报号"，比谁的爸爸官大，科长、副科长、局长全报出来。此楼数刘经路父亲的官最大，却没人知道她是区长的女儿。

身为鞍山市第一机床厂"革委会"副主任、班子成员，刘经路闻知车间工人每人收十元钱"上礼"，她立即召开紧急会议："我要结婚了，大家表示心意，这心意我领了。这么多年，我是在你们的支持下成长起来的，我非常感谢大家。但你们送我钱我不能收，大家一起给我买个锅就行，把各位的名字写在红纸上，装进锅里。"

刘经路的威望很高，别人结婚每人花五元，她结婚每人拿十元。刘经路当场把五六百元钱全部退给大家。

不是不缺钱，他们结婚就背300多元饥荒。平安俊家太困难，两口子每月给平家五元钱。手头太紧，婚后两口子经常吃高粱米、苞米面。五六年后为孩子平凡着想，才一咬牙换十斤大米。

不是装门面，刘经路从小养成不占人便宜的习惯。

刘经路父母都是老革命，教育孩子必须公私分明。父亲刘玉岳为立山区区长，办公用鸵鸟牌蓝色钢笔水，刘经路要抽一囊水，父亲厉声阻止："那是公家的，一次都不行！"

考试要用两张稿纸，买一本太浪费，想到父亲有四百格一页的稿纸，刘经路白天就没有买。不料，刘经路晚上向刚回家的父亲张口要时，父亲严肃地问："为什么不买？""我就用两张，看你有，就没买。""不行！一张也不行！"刘经路一下傻眼了，天已黑，出去买已经来不及了。

第二天考试，老师问："你怎么不写？"

刘经路叹了口气："我没有纸。"

老师借给她两张稿纸，第二天刘经路赶紧买来稿纸还给老师。

在刘经路心里，父母的话就是圣旨。上小学时，老师说："你这名字不好听。你这么漂亮，应该起个好听的名字。"

刘经路回家说了这事，母亲道："给你起什么名就叫什么名，以后别提这事。"

上学时，哪个年级的老师都提这事，老师把经改为晶，把路改为露，刘经路把改后的名字写在本上，父亲看见了指出："这是你吗？起啥名就叫啥名，赶快改过来！"

上班后，领导也提这名字起得不好。母亲这才说了原委：父亲母亲在山东结婚二十一天，父亲就参加了地下党，为保密夫妻八年未见面。后因革命需要，二人先后来东北鞍山。这名字是二人为追寻革命，经历遥遥路途和生离死别、终于找到正路的纪念。"经"是这样的"经"，"路"是这样的"路"，怎么可以随便更改？

刘经路刚入职，有人建议小姑娘别干这脏活应该换个工种，父亲说："不行！车钳铆电焊，女孩子学点技术多好。"

"听话"的刘经路头一次去平安俊家就给"吓着了"，家徒四壁、什么都没有，从没见过这么穷的人家！

在最力不从心的时候遇见了他最钟爱、最想要照顾一生的姑娘。

家里的米袋子总是空空的，平安俊的衣兜比脸都干净，一张电影票二分钱他都掏不出来。谁能相信，两个人在青春勃发的时候热恋，竟然没进过饭店，也没进过公园？没有卿卿我我，没有花前月下，在火热激情的年代两人悄悄上演着"爱情默片"。有一次，平安俊总算淘弄两张电影票，二人一个走在马路这边，一个走在马路那边。电影散场一前一后分别出来，各走各的。两人故意不看对方，心里却有鼓槌在敲：恨不能让草儿长出姓名，让风儿捎话，让叶片变成挂在枝头上的情书。

半藏半暗的青春，终于在真诚面前公示出来：1977年10月30号，是平安俊跟刘经路大喜的日子。因为贫穷扯后腿，二人磕磕绊绊地走过恋爱岁月，他们终于走进洞房、修成正果。

婚礼简陋而热烈，婚车居然是自行车。把很少的陪嫁驮过来，请厨师做几道菜，娘家和婆家人热情举杯、象征性地庆祝一下，连单位的同事都没招待。

因为平家太穷，刘经路没要一

平安俊与爱人刘经路的结婚照

分钱彩礼，结婚的衣裤面布为平家所买，棉衣棉裤里衬都是刘经路自己买的。

亲戚好友说："经路啊，就你这条件，怎么找这么个人？怎么找这么穷的婆家？"

"嫁给平安俊可白瞎了，跟他黄！"

"听我一句，跟他黄，我给你介绍个好的。"

当初刘经路不想跟平安俊搞对象，现在，刘经路却非平安俊不嫁！她的目光里闪现那么多考题问号，他只用诚实答卷，这就够了！

十一平方米的房子，屋里放张双人床就剩两道能走人的窄缝，三家共用一个厨房。身上还背着300多元外债。可无论怎么穷，刘经路也仍不失大家闺秀的范儿！

当年大家只靠工资生活，厂里多少年不涨一次工资，偶尔机会来了，却按1%的比例，多数人只能望洋兴叹。机会来了，参评会议上，刘经路第一个发言，提议把唯一的一个名额给车间主任。

会后厂领导大发雷霆："刘经路，你怎么第一个发言？这次涨工资就是给你的，你在会上这么一说，大家都在场，谁能说不同意？"

刘经路说："他家比我困难。他在下边工作很辛苦、很累，就给他吧。"

其实，这位区长的女儿，过着精打细算、从未有过的苦日子，恨不能一分钱掰成两半花，连细粮都吃不起。

十一平方米住房，锅碗瓢盆都要放屋里，厨房三家共用没一点地方。刘经路特别支持丈夫，头上压着饥荒，借三百块钱买架钢琴，没地方放凳子，把双人床一半做成"折叠式"，弹琴时折叠起来放凳子，晚上睡觉把凳子拿走放下折叠板。

成长往往是在妥协与坚持中的两难选择。

平安俊把一颗心掰成三瓣儿，第一瓣儿分给专业，这是他另一个生命；第二瓣儿分给家人，和经路已经成家，要担起责任；第三瓣儿分给父母和弟弟妹妹，尽力接济他们。

平家十个孩子夭折两个还有七个男孩，只有一个小妹还患小儿麻痹拄双拐。三个哥哥成家另过以后，老六平安俊便是平家"老大"。闻知吉林长春 208 医院能做治小儿麻痹手术，敲掉骨重接，能脱拐，平安俊简直喜出望外！一打听手术费需要 300 多块，平安俊当即"傻眼"！在当时，这无异于天文数字啊！

平安俊渐渐握紧了拳头暗暗发誓，一定要让小妹扔掉双拐！从此，这便是平安俊为之奋斗的目标。

在音乐学院上学月薪 36 元，平安俊就开始勒紧裤腰带，为小妹攒钱。甚至间或"恢复"吃两顿饭的光荣传统。当年，他吹笛子，在歌舞团后院破剧场仓库弹钢琴"当饭吃"，现在身边高师林立，要学的太多太多，都可以"当饭吃"啊！

1974 年，平安俊送妹妹去长春手术后，效果非常好，妹妹当即就扔了双拐，欢天喜地地回到鞍山。

妹妹的腿治好了，平安俊却拿不出结婚的钱，多亏乐队吹长笛的姑娘张伟娜"救场"，她母亲借给平安俊 330 元。上不起饭店，平安俊请了厨师在家里炒菜，总算把婚礼办了。

婚后两个人月月还债，每月还给平家五元钱。这笔债还没还完，又开始还买钢琴的钱……

熟透的爱情，已经长成连理枝。夫妻挽手同行四十多年，从脚下走到额上，变成深爱的皱纹。刘经路再一次选择支持丈夫："这样吧，你给我点钱，我在大德·翠韵华庭北门西侧开家酒店。"

现在提起来，许多人还记得当年很红火的"颐德香园"酒店，成为鞍山市吃客们的好去处。直到孙子、孙女相继出世，刘经路关了酒店，一心培养孙辈们。

四十八

自己成为光源，才能照亮别人。

2013 年 8 月 31 日，平安俊和韩景连这对合作了四十多年的老朋友、老搭档，只能"天各一方"，分享音乐盛典。

在东北沈阳，五里河体育场座无虚席，数万人在现场共同目睹盛况，数万只和平鸽迅速扇动翅膀、飞向蓝天，雄壮而优美的音乐旋律从遍布四周的立体音箱唱响，跑道上突然开出一辆漂亮的彩车，辽宁歌舞剧院歌手吴晓丹、孙大为站在彩车上激情放歌，韩景连作词、平安俊作曲的《飞越》歌曲，顿时飞向全场、飞向

扫码欣赏姚贝娜、刘罡演唱的《飞越》

全国、飞向世界："第一朵花在这里绽放，第一只鸟从这里飞翔。红山的篝火，闪耀文明的光芒；辽河的波浪，奔腾时代的力量……"

习近平总书记洪亮的声音，通过卫星传向世界："我宣布，中华人民共和国第十二届全国运动会，开幕！"

蕴含着深厚文化内涵的歌词与优美激昂、匠心独具的旋律把体育元素、音乐艺术与辽宁特色完美融合，充分展示了中国精神和辽宁力量。

在海南海口，海南电视台演播厅盛况空前，二人合作的《热带天堂》也逢高光时刻，著名歌唱家王丽达正高亢而深情地演唱："椰风海韵诉说千年万年，阳光沙滩相伴今天和明天。你浪漫在祖国的南海边，你是热带的天堂，我的乐园……"

平安俊虽然在椰风芭蕉茂盛的海南，音乐响起的瞬间，鞍钢集团党委书记、董事长张晓刚第一个把电话打进来："安俊啊，我在沈阳全运会现场呢！正在唱你的歌，你给家乡争光了！向你祝贺，为你自豪，你听听……"

张晓刚把手机对准彩车，把"现场直播"的声音从东北传导到南国……

听着熟悉的旋律在耳边回荡，平安俊激情澎湃……

刚放下张晓刚的电话，沈阳音乐学院党委书记王安平的电话又打了进来："平大哥，现场正演唱你作曲的歌呢！"

好几位在沈阳现场的朋友拨通平安俊的电话，向他祝贺，为他自豪。

在沈阳，韩景连和刘经路坐在大赛组委会安排的特邀嘉宾席，亲眼目睹、亲耳聆听运动会现场盛况非常激动，仿佛每个音符都从自己的血管流过……

大赛组委会千挑万选，这首歌才从浩瀚的征歌作品中脱颖而出。

对于平安俊来说，这只是众多征歌胜出作品的其中一首。

2002年夏秋之交，辽宁省第九届运动会即将在鞍山体育场举办。

距运动会开幕还有六天，辽宁省省长亲自主持会议召集主要领导，审定九运会会歌。听了男高音歌唱家戴玉强、女高音歌唱家王霞演唱的《祝福九运》，男领唱恢宏高亢、气势如虹，若高山巍峨，似大海咆哮；女领唱唱出彩虹飞天、头雁领航的壮丽，唱出柔美牵手的底气和花蕾怒放的豪华。合唱声部刚柔相济，豪情若千条飞瀑从高天砸落，万簇鲜花蓬勃竞放……

扫码欣赏戴玉强、王霞演唱的歌曲《祝福九运》

全体领导连连称赞，自发地起立，掌声像非常足的气压憋在爆米花闷锅里冷不丁打开盖子，砰的一声突然炸响……

2002年9月1日晚，开幕式隆重开场，第一项庄严而震撼：全体起立，升国旗、奏国歌，升会旗、奏会歌！

数万人敬立，聆听激昂、强劲、优美、雄壮的会歌，紧邻主席台

平安俊与著名男高音歌唱家戴玉强交流作品

就座的平安俊和韩景连自豪而兴奋，浑身灼热、血流加快，心都要蹦出嗓子眼……

1994 年，赵严华作词、平安俊作曲的《绿茵十一豹》，参加中国体育运动队队歌征集，从数千首征歌中拔得头筹，成为中国足球队队歌。这首"头奖"歌曲备受瞩目，平安俊应邀参加中央电视台举办的颁奖晚会。

平安俊和韩景连教授、彭凯平教授还共同创作了一首新时代的青春之歌《今天和明天》。这首歌曲一经推出，就受到了各方的关注。中宣部将其选为第一批面向全国推荐的 8 首歌曲之一。

2018 年 2 月，《今天和明天》在中央电视台"心连心"艺术团赴深圳前海慰问演出中由金润吉、魏佳妮演唱，央视一套黄金时间播出。

扫码欣赏杨画画、王筱海演唱的歌曲《今天和明天》

2018 年 5 月 13 日晚，由中宣部文艺局、教育部思政司指导，清华大学、中国教育电视台联合主办的"放飞梦想"清华大学青春歌会开幕。《水木年华》缪杰作为推荐人，与清华校友孙千雅在此次歌会上，共同演唱了《今天和明天》。

中央电视台一套新闻联播报道了活动。央视新闻频道《新闻直播间》对清华大学青春歌会进行专题报道，并采访了平安俊。

平安俊的艺术感觉十分敏捷，他的捕捉力像一截柳枝，插在地上就可能生根、发芽。

北京奥运会前，平安俊的奥运歌曲《同一个世界，同一个梦想》

央视新闻频道《新闻直播间》采访平安俊博士

中国教育电视台专访《今天和明天》创作团队

扫码欣赏佟铁鑫、珊瑚演唱的歌曲《同一个世界，同一个梦想》

2008年7月18日，平安俊作为鞍山站第29棒火炬手，参加第29届奥运会火炬接力鞍山站传递活动

投稿后，歌唱家佟铁鑫在录音棚听到此歌赞扬道："这歌的音乐形象太好了，很可能入选啊。"奥运会总导演张艺谋连声称赞："挺好，适合作奥运会会歌。"消息传来，平安俊非常兴奋。后来突然"大反转"，变成《我和你》。听了这首不震撼、毫无体育精神、一味抒情的歌，整个音乐界"都不理解"。

　　小提琴演奏家、中央电视台导演董长武赞扬："《同一个世界，同一个梦想》很震撼，用在运动会上很有气势，堪称是经典之作。"

　　著名作曲家、中国音协副秘书长田晓耕直言不讳："北京奥运会用歌《我和你》有点走偏，没一点力量感，软绵绵的。《北京欢迎你》同样是走偏的歌曲，只表达了旅游元素，体现不了体育精神。写什么不像什么的歌，是留不下来的。平安俊写运动健儿的歌，写出了拼搏、竞争的气势，雄壮威武，很大气。"

　　在海南，中国音乐家协会、海南省委省政府联合主办的"唱响海南"全国征歌活动中，《热带天堂》夺得铜奖。平安俊登台领奖时，中国音协党组书记、著名作曲家徐沛东还向他竖了竖大拇指："老平，这曲子风格非常好，特别优美！"

《热带天堂》的歌词充满海南的椰风海韵，写出了三亚的美丽与浪漫。椰林，海湾，天涯，黎锦，竹竿，南山，鹿回头，阳光，沙滩，一片浓郁的海南风情。A段倒装句式的使用，形成一种鲜明的语言特色。

扫码欣赏王丽达演唱的歌曲《热带天堂》

音乐采用单二部曲式，2、5调式的运用，充满浓郁的海南黎族民歌的风格。音乐形象鲜明生动，旋律优美抒情，节奏舒缓流畅，音乐与歌词完美结合。A段音乐娓娓动听，如叙述美丽的三亚古老的岁月，年轻的风情。B段在高音区表现了对美丽浪漫三亚的热爱，对我的家园与乐园美好未来的热烈期许。歌曲结尾嘹亮悠扬，在高音区结束。

平安俊用他的音符搭了一座浮桥，让我们走到彼岸，看到了他所看到的东西。

秦咏诚先生赞扬平安俊的曲子："运用了海南民歌素材，有地方特点，写得温馨而优美。"

第九届中国音乐文学学会会长宋小明赞扬韩景连："你这前半部歌词采用倒装句式手法很好，很新鲜。"

往前追溯，这些宏大而浪漫的旋律和歌词的"烹饪原料"，都是二人从辽阔的生活原野上一朵一朵采摘的——

梅花鹿抻长脖子闻树叶，好像在读地上的一本书；

泉水遇见青草使劲往前够，紧紧搂住山丹花的腰；

湖泊吹大了腮帮，像要放飞大气球；

火把自己的脚拴在风上，风到哪火到哪；

牛嚼草与蚕食桑叶一样，仿佛从中能构思出一部交响乐……

在海南的颁奖晚会上，王丽达唱得太好了！音色、气息、强弱、抒情、把控，简直无可挑剔、堪称完美！平安俊使劲拍巴掌，手都拍疼了！平安俊很感激她，人家下了多大功夫啊！王丽达特别忙，没时间提前练歌。在北京录音棚录音时，平安俊一句一句指导，王丽达有点烦了："平老师，你这么一句一句抠的话，得录到什么时候啊？"

"丽达"，平安俊说，"这几个地方你唱错了，应该是这样的"。平安俊又认真唱了几遍谱子。

平安俊照旧一句一句教，王丽达功力深厚，一认真很快就"上路子"了，唱得很出色。平安俊高兴得像个孩子："很好，越来越好。"

在舞台上，王丽达多次演唱这首歌，越唱越好。

《热带天堂》只是平安俊创作的"海南三部曲"之一。青年人特别喜欢的《乐舞沙滩》（平凡作词），在海南，每至春晚，每有单位组织演唱会，每有激情热辣的海边篝火晚会，人们载歌载舞，必唱这首歌。《爱在三沙》，则由脍炙人口的《美丽的西沙》作者苏圻雄作词，著名歌唱家黄丽芬演唱。

谁也没想到，《热带天堂》成为中国音协、海南省委宣传部和海南省文联联合举办征歌大赛中，半路杀出来的一匹"黑马"，"意外"高票胜出！

获得金奖银奖作者，悉数参加了主办单位组织的创作班子，深入生活一段时间，从容创作的。《热带天堂》则是"衍生品"，从雪片似的"自然来稿"中一跃而起！

《平安俊的跨界人生》——海南电视台《海南风》节目平安俊专访

海南人民喜欢、热爱这三首歌曲，海南广播电视台专题采访，播出两集电视专题片《平安俊的跨界人生》。

辽宁卫视也在"星光艺周刊"播放两集专题片《平安俊的那片阳光》。

十年时间匆匆而逝，现在，获得金奖银奖的作品早已销声匿迹，而这部摘得铜奖的《热带天堂》，一直在海南、在网络上和KTV歌厅里广泛传唱。

哦，人要活成两种样子，发光和不发光。不发光的日子，是为发光做努力。

《平安俊的那片阳光》——辽宁电视台《星光艺周刊》平安俊专访

第十章

水色天光共蔚蓝

—— 由厚积到薄发

移山填海靠持久，滴水穿石仰仗韧性，没有随随便便轻易的成功。不穿越漫长的必然长夜，怎会迎来灿烂的偶然黎明？没有艺高强力支撑，谁敢胆大？每一个貌似出人意料的决策，都发祥于厚厚的智囊辞海。我猜想，平安俊一定深谙我们看不见的那些高难表演套路：月亮把光藏在夜里，火缩在木头的肚子里假寐，云嘴一张吐出冰雹暴雨……他太多次不按套路出牌、打怪张，总把"反向行驶"当成抄近路，却奇迹般地排尾变排头，扶大厦于将倾，挽狂澜于既倒，"抄底成功"，让大盘翻红……

为什么出现这么多意料之外、情理之中的事？

四十九

不强求不是不努力，有人总是喜欢拿"顺其自然"来敷衍人生道路上的荆棘坎坷，却不愿承认，真正的顺其自然，其实是竭尽所能之后的不强求，而非两手一摊的不作为。

2005 年，清华大学 EMBA 硕士班在北京郊区"拓展训练"，在同学们"啦呀啦……"的《追捕》电影插曲哼唱声中，最大年龄学生平安俊"一个大跳"飞跨断桥，完成了胆量和体能双重挑战。走下断桥，同学们向平安俊发出另眼相看的惊叹和由衷的赞叹，暖流荡身的平安俊当场承诺："这个集体太好了，我一定要为同学们写一首班歌。"

此后便诞生了韩景连作词的《为我领航》。

1982 年，韩景连的一首歌词《老刘头买牛》，获得辽宁音协与辽宁电台征集农村题材作品三等奖。

1983 年秋天，两个素不相识的人因为一首歌词"牵手"，为中国乐坛增添了许多佳话和作品。从那一刻起，这两双手"握"了近四十年，再也没有分开。二人奇迹般地合作百余首作品，其中 30 多首获奖，十几首作品影响传播广泛，有人称他们是"金牌搭档"。

韩景连生于 1953 年，他长着一张短剑般的脸，浓黑的剑眉，双眸"剑芒闪闪"。剑芒聚焦的地方，必能捞出一首好歌词。结识平安俊时，著名词作家、评论家，北京师范大学访问学者，鞍山师范学院文学院教授，清华大学经济管理学院校友的称谓还在遥远的远方……

而今，他有歌词代表作《童心是小鸟》《种下一棵爱情树》《留住阳光》《大爱无疆》《那片阳光》《热带天堂》《守望我的家园》等。出版歌词集《千山抒情》，歌词理论专著《歌词创作新论》。他痴迷音乐、热爱歌词创作，已创作歌词五六百首，获多种大奖 30 多次。

《童心是小鸟》荣获中国首届少年儿童卡拉OK 电视大赛作品一等奖，全国儿童作品大赛各省抢排之作，分别编入人民教育出版社、人民音乐出版社出版发行的全国统编小学音乐教材，编入中国音协《全国少儿歌唱考级作品集》，编入湖南、江苏、河北、陕西等省级小学音乐教材，编入中国儿童音乐学会考级教材，入选中

扫码欣赏深受儿童喜爱的歌曲《童心是小鸟》

宣部等七部门向全社会推荐的百首爱国主义教育歌曲，入选《百年乐府——中国近现代歌曲编年选》。

韩景连早在年轻时就是个典型的"音乐发烧友"，因为识谱，尝试过作曲，能把谱子填上歌词；因为会京胡等多种乐器，也学过配器。这些底子，为他后来成为著名词作家垫高了台阶……

得知平安俊因感冒在铁东区医院住院，10 月 2 号，韩景连拎两瓶罐头叩开病房的门，自报家门道："我是韩景连。"

身穿蓝白道病号服的平安俊大老远就伸出大手，这一高一矮、一壮一瘦两个文艺青年就这样以文会友，像 NS 极两块磁石啪地碰吸在一起，共同高举紧密型合作大旗，穿过漫长的四十多载岁月，至今没有分开。

刚入院时，平安俊在病房里翻阅带来的杂志和报纸，一下看到韩景连作词的歌曲《老刘头买牛》，顿觉眼前一亮，连忙问歌舞团同事韩永宝："韩景连是哪个单位的？干什么工作？你想办法找找他，我要认识这个人。"

韩永宝把口信带给在鞍钢东烧中学教书的韩景连，韩景连很兴奋。平安俊名气很大，自己早就想认识他，现在，机会来了。两人谈得挺投机，韩景连就读于辽宁师范大学中文系，曾经是学校学生会文艺部长。两个人站在千山"天上天"山顶感慨万端，1985 年，他们创作了声乐套曲《千山抒情》，并拍成音乐风光片，获得全国电视金牛奖，作品在全国地方电视台播放。

韩景连从兜里掏出带去的几首歌词递过去，平安俊看后没表态，却答非所问地说："我正在张罗办'钢花奖'征歌，你可以参加。"

"好啊，"韩景连高兴得像被风摇动的枝头，"我一定写！"

韩景连出手不凡，《飞吧，五彩的帆》接连过关斩将，如愿夺得"钢花奖"。

彼时，韩景连吹打弹拉样样好，拉一手出众的京胡。认识平安俊后，歌词创作突飞猛进。

我采访时，韩景连感慨地说："这么多年，是平大哥带着我飞啊！"

刚刚认识，平安俊就带韩景连去二一九公园划船，每一个划船动作和翻起的水花，都有创作题材、探索意向、技巧手法的身影……

"嗷——！嗷——！"

早上四五点钟，太阳还没出来，东方山垭口刚露出鱼肚白，两个人站在千山"天上天"山顶，面对空旷的山谷，胳膊像翅膀那样张开，声嘶力竭地大喊……

他们住在千山龙泉寺，吃斋饭，嚼花生米，品味素菜。

他们到盘锦壮阔的辽河出海口，坐快艇，体验冲锋舟凌空而起，闪电般在海面上飞行……

1984年10月，田野一片金色，山坡和路边枫叶五光十色，风华正茂、精力旺盛的韩景连和平安俊的音乐梦想，也跟眼前的景色一样妩媚、灿烂。

平安俊把韩景连从学校借调到鞍山市歌舞团创作组，两人如同最活跃、漂亮的两枚枫叶，从鞍山一下刮到台安县农村。黄沙路上，一辆手扶拖拉机突突突叫着，高高扬起灰尘烟雾，毫不客气地给两人的衣裤"改色"，眼睫毛和眉毛也挂了一层灰。两个人你看看我，我看看你，嘿嘿嘿笑着。

当年从台安城到乡下不通客车，能搭上拖拉机也算幸运呢！

小村一下子热闹起来，不年不节的，居然响起清脆嘹亮的唢呐声！

李老师是很有名的民间唢呐艺人，二人专程登门请教。

李老师很高兴，两位文质彬彬的大城市人很随和，跟他们一起吃粗粮大锅饭、住一铺大炕。摆放好老式录音机，平安俊兴奋地敲着梆子，韩景连拉二胡伴奏，李老师吹唢呐，三个人深深被音乐吸引、如醉如痴，悠扬的乐曲从窗口飞出去、爬过土墙、翻过栅栏、穿过胡同飞向高天，勾住附近的所有耳朵，太好听啦！村民们侧耳听一阵不解渴，男人们索性放下农具，女人们放下淘米的盆子，四面八方响起密集的脚步声，直奔李老师家……

大人们都出工去了，上午的村庄就像飞走了鸟的窝巢，只有嘹亮、勾人的唢呐钻进耳蜗。在附近农田沉睡的心突然惊醒，一双双鞋扬起烟尘，由远而近，惊昂首，手持农具的乡亲们已挤满院落，用一圈圈儿喜悦的笑脸"百鸟朝凤"。每个人的心就像桶里的水晃荡一下，再晃荡一下……

唢呐声撕破现实主义的村庄，似乎在用浪漫主义的民间音乐，为乡亲们义演行为艺术。

平安俊精心录音，像农民欣喜地收集好种子，似植物学家珍惜好标本，把李老师独成一家的唢呐曲乐收集起来，为创作积攒素材。

民族精神是国家发展的身份证，也是为艺术导航的舵。

两人深知，要把一筐一筐的日子，拎上五千年文明的高度。用一生的力气，丰富东方剧情。音乐创作要有深厚的生活积累，民间则是取之不尽的宝库。两人在李老师家住了三天，才依依不舍地回来。

岁月深处，二人如影随形般到过多少地方，有过多少离奇浪漫的采风细节，已经数不胜数。我如同在茂盛的草原上随手揪几叶草一样，揪几个小局部：

局部一：向当地老艺人请教

2010 年 6 月，在福建武夷山，平安俊见一位七十多岁的老人背着扩音喇叭，立刻走上去热情搭话："您会唱武夷山民歌吗？""会啊！"老人随口唱了几首，平安俊像发现稀世珍宝。很快，韩景连和平安俊合作了洋溢着浓郁民族风情的《武夷山水天下美》。

扫码欣赏陈笠笠演唱的歌曲《武夷山水天下美》

局部二：在大巴车上教歌

2011 年 8 月，大巴车从库尔勒开往巩乃斯草原，平安俊站在过道欢快地打着拍子，一句一句教大家唱他刚刚创作的歌曲《香甜的秋天》。车厢仿佛是流动的小剧场，清华同学们笑浪奔腾，即兴抒情。

从新疆回来，平安俊又创作了歌曲《守望我的家园》。这首歌源于韩景连的感慨："天是这样的蓝，像很久很久以前……"此歌发表在《歌曲》杂志，荣获中国文联、中国音协主办的"中国梦"全国征歌大奖。

局部三：不远千里来看你

2014 年 8 月，内蒙古赤峰贡格尔大草原像落地的蓝天，让人浮想联翩：一棵草指明了羊的出路，一朵花给整座草原判了满分；有人从一片羽毛，发现了天空；有人卸下了一生牵挂，只为这一闪而过的相聚！

夜里，缀满星星的夜空像倒立的江河伸出长臂，给篝火助兴。谁把月光搓得那样细，像一条才情喷发的声线？当马头琴迷人的曲调悠扬响起，平安俊跳起地道的蒙古舞蹈，韩景连少见地连蹦带跳，所有人的四肢都充了电，在蒙古包旁，在野花盛开的地方……

第二天，韩景连把用手机创作的歌词发过来，同车的平安俊眼里兴奋地打出两道闪："你们别打扰我，我开始创作"，二人又贡献一首至今仍流传的《不远千里来看你》。

扫码欣赏张继心演唱的歌曲《不远千里来看你》

热爱是最好的老师。

数十年来，中国北部黑龙江，南部广西、广东和海南，西部新疆、宁夏和青海，东部上海及江浙，工厂、学校、部队、城市、乡村，都印下二人深入生活、汲取民族音乐营养的足迹。

消化民间营养不是一朝一夕的事，就像杯子装满了水它自己溢出来，要达到足够的容量。从台安回来数年，平安俊并没有着急创作。或者说，始终"不出调"。

1990 年，辽宁省音协在沈阳开创作会，平安俊到人潮如海的太原街观赏灯会，置身在色彩火爆、艳丽、人头攒动的闹市，一阵唢呐音乐高山流水一样倾泻而下，平安俊一下子被点燃，找到主题，轻声哼几声调子，自己已经按捺不住，恨不能立即提笔创作……

当晚创作出《灯会》乐曲，喜庆、欢快、又美又浪，唢呐、二胡、笙和弹拨乐器担纲主角，鞍山歌舞团民族乐队演奏后，好评如潮。

扫码欣赏民乐合奏《灯会》

1992 年创作大型歌舞《龙抬头》等众多作曲作品，无不跳跃着鲜活的民间音乐浪花。

秦咏诚先生看了《龙抬头》兴奋地赞扬："平安俊的民族音乐功底很深啊！"

同样豪情四射的韩景连很快拿出《为我领航》歌词，喜爱音乐的EMBA05级B班第一任班长（每个学期一任班长）王黎明一看，接连说了一串子"好"，感同身受、情有所通的平安俊立刻投入创作，把时间的骨节攥得咔咔响，变成动听的旋律。月挂楼角时伏案写下第一个音符，月上中天，一首饱满如月的歌曲也升上高天！

平安俊走到钢琴前，揭开琴盖又轻轻放下。夜已深，别惊醒人家的"领航梦"哟！人人都有领航的梦想，但愿梦想成真！

平安俊闭上眼睛，刚刚赋予生命的音符个个都成萤火虫，一闪一闪飞过来。哦，这个音符怎么不亮？那个乐句怎么不精神？平安俊略作微调，小声哼唱一遍，唱得自己兴奋不已，班歌的月光泼洒下来，眼前的萤火虫同天上的星斗一起灿烂……

第二个学期过去了，班歌不见踪影。

第三个学期匆匆而逝，班歌仍不知去向。

平安俊心里很不舒服，第二任班长承诺"马上出"，现在，已经换第四任班长了！

同学们急了："平大哥，班歌怎么还不出来？"

"再不录出来，我们都快毕业啦！"

平安俊终于忍不住了："一会儿说从班费出钱录歌，一会儿又说集钱，拖了这么久，干脆，我自己掏腰包。"

"别呀，"第四任班长董立岩说，"这钱咱俩出，我拿五万元，你拿五万元。"

百年清华，这是第一首"班歌"。

美丽的武夷山下，在清华同学福建同学会成立大会上，当"江涛、珊瑚版"《为我领航》的壮美歌声萦绕在武夷山间，飘荡在武夷水上，挂在古老的牌楼上，挂在醒目的彩幅上，挂在岸边的桅杆上，一波一波萦绕在同学们的耳际，润进心田……

你的名字唤醒我多年的渴望
你的光荣点燃我心中的梦想

你是我生命之船眷恋的港湾

我在你的怀抱里汲取智慧和力量

哦　我的清华……

你培育我做生命之船卓越的船长

我在你的目光里又要扬帆远航

哦　我的清华……

　　回到北京，班上放班歌，宿舍里放班歌，散步时放班歌，好多同学把班歌放在车里，随时听。没过几天，同学们唱着班歌来来去去，甚至聚会、聚餐的头一项，便是放班歌、唱班歌……

　　外班的同学也在听、唱这首班歌，在清华大学，谁听谁唱都以为是自己的班歌。

　　清华大学正在筹备 2011 年百年校庆，向清华学子征歌的启事一发出，全球的学子都积极响应！

　　清华校友总会秘书长郭良很激动地向兼任百年校庆办公室主任的赵洪推荐："EMBA 硕士班有个同学叫平安俊，他创作个班歌，特别好听！"

　　赵洪，词作者，研究员，清华大学艺术教育中心主任，中国高等教育学会常务理事，中国高等教育学会美育专业委员会副理事长，中国高等教育学会音乐教育专业委员会秘书长。参与大型交响组歌《水木情缘》的策划与创作，作有歌词《水木情缘》。

　　赵洪并没有太在意郭良的引介："这次清华大学百年校庆，已经写了不少歌。"

　　平安俊却十分在意，他从一大堆征歌歌词里扒稿子，"水木情缘"四个字一下照亮了他：水木代表清华，情缘代表百年清华，"水木情缘"这几个字"能出调"啊！歌词作者正是赵洪博士。这位在清华工作 20 多年的老校友，果然道出清华学子的心声。

　　平安俊委托韩景连对歌词略作修改，又在一个激动澎湃的夜晚启程，犁透大半个夜幕，《水木情缘》伴着启明星冉冉升起……

百年校庆之前，中央电视台从众多征歌中盲选、挑出《水木情缘》录制。

2011 年 4 月 26 日，在举世瞩目的清华大学百年校庆文艺晚会上，清华校友男高音周旗钢和女高音许蔚联袂演唱的《水木情缘》一举轰动清华校园，也为平安俊此后创作大型交响组歌《水木情缘》埋下种芽……

在《为我领航》《水木情缘》乐曲陪伴下，平安俊一边潜心攻读，一边扩大清华大学校友队伍，先后把大德集团管理高层王汝贵、刘经路、戈克俭、韩景连送进北京，参加国家发改委与清华大学联办的专业课学习。

弱者给自己找舒适，强者给自己找不适。

清华文化、清华情缘雨润禾苗那样浸入身心，一个"悬念"多次叩击平安俊的心扉：我还能为清华做点什么？

2014 年，平安俊从 2200 多名考生中脱颖而出，挤上清华大学当届只录取五人的"小窄桥"，成为该校历史上年龄最大的博士生，自豪和感恩像两只在屋檐上定居、在眼前飞来飞去的小鸟，总是让人欣喜、怦然心动——刹那间，那个闷了很久的"悬念"终于打开一扇窗：历届清华校友遍布世界，他们投入真情为母校写了那么多歌，可都是零打碎敲，没有大手笔的音乐作品，更没有磅礴之作。百年清华应该有浓墨重彩之作，应该留下大手笔的音乐作品！

现在不是去想缺少什么的时候，该想一想凭现有的条件开始行动。

平安俊把想法告诉韩景连，立刻撞出火花："好哇！这个想法特别好，值得一做！"

老搭档韩景连向来欣赏平安俊的战略眼光，却也不无忧虑："这活不好干哪，太耗费精力。"

"我们写了这组歌，"平安俊幽默地说，"会延年益寿的。我们的名字将和清华永恒，还不延年益寿？"韩景连说："难度很大，这是要消耗生命的，是要有生命投入的。"

想干就出手，旁观者的姓名永远爬不到比赛的计分板上。

平安俊赶紧兴冲冲地跟清华大学艺术教育中心主任赵洪沟通，赵洪感觉难度太大："写组歌可太难了。从哪写？写些什么？为谁写？百年清华，历史上的优秀人物太多、发生的事也太多，从哪里下手？"

如果别人听了这样的表态，知道这是不同意做的代名词，肯定知难而退。

平安俊却不这样想："赵主任没有赞同，但，她也没明确提出来反对啊？"

成功之人之所以成功，是因为他与别人共处逆境时，别人失去了信心，他却下决心实现自己的目标。

韩景连一个猛子扎到资料堆里"狼吞虎咽"，找清华校史，找校友回忆录，研究校歌、校训，跑首都书店，跑清华史料室，跑多家博物馆，在网上购书、搜索资料，若蚂蚁钻进草原，像鱼儿跃进大海，似蝴蝶飞进森林，必须在浩大的苍穹中找到方向，捕捉到准确目标！纵向百年，横向无数的人和事，广角辐射线条眼花缭乱，谈何容易？

历经千辛万苦，2016年11月17日，韩景连拿出以"史诗"为定位的第一稿。平安俊认为"太政治化"，赵洪也提出一些意见，执着的韩景连又将所有材料塞进"策划的大炉膛"里，重新熔化、再次锻造……

2017年4月9号下午，北京再次展现春天的魅力，沿街桃花盛开、春枝吐绿，清华园里春和景明、草长莺飞，姑娘小伙子们在凉亭里读书，在花坛前拍照。

清华荷塘边的咖啡馆却弥漫着跨朝代、跨学科、跨内容的激烈讨论。思路各不相同，语言的火星常常在空中相撞"炸开"，空气格外干燥、沉闷。

赵洪的心情非常复杂，想做这件事却又矛盾重重，第一，中国有很多大音乐家，好多作曲家也对为清华作曲感兴趣，为什么选择平安俊？第二，韩景连只是读过清华大学高研班，即便也算清华校友，可他对清华大学又了解多少？第三，清华大学做项目，要公开招投标的，直接就做吗？制作交响组歌，清华大学可以为制作人员报销路费和制作费，可向上级报告这件事，理由要充足啊！从精力上看，清华大学每年演出 800 多场，"内政外交"太多，自己也顾不过来。

赵洪不能说这些，却在内容上"说事"，百年清华内容跨代，素材丰富，抽题很困难。你拿什么说事？怎么说？从对母校、对校友的感情角度，儿子夸妈，怎么都好，大家不会责难。可要避免自说自话，写全了很难。老领导眼中的典型性，现任领导眼中的典型性，找到代表清华最标志的东西，太难太难……

史料馆长表态道："清华百年文化太厚重，不好把握。"

平安俊化繁为简、思路明朗："我们就从清华百年水木情缘写起，主题突出'情和缘'，少写政治。比如荷塘月色，朱自清，清华的景和物，大礼堂，日晷，等等。"

大家激烈讨论、各有各的角度，没有梳理出最明确的路数，却透露出一个意向：先放下吧。

真正的潇洒像孤独的江河，即使奔腾千里，也难以和另一条江河会面。

平安俊暗暗攥紧拳头：逢山开道，遇水架桥，义无反顾向前闯。

一些事情要跟赵洪打招呼，赵洪不忍心伤了这位热心人，便推脱事情太多、顾不过来，不想出头露面。平安俊却多次找，她暗中思忖："我从没见过这样执着的人"，赵洪甚至不敢接平安俊的电话。接了电话怎么说？

这天，平安俊又打来电话，赵洪说了另一个顾虑，《水木情缘》是自己写的歌词，套用这个名字为交响组歌的名字，是否有主管负责人滥用权力之嫌？

平安俊说："我们一致认为这个名字好，既代表清华学子的感情，也有百年清华的深厚历史，这名字跟你个人没有关系。再说，对母校的情谊，又不是你个人的。"

自己选择的路，跪着也要把它走完。

平安俊向老友提议："景连，放弃第一稿，我们从头再来。"

已经立起来的大厦推倒重来，第一稿只保留《为你领航》和《水木情缘》两首歌。

韩景连出手很快，两个月后就拿出第二稿，平安俊"以快应快"，迅速把七八首歌谱好曲，着手去清华校园拍摄外景。

自带了拍摄设备，还有长长的摇臂摄像机。

一进清华校园就被保安人员拦下："不准拍摄！"

怎么商量也不行，平安俊只好打电话，赵洪大吃一惊：一分钱没拿，平安俊已经开始拍摄了！

平安俊告诉赵洪，第二稿已经创作完毕，请安排几位专家，再集中研讨一下。

赵洪深受感动，要积极推动做成此事，但因一些事情并非她一人说了算，说话总是有些犹豫。彼时纪委巡视组正在清华大学巡视，她有诸多难言之处。

赵洪主持研讨会，韩景连具体讲了第二稿（实际已经是第四稿）的结构设置和内容，平安俊情绪高昂，兴奋地哼唱新谱的曲调。我在前边说过，平安俊去北京301医院治牙病，贸然把小舌头割掉，损害了嗓子，现在唱曲的音色较差。赵洪听得毫无感觉，表情冷淡，间或皱皱眉，人们误解她在"排斥"。

赵洪说："一是组歌的逻辑，应该是一个系列，各有侧重。二是歌词内容要整体考虑。三是要有一个预算方案，包括创作、CD光盘出版、宣传推广、晚会、视频等的成本，要论证一下，一定要有一个大数。"

音乐理论博士谢鹏等人分别从专业上提出见解，清华大学党委宣传部副部长覃川说："创意策划很好！反映校友情感，角度也是对的。建议：整体上有点重，都是从景物切入，也可以写校园生活，比如体育，奔跑，体育精神。《那个瞬间》曲子应该改一改。"

关键问题是：诺德基金公司董事长、清华教授潘福祥，没有谈及募集费用的话题。

平安俊身边的朋友个个担忧：进校园拍摄有阻力，经费没头绪，这活还能干吗？

平安俊却逆风而行："往下走，先把稿子改好。"

"哎呀，"著名播音指导、金话筒奖得主、主持过辽宁省九运会等无数大型活动的尹淑君说，"我感觉人家不认可这东西，他们做不到的不做，能做到的也不做，这活还怎么干啊？"

好的想法也许昂贵，但真正无价的是能够实现这些想法的人。

平安俊暗下决心，我再也不找他们，也不再提此事，静下心来好好做。我们是清华人，我给清华写歌，把叫响的作品拿出来，才能给母校一个交代。

世上每一朵玫瑰都有刺，如果因为怕扎手，就此舍之，那么你永远也不能得到玫瑰的芬芳。

他对老搭档说："景连，我们必须走到底！不用清华拿钱，我拿！"

"放心吧，"韩景连说，"我一定陪你一起走到底。"

面对一块石头，你若把它背在背上，它就会成为一种负担，你若把它垫在脚下，它就成为你进步的阶梯；生命给你一块木头，你可以去选择慢慢腐烂，也可以选择熊熊燃烧。

韩景连的内心已经在暗暗颤动，他清楚，平安俊说了这样的话，"十头牛也拉不回来"。这把钉子，他要钉到底的！钉子断了换一根，钉下的垫板糟损，就换个垫板。这地方钉坏了，他会换个地方，一句话，钉子一定要钉进去、钉深、钉结实了！越挫越勇，这，才是平安俊！

锦上添花、旺火加薪谁都会做，难的是从冰凌里找到花朵、钻湿木取火，平安俊义无反顾地一脚迈上这条常人认为不可能走通的狭窄小路。

谁都知道，决心和结果相隔千山万水，知情的朋友替平安俊捏把汗：困难一大堆，能做成吗？

五十

他就像一台兴奋劳作的挖掘机，触角伸到哪里，哪里就有深度。

企业管理纷繁复杂，高手们绝不照搬照抄，而是建立自己的管理体系，追求"独家高招"。平安俊像作曲一样从"创新"入手，把交响乐指挥家的思维引介到企业管理，倡导"各种乐器都要懂"，演奏才能出彩。

2012年，"大德御庭"部分房屋销售迟滞。

有着丰富售楼经验的张衡提出每平方米降价600元的方案，平安俊连连摇头、不赞同。

销售要员们频频开会，个个榨光智慧油水、反反复复磋商仍然找不到出口，张衡提出这些大平方米房子的核心问题在于价格，不属于刚性需要，现在唯一的出路就是降价、"效率优先"，尽快压缩存量。如果在短时间内卖不出去，将面临再次降价的风险。

时间紧迫、谁都转不出"降价小胡同"，平安俊只好同意。但，他仍以指挥家的思维锲而不舍地寻找，究竟哪种乐器出了"跳音"？哪部分和弦不协调？

这天早上，平安俊兴冲冲地端出一部谱曲"新作"：赠送精装修。彼时在鞍山，这是前卫之举。房地产商为居室装修的轻风还没有吹到这个城市，更无先例。较热的"三阳"居室，剩余二百多套。平安俊把心理学应用于此：五六十万元左右的房子为"刚需房"，买房人都要掏装修这笔钱，"赠送装修"迎合、符合购房人心理预期。把滞销房子按七八种不同户型装修成多个风格，比如，把原价每平方米6800元的房子提高到每平方米七千元出售，包含六百元装修费。

一念起，万水千山，一念灭，沧海桑田。

按房屋销售惯例，这种滞销房都会降价处理，做成特价房。平安俊反其道而行之，不降反增。

这又是心理学应用的典型案例：客户不愿意房屋贬值，房价略增，换一种房屋模式呈现，符合客户的内心意愿和保值期待。

"送装修"像一片盛开的花田，吸引"采美者"蜂拥而来。仅仅三个月，原滞销房屋销售一空，其中售楼员李婧一人售出100多套，奇迹般地保全了大德产品的名声并为品牌效应增光添彩。表面看，降低了房屋总价，原思路每平方米降低 600 元，现在每平方米降价 300 元。但，因为大德麾下自己的装修公司上手，利润"倾倒"在装修公司的怀抱。

一下子扭转滞销乾坤，以此为蓝本，平安俊"再谱新曲"：装修公司高高举起"服务式装修"大旗，由原来的事先为客户装修：设计、壁纸、地砖、屋门、卫生间等"填鸭式"固定模式，喜不喜欢已经装修好了，改为客户自由、任意选择并允许你修改的"如意模式"。著名的万科房地产公司也是"先有装修、后有业主"，平安俊提出"先有业主，后有装修。"实行"点餐"，近乎贴身式服务。那些不顾业主需求的整体装修，因为"千屋一面"，走错门都认不出自己的家。如果现有"套餐"不喜欢，可以提出想法，装修公司量身定做。这种海阔凭鱼跃、天高任鸟飞的装修理念，柳暗花明又一村，客户的个性化需求和公司利润的两朵并蒂花比翼绽放……

繁花似锦、花海迷人，只是展现"外在风采"，这风采能不能延续茂盛、持久"抢眼"，根子则在土壤。换言之，只有好的土壤才能托举起长久不衰的叶茂花繁。

顺延"装修"的藤蔓向下延伸，平安俊摸到了"繁花"的根部：在法律关系上创新，把原来同客户只签一次合同，改为签两次合同。

只签一次合同，好处是装修费用可以贷款、分期还付。坏处也相当明显：责任不清。出现房屋质量纠纷，到底是开发商的责任，还是装修的责任？

大德集团实施同客户签两次合同的制度，验房时签一次合同，装修后另签一次合同再验一次房。

老百姓买一次房子不容易，必须站在质量至上、谁错谁负责的高位。

平安俊研究问题执着、专注，不断地想、不断地变、不断地改、不断地升级。既要像高音区一样上扬，也要似低音区一样沉稳。一手烂牌，照样打得出其不意、绝处逢生。

在房地产帝国，建筑才是正殿，室内设计不过是偏殿。

"大德御庭"一些顶楼的尖脊房成了"销售鸡肋"，这种房子土称"闷顶"，受未来不一定出现的"可能漏水"预估威胁，销售副总决定：顶层楼不算面积，变成"买一送一"的赠品房。这也是许多楼盘的销售"惯例"。

　　平安俊到现场一看，大为光火："买房的人不一定只图便宜，而是视觉上感觉舒服，生活上实用又方便。明明可以两全其美，为什么白白相送？"

　　平安俊的另一句话让人醍醐灌顶："将心比心，如果顶层楼生活不便、闲置无用，即便送给人家又有什么意义呢？"

　　平安俊亲自出思路、指导细节，把楼上安上下水，增设了厕所。这样一改，楼上楼下的人都很方便。如同"鼠标"一点、满盘皆活，丑小鸭立成白天鹅，销售价格不降反增，每平方米上涨1000元，购房者云集而来、争相出手，再次呈现"叫好又叫座"。

　　"大德御庭"240平方米户型滞销。这种大户型房子共有34户，开盘八年，只售出12户。

　　张衡带领团队着手调研，认为这种三代同堂、两个主卧，分设老辈主卧区、少辈主卧区的设计一厢情愿。现实看，老少辈同住的家庭很少。共计六个屋，左思右想，不知这么多屋做什么？

　　张衡与设计部门商定，创新改造户型格局，把原客厅和一个客卧合并成一个大横厅，视野开阔宽敞明亮。可摆茶桌，增加住宅的非居住功能，再把厨房改成中厨和西厨。

　　"还可以改得更好，"平安俊指出，"厨房小了。"

　　张衡确实没考虑到这点，立刻安排按照平安俊的建议改大了厨房。

　　销售和施工这两个世界是两种节奏，两样频率，表面上同向同行，实际各走各的路，始终对流冲突。这两个群体看似毫不相干，实则难舍难分。

　　2012年秋天，平安俊亲自部署240平方米大户型房装修，并在时间上"后门堵死"：在50天内、国庆节前，必须把两个样板间装修完。装修公司经理秦伟一看，两个房子一个具备装修条件，另一个正在施工，条件尚差。他决定等一周，待另一个施工进度赶上来，也具备装修条件两个一起干，会省钱省人省工省力。

平安俊大发雷霆："秦伟，你为什么不执行集团的整体战略部署？要你在规定的时间内把样板间做出来，抢在十一黄金周前对老百姓开放。你这样干，影响销售，破坏了集团利益！这不是省万把块钱的事，损失是无法计算的！你这种狭隘的局部利益，影响了集团的整体利益！"

附近有一家大楼盘正在施工，必须赶在他们开放之前把样板间做出来、正式向市场开放。

平安俊发怒的声音震撼全楼，秦伟实在顶不住了才庄重表态："平总，请不要说了。不就是要求十一黄金周前样板间开放吗？我保证，就按这个时间干完。如果干不完，我提头见你。我押上辞职报告，任你处罚。"

副总裁戈克俭说："啥也别说了！马上回去组织人员，按集团要求，抢在十一节前，保证质量完成任务。"

秦伟拼了，日夜奋战抢工期，速度和质量"双轮驱动"，在9月29日工程收官，提前一天让样板间亮相。

样板间做得相当漂亮，平安俊由此又引发"创作联想"，深入挖掘管理潜力：第一，详细制定房地产公司的交房标准；第二，要达到和超过行业标准和国家标准；第三，装修公司要制定交房标准。依此类推，要求各分公司由点到面、彻底清根，全方位地解决所有问题，然后各分公司制定标准，按标准验收。

大德集团公司制定了"五化标准"，平安俊严厉要求："各公司标准齐了再干、再验收。"

240平方米大户型房比附近的竞争单位提前一个月开放样板间，占了抢占时间山头的先机。

在售价环节上，张衡和平安俊的立场南辕北辙：张衡把视角瞄在时间上，就事论事，认为大户型房滞销了这么多年，一定要降价，将原每平方米7300元降至每平方米7000元。房子积压这么多年，赶紧卖掉回款。

张衡的话不无道理，如果算财务成本账，"大德御庭"项目并没有赚钱。利润有，在车库里，大部分车位没卖出去。当年平安俊坚持扩大车库面积，"我们要着眼百年大德，宁可不赚钱，也要提升企业信誉。"着眼未来，车比例大幅度上升，到那时，老百姓车多了没地方停怎么办？

风把风推远，雪落进雪的深处。

平安俊再次打出"怪张"，从每平方米 7300 元涨到每平方米 7600元！

平安俊说："这点积压全卖了，也解决不了大问题，我们还是要叫好。不能影响'在鞍山，大德的房子最好、光盘最快'的口碑。"

售楼员冷寂的电话再次复归"热线"，改装、涨价后的大平方米住宅奇迹般起死回生……

五十一

如果你瞄准了月亮，即使迷失也在星河之间。

作曲既是平安俊的狂欢乐园，也是他的避难所。只有进入这个有黑暗有彩霞更有知音的地方，他才能咔嚓一声关上一道门，隔开世俗与烦恼，沉迷在物我两忘的音乐创作世界。

创作虽苦，过程又那么美好。

两扇窗，像合起双翼的蝴蝶。

天花板，是世界上最大的音乐广场。

钢琴键子，则是任指尖和心灵驰骋的旋律河流……

一座一座城池相继攻取，"黑幕"屏障一个一个捅漏，"大解放"的黎明展现少女般的笑容，一步一步向我们走来——

加上《奔跑的清华》和平凡作词的《我来自美丽的清华》，作品的大布局大构建已经完成。

平凡，中国音乐家协会会员、中国音乐文学学会会员、上海国际

平安俊及爱人刘经路、儿子平凡与词坛泰斗、著名词作家乔羽先生和夫人合影

青少年管弦乐团创始理事，毕业于英国曼彻斯特商学院、清华大学五道口金融 EMBA，现任辽宁大德集团副董事长、上海朗盛投资集团有限公司董事长、上海康德双语实验学校理事长、中华全国青年联合会委员、中国经济 50 人论坛理事。代表作品有歌词《画四季》《大德行天下》《乐舞沙滩》《美丽心灵》等。受父亲的影响，平凡从小就喜欢音乐。三岁半跟父亲学习钢琴，五岁参加鞍山市第一届春节联欢晚会，两人四手联弹《我爱北京天安门》，慢拍悠扬绵长，快拍清丽干净，欢快而抒情，引发现场观众爆雷式掌声。

平凡读高中时，父亲平安俊拿了一首词作家为中国音协征歌所作的歌词，平凡看了不以为然："这是什么歌词啊？我 20 分钟写一首，都比这好。"

平安俊听了很生气："你也太狂了，好歌词是吹出来的吗？"

母亲刘经路听了也不高兴："你真是太狂了，吹牛算什么本事？有能耐你写一个试试！"

"写就写！"平凡坐在书桌前创作，刘经路在一边掐表。17 分钟后，平凡写出了歌词交给父亲，"爸，我写出来了。"

平安俊看都没看："睡觉去吧。"

平安俊看了歌词后很吃惊。他把歌词作者的名字拿掉，又找好几位懂行的朋友审看，都评价很高。回来这才对儿子说："你写得不错。"这便是响彻全国、被教育部编入全国小学艺术教材的《画四季》：

> 一年四季四幅画，我们来当小画家。
>
> 啦啦啦，啦啦啦，我们来当小画家。
>
> 我们来当小画家，画春天，春光无限好，照得小草伸呀伸懒腰。
>
> 画夏天，夏天花儿香，惹得蜂儿采呀采蜜忙。
>
> 画秋天，秋天果儿熟，馋得小猴把呀把果偷。
>
> 画冬天，冬天雪花飘，乐得我们又蹦又跳。
>
> 画四季，画四季，画出一个新世纪。
>
> 啦啦啦，啦啦啦，画得世界更美丽。
>
> 春天里的小草出呀出了芽，
>
> 夏天里的花儿开呀开得靓，
>
> 秋天里的叶子吹呀吹得黄，
>
> 冬天里的树儿披呀披银装，
>
> 画得世界更美丽，画得世界更美丽。

尽管这样，平安俊还是要求儿子的作品要精益求精。

调整修改如同步步登高，每一步都很吃力。平安俊故意以放大缺点的方式反复检查，继续"从鸡蛋里挑骨头"，觉得《清华学堂》的曲子不尽如人意，哗啦一下推倒，再创作一稿！

"优质"二字如齿轮咬合、丝丝入扣，不允许有一个微小的机件懈怠。

这里"不亮"要提彩，那里分量轻要增重，不放过任何一个"忽略不计"的小毛病，每个文字、每个节拍、每一个音符都要"出彩"，如同搞科研那样以挑剔的目光反复"查验",所有内容已经记不清到底改了多少遍。平安俊和韩景连从"五月千山梨花开"的春天沉下心来创作,猛地抬起头来,东北已经"千里冰封、万里雪飘!"

在最寒冷的时候,一股比盛夏还要热的暖流却"激荡"着两位艺术家的身体,大型交响组歌《水木情缘》,完成创作稿!

2017年11月23日,夕阳收尽最后一缕晚霞,夜幕即将降临,平安俊把韩景连请到公司,二人把酒言欢,铭记和庆祝这一历史时刻!

他们都是酒的疏远者,今晚"破戒"了!

"咔"地碰杯,算是为昨天收尾,也算为明天敲响再次冲锋的战鼓!

两位年近七旬的老将,挥洒着小伙子一样的激情,翻越一道又一道障碍,终于啃下这块硬骨头、拿下这座山头!

有些风景,如果你不站在高处,你永远体会不到它的魅力;有些路,如果你不去启程,你永远不知道它是多么的美丽。

怎能不兴奋?

这是第一部全面展现清华大学历史文化,艺术表现清华学子珍视一生一世的水木情缘、服务国家奉献社会美丽情怀的大型音乐作品。作品结构大气,细节丰盈,由序曲,第一章"水木情韵",第二章"水木情长",第三章"水木情深"和第四章"水木情怀"四个乐章及终曲组成。

二人已经看到扑面而来的生动前景:作品将采用多种音乐形式,包括管弦乐曲、歌曲演唱(独唱、合唱、重唱、领唱合唱)等,巧妙地提炼、艺术地选择百年清华最具典型性的场景、风物、故事等,以抒情唯美的笔触,立体化多角度地展现百年清华、百年辉煌、人文日新的历史风采和时代形象,展示更创新、更国际、更人文和奋斗新百年的崭新精神风貌。

刚喝下一盅酒,平安俊掏出手机,通知公司企业文化部的关广利:要他准备好要带的东西,明天去北京录制大型交响组歌《水木情缘》。

2017年11月24日早上，鞍山飞机场一架银鹰凌空而起，飞向首都北京。

飞机降临首场机场，事先安排好的汽车第一时间赶来，平安俊和关广利匆匆赶往位于海淀区杏石口路65号的和声录音棚。

仿若打冲锋抢占高地，急性子平安俊让司机买了些汉堡，把汽车当成流动餐厅，在去往录音棚的路上解决了午饭。北京的交通不畅，下午4点左右赶到录音棚，平安俊立刻投入战斗。

尽管清华大学关闭了掏经费这扇门，制作质量却一点都不能降低，平安俊仍旧打出一套质量至上的组合牌——

"宁可多花钱，一切都挑最好的！"

用这把尺子一量，平安俊挑选中国国家交响乐团首席小号、原中国唱片公司总录音师，人称中国录音"一把手"的张小安，挑起录音重担。

乐队为亚洲爱乐乐团，合唱由亚洲音乐乐团合唱团担纲。这是中国最具影响力的音乐录音和制作乐团。以世界著名乐团的演奏家，北京各大乐团首席，各大合唱团独唱、领唱及学院教授为核心"班底"。

独唱领唱很重要，撒开大网千挑万选，找"最可心的歌手"。

对于录音监制水平，读者朋友不会有任何怀疑，这位当过十二年歌舞团团长，集作曲、独奏、配器、指挥于一身的全能型人物亲自出马，挑选最好的乐团和歌手。但难就难在千条线一根针，在一个星期的时间内，平安俊必须日夜兼程从头穿到尾。中间乐团乐手你方唱罢我登台，平安俊却始终"登台"。除了体力精力要充沛，平安俊耳朵背，要借助扩声耳机工作。这是一场视听盛宴，声音差了怎么行？

11月24日头一天，午夜12点多，乐团仍在伴奏。平安俊全程盯着曲谱，侧耳听着音乐，突然大喊一声："停！"

哪怕有一丝一毫错误，平安俊都不放过！

这边指出指挥出现的问题，那边，再与录音师沟通，直到演奏出色，纠正了错误，才算"翻篇"。

一个音阶反复改，指挥或乐手烦了，平安俊上台直接"揭发"问题要害，所有乐手都十分震惊又敬佩：平安俊太厉害了，连半个音都不放过！

"八零后"关广利早就顶不住了，一出录音棚，平安俊跟他开着玩笑："小关，你是不是困了，都睡了一觉，你看我和刘老师，一点都没困。"

关广利不好意思地说："平总，我实在没挺住，眯了一小觉。"

平安俊道："你还可以睡，我是想睡也不能睡啊，今晚录音如果有问题没发现，后期修改或者重录都很麻烦啊。"

上车后，平安俊迅速换脑把第二天录音杂事安排好。排序录哪些作品，提前与歌手再次确认，要求歌手提前 30 分钟到录音棚，沟通录制细节。

从前是太年轻，只能谨慎认真；现在是年纪大了，必须谨慎认真。

从跳跃的水滴里挑出另一滴水滴，从在风里狂舞的一大片草叶里分辨出一叶不一样的草，从同一树梨花里挑出似是而非的别一朵梨花，要怎样的超级敏感和心力，可想而知。连续七天，每一天都填满了内容。这么多团队、这么多歌手，谁能料到哪个环节会突然出现问题？平安俊却料到一点：所有内容都卡在七天内完成，白天不够夜晚补。日复一日、日以继夜，时时都在攀爬体力和精力两座大山的途中保持警觉和锐度，该有多难？同时，这位年近七旬的拼搏者肩上还压着两副"建设"重担，房地产经济建设和心理学在读博士学业建设。

11 月 27 日下午三点，由原空军政治部文工团周澎录音演唱歌曲《我来自美丽的清华》《情怀如酒》两首歌曲。录前平安俊拿着曲谱和周澎进行作品的细节沟通，提出创作思想和歌曲的艺术表现方式，要求周澎先试唱两次，再正式录音。

录音时，唱到歌曲中第一段有一句歌词"陪我只有那瓶老酒"唱到"陪我"时，平安俊一挥手："停！"

谱子是 1、2（do 哆、re 唻），周澎唱成了 6、2（la 啦、re 唻），一个音符的差错，歌手和录音师都没有发现，但是难逃平安俊的耳朵。平安俊提醒歌手纠正过来，重新录音。周澎唱顺口了，好几次不准，平安俊反反复复纠正，终于达到标准。

在序曲中，亚洲爱乐乐团的演奏刚一开场，平安俊就示意指挥停下。指出：铜管交响很重要，要突出出来。现在，铜管藏匿其中，没有复调，必须把铜管交响的声音扯出来……

连高手录音师张小安也不放过，12月7日下午两点录音时田毅演唱的《与你同醉》，发现三处音准不准确，当即纠正；凡是音准不准确或者情绪与作品表达不同时，他都会及时喊停，并现场修改，直到满意为止，不放过一个音符，

扫码欣赏田毅演唱的歌曲《与你同醉》

一丝一毫绝不将就！《日暮上的铭言》，第一，合唱部分弱，再加强一下。第二，歌曲结尾处独唱"去把诺言实现"中的"实"最后一个音"3（咪）"音准略低，需要校准到准确的音准。

同高手过招输赢都舒服，张小安心服口服、马上行动，直接修改、调整，直到平安俊满意了才能通过。

把一天的活全部审听完，回到宾馆已是8号的凌晨两点。无论多么疲乏，平安俊仍然拼力坚持，他的两眼像装电石的脚踏车前灯，奋力踩踏后仍从晦暗内烧出灼灼强光。

12月8号，把成品带回鞍山，修改仍在继续。

平安俊还是不放心，比细筛子过滤还仔细，照旧用"故意放大毛病"的方法，专门抽出时间细致认真去听每一首作品，在个别地方，又挑出一些别人不在意，平安俊认为"必须改"的地方，马上安排联系录音师修改。

其中由著名男高音歌唱家王传越领唱的《荷塘月色》，"2调式"与"5调式"结合，平安俊边范唱边纠正道："第一，必须把这个特点唱出来。第二，第一段第三句歌词'微风送来'中的'送'降C调值不够，差了不到半个音。第三，为了突出结尾句中的'月色荷香'男女声对比，需要把男声合唱稍微调弱一点，女声合唱稍微调高一点。"

关广利按照修改意见第一时间传达给缩混师张小安。缩混师按照意见修改，把作品传回来时，平安俊又仔细审听，确认作品没有瑕疵

了才通过。

这些在外人看来都是微不足道的小毛病，甚至算不上毛病，只是微小差别的地方，平安俊却当成"天大的事！"

在艺术面前，只认艺术不认人。

2007年12月29日，中央电视台录制中央统战部组织的"光彩之夜"节目，请著名歌手谭晶演唱韩景连作词、平安俊作曲的歌曲《大爱无疆》。在录音棚录歌时平安俊的眉头皱成"川字"，虽然谭晶的声音很好，但唱得太随意。

扫码欣赏谭晶演唱的歌曲《大爱无疆》

"有多少穷乡僻壤渴望爱的阳光，渴望……"没有把平安俊曲谱中的"三连音"突出出来，而这首歌恰恰是"以三连音为特点组成的作品。"整首歌以多处三连音为"提神点"，唱不出来，犹如满树绿色茂叶最出彩的花却没有开放，沉闷的天空缺席频频眨眼的星星。平安俊提醒她三连音地方要"轻声唱、拍节加快、音节连在一起"，谭晶不以为然地说："平老师，要允许演员二度创作哦。"

平安俊说："你说得有道理。但这首歌的特点就是三连音，这个特点没唱出来，风格就不对了。从演唱的角度，既不准确，也不到位。"

谭晶一听平安俊说得非常有道理，这才认真起来。果然，休眠的部分刹那间苏醒，平湖上跃起一串串生动的浪花，黝黑的干柴堆噼啪噼啪燃起金色火焰，演唱水准扶摇直上，两人都很高兴。

"就是要追求完美，不留下任何一个瑕疵。"

五十二

司法语言也许是离文学最远的一种，客观、冷静，省却各种枝枝蔓蔓，拒绝感情用事、拖泥带水，正如将一枚水果刨去了有滋有味的果肉，只呈现出那颗坚硬的核。

2018 年 6 月 21 日，最高院巡回法庭到鞍山中院开庭。大德集团和丁某的官司即将在中华人民共和国最高人民法院进行终审判决，双方律师你来我往、各施绝技，即将再次展开"巅峰对决"。

在前边官司有过败绩的不利前提下，平安俊果断决定，否决、更改所请律师的诉讼方向，毫不迟疑地对大德集团聘请的大律师说："这件事，一定要遵循我们的合同，这是根。马上在最高院开庭了，别上对方的当。什么暖气不热了，这问题、那问题，你别进入他们的圈套。你就听我的，败诉了我来负责，与你没关系。"

大律师满心不高兴、疑虑重重，也只好更改诉讼方向，服从这位态度果敢、坚定的"东家"。

大律师打过太多太多胜诉官司，在全国人气极旺，绰号"金牌律师"。

2015 年 8 月 18 日，大德集团收到鞍山市中级人民法院的判决书，判处大德集团败诉，赔偿对方损失 700 多万元。

平安俊拍案而起："还有没有公道？这么判决，不是给中国法律抹黑吗？"

原本一个简单的房屋租赁纠纷，竟引发一桩具有法律"教科书"般经典类型的民事案子。

2011 年 12 月 14 日，大德集团与丁某签订一份房屋租赁合同。在鞍山市铁东区，原"大德·翠韵华庭"的大德会馆洗浴休闲中心停止经营，丁某租下做健身会馆，租期为五年。合同约定，年租金 120 万元，每半年一交。丁某接房后，立刻开始装修、起执照，顺利开业。

2013 年 10 月，丁某理应再交下半年租金，却找理由拖着不交：由于烟囱破损，导致空调机组排烟不畅，制热效果不好。

客观实情是，在健身热时丁某开办的健身会所，由于健身客户少和自身经营不善，这才玩起耍赖招术。

大德方据理力争，事件再度升级。

在丁某暗中唆使、鼓动下，居民突然闹了起来，以烟囱污染影响身体健康为导火索，将"战火"烧到省城：在辽宁很有影响力的辽宁电视台"新北方"节目组专程来录像，播出了烟囱破损和排烟污染的镜头，主管此项工作的鞍山市安全检查监督局派人来到现场，认定"烟囱有些锈蚀"，并做了"此处危险"的警示标志，让大德公司限期整改。

事情原委"用脚都能想明白"，大德公司法律顾问向对方发了律师函：一个月内再不交租金，大德公司有权撤销合同。

对方没有回复，一周内又发通知，催促对方交租金，对方仍然不理。大德向鞍山市铁东区法院起诉丁某，要求他倒出房子、交还租金。

承租人丁某提起反诉，状告大德公司房屋质量不合格，因此造成他的经营不善，造成经济损失，并要求大德公司负责退会员的卡钱。

因为他们上诉的标的 600 万元额度太大，法院不予受理。铁东区法院受理额度在 500 万元以下。

丁某上诉至鞍山市中级人民法院，中法维持铁东法院意见，不予受理。

铁东区法院审理大德起诉丁某的案件，判决大德公司胜诉。

丁某不服，又上诉至鞍山市中级人民法院，状告大德公司赔偿其装修损失。同一件事、同一个合同，引发互相起诉。

大德公司法律顾问程国彬认为：铁东区法院在一审虽然判决大德公司胜诉，有两个要点没有确认：第一，没有确认这个合同解除，没有确认这个合同什么时候解除，第二，我们在原一审中，法官调查一个事实：烟囱不算租赁物。一审代理人认为：烟囱属于租赁物。而实际上，烟囱不算租赁物。理由：租赁物已经明确列入租赁房屋细目，附属设备设施健身器材、桌椅等原大德物品 100 多件。合同明确写着：以设备设施清单为主，大到锅炉，小到锤子列得很细，没有烟囱。

捉法律之刀的人，当他面对案卷时，需要摒弃像一只鸟那样腔调繁复的鸣唱、色彩斑斓的羽衣，以及天马行空的飞翔。

平安俊带领若干人进行了法律分析，赞同程国彬的观点。

鞍山市中级人民法院，将这大德公司告丁某及丁某反诉大德公司两个案件并在一起，将两个原本不同的程序合并审理。

案件很受瞩目，鞍山市中法请了市人大代表和政协委员参加开放审理。

程国彬提出异议：一审已经判完大德胜诉，在这基础上审理就简单多了。现在并案一起审理，无论从程序还是法律上，都不合适。

法官武断地驳回程国彬的异议："我们有权决定。"

一审没有结束，二审没有调查，法官宣布休庭。

为什么会这样？平安俊觉得事情非常复杂，二审法官有明显的倾向性。

中院的法官去现场调查，指着烟囱说："这不是很明显吗？烟囱破成这样，你们还不负责任？"

"这一点请放心，"平安俊道，"是我们的责任，我们一定负责。不是我们的责任，我们绝不负责。"

诉讼期间，他们不经营，也不交租金，法院同意丁某把空闲的房子交给大德公司。

平安俊提出："交接不能稀里糊涂，要在第三方监管下交接。否则，交接物合格不合格说不清楚。"

2014年3月28日，丁某提出与大德公司交接。

大德同意。交接日那天，大德公司找到公证处，一位公证员到场。但，丁某却没有来。

平安俊让法院对此进行调查，法院不予理睬。

平安俊与代理律师程国彬去找鞍山市中级人民法院院长、主管副院长、庭长和审判长，请领导监督这个案件。

审判长说："你们的案件被裁定终止。"

程国彬提出质疑："这就怪了，我是代理人，我怎么没收到裁定书？"

审判长说："你们收到了，已经签收。"

程国彬赶紧问公司的法务员李孟幻，她果然收到空白的"送达回证"。

程国彬再次质疑道："这么办有问题啊！李孟幻虽然是大德公司

的法务人员，可她不是代理人，也不是大德的代表，她无权签收'送达回证'。"

平安俊和代理律师程国彬去中法取卷，程国彬又一次提出疑问："这个问题很严重。那位老审判长，为什么送达空白回证？"

平安俊生气了："我要求那个老审判长回避，要求院长严肃问责！"

院长说："平总，别生气嘛。咱们不是在研究问题嘛。"

判决之前，在中院的主持下，丁某把房子交给大德公司。

桌面下的东西，还包在打着封条的纸里。

鞍山市中级人民法院最后审理结果为：驳回大德公司的诉讼请求，判大德公司赔偿丁谦700多万元装修损失。

平安俊和程国彬气坏了！大德公司出租的几百万租金丁某没给，几年来累计租金近千万元。这么多钱打水漂，反倒赔给对方七八百万元，天下哪有这样的道理？！

大德公司不服这个判决，上诉至辽宁省高级人民法院二审，要求撤销鞍山市中级人民法院的不公证判决。

原告和被告都不服气。大德公司不服判给丁谦的赔偿部分，要求驳回原告的诉讼请求。丁迁对于赔偿700多万元部分也不服，认为赔偿得太少。

双方各持其理，官司可能还要升级。

一审官司输了，程国彬的压力非常大，建议平安俊，大德公司要再请位著名律师参与进来。

平安俊说："你要坚定信心，我相信你。"

"我心里没底啊，"程国彬说，"鞍山市中院就是个例子，明摆着我们占理，却输了官司。再往上打，不定遇到什么'意外情况'啊！"

全国著名的大律师和陈国彬各拿出一套论证方案，二人的观点不一致。

大律师认为：我们要围绕烟囱建造和环评去论证。

程国彬认为：烟囱和烟道，不是锅炉的主件，不应负责。

大德公司自己的律师各执其理，牵涉到论证方向和诉讼方向。

一个是本土律师，一个是全国有名的大律师，怎么办？

如果倾向程国彬，他坚持这个观点已经在一审中败诉，还能轻易听他的吗？倾向大律师的理由却很充足，毕竟他经历过大世面，代理那么多胜诉的大案件。可是，平安俊的决策天平倒向程国彬……

我在前边说过，平安俊是极度较真的人。任何重要的事情，既然安排人去做，他也绝非"甩手不管"，而是参与其中。这个案件亦然。况且，平安俊平时特别爱学习、注意法律风险方面的防范，自己学，也号召并督促员工学。每年都多次请法律法规高手培训全体员工。从董事长到普通员工"一个都不能少"，梳理存在的问题，剖析典型案例，堵塞企业法律漏洞，预先做好法律风险防控。

不要踩着别人的脚印找自己的路。

关键时刻平安俊很有魄力，直截了当地表态："大律师，你不要再说了。我决定，就按程律师的观点去做。我决定的事我负责，即使官司败了，也与你无关。"

辽宁省高级人民法院驳回丁某要求大德公司赔偿他们700万元装修损失的要求，同时，也将大德公司二审索要租金败诉案件撤销，发回重审。

如上为两个庭，一个为再审程序，一个为二审程序。

2019年12月27日，辽宁省高级人民法院作出裁决，卷文很长，我仅选取审判结果：

"综上，二审认定事实不清，且与另案终审判决及最高院驳回意见不一致。依照《中华人民共和国民事诉讼法》第二百零七条第一款、第一百七十条第一款第三项规定，裁定如下：

一、撤销辽宁省中级人民法院（2015）鞍民一终字第00137号民事判决及辽宁鞍山市铁东区人民法院（2014）铁东民一初字第52号民事判决；

二、本案发回辽宁省鞍山市铁东区人民法院重审。"

丁某对驳回大德公司赔偿装修费不服，申诉到中华人民共和国最高人民法院，大德公司应诉，坚持自己的观点。

官司打了整整七年，大德公司最终夺得了官司胜诉。

收到最高院发来的判决大德公司胜诉的判决书，平安俊喜不自禁地说："你们看，我坚持对了吧？"

五十三

没有任何道路能通往真诚，因为真诚本身就是道路。

半年时间无声无息，以为平安俊早就把交响组歌放下了，这天，平安俊突然找上门来："赵主任，组歌录制完毕。这样，你找个地方听一下，就 50 分钟。别在你办公室，办公室老来人。"

平安俊情绪饱满，把自带的便携式无线蓝牙音响和 ipad 放在合适的位置，调试好，优美的歌声像鸽子突然从囚禁的笼里放飞、振翅蓝天，像高位憋闷的水库大坝突然打开闸门、洪流跳下悬岸……

狂放又温婉的交响组歌兜头浇泼下来，赵洪大吃一惊！

静寂的血液刹那间热浪翻卷，所有神经灼热、跃动起来，音乐形象的彩虹横空出世，音符化身春草遍地萌发，一组音阶一簇花，乐句们争先恐后轮番捧奉感动，要说的很多很多、千万句话鲠在喉头，只剩下呆呆地聆听，享受温暖、宏大、壮阔、磅礴、震撼！

只有经历过地狱般的磨砺，才能练就创造天堂的力量；只有流过血的手指，才能弹出世间的绝响。

读者朋友已经知道，赵洪对这部清华交响组歌的认知，还停留在上次毫无感觉的研讨会上。那一稿作品，仿若刚干完农活的村姑，浑身泥土灰尘、穿着破旧衣裳、面容疲惫，被泥尘遮挡了原貌。现在，除尘洗灰，穿上时髦衣裙，经高手化妆师一打扮，扮上戏，活脱脱一个惊世美人！

配器、编排、表演、配景后，"村姑"摇身一变，丑小鸭成白天鹅，所有人都目瞪口呆！

冲击力太大了！一下子翻去秋草枯黄的旧篇，眼前突然春光明媚、繁花似锦，厚重的文化老枝上闪耀着茵茵嫩绿。不是虎头蛇尾，也不表层猎奇，而是让旋律的清流潺潺流淌，滋润心田，提振兴奋，在顺畅、舒服、感动中饱饮享受……

那一刻，万物皆空，世界上只剩下自己置身其中的"水木情缘"——赵洪热血沸腾，完全被旋律裹挟，甘愿做音乐的俘虏，沉缩、迷醉在音乐海洋的深处……

中途有人进来请示工作，赵洪飞快地挥手拒绝："别别别，等听完音乐的！"

开场就把赵洪"震住了"，序曲《水木情缘》是一首管弦乐。"邦邦邦邦……"铜管号角前奏曲之后，圆号和木管交替奏出清华大学老校歌的主题，这熟悉的音乐仿佛从历史的深处传来。在合唱"啊！水木情缘"的歌声之后，乐队演奏出《水木情缘》如歌的旋律，诉说着对百年清华深情似海……

她为《荷塘月色》淡淡的忧伤、淡淡的喜悦而感动，真是"画龙点睛、妙笔生花。"纯美磁性的男声领唱与穿越时空的女声合唱交相呼应，塑造了独具个性的音乐形象……

谁能知道？这首歌是从 2016 年春节迎春接福的礼花和炮仗肚子里炸出来的。大年初七，韩景连在从辽宁绥中返回鞍山的火车上，接到平安俊催促创作歌词的电话，放下电话立刻深研朱自清的《荷塘月色》。教高中时已将此作剖析得滚瓜烂熟，整个文章都拆成碎零件……

击节有序、不断轻叩那扇久闭的门，"吱扭"一声，灵感从门闩缝隙挤钻出来，眼前似有霞晖一闪，韩景连操起手机就写！前四句，以改编原文导引，后边以旁观者的角度切入，写朱自清先生丰富细腻的内心，描绘蝉鸣蛙唱的热闹时光，合唱队飘然出场：一群穿白衣白裙的月光女神翩翩而来……

创作完毕第一时间与平安俊沟通，急性子平安俊说："快！马上传给我。"

在山舞银蛇、原驰蜡象、滴水成冰的鞍山，韩景连按一下发出键，嘟噜一声，歌词便扑向遥远的天穹。几秒钟后，在阔叶轻舞、花香扑鼻、烈日炎炎的海南，平安俊扫了几眼歌词立刻"出调"……

二人的艺术创作"歌比人还默契"，平安俊的谱曲严谨对位又浪漫抒情地呼应歌词——

全曲采用 52 调式，上半部以 2 为主调，这种风格适宜描写细腻、朦胧和婉约，下半部以 5 为主调，恰切地表达开阔、大气和明亮……

她与《清华学堂》男声三重唱一见倾心，作品采用四分之三节拍，以流畅的旋律，丰富的和声，表现了百年清华学堂的历史意蕴和人文内涵，抒发了学子们对清华学堂的感恩、怀念和依恋之情……

她被《日晷上的铭言》的叙事的风格振奋，男声独唱、男声组合、合唱多层次的声音，编织成岁月情长的瑰丽乐章，讲述了百年校园、百年日晷的励志故事，传递了一代代学子传承的清华校风："行胜于言"……

她为《我来自美丽的清华》而痴迷，传达了海外清华学子爱国爱校的心声，表达了"根在华夏，芬芳满天涯"的赤子情怀……

赵洪痴迷、沉醉地从头到尾听一遍，感动的话语伴意犹未尽脱口而出："非常好！我很震惊！有激情、有抒情、有深情，充分表达了清华的百年情缘！"

赵洪感慨万千，陷进深深的感动和震惊中跳不出来："《奔跑的清华》那么抽象，能写成这样，我绝对想不到！"

"这组歌太洗脑了！回家睡觉，脑袋里全是这些旋律，赶都赶不走！"

大型交响组歌《水木情缘》由中国文联音像出版公司出版发行，平安俊自掏腰包百余万元，真诚回报母校。

2018 年 4 月 28 日，时逢清华大学建校 107 周年，在清华大学蒙民伟楼举办大型交响组歌《水木情缘》专辑发布暨鉴赏会，六七百人亲临现场，清华同学和往届校友备受感动，有人默默流泪，有人悄悄擦拭眼窝儿，有人深深陷进交响组歌的情感大旋涡中不能自拔……

扫码欣赏大型交响组歌
《水木情缘》

大型交响组歌《水木情缘》专辑发布暨鉴赏会上，平安俊代表创作团队向清华大学捐赠专辑

　　清华大学原副校长胡东成几次热泪双流，这位久经世面的老校长讲话时竟几次哽咽、说不出话来。现选取讲话的一小部分：

　　"在清华大学迎来107年校庆的美好时刻，我们收到这样一份厚厚的礼物，看到这个作品，我非常非常高兴，非常振奋非常激动，我几次眼睛湿润了，所以我都担心我要上台讲话说不出话来。一看就激动，这么波澜壮阔，又那么优美动人，它既有缓缓的抒情，又有催人奋进的强烈地让人奔跑的节奏和内动力，看完后我太激动了！我的感受，一是喜出望外，二是喜在意中。之所以喜出望外是因为在今天这个时刻，能够有这么一个好的作品问世，我们盼望了很久很久，一直希望清华有这样一个反映学校方方面面的一个音乐作品，今天突然来到了眼前，这是一个喜出望外。另外一个喜出望外就是从音乐专业的角度来看，它还有这么高的水准，这是没有想到的。它既反映了对学校的深情厚谊，又反映了对清华深厚的优秀传统精神的继承，既有强烈的青春意识，非常灵动，生动活泼，又有一种不断进取的自强不息的精神。喜在意中是，清华应该有这样一部作品，早晚会有这样的作品，今天它终于来到了我们的眼前，而且今天这个作品给人的感觉不仅是声情并茂，而且还图文并茂，所以它同时给了我们听觉和视觉上的双重享受。确实一个非常好的、了不起的作品。刚才田主任讲到这是清华大学音乐创作史上具有里程碑意义的作品。我仔细一想这确实是恰如其分的一个高度的评价。

"这是一部非常壮观的作品，一看到就心潮澎湃，第一我是想肯定这部作品，还要衷心地感谢我们的创作团队，同时我也希望我们这个作品能够得到广泛的传播，让更多的人来看，让更多的人从中得到一定的收获和教育，而且我也希望清华大学自己的合唱团、交响乐团来排练，来演出，我想如果都是清华人来演清华的作品，一定会有新的感受和新的升华。"

中国音乐文学学会副主席、中国音协《词刊》主编、曾以《当兵的人》《风雨兼程》《军中姐妹》等引起轰动效应的王晓岭作了长篇讲话，赞扬道："刚刚又听了一遍大型交响组歌《水木情缘》专辑，我的内心还是非常激动，也特别感动。专辑九首歌词，整体来看很成功，作品有情感、有情怀、有深度，而且风格各异，具有深刻的思想价值和很高的艺术价值，也可以说是直达人心，直击灵魂。"

原总政歌舞团团长、中国歌剧研究会会长、以《小草》等众多作品声名显赫的王祖皆做了激情演讲：

"大型交响组歌《水木情缘》，我已经听了不止一遍了，今天又听，我仍然很兴奋。这是第一部表现清华大学题材的大型音乐作品，思想内容非常厚重，艺术表现也非常多元，给我带来审美的享受，也有心灵上的震撼。在这里，我首先要向组歌的策划创作团队，尤其是作曲家平安俊，表达我的敬意！

"组歌作为大型音乐作品，对于策划创作团队，尤其是作曲家的创作力，包括熟练掌握歌曲的体裁样式，是非常严格的考验和检验；组歌具有丰富的调式色彩，给听众耳目一新的审美享受；歌曲的旋律和歌词的关系，也就是唱腔和唱词的关系处理得很好，做到了字正腔圆，情通理顺，好懂、好听、动心、感人；歌曲创作的创新精神和精

大型交响组歌《水木情缘》创作团队与部分嘉宾合影（左七为平安俊）

品意识令人钦佩。

"优秀的音乐作品应该唱得响，传得开，留得下，这样的作品必然是符合三精原则的，也是具有时代特色和时代精神的，也应该具有生命的质感。我非常期待，组歌《水木情缘》能够唱得响，传得开，留得下，在全世界的清华人心里，扎下根，成为他们生命的一部分，伴随他们奋斗进取，创造辉煌的人生。我也非常期待，组歌能够在全社会产生积极的影响，激励人民奋斗新时代，迈向新征程！"

2019 年 4 月 28 日，作为清华大学 108 周年校庆系列活动之一，大型交响组歌《水木情缘》校庆专场演出在清华大学新清华学堂上演，这已经是大型交响组歌《水木情缘》第三次在清华校园唱响，再次受到观众的热情追捧。

台上的同学唱到"紫荆花"：

你也许远在天涯

梦里的紫荆花开了吗？

你是否又想起清华园？

我们日夜思念的家。

…………

你说最爱四月的母校，
黑发变成白发也会牵挂。

…………

你说每到四月都想回家，
去看看梦里常开的紫荆花。

…………

想家的时候你就回来吧，
我们相聚紫荆树下。

歌曲暖流猛然激荡心房，引发情感海啸！剧场后排座位上的一位白发苍苍的老校友热泪滚滚、已经失控，折叠在皱纹底部的青春一下被打开，后退六七十年的青葱岁月突然被唤醒、模糊，远去的校园生活又清晰、拉近，当年的热情、激情又在身体里奔腾……老人泪流满面、接连哽咽，坐在旁边的大德集团企业文化部部长王莹递给他面巾纸，老人接过来边擦泪水边说："我实在忍不住，我太激动了！"

舵手不只在车船飞机上，有纠偏能力、能鼓舞人心、能正确导航思想灵魂的舵手，才是高手舵手。

演出引发强烈共鸣，整个剧场若大海涨潮浪奔波涌，每一颗心都是拼力推拥浪花跳跃的引擎——有人悄悄擦眼窝儿，有人仰天慨叹，有人使劲拍着巴掌，有人低声啜泣，有人张大嘴巴任泪溪奔流、打湿衣襟……

演出之后，清华大学原党委书记方惠坚说："这部作品要在每年新生入学时演，还要推广到国内外的校友会。"

2020 年 9 月，新冠肺炎疫情形势好转，清华大学师生又演了两场《水木情缘》音乐会，再次受到热烈追捧！很多清华师生、校友都来

清华大学"艺术名家讲堂 & 文心论坛"，平安俊作题为《阳光音乐与水木情缘》的主题分享

观看，并组织了 200 多人的大合唱团。

学子们不断入校又不断离开，老师们有的风华正茂，有的已近暮年，留下也好、离开也罢，年轻年老毫无关系，清华师生每年都排演新版《水木情缘》，剧场里一次又一次迎来如潮的欢腾。演员们来来去去，排节目的师生不断变化，但节目一直在排练、演出，激情和豪情从未消减。人才济济的清华，总能组织一流的表演团队，捧奉出一版又一版激动人心的作品。无论寒暑，不分科系，没有校内校外区别。这个品牌将随历史无限地延伸、延伸，已成为时间时空的一部分，日子不断翻篇，年年秋天硕果累累，岁岁春天生机妩媚。

一部交响组歌，把所有清华人连在一起，大家同频共振，不忘本来、吸纳外来、创造未来。

五十四

只看到短期利润的是商人，看到十年二十年利润的是企业家。

我采访时，省城沈阳沈河区方青南路，像一块影响市容的丑陋的秃疮，赖在这里整整 13 年，无数同行高手有心操作暗中跃跃欲试，知晓实情后个个乘兴而来、败兴而归，"病入膏肓"啊，谁都"医治"不了。

最不能容忍的是，这块秃疮紧挨沈阳的母亲河浑河，赖在沈阳市带状公园的景观带上。打个比方，疮生在后腰后背上，不见不烦。可这块疮却偏偏生在"脸蛋"上！

沈阳带状公园闻名遐迩，浑河两岸的景观带被称为"一河两岸"，早已被人认同，成为沈阳市景观的出彩部分，也是外地人旅游观光、市民娱乐、拍婚纱照、业余表演和休闲健身的乐园。

这样好的一块肥肉谁不眼馋？ 2005 年秋天，沈阳市政府挂牌竞拍这块地时，轰地一下围上来七八家房地产企业。经过激烈的多轮比拼、竞争，沈阳建发房地产开发公司鞠董事长，如愿拿下这块风水宝地。

上报规划审批时才发现，这是一块"臭肉"！鞠老板带领他的团队努力了 13 年，屡战屡败，怎么也跨不过去"规划审查"这道高门槛！

因为东面和西面已经盖了 18 层的高楼，夹在中间的这块空地有严格的限高和遮光指标政策制约。鞠老板领衔的公司数十次上报规划，怎么也过不了"挡光"大关。换个方式说，这块"空当"宛若被四周都固定好位置的大机件夹在中间，大机件高低长短宽窄性能各有不同，要在有限的"空当"后安不影响大机件所有参数，又与其成为一体的机件，真是太难了！

一块骨头卡在嗓眼十几年，能不难受？

2018 年 3 月的一天，或许"卡"得太难受，清华大学同学鞠老板对平安俊和盘托出，希望老同学接盘，又将话拉回来："这块地位置特殊，沈阳市规划局的规划要求太高、过关太难，安俊你也别为难。我同时也在跟别人谈。"

"我接过来，"平安俊毫不犹豫，"我马上安排人跟你接洽。"

平安俊内心很兴奋，大德公司已经谋划向省会城市沈阳发展，第一把冲刺，就从这个项目开始。这样做，既能解老同学之围，又能让大德的产品迅速在省城亮相，何乐而不为？

另一股暗流在平安俊的身体里涌动：规划关过不去，怎么可能？

善于挑战的平安俊向来不惧硬，况且，现在他已经是精通专业，具备治疗疑难杂症本领的企业家！

大德高层们提出疑问：老鞠干了几十年房地产，可谓经验丰富。因为周围居民担心高楼遮光强烈反对，做了十多年，报了无数次设计，就是通不过规划。我们要是做不出来，项目就"折"了。

平安俊一句话就"击退"了疑问："技术问题都不是问题。"

按政策规定，土地可以转让。但税费费用太高。双方商定：由大德公司并购鞠老板旗下的公司。并购金 4000 万元，大德先交 2000 万元，对方出面办理好股权变更手续交给大德公司，后者再交 2000 万元。

平安俊责成时任大德公司总裁冯贵申、副总裁张衡对接办理。

大德已经交付 2000 万元，对方突然提出要求：大德公司把另 2000 万元交齐，他们再办理变更股权手续。

冯贵申和张衡坚决不同意。

无论怎么交涉，鞠夫人和律师都坚持上述要求，双方对峙互不让步，并购陷入僵局。

冯贵申和张衡咬定一条：如果全款支付，对方要赖，不给大德办理变更股权手续怎么办？

买卖双方经常有这样的交易，一方先打一半款，对方发的货到手，再付另一半款。现在，对方要一次性付齐全款，然后再发货。可是，他们收齐全款不发货怎么办？

将心比心，如果让我选怎么办？我会毫不犹豫地支持冯贵申和张衡，没有第二条道可走。如是，这笔交易只能半途而废。

采访时，我分别向七个人随机征询他们对此事的决策，答案非常一致：宁可生意黄了，也不能一次性交全款。

僵局持续走高，鞠夫人更加咄咄逼人：如果大德公司不交齐全款，他们宁可退款。

实现人生的目标，在于向前，也在于拐弯。

这天早上，冯贵申和张衡二人商定：并购一事只能到此止步，无论如何不能冒险交全款，不能再向前走。但，要向平安俊汇报一下。

张衡接通手机时，平安俊已经坐在飞机上即将出发，正要把手机调成飞行模式。听了张衡的汇报，平安俊一两句话就手起刀落解决问题："可以，先把钱打给他们。"

张衡一下子愣了！他怎么也想不到平安俊的决策如此干脆、爽快、果断，便要阐明风险，刚说几个字就被平安俊打断："我马上要起飞了，不用多说了，我同意付全款。"

我问过平安俊："按做生意的惯例，冯贵申和张衡不交全款是对的。您为什么违背生意惯例，同意交全款呢？"

平安俊说："我从心理学角度分析，他们卖后悔了。如果我不这样做，我会后悔的。"

对方收到全款，立刻把股权变更手续交给大德公司。

原来，他们早就办完了变更手续。扪在手里不放的原因就一个：不想卖了。

年逾八旬的尹韧先生牵头做规划，他要求东北设计院：沿路两侧做高层，地块北侧，用矮层产品。挡光为"零"。

测算挡光要用精确的软件，在大寒日、每年光照时间最短那天，所盖楼对邻楼光照最少的居民，也要达到两个小时。这是非常严格的光照检测，要用仪器的检测数据说话，差一点都不行。

难度在于：在已知规定的最高18层楼的限高政策和不挡光的双重制约下，尽可能多地让居住"面积最大化"。

第一设计稿拿出来，测光后，挡了周围40多户窗户。

挡光软件分毫必争。楼角度、尺寸、高度，差三四厘米都不行。同时还要考虑楼房间距、消防间距和卫生间（不能影响私密）的间距，等等。

如果挡光多了，会出现两个弊端：规划局拒批，对挡光居民赔偿额度加大。

设计、调整了上百次，上会研究几十次，东北设计院的高手们宣布告饶，举了白旗："挡光为零，太难太难，怎么也做不到啊！"

平安俊这才掏出底牌：设计的最低标准，挡光不能超过10户。

最后一稿突破幅度很大的设计方案出台：从每年光照最少的大寒日算，只有9户居民被挡了少部分光照。

2019年5月5日，沈阳"大德公馆"项目经理马群把方案报给沈阳市规划局，人家看都不看："你拿这个干啥？这项目十多年了，做不了。"

马群说："这不是原来那个公司做的。这个项目由我们鞍山大德公司做，我们公司建房只建3A房，我们四次获得全国房地产最高荣誉'广厦奖'。请您看看，我们这个规划不错，只挡9户光。"

规划局负责同志半信半疑地接过方案，抽紧的眉头逐渐打开，

"抱团"的面孔渐次开放，阅毕突然满脸灿烂，叠声称赞这是少有的"高水平方案"，他们很快上会研究，顺利通过。

最后一关是沈阳市市政府业务会，大家仍然提心吊胆，心里没底。

考生考得好、成绩上乘、令人兴奋，可人家还有得满分的呢！

"大德公馆"项目位于沈阳市"一河两岸"重点区域，报上这不是满分的高分卷，能通过吗？

2019年8月27日，一个振奋的消息令大德人奔走相告，沈阳那个13年都没有通过规划的项目，居然在沈阳市市政府业务会上一次性通过！

平安俊感慨道："只有回不了的过去，没有到达不了的明天。"

江山代有才人出

家庭是国家的细胞，家庭生态健康，国家肌体才能健康。孩子是家庭的明天，也是祖国的明天，江山代有才人出，才能民富国强。

上海朗盛投资集团有限公司掌门人，正用实际行动倡导"大德至上""忠厚传家久"。

一进公司，正厅位置的八个大字格外抢眼：正派，负责，合作，共赢。这，便是公司掌门人的核心价值观。

这位有着国际视野、见多识广的青年企业家，能把"正派"放在经营企业的第一位，令我格外兴奋。

我们无法统计那些成功者到底有多少种类型的经验，我们却知道，少了"正派"肯定不行。我们也无法统计那些唯利至上的失败者到底有多少种类型，我们却知道他们有一个共同的特点：远离了"正派"。

我非常欣赏这位青年企业家的观点："资本不能为恶。人家把钱交给你，头一条，就是对人家负责任。我们现在做的教育和医疗，也都是正派行业。""一个有情怀的公司，不只是赚钱，而是要赚对社会有贡献的钱。"

人生如叶，每一个光阴流转的季节，都有嫩叶悬于枝头。

1998年夏天，在欧洲英格兰西北部康德学院（Concord College, UK），一位来自中国东北的小伙脸上总是笑眯眯的，眼望小镇通透的蓝天他笑眯眯的，和欧洲美洲非洲的同学交谈他笑眯眯的，交作业时也笑眯眯的，甚至待在宿舍看阿姨打扫卫生他也是笑眯眯的。这个学校如同广角镜头，让他大开眼界。宿舍整洁而干净，每天都有阿姨来清扫，每周换一次床单，脏衣服装在袋子里、放在门口，人家会给洗干净、熨好、送回来。刚来时，他为英国顶尖私立寄宿学校的设施感到震撼。

在原野上骑马、射箭，在绿茵地上打高尔夫球，在体育场打曲棍球，在辽阔的大海上赛皮划艇……

穿上白大褂、戴上护目镜像科研人员一样做实验……

每天都有上午茶和下午茶，高中生们轻松自由地喝咖啡、喝茶，来自46个国家的同学，像成年人那样交流、互学。

老师特别尊重学生，称学生为"先生"。

老校长莫里斯先生很有亲和力，和学生们打成一片并熟悉每一位学生，居然能叫出全部学生的名字！

在英国排名第一的国际学校，学生来自于全球四十几个国家，学术成绩在英国常年名列前茅。除了"学术卓越"立校之外，康德学院还致力于维护一个严谨、善良、有创造力的国际社区。提供一个安全、充满活力和友好的环境，让学生在其中茁壮成长并充分发挥潜力。

同学们中有乌克兰总统的孩子，有赞比亚总统的孩子，有津巴布韦皇室、马来西亚皇室、泰国皇室等政要的孩子，大家友好欢快地相处，"环球同此凉热"……

这位中国小伙之所以笑眯眯的，其中一点便是：广角看世界，凡事站在国际视野的高站位。

在地球的东方中国湖南省长沙市，赫赫有名的"军中清华"——中国人民解放军国防科技大学——学校在全校学员中数万里挑一，那位身材高挑、飒爽英姿、连续六年在国防科大电视台担任女主播的漂亮姑娘，代表学校在全军世纪青年风采大赛上群雄逐鹿，才艺、学识、强军强国之术、通古博今，内有才华、外赋神采，英语要有"国际范儿"，拼最强大脑，在闪电般反应速度和激情飞扬的准确表达中，展现国防科大学子"厚德博学、强军兴国"的决心与壮志，展示共和国军人睿智英武、人民军队钢铁长城的伟岸形象。

这个姑娘为公共管理和军队政治专业，"跨界"同来自全军各个专业的高手们同场竞技，不负众望地为自己的学校赢得荣誉……

这就是当年在地球两端，各自青春飞扬、风华正茂的平凡和林祎。

我写如上文字，这对同为鞍山老乡的伉俪，当时还素不相识。

其实，两人曾在同一个时空求学，目光天天看着同一个校牌：鞍山市胜利小学和鞍山市第一中学。每天上学放学走同一个大门，在同一个操场做操、上体育课，在同一栋教学楼里上课。只是时间交错，二人在同城同校从未谋面，若干年后才相识相知，走到一起。

鞍山一中为百年名校，前身为著名抗日将领孙立人将军在此创办的"东北清华中学"。鞍山的孩子们，九年拼搏，都以考进这所鞍山最好的高中为荣。

平凡在读高中最后一年的时候，未来得及认识这位后来成为一生伴侣和事业搭档的学妹，便选择不同的求学方向。

两人先后告别母校，平凡在地球上画一道优美的弧线，远赴欧洲。而若干年后与他牵手的林祎，则在地球的东方，考入赫赫有名的军校，穿上威武漂亮的绿军装。

2004年，林祎在国防科大本科毕业后继续攻读硕士。2005年，平凡接到英国康德学校老校长莫里斯的合作邀请：在中国寻找有意向留学读书的优秀学生，送到英国康德去读书。

从此确立了平凡和林祎这对伉俪的事业走向和人生坐标。

从国际站位上观察世界，有人"外战内行，内战外行"，有人"内战内行，外战外行"，朗盛教育，则要培养真正的"国际化人才"，既有家国情怀，又有国际化视野。总部在上海的朗盛规模并不大，但影响力遍布大半个地球。

平凡真的很不平凡，做投资短短几年亲手投出好几个"独角兽"企业。独角兽企业要达到的指标相当苛刻：企业成立不足10年，公司估值10亿美元的未上市企业。2010年，平凡涉足风险投资行业，这个小众化的前卫行业，一下就推开一扇装满霞光的窗。

风险投资，简称"风投"。主要指向初创企业提供资金支持并获该公司股份的一种融资方式。人称"追求长期利润的高风险高报酬事业"。

风投的另一个特点：多为前沿的高科技项目，极其超前。许多高科技超前项目是看不见、摸不着的，无法用传统方法去预测风险。换句话说，如果你现在能看到利润或预测风险，项目就已经落后了。

直白地说，要把资金投在毫无掌控的一半是海水、一半是火焰的地方，可能赚得盆满钵满，也可能赔得血本无归。

另一个问题随之而来，"信任"二字"比天大"。投资单位什么"抓手"都抓不到，只能抓到"信任"这两个字。巨额资金放在别人手中，人家怎么操作，跟投资人"一点关系都没有"！

在骗子横行、信任危机的时代，在流行"亲哥们明算账"的时代，在公认"钱一定要抓在自己手里"的时代，谁还相信这样的"画饼充饥"？

奇迹总在人们不看好的地方惊艳现身：这么难的行业，竟让平凡做得风生水起：众多著名公司已投资平凡管理的基金并与平凡结成"铁杆同盟"……

"安翰科技"一露面，就被平凡一眼盯上。

吞进"一粒药"就能查胃，简单、省事又不疼，比传统的下胃镜好多了！

虽然很多临床医生都不赞成，平凡却慧眼识珠，看好这个项目。

一次十个朋友吃饭，平凡问："谁下过胃镜？"

回复：两人下过。

另八个人，有的懒得下胃镜怕疼、太痛苦，有人认为没必要遭罪。

如果吞服一粒胶囊就能查胃，人人都会参与。

中国的胃癌患者数量巨大，在癌症患者中占第三位。

日本胃癌患者发病率低，缘于国家层面的高度重视。在日本，国家制定一项硬性规定：40岁后每年要强制做一次胃镜检查。

平凡组织企业投资3300万元，现在本金翻了10倍。

在美国工作的北大状元和河南状元联手合作，分别发挥光学和计算优势回国创业，打破了美国和法国在眼科"视微影像"和"眼底扫描仪"的垄断，超越国际上最顶尖的"蔡司"产品，发明了世界上最先进、中国唯一的眼底扫描器。

平凡果断投资承载此项目的"视微"公司。

2018 年 4 月 11 日，习近平总书记视察了六家高科技公司，其中就有平凡投资的"安翰科技"和"莱普生"。这两家公司，都是高科技医疗企业。

小平凡三岁的八零后姑娘林祎是个地地道道的"学霸"，从鞍山一中高分考入号称"军中清华"的中国人民解放军国防科技大学，此后便"一霸到底"：拼上进，在大一期间第一批加入中国共产党；拼学业，当时国防科技大学九个学院，每个学院都会评选出一人，获得"校级优秀学员"的殊荣，无论是本科还是研究生阶段，她都是那九分之一；拼荣誉，在国防科技大学"巾帼建功"光荣榜，她的大幅照片与全学校各领域的优秀女同胞并列在一起；为纪念建党 85 周年，林祎更是代表国防科大，参加全军党章知识竞赛。全军各大单位都选派出"精兵强将"，林祎和队友们勇于拼搏，最终为学校捧回奖杯，向全军展示了国防科大学子的实力与风采，林祎也因此荣立三等功。拼"打冲锋"，她仍勇于面临挑战——2003 年 9 月底中央军委宣布军队裁军 50 万人，她所在的学院属于编制调整的单位，暂停当年研究生招生。林祎和同专业同学们努力备战了许久的硕士专业突然宣布停招，这牵涉到每个备战考研的学生的命运，研究生专业暂停招生谁也不知道自己的未来去向……

和同学们"抱头痛哭"之后，林祎面对现实，迅速调整心态，换其他专业再战考研成了她的新目标，这无疑是"挑战不可能"，下决心时距 2004 年 1 月考研，只剩下不到三个月时间啊！正所谓"雄关漫道真如铁，而今迈步从头越"。林祎零起步，向从未碰过的"科学技术哲学"专业发起强攻，直面挑战、克服困难、抓紧分分秒秒。最后，在拼尽所有力气答完卷子，从考场上回来，她一头扑卧在宿舍床上，起不来了！

2004 年 3 月公布考研成绩，林祎夺得学院总分第一名、全军本专业第二名的优异成绩！

2009 年，林祎从部队转业担起朗盛教育总裁的重担，为中国孩子搭建一条通往世界名校的坦途。

迄今为止，已选送千余名学生到英国读中学，其中 40% 的学生考上牛津大学、剑桥大学。更有许多学生进入 G5 等著名英国和美国大学就读。在朗盛学子中，已有一些学生在各行各业崭露头角。可以预见，在不久的将来，这些优秀学子会为国家、为社会贡献更多的聪明才智。

2012 年，朗盛教育秉持"菁英汇聚，智行天下"理念，创办了菁智会。100 多名学生加盟，成员来自牛津大学、剑桥大学、伦敦政治学院、帝国理工学院、英国华威大学、哈佛大学、麻省理工学院等。

林祎的学业并没有结束。

肩负朗盛教育发展重担的需要，她"百战归来再入课堂"。她又顺利考取了美国南加州大学商学院，从东半球向西半球飞个大大的弧线，去美国攻读 Global EMBA，全球高级工商管理，同来自全球各地各领域的精英共磋技艺。事业、家庭、学业，她恨不能把每一秒都抻长，几乎天天晚上都面临相同的取舍：在睡觉、学习和社交三项中，她只能选择牺牲睡眠。经过两载的努力深造，林祎成功拿下第二个硕士学位。

林祎说："教育是非常重要的行业。因为，教育能够改变人的一生。"

平凡站位高，视野开阔，始终瞄准国际国内医疗科技前沿持续发力，在短时间内迅速刮起一股观念前卫、定位精准、科技领先的旋风，他麾下的"朗盛投资"企业渐成大器——

索辰，为中国第一家、全球第二家商用分子动力学流体系统公司，顺应军工行业国产化趋势，打破空客和波音的技术性垄断。

博奥晶典，中国第一个以企业化方式运作的国家工程研究中心，作为基因检测行业的"国家队"，博奥晶典生物不断突破国内外技术垄断。

安翰科技，自主研发并实现世界首款胶囊内窥镜产品在消化道领域的主动控制检查，产品出口日本和欧洲，搭建了崭新的医疗技术平台。

视微影像，世界最快扫频 OCT 产品，打破蔡司及其他国外品牌长年在眼科高端行业的垄断。

强脑科技，全球范围最领先的脑科学技术，其智能脑环和智能义肢实现技术创新，入选时代周刊"The 100Best lnventions of 2019"，《人民日报》对其高度赞扬。

五和博澳，2020 年中国首个与西药做头对头评价的天然创新药"桑枝总生物碱片"获批上市。

宜明昂科，国内首个靶向 CD47 融合蛋白药物 IMM01，全球首个同时靶向 CD47 和 CD20 双抗药物 IMM0306 的研发企业。

成都海创，前列腺癌症新药 HC-1119 有望成为第一款在海外上市的治疗前列腺癌症的国产创新药……

平凡来上海时，"一个人都不认识"。而林祎来上海时，"只认识平凡"。现在，两人都是在大上海赫赫有名的青年企业家。

尾声二

绿阴不减来时路

雨果的观点带有前瞻性："脚不能达到的地方，眼睛可以达到，眼睛不能到的地方，精神可以飞到。"

爱因斯坦一针见血地指出："一切方法的背后如果没有一种生气勃勃的精神，它们到头来都不过是笨拙的工具。"

高尔基的话直捣老巢："这看来将是永恒不变的了：地球绕着太阳转，而人则绕着自己的精神转。"

平安俊在实业和音乐上夺取双重成功的原因很多，如果排排序，我宁愿说，首先，这是在强大的精神力量支撑下创造的励志故事。

我在键盘上敲出这些文字时，平安俊已经年过七旬。对多数人而言，这个年龄早就退居二线、颐养天年。对平安俊来说，这仍然是事业的"青春期"，奋斗激情和冲锋线路丝毫没有变化。眼前的路跟身后的路没有什么区别，只是人生规划中的又一段里程；已知和未知同样彩翼振翅，魅力四射。

如果说，人类为了便于计量人为地划定了时间，实际上时间并不存在，人生路段也一样，世上本没有路，只要不停地前行，无处不是路。

前行也不分性别与年龄，甚至不分自身条件的优劣，却取决于精神内驱力和精神先导。想前进，任何艰难险阻都不在话下，反之，任何优势都将化为乌有。

年轻，就是一缕自由飞翔的春风，所过之处无不万物萌发，草长莺飞。事业出彩则是另一种样貌的春风，能吹绿过往，能吹红憧憬，能挽留文明，也能延长利他主义的温暖岁月……

现在，年过七旬的平安俊仍然像一蓬火那样热烈，一路唱着噼啪噼啪欢乐的歌，眼前没有黑暗；如春芽儿一样蓬勃，管他何年何月何日，只管向上向美向爱，大自然的四季束缚不了他；似种子那样无所顾忌，不管身居何处，无论条件好坏，一门心思破土而出……

扫码欣赏佟娜演唱的歌曲《最难风雨故人来》

平安俊勾画的"人生长卷"令我们大开眼界——

原来，我们看重的物理力量只是客观存在，关键时刻能不能最大化，需要精神唤醒和推助；我们在意的生命长度只是看得见的物理年轮，只有精神强大，才能增加肉体生命的维度和长度；我们驾驶的人生之车能否行稳致远，表层在于能源动力，深层则是精神动力……

物质丰厚不一定精神强大，精神强大却能"引领"物质丰厚。

一个国家、一个民族、一个人，能否不断超越、逆向前进、独步高峰，我们可能不知道需要多少这样和那样的条件，但，我们却知道，卓越的精神力量绝不能缺席……

此书出版之际恰逢大德集团三十岁华诞。三十年在历史的长河中快若白驹过隙，在新中国改革开放的民营企业勃兴中，却是光芒闪耀的历史节点。大德集团从呱呱坠地，已长成英姿飒爽的青年。而今，这强劲的发展东风，已展现风华正茂、如日中天、迈入长寿企业的好势头。站在新的起跑线上，平安俊将进一步优化资源配置，优化科学管理能量，优化梯队人

扫码欣赏曹龙、王春英演唱的大德集团成立30周年庆典主题曲《和梦想再出发》

才质地，带领他的团队加足马力，向"百年大德"目标前进……

现在，年过七旬的平安俊跟十年二十年前没什么两样，仿佛青春的样貌，又一节一节地回来。每天头一个到单位上班，梳理昨日旧事，打理即日工作，探讨新思路，解决"疑难杂症"。有时"在场上指挥"，有时亲力亲为。

让奋斗年华在乐谱里保鲜，在口碑上定格，跨越无数岁月，永不衰老。

让每一个平平常常的日子生动起来，把每件工作都注入激情还不够，还要引领一大群人都有激情，在按下葫芦起来瓢的复杂常态下，会导航，也能压轴。

务实地说，在实业建设方面，在音乐创作方面，在积极心理学方面，平安俊都在"步步登高"。不是规划，不是展望，而是既组织大合唱，调动更多的人和更多的团体同向而行，也唱独角戏，向深向高向远……

奋斗是一场长跑，它不属于某个年龄段，而是属于整个人生。平安俊相信：只要勇敢迈步，路的尽头还是路。

后　记

检验一个社会的好坏，不是有多少个富豪，而是没有穷人。这是当代中国决战贫穷，全国 832 个贫困县脱贫摘帽，改写脱贫攻坚历史伟大壮举的意义所在。检验一个人的好坏，不是你有多少钱、当了多大的官，而是守住了多少底线。一颗最好的心，能够目光向下、看到弱者。这是恒定不变、衡量每个人的标尺。这，正是传主的闪光点所在，也是本书创作需要深入思考的核心价值所在。

毋庸置疑，特立独行的平安俊一直是有争议的人物。可是，世界上凡是"不随大流"的人，哪个没有争议？那些凡事只考虑自己、不得罪人的精致的利己主义者没有争议，那些陷在集体无意识里、"走顺风路"的人没有争议，那些顺情说好话、演技高超的人没有争议，反思一下，我们的一些事业，不就是毁在这些人手里吗？

水遇到阻力才能激起漂亮浪花，迎风翱翔，方显英雄本色！

人类文明运行数千年，哪个人云亦云、没有争议的人能成大器？

争议有时来自误解。

比如"企业家"这三个光彩四射的字，对平安俊来说却是"一桩冤案"，也是"减分项"。他的歌曲获奖，有人说因为他是企业家；他举办"大德之声"音乐会，有人说因为他是企业家；他在首都举办个人音乐会，有人说因为他是企业家；他读硕士读博士，也有人说因为他是企业家。在这些人看来，平安俊的一切都是花钱买来的或雇用"枪手"。且不说谁能花钱买来上百个奖项、六七百首歌曲，也不说新中国成立后，以中国音协名义主办的个人音乐会均为中国音协副主席级别，非此级别的"特例"只有平安俊一人，清华大学社会科学学院院长彭凯平告诉我：迄今为止，清华大学没有收到平安俊一分钱赞助。

我也有过类似的偏见，我头一次看见"鞍山市优秀房地产开发企业"的奖牌，并没什么感觉，不就是个市级奖牌吗？得知实情后却刮目相看，迄今为止，鞍山市政府只把此项殊荣授予大德房地产开发有限公司。在鞍山，共有房地产开发企业300多家。只有两家企业荣获"广厦奖"，一家是著名央企鞍山钢铁集团公司麾下的房地产公司，另一家便是大德公司，荣获四次"广厦奖"，另获亚洲及国家、省市级奖励四十多次。在辽宁，荣获四次中国房地产业最高奖的房地产企业共计两家，一家是央企排行第一位的"华润集团"，另一家，就是地处东北鞍山、小小的民营企业大德公司。

鞍山只为三、四级城市，大德集团只是一家小小的民营公司。在与这些大城市、大公司同场竞技、多轮PK中，大德公司一次又一次后来居上，夺得这么多个奖项，口碑这样好，原因很多，但最重要的原因就一个：领飞的头雁平安俊数十年守正创新，持续探索，一直站在时代的潮头，不惧风吹浪打，胜似闲庭信步。这种吃多大亏也不改初心，碰多少次壁也决不回头，坚决把正义大旗扛到底的精神，必将给读者以震撼，给心灵以洗礼，给迷途者以警醒，给未来以思考……

在创作手法上，本书有独到的特点。其一，结构上创新，全篇采用双线并行的叙述方式，一条是实业线，一条是文化艺术线，两条不同的故事线交替穿插，形成复式结构。这种"双轨并行""双声齐唱"的结构，除了加宽作品的维度，有新奇感，也增强可读性与思想厚度。其二，在故事推进和人物命运变化中，作品采用纵向经线贯穿到底的结构方式，颠覆了传统纪实文学纬线为主的结构。因为这种特殊的结构特别"挑素材"，必然裁掉许多零打碎敲的素材，必然避免"拼盘式"叙述。这种结构设计改变了走向，把传统的梯田般"横向围坝"，改为"纵向沟渠"，促使故事和人物"瀑布式"自上而下顺势奔泻，增大了冲击力和惯性力量。其三，每章标题采用中国古典诗词名句，形式工丽，内容抽象，无拘无束。副标题则绳扣一样系紧原本内容上貌似不相关、实则本质上同根同性的事物，让"花开两朵、各表一枝"，结在同一个逻辑主干上恣肆盛开。其四，敬畏语言。若说生命的成色在于细胞质地，那么，文章的成色则在于语言。语言是文章的最小建筑单位，语言的质地决定文章的质地。

如果说，真实是纪实文学的舵，它还有一双腾飞的翅膀，创新力为左翅膀，汉语美是右翅膀。

2021 年 8 月 17 日首稿

2021 年 9 月 30 日修改

2021 年 10 月 17 日再改

2021 年 11 月 17 日定稿

平安俊部分音乐代表作品视听二维码

扫码欣赏佟铁鑫、珊瑚演唱的歌曲《给人间创造欢乐》

扫码欣赏大型辽南风情歌舞《龙抬头》

扫码欣赏阎维文演唱的歌曲《我爱熔炉我爱钢》

扫码欣赏国交合唱团陈肖、郎奥博、李刚演唱的歌曲《小雨沙沙沙》

扫码欣赏张丝雨和长影乐团演奏的小提琴协奏曲《那片阳光》

扫码欣赏曲畅、崔茂威演奏的小提琴独奏《那片阳光》

扫码欣赏常腾欢演唱的歌曲《一城烟雨醉江南》

扫码欣赏佟娜演唱的歌曲《生死相依》

扫码欣赏黄丽芬演唱的歌曲《母亲——中国》

扫码欣赏吸引力组合演唱的歌曲《我没有带回我的心》

扫码欣赏戴玉强、董华演唱的歌曲《种下一棵爱情树》

扫码欣赏中央少年广播合唱团演唱的歌曲《夜晚从山上走下来》

扫码欣赏周澎演唱的歌曲《好女人是家》

扫码欣赏阿依子黎演唱的歌曲《乐舞沙滩》

扫码欣赏黄丽芬演唱的歌曲《爱在三沙》

扫码欣赏江涛、珊瑚演唱的歌曲《为我领航》

扫码欣赏周旗钢、许蔚演唱的歌曲《水木情缘》

扫码欣赏张继心演唱的歌曲《美丽心灵》

扫码欣赏周澎演唱的歌曲《情怀如酒》

扫码欣赏何冠宇演唱的歌曲《浪淘沙·杏花雨》